戲非戲237

西遊八十一案

（四）

大唐敦煌變

（下）

陳漸　作

高寶書版集團

目錄

第十七章　你我執手相握，只隔陰陽

翟紋驚呆了，愣愣地看著呂晟。

呂晟——奎木狼獰笑一聲，神情氣質頓時一變，陰森，狠辣，連嗓音都不同了：「好和尚！你是如何看出破綻的？」

「雖然在下是袁天罡大師的弟子，但咒禁科是孫思邈真人組建的，傳的也是孫真人的衣鉢。」李淳風冷冷道，「呂晟當年在太醫署任職，對此一清二楚，而你……雖然對他了解頗多，卻不清楚這些細節吧？」

「還有，貧僧當初在玉門關時便問過，呂晟早忘了陷害他的仇人是誰，而你卻清楚是令狐德蒙。」玄奘道。

「還有，〈針十三鬼穴歌〉乃是孫真人的成名祕術，呂晟怎麼會不知道那是一套針灸術？」李淳風笑道。

「你們……你們早知道他是冒充的？」翟紋仍在震驚之中，喃喃道，「我……我為何沒看出來？」

「不，我們的確是來給呂晟診治的。」玄奘溫和地道。

原來，玄奘下午約了李淳風，本意是想給呂晟袪除奎木狼的靈體，只不過李淳風提出一個問題：若是奎木狼在診治時覺醒怎麼辦？李淳風建議安排後手，萬一奎木狼覺醒，先以針術短暫禁錮他，然後布下天罡法陣困住他，強行在他身上施針。

玄奘深以為然，於是兩人提早兩個時辰來到五里亭，在亭子內外布下法陣，但兩人誰也沒想到來的竟是冒牌貨，所幸兩人機警，發現不妥後李淳風搶先出手，禁錮了奎木狼。

「你們這些凡人，當真狡詐。」奎木狼哈哈大笑，忽然一抖身體，黑曜石針的火焰陡然熄滅，同時粉碎。

奎木狼跨前一步，一把攥住玄奘的脖頸，將他提了起來：「本尊是為了殺你而來，既然知道李淳風在，又怎麼會不防著他的法術？」

李淳風一怔，掐訣喝道：「鎮！」

亭子裡卻毫無動靜，李淳風愕然，再一掐訣，手上抖出一道符籙，結果符籙剛剛燃起丁點火星便熄滅了。李淳風臉色難看至極。

奎木狼哈哈大笑，手一用力，玄奘的脖頸咯咯作響，面皮腫脹。將死之際，奎木狼的手略略一鬆，笑道：「你這個僧人，死後不知能否煉化出天衣，可本尊卻不敢賭。」接著手一抖，玄奘飛了出去，重重撞在亭子的立柱上，掙扎著爬不起身。

「至於你——」奎木狼看了看李淳風，「可以去死了。」

奎木狼一揮手臂，手指間忽然冒出利爪，朝著李淳風的脖頸劃了過去，速度快如閃電。李淳風雖然精通法術，身手卻連普通壯漢都不如，根本閃避不開，苦笑著一閉眼，等待利爪劃開自己的頸部。

突然間只聽嘣的一聲弦響，一枝利箭從窗櫺的破洞裡射了進來，奎木狼身子一閃，咄的一聲，那箭桿貼著李淳風的肩膀射在立柱上。箭桿劇烈震顫。

李淳風茫然睜開眼睛，喃喃道：「法師，你還安排了救命的後手……」

話音未落，就見四面八方嘣嘣嘣嘣的震弦聲響個不停，無數箭鏃射入五里亭。眾人紛紛撲倒在地，便是奎木狼也忍著疼痛，一扯翟紋，兩人貼著地面躲在亭子角落，霎時間亭子地面和木質牆壁上插滿了箭矢。

亭子四周早已殘破的窗櫺紛紛碎裂，轟隆隆地倒塌下來，砸在眾人身上。奎木狼護著翟紋，躲藏在玄奘和李淳風對面，亭子正中是兩根爛木墩，上面插滿了箭矢。奎木狼和玄奘對視一眼，一起伸腿一蹬，互相把一只爛木墩踢給了對方，好歹有個遮擋。

弓箭聲暫歇，五里亭外樹影搖動，月光飛舞，玄奘貼著地面，從破損的木牆洞看出去，卻什麼也沒瞧見。

樹林裡響起兩句說話聲，卻不是中原腔調。

「他們說什麼？」李淳風問。

「是突厥語，」玄奘苦笑，「他們說……換火箭。」

李淳風愣住了，叫苦不迭。

只見樹影中火光一亮，足足有十幾處亮起火光，然後又是弓弦震響，十幾枝火箭宛如流星般從四面八方射入五里亭。火箭前段纏裹著麻布，上面是黑黑的石漆[1]，劇烈燃燒著，發出刺鼻的氣味，瞬間引燃了窗櫺和各處木料，五里亭熊熊燃燒，嗆得翟紋連連咳嗽。

奎木狼勃然大怒，一聲長嚎，獠牙剎那長出，身子瞬間膨脹，砰的一聲撞破木牆，奔躍了出去。

玄奘和李淳風急忙往外看去，就見一隻巨大的銀色巨狼在月光下、林木間躥行如飛，倏忽不見，隨即聽見樹林中傳來各種語言的大叫和驚呼，撲通，一條人影從樹梢上墜了下來，身子折成奇異形狀，喉間鮮血汩汩。

一聲又一聲的慘叫，帶著一種極為恐懼的情緒，然後樹上就如同下餃子一般，撲通撲通地墜下無數人影，都是一動不動，顯然掉下樹之前就已被獵殺。

玄奘和李淳風合力，用腳將破木牆踹出一個大洞，玄奘拽著翟紋的袖子，將她拽到破洞口，把她推了出去，自己和李淳風也鑽了出來。

三人剛逃脫，五里亭便轟然倒塌。

三人躺在地上長長吸了口新鮮的空氣，都有種劫後餘生的感覺。

翟紋低聲道：「法師，你們快走吧。」

玄奘站起身，只見在月光和燃燒的火光下，路上躺著五六具屍體，看相貌，都是胡人，多數是粟特人和突厥人。

李淳風逐一摸著那些屍體的脈門，忽然道：「這個還有一口氣。」

玄奘急忙走過去，一名長著絡腮鬍的中年男子撲倒在地上，頸部鮮血已經凝固，連呼吸都斷絕了。玄奘懷疑地看了李淳風一眼，李淳風卻拿出針套，從皮套中抽出一根黑曜石針，夾在指間，口中一噴，一道符籙噴出，見風即燃。李淳風用針尖挑著火焰，瞬間針尖上火焰燃燒。

李淳風喝道：「一針人中鬼宮停，左邊下針右出針。」

鬼宮即人中，黑色細針陡然刺入，入肉三分。針上火焰熄滅，似乎有一條火焰絲線侵入那人體內。

那人猛喘一口，瞪大了眼睛，卻一動不動。

「你們是何人？」李淳風沉聲道，「誰派你們來的？」

那人睜大兩眼，眼神卻全無焦點，喃喃道：「不良人……王……君可……」

接著頭一歪，徹底死去。

李淳風收了針，和玄奘對視一眼，好半晌沉默無語。

「不良人是什麼人？」翟紋問。

「不良人是一個組織。」李淳風道，「朝廷徵用有惡跡者充任偵緝逮捕的小吏，因為這些人都非良家子，便稱為不良人。他們的衙門設在皇城內，首領稱為賊帥。主要是偵緝外族動向，所以徵用了大批的胡人，陛下曾經下令緣邊各州從胡人中招募一些有特殊才能者舉薦到長安。想必這些人是被王君可私自截留，豢養起來的。」

玄奘喃喃道：「看來我們麻煩大了。」

「王君可要殺我們，」李淳風苦笑，「咱們到底是哪兒漏了風聲？」

「只怕世子被監視了，」玄奘黯然道，「王利涉能不能把消息送到瓜州，看來是很難說了。」

忽然，四周一靜，玄奘和李淳風頓時警覺起來，有種毛骨悚然的感覺。

「快走！」翟紋低聲道。

二人不敢再逗留，也都知道翟紋不會有危險，當即向翟紋致謝，趁著夜色鑽入樹林。

玄奘兩人剛走，就見奎木狼恢復成人形，渾身鮮血，提著一顆人頭出現在土路的盡頭。看到翟紋獨自站在坍塌燃燒的亭子邊，奎木狼扔掉頭顱，臉色陰沉地走過來。

翟紋滿臉驚恐，步步後退。

奎木狼走了幾步，突然身子一歪，跌坐在地。他喘息了片刻，忽然仰頭長嚎，淒厲的嚎叫聲充滿蒼涼和鬱憤，在夜色中遠遠傳了出去。

奎木狼掙扎著起身，坐在亭子一處未被引燃的臺階上，背後便是熊熊烈火，襯得他面目越發幽暗，陰森。

「妳怕我了？」奎木狼問道。

翟紋緊張地搖搖頭，不說話。

「我如今後悔來到這人間了，」奎木狼喃喃道，「與天庭一樣，寂寞，孤獨，每個人都如同一顆星辰，中間是汪洋大海，黑暗深淵，雖然密如繁星點點，卻只能遙望而不可及。」

「你可以殺了我。」翟紋道。

「神靈擁有漫長的生命，不老不死，乏味至極，」奎木狼神色複雜地盯著她，「所以對於神靈而言，未來沒什麼變化，更精采的都是過往的回憶。寂寞時，神靈們一回憶便神遊幾千年。妳要我在漫長的生命中，一遍遍地回憶一場潰敗的愛情嗎？」

「可是你贏不了。」翟紋淡淡道。

奎木狼有些悲傷，坐在臺階上不再說話。兩人盯著眼前的烈火席捲著繁星，在空中飄舞，墜落，如同在天庭附路上遙望星辰如雨。

敦煌子城，刺史府後宅。

卯時日始，朝陽未生，開門鼓從鼓樓傳來，轟隆隆地響著，刺史府的後宅房中也是轟隆隆的響聲震耳欲聾。

王君可帶著干君盛急匆匆走到後宅，後宅正在籌辦魚藻的出嫁事宜，製作燈彩，織修嫁衣，各種顏色的絲絹幾十匹、幾十匹地裁開，裝飾各處，一片喜氣洋洋。

然而兩人卻是神情憂慮，走到魚藻居住的房子外，站在門口側耳聽著，只聽房間內撲通的摔倒聲，哢嚓啪啦的家什碎裂聲，甚至叮叮噹噹的兵刃交擊聲，響個不停。

王君可咧咧嘴，低聲問：「怎麼就打起來了？」

「不知道啊！」王君盛苦笑，「卯時剛過，世子便來了，說要見十二娘。您吩咐過，讓世子和十二娘多接觸接觸，培養感情，我便沒有攔著，送他進了內宅。也不知道怎麼回事，話沒說幾句，就動手了！」

「哎呀，這可如何是好！」王君可煩悶不已。

「當真過分！」王君盛一臉惱怒，「竟敢對我家小娘子動手，這還了得！」

「胡說什麼呢，我是怕世子被打壞了。」王君可道。

王君盛張口結舌，想了想，也確實如此，不禁有些擔憂：「那……那怎麼辦？還沒過門呢。」

這時有奴婢急匆匆跑來，正要說話，王君可在脣邊豎起手指，奴婢會意，低聲道：「客人已至。」

王君可吐了口氣，輕聲道：「事成了。」

王君可轉身就走，王君盛急忙追過去：「那這邊我要不要攔一下？」

「不必，世子應該能扛揍吧。」王君可搖搖頭，心中也有些忐忑。

房間內，到處是打爛的家什和用具，李澶鼻青臉腫地躺在地上，魚藻用膝蓋壓著他胸口，一把橫刀抵著他脖子，李澶張開雙臂投降，大氣不敢出。

魚藻仔細傾聽著外面的動靜：「走了。」

「可以放我起來了吧？」李澶疼得氣都喘不勻。

魚藻冷笑：「汙衊我阿爺造反！這點苦頭還不夠你吃的！你繼續說！」

李澶指了指自己的胸口，魚藻起身，李澶掙扎著坐起來，大口大口喘息著。

昨夜玄奘走後，恰恰閉門鼓聲絕。李澶滿腦子都是王君可要造反的消息，一時心亂如麻，坐在長寧坊酒肆的臺階上，痴痴望到天明。卯時開門鼓一響，他便跑到刺史府來見魚藻，把玄奘的推論說了一番，結果挨了一頓暴揍。

「不是我汙衊，是我師父推斷的。我也不敢相信，這才來與妳商量。」李澶立刻把自己的師父給賣了。

「玄奘那和尚就是個呆子！」魚藻冷笑，「我問你，我阿爺為什麼要造反？造反對他有什麼好處？」

李澶想了一夜也是想不通：「或許……想割據西沙州，自立為王？」

「放屁！」魚藻憤怒地用刀背把他打趴下，李澶一聲慘叫。

「西沙州才多大的地方？縣城不過兩座，人口不到三萬，孤懸在沙漠之中，就算府兵和鎮戍兵能徵召到七千人，又如何抵擋你阿爺與肅州牛進達聯合討伐？」魚藻用刀尖指著他怒斥，「你腦子被狗吃了……」

「是我師父推斷的！」李澶急忙重申。

「我不辱僧，」魚藻繼續道，「你師父推斷的，仍是你腦子被狗吃了！我阿爺只是流官，在敦煌並無根基，敦煌士族勢力龐大，他如何控制他們隨他造反？」

「是我師父推斷的！」李澶一句話也不敢反駁，重複道。

「你師父呢？」魚藻氣得踢了他一腳。

「昨夜師父去找奎木狼了。他說，奎木狼與你父親暗中勾結，他帶了醫師去給奎木狼診治，」李澶起身，「瞧那意思，他是想從奎木狼那裡求證真相。」

魚藻愣怔了一下，忽然暴怒：「昨夜他便去了，為何你今晨才來找我？」

李澶反應迅捷，嗖地一下跳開，離魚藻遠遠的：「昨夜本想來的，可坊門閉了啊！」

「坊門閉了……」魚藻被他氣得一時語塞，「你不會翻牆嗎？這麼大的事，被武侯抓著又如何？」

「被武侯抓著倒不怕，可翻牆……會影響妳的清譽啊！」李澶分辯，眼見魚藻又被氣得要拿刀砍他，急忙道，「而且師父還託我，讓我求證一件事。」

「什麼事？說！」魚藻咬牙切齒地拿刀晃著。

「師父說，如果妳父親要——」李澶不敢說，囁嚅了幾句，聲音低得聽不見。

「謀反！」魚藻大聲道，「別吞吞吐吐婆婆媽媽的！」

「哎，師父說，如果妳父親要謀反，必定會拿下子亭守捉和紫金鎮的兵權，因為他斷不會容許自己大軍在前，而敦煌士族在背後捅刀子。」李澶道，「所以師父讓我確認此事。如果翟迣和宋楷能保留兵權，說明他判斷有誤；如果兩家軍權被奪，說明妳父親確有此意。」

「倒也有理。」魚藻琢磨著。

邊州向來不穩，朝廷對兵權的分配是大有算計的，本地軍將擁有多少，外地流官擁有多少，士族擁有多少，平民擁有多少，誰與誰配合，誰與誰制衡，都經過深切考量。所有的封疆大吏對這種不成文的規則都是心知肚明。

西沙州三鎮四守捉，王君可為了鞏固權力略略調整一二，朝廷也不以為意，但一旦企圖控制所有兵權，就分明有異心了。

因為你是流官！

「跟我來！」魚藻衝過來一把揪住李澶，把他拖出門。

兩人方才大打出手，婢女們都躲遠遠了，後宅空空蕩蕩，魚藻帶著李澶來到正堂的後門，悄悄躲在門口處。

正堂與後門隔著一道屏風，王君可正在接待客人，八扇屏風之間有縫隙，透過縫隙隱約可以看到幾條人影，卻看不清面貌。

「張公，」只聽王君可笑道，「既然如此，你我兩家就此定下婚約，今日我便遣人上門納徵。」

一名蒼老的聲音道：「今日納徵？六禮需經納采、問名、納吉、納徵、請期、親迎，起碼需要半年籌備，直接納徵豈非太匆忙了些？你我兩家都是敦煌高門，這般倉促，徒惹人恥笑。」

魚藻和李澶對視了一眼，聽聲音這老者竟然是張敝！張氏竟然屈服了？

兩人一時都驚疑不定。

「哈哈——」王君可大笑，「張公，咱們兩家握手言和，敦煌人只會額手稱慶，誰敢恥笑？」

旁邊翟昌的聲音響起：「張公，特事特辦，納采、問名、納吉都只是一些繁文縟節，納徵之後，你們兩家的親事才算確定，剩下的請期、親迎之事再慢慢籌備不遲。」

「這——」張敝仍然有些遲疑。

令狐德茂的聲音響起：「張公，奎木狼已經流竄至敦煌，此時正需要我們與刺史齊心協力，共同殺狼。你如今遇到的只是繁文縟節，而當年，弘業公是硬生生犧牲了自己的親女兒啊！」

正堂眾人一時都沉默了。

張敝似乎起身朝著翟昌施禮：「弘業公高義，某不勝慚愧。既然如此，那就定下來吧！只是我必須要刺史一句承諾，奎木狼今日必須死！」

王君可一拍桌案：「好！那兩萬錢帛你們三日內籌備好即可，只要今日把子亭守捉和紫金鎮的兵權交了，某必誅奎木狼！翟公、宋公可有異議？」

翟昌淡淡地道：「無異議。」

宋氏的家主宋承熹也赫然在座，悶哼道：「無異議。」

正堂後，魚藻彷彿被閃電霹靂擊中，呆滯地跌坐在地上。李澶急忙躡手躡腳地爬到她身邊，在耳邊低聲喚道：「十二娘──」

「呂……奎木狼如今在哪裡？」魚藻喃喃道。

「聽師父說，他要去西窟殺一個人。」李澶道。

「走……」魚藻臉色煞白，搖搖晃晃地起身，「我們去西窟！」

一輛馬車拉著黑色的車轎駛出七里鎮，進入蒼茫的戈壁沙磧。

七里鎮在敦煌州城的西南，距州城七里，離開七里鎮，便離開了敦煌綠洲，進入沙磧古道。順著這條古道向西南行七十里，便是西千佛洞，因其位於敦煌城西，又稱為西窟，至於莫高窟，自然便是東窟。

從西窟再西行六十里，便是陽關。

陽關之外，便是蒼茫西域，在上無飛鳥，下無走獸的戈壁沙漠中行走一千五百里，可以抵達鄯善、于闐。陽關與玉門關共同組成了西域南道，不同的是玉門關往北繞過羅布泊沙漠，陽關往南繞過羅布泊沙漠。

從敦煌城到陽關的商路最為繁榮，不但可以通往鄯善等西域各國，到了西窟東邊的甘泉河拐彎處，還有一條南道穿過祁連山口，通往吐谷渾。反觀玉門關商路上最重要的中轉站樓蘭城早已荒廢，磧路不開，如今大多數商旅都經行陽關，因此這條路上行人商旅頗多。

黑色車轎轔轔而行，奎一和奎六脫下了明光鎧，換上一套普通常服，配弓箭攜橫刀，護衛在車轎左右。車轎後是十名玉門關狼兵和鄭別駕、趙富等人，還雇了一些僕役，趕著兩輛牛車，拉著甲冑、兵刃、飲食衣物等隨行物品，看上去就如同前往西窟禮佛的富戶。

車輴內，呂晟用一張氈毯裹在翟紋身上，將她擁在懷中。隔著氈毯，兩人頭首相抵，隨著車輴的震動一搖一晃。

這時呂晟眼神清亮，雖然帶著一絲哀傷，神情卻雍容高貴，赫然是真正的呂晟。

原來昨夜一場激鬥，奎木狼雖然殺光了不良人，自己卻也中了李淳風的鬼穴六針。孫思邈傳下來的十三鬼穴針非同小可，專破邪祟入體，驅魔驅邪，奎木狼雖然靈體是神靈，身軀卻只是凡人，針力入體之後竟讓他難以控制軀體，如陷泥淖。

奎木狼只好暫時放棄軀殼的控制權，沉隱神魂，煉化針毒。於是，呂晟意外地控制了軀殼，翟紋驚喜交加，對他們而言，貪歡片刻也是難得無比。更驚喜的是趙富。奎木狼返回李廟後本來要處死他，剛下達命令便不得不陷入沉睡，而呂晟則下令釋放了他。

趙富算是鬼門關撿回了一條命，此時鞍前馬後跑得格外勤快。

鄭別駕乃是奎木狼的狂熱信徒，星將們則是機械般地執行命令，這些小事他們願意妥協，可去西窟誅殺令狐德蒙這等大事，便由不得呂晟做主了，包括派出奎三、奎五、奎七、奎十二各率一伍人去追殺玄奘和李淳風，他也干涉不得。於是，呂晟和翟紋雖然團聚，卻絲毫不得自由，被鄭別駕和星將們裹挾，向千佛洞而去。

從州城西邊到西千佛洞，基本上是逆著都鄉渠而行。敦煌的水渠是自甘泉河引水，從上游到下游，主要有三條大渠，宜秋渠、都鄉渠、孟授渠，三條大渠復又分了無數支渠，灌溉州城西邊數不盡的良田。

到了七里鎮後，一行人遇上奎五。奎五渾身是血，頗為狼狽，帶的一伍狼兵也只剩下兩人。

從昨夜到今日正午，星將們對玄奘展開大規模的搜捕，合圍，獵殺，玄奘二人一路往西南而去，後來雙方發生激戰，三名狼兵戰死了。

呂晟吃驚不已：「法師和李淳風幾時這麼能打了？」

「玄奘把奎五等人引入烽燧，奎五和戍卒們發生了激戰。」鄭別駕臉色難看。

趙富幸災樂禍：「玄奘法師雖然不通武功，不過對付奎五這等傻大粗笨的傢伙，一百個都不在話下。」

鄭別駕勃然大怒，正要說話，呂晟阻止他：「玄奘法師明知你們要去西窟獵殺令狐德蒙，為何還要向西南方向逃？」

鄭別駕悻悻道：「估計是因為向東是州城，他們不敢去碰王君可的羅網；向西是大沙磧，無路可走；向北都是鄉下，沒什麼去處。玄奘去西窟也好，殺了令狐德蒙之後，正好一併抓了！」

呂晟譏諷：「西窟佛窟千百，令狐德蒙刻意隱藏，哪有那麼容易抓！」

鄭別駕淡淡道：「不勞煩郎君操心，奎神早就安排好了。來人，啟行！」

趙富急忙殷勤地挑開簾子，讓呂晟進入車轎。眾人護衛著，離開七里鎮，駛入沙磧古道。

翟紋在車內顯然聽見了方才的對話，急忙問：「四郎，玄奘法師好生逃走便是，為何偏要去西窟？」

「他是為了我。」呂晟苦澀地道。

「為了你？」翟紋不解。

呂晟道：「法師一心想要找出我過往的祕密，解開奎木狼附體之謎。而奎木狼一心想要殺令狐德蒙，這其中定然隱藏著巨大的陰謀。令狐德蒙既然藏身西窟，法師自然不避艱險也要去一趟。」

「玄奘法師的深厚情誼，讓我夫妻如何報答。」翟紋嘆息了一聲，「四郎，我很害怕去西窟。至於什麼原因……我也說不上來，總覺得冥冥之中這個地方讓我恐懼。」

「放心，一切有我。」呂晟撫摸著她的肩膀，安慰道。

「四郎，我們逃走吧！」翟紋隔著氈毯，抓住他的手哀求道。

「逃到哪裡？」呂晟愣怔片刻，喃喃道，「奎木狼在我體內，哪怕走遍天涯海角，我也無法擺脫他。紋兒，我如今是一具行屍走肉，只剩下二十日的壽命，妳我在人世已經沒有多少日子了。」

翟紋忽然號啕大哭，呂晟摟著她，神色傷感。

「莫哭了，莫哭了。」呂晟安慰她，「早在半年前我們不就已經知道這個結果了嗎？我的身體被摧殘至今，這個下場也在情理之中。我如今唯一放不下的，除了查出我當年的遭遇之外，便只有妳了。紋兒，我捨不得妳，捨不得丟下妳一個人在這塵世之中。」

「你死了，我如何還能活著？」翟紋仰起臉，哭泣道。

呂晟神色嚴厲起來：「我們不是早就約定過了嗎？我死了，妳要活下去！我不願做焦仲卿，不願做楚霸王，男人死了，女人要繼續活著，而且要千姿百態，活得更加精采！」

「其雨淫淫，河大水深，日出當心。」翟紋低聲念道。

呂晟一怔，頓時有些黯然。以他的學識自然知道，翟紋念的是韓憑之妻的一句詩。

東晉干寶的《搜神記》中記載了一個故事，戰國時，宋康王的舍人韓憑娶妻何氏。何氏貌美，康王奪之。韓憑怨恨，宋康王囚之，淪為城旦。城旦是一種僅次於死刑的苦刑，便是做築城的苦力。

何氏暗中送信給韓憑，信中便是這幾句話：其雨淫淫，河大水深，日出當心。

宋康王得到信函，不解其意。有臣子對曰：「其雨淫淫，言愁且思也；河大水深，不得往來也；日出當心，心有死志也。」

不久，韓憑自殺。

何氏暗中腐蝕自己的衣物，有一日，宋康王與她登上高臺，何氏投下高臺自殺。左右隨從扯住她衣服，但衣服早已腐爛，何氏墜落而亡。她留下遺書：王利其生，妾利其死，願以屍骨，賜憑合葬。

宋康王大怒，將二人分葬，墳塚遙遙相望。然而一夜之後，兩棵大梓樹從兩座墳塚之端生長起來，樹幹纏繞，樹根交織，宋人稱之為相思樹。

呂晟和翟紋患難多年，心意相通，翟紋不用多說什麼，只這一句詩呂晟便全然明白她的心思。

呂晟怔怔凝望著她，眼眶慢慢紅了：「虞姬虞姬奈若何！我如今終於懂了楚霸王的艱難，不捨得虞姬死，卻不想讓她屈辱地活著。可我不是楚霸王，他做不到的事，我能做到！紋兒，我死後，會讓妳活著，活得燦爛多姿，世人尊崇！」

「這世間再好，沒有了你，又有什麼味道？」翟紋哭著道。

「世間百味，我已嘗遍，」呂晟喃喃道，「也許奎木狼說得對，這人間啊，就是另一座天庭，從地上看，星辰起浮，摩肩接踵，可是星辰自己知道，彼此遠隔星海深淵，億萬由旬[2]。當年他和披香侍女站在附路上觀看星辰沉浮，真的是肩並肩嗎？所以，紋兒，我死後，妳我之間只隔了一座陰陽而已。」

翟紋痛哭不已。

正在這時，悶雷般的馬蹄聲傳來，呂晟掀開簾子一看，竟是追殺玄奘的奎十二帶著一伍人從前方返回。

呂晟心中一沉，喝道：「難道抓住玄奘法師了嗎？」

趙富急忙迎上去詢問，片刻之後奎十二策馬來到車前。星將腦子一向不大靈光，說話也含混不清：「回稟……郎……郎君，並未……抓著……玄奘。」

「那你為何回來？」呂晟問道。

奎十二道：「屬下……屬下打探到……玄……玄奘從……渠口上船……走水路去了……西窟！」

玄奘和李淳風一路逃亡，最終走水路去了西窟。

起初李淳風提出異議，認為走水路會延誤行程，玄奘告訴他：「從七里鎮到西窟，如果走沙磧古道，一路上有白山烽、破羌亭、山闕烽三座烽燧需勘驗過所，尤其是山闕烽，更是子亭守捉重兵駐守之地。王君可既然要殺我們，這些烽燧不知有多少人是他的心腹，只怕早已張網以待了。」

李淳風想了想確實如此，當即點頭答應：「也是。我們走水路，那幫星將總不能騎馬來追殺我們吧。」

由於西窟鑿窟造像要用到大量木料，而當地名為石山，不生草木，因此木料都得從敦煌或者壽昌縣靠人力運輸而來。

然而，沙磧地帶路途遙遠，運輸不便，加上佛窟開鑿於戈壁灘，山壁之上，木料難以吊運，於是便改採渠上行船，將木料裝船後逆水而上，從都鄉渠和北府渠經過斗門進入甘泉河，再從甘泉河逆流抵達佛窟之下。雖然船隻也要牛馬拉縴[3]，但相對於人力而言，運輸難度便小了許多。

都鄉渠的斗門[4]是敦煌五座大斗門之一，距離七里鎮並不遠，不過三五里路。旁邊設置有水司，駐有渠泊使和平水吏，負責斗門和水渠的灌溉、維護事宜。

玄奘二人都是第一次來，登上河堤來到斗門後，忍不住驚嘆，只見甘泉河浩浩蕩蕩往西北而去，然而就在河中央，一道巨大的堰口將河水分為兩半，大半仍然順著河道而去，另一小半被引入都鄉渠。

都鄉渠中，有十多艘船隻逆流而上，通過斗門。渠邊的行道上有十幾匹騾馬，每四匹排成一排，拉著縴繩吃力地行走。甘泉河的水並不深，普通載人載貨的船隻還好，然而木料過於沉重，所用的也都是木筏，一根根的圓木疊在木筏上，吃水極深。

斗門口有衙署，渠泊使不在，只有幾名平水小吏當值。玄奘懇求借船捎一程。來西窟的僧人小吏見得多了，當即殷勤備至，親自引他們到渠邊，喊停一艘運輸菜蔬的船隻，請玄奘二人登船。

離開斗門，甘泉河內的水流便平緩許多，十幾匹騾馬拉縴，看似緩慢，實則很快，幾乎跟平地走路無異。玄奘和李淳風站在船頭，走了十幾里，漸漸進入石山的峽谷，兩側峭壁如牆壁般陡然聳立，其上便是大沙磧和敦煌古道，這條甘泉河實際上是祁連山融化的雪水將沙磧沖刷出的一道巨大溝壑。

沿著甘泉河再行十幾里，便進入西窟的範圍，玄奘和李淳風看著眼前的景象，驚訝得目瞪口呆。

唐朝的甘泉河尚未被流沙抬高河床，峽谷落差極大，足有上千尺，此刻正值申時末，烈日西斜，日光斜照在峽谷內，卻照不到谷底，只在峽谷中間剖出明暗兩色，將東側的上半截峭壁照得金碧輝煌。

而就在兩側的峭壁上，開鑿了大大小小、成百上千座佛窟，如蜂巢般密密麻麻，布滿了懸崖，綿延四五里，一眼望不到盡頭。每一座佛窟都有雕梁畫棟的窟簷，簷下有棧道相連，一層一層地貼在崖壁上。南崖的佛窟日光照耀，宛如靈山勝境；北崖則被暗影籠罩，已經燃上了點點佛燈，日光暈染，佛燈閃耀出點點金輝，恍如踏入佛國。

尤其是一進入佛窟範圍，河道恰好一收，兩岸懸崖更顯逼仄，崖壁上各雕鑿了一座巨大的佛龕，其中聳立著巨大的佛像，南崖是燃燈佛，北崖是阿彌陀佛，兩座佛像足有數十丈高，佛龕頂端已接近崖頂，而佛的腳趾所踩的蓮花座已接近崖底的河面。船隻和行人從佛底蓮花座下經過，行人只有腳趾大小，仰頭一望，佛的面目彷彿在青天白雲深處，慈悲地垂望眾生。

這兩座佛像的建造工程之大，駭人聽聞。須知這裡是沙磧地帶，礫石岩層，雖然壓得極為密實，卻不比岩石，所以佛像並非直接雕琢崖壁而成，而是鑿出佛龕後，以木料、紅柳、蘆葦之類和黏土，塑出佛的形狀，再於其上細細雕琢彩繪。最後建成如此龐大的佛體，並且成百上千年不垮塌，可見工匠技藝之高超。事實上，這麼龐大的佛體並非一體成型，而是把整個崖壁分段鑿出佛龕後再分段塑造，如此一來不但工程量減少，崖壁上下互相支撐，也更加穩固，佛體表面再塗抹泥彩，根本看不出接縫。

看到這兩座大佛的瞬間，玄奘淚流滿面，跪倒在船頭號啕痛哭。他也不知為何要哭，或許是受到宏偉奇觀的震撼，或許是恍惚間踏入今生追求的終點。

一旁的船家感慨道：「法師是第一次來吧？所有的僧人第一次來到西窟莫不如此。這裡自前涼起鑿窟造像，比莫高窟還要久遠。北崖這座是前涼太祖張軌所造，南崖這座乃是西涼武昭王李暠所造，每一座都耗費數代人力，父死子繼，子死孫輩接著造。據說北崖大佛從張軌在世開始造，一直到他的重孫前涼桓王張重華才完工。可惜，大佛完工不久，張重華便駕崩了。他死後二十多年，前涼又被胡人給滅了。」

李淳風看著頭頂這座巨大的佛像，也忍不住心潮澎湃：「船家，這大佛兩側似乎有棧道和廊道盤旋而上，難道從這裡還能走到佛頂嗎？」

「當然了。」船家道，「這北崖大佛窟如今雖然不是張氏私產，張氏卻供養了僧人常駐佛窟內，稱為駐窟禪師，每年佛節，張氏全族都要來參拜禮佛。你看看南崖大佛，是李氏在供養，不光這兩座，再走不遠還有更壯觀的，敦煌各大士族，令狐氏、翟氏、陰氏、索氏、氾氏、宋氏都在這裡開鑿了家窟。只不過張氏和李氏做過皇帝，當年修窟用的是舉國之力，其他士族的家窟就沒這麼大，但也各有勝景。」

玄奘急忙起身：「令狐氏的家窟在哪兒？」

「再前行二里路，保準法師看了不虛此行！」船家笑道，往岸邊喊，「石頭，騾馬趕快一些，送這位法師到令狐窟！」

岸上的騾馬頓時加快了速度，船隻劃破水浪，急速前行。甘泉河在大佛處稍稍彎折，船隻繞過河灣後，玄奘和李淳風再一次震撼了，只見崖壁聳峙的河道中央，赫然臥著一道恢宏的拱門！

這道拱門確切地說是一座長橋，橫跨甘泉河兩岸，高出水面將近百丈，乃是木頭榫卯的拱形結構，宛如懸崖上的一道彩虹。拱橋兩側各鏤空出三座佛龕，每一座佛龕中都有一座佛像。只可惜拱門實在太高，距離又有些遠，佛像的面目看不清楚。拱門的兩端則嵌入兩側的崖壁中，而河對岸的南崖那端還支撐著一座高達七層的佛塔。

那佛塔高有百丈，卻只有三分之一露出崖壁外，像是嵌入山崖中一般。佛塔頗高，想來建這座拱門的目的之一，就是為了支撐佛塔。

莫說玄奘，便是李淳風看到這景象也震懾得說不出話來，好半晌才喃喃道：「天哪，這一塔一橋，便是在長安也無如此宏偉的建築。敦煌區區邊州，不到萬戶，竟然造出這等奇觀！」

「雖然只有萬戶，可我們敦煌人子子孫孫，無窮匱也，成百上千年來，便是只蓋一座樓，也能上天摘掉星辰了。」船家笑道。

「可這需要耗竭多少民力啊。」李淳風修的是道，有些不以為然。

「郎君有所不知，比起衣食上的飢寒，我們更怕大漠上的孤寂。」船家嘆道，「敦煌地處大沙磧中，四面八方荒涼廣大，我曾聽人念過一首詩：『西出長城關塞邊，黃砂磧裡人種田。漢家壯士胡笳唱，過得敦煌無人煙。』」

玄奘心中一動，他記得初入敦煌，行經瓜沙古道時，曾聽講唱人劉師老念過這首詩。

「老朽壯年時曾隨商隊出過陽關，走過萬里西域，最遠到達且末。我們離開陽關綠洲，一千五百里的沙磧大漠，荒無人煙，上無飛鳥，下無水草，一路上只能隨著人和駝馬的屍骨前行，誰也不知道什麼時候，自己就會變成沙漠中的一具屍骨，為後來者指引方向。」船家似乎沉湎於往昔的歲月，「那種蒼涼，那種孤寂，實在難以言傳。整整一年後，我僥倖隨著商隊歸來，再行經一千五百里的沙漠，進入陽關、看到這敦煌綠洲，你知道我們是什麼感受嗎？」

「喜出望外。」李淳風道。

「不，我們所有人都跪倒在地，號啕痛哭。」船家道，「我們感恩這敦煌大地，感恩這佛窟造像，當年我們幾乎人人揣著佛像離開敦煌，若是沒有佛的慰藉與保佑，幾乎無人能在孤寂的天地間生還。牲口只需要吃得飽、穿得暖就夠了，可人不一樣。」

李淳風忽然有些明白了，他默默地望著這座天上奇觀，不再說什麼。

「老丈，請馬上靠岸！」玄奘忽然沉聲道。

李淳風愕然地順著他的目光瞧去，也是一驚，只見一艘木筏正以極快的速度順流而下。那木筏已經卸掉了貨物，極為輕快，一路上破開水浪，在船隻中橫衝直撞，惹得眾船隻手忙腳亂地轉向，有些船閃避不及，徑直給撞上，船上有人翻進水中，不少人破口大罵。

而那艘木筏上，赫然站著兩名星將和十名狼兵，正是一路追殺過來的奎三和奎七！

李淳風想起昨晚的悽慘經歷便頭皮發麻，急忙喊道：「快！靠岸！」

船家也發現了上游的木筏，生怕給撞著，急忙指揮船夫靠岸。還沒等靠到岸邊，玄奘和李淳風便從船上跳進水中。岸邊的水只到大腿深，兩人划著水跑到岸上，躲進人群。

奎三和奎七在竹筏上縱目四顧，四下搜索，河面上的船隻不多，兩人於是命令木筏靠岸，帶著人沿著河岸一路搜索。玄奘和李淳風急忙跑上一條棧道，一口氣上了三層，小心翼翼地從奎三等人頭頂上經過。

站在棧道上往下瞧，視野極好。這側河岸更寬一些，地勢也高，長著一片茂密的樹林，林中建著一座佛寺——大雲寺。山門外是個占地頗大的廣場，此時雖然不是節日，前來觀佛上香的信眾仍不少。這附近還在開鑿佛窟，所以更有大量的匠人和僕役在此長居，河邊和懸崖之間的路只有十多丈寬，車輛、牲口和行人一過，更顯擁擠。直到了廣場才寬敞些，熙熙攘攘都是往來的人群，有百戲，有講唱，還有胡人表演幻術。

忽然，玄奘一怔，就在那人群中，他見到了一個熟人——正是那俗講師劉師老，旁邊是他的女徒弟煙娘！

大雲寺山門旁邊搭了一座三尺高的木臺，上面鋪著氈毯，劉師老坐在臺上講著，煙娘則抱著琵琶輕攏慢撚，淺吟低唱。

距離有些遠，玄奘聽不見他講唱的是什麼內容，卻意外發現人群中有四名壯漢正悄無聲息地擠了過去。那些漢子腰佩橫刀，目光閃爍，靠近之際，手悄然摸上了刀柄！

第十八章　人之為何多狹路，只因要將天地渡

「李博士，」玄奘沉聲道，「用你的針術和法術，可否瞬間制服四個人，且不傷他們性命？」

「星將？」李淳風不認識劉師老，還以為玄奘說的是星將，「普通人還成，星將是萬萬不能的，他們似乎與普通人類有所不同——」

「那就好！」玄奘不等他說完，扯著他的袖子急匆匆下了棧道，衝向大雲寺山門。借著人群的掩護，玄奘和李淳風悄然來到那四名漢子的背後，沒想到那四名漢子不再往前，就那麼聽著劉師老講唱，彷彿津津有味的樣子。

玄奘一時摸不著頭腦，卻聽劉師老講道：「卻說那奎宿為玉皇天帝鎮守北天門，北天門是何等緊要的所在？那北天門外便是天倉，即天上府庫，天上所收之田粟盡入天倉。列位看官也知道，奎宿共有十六顆星辰，只有奎九最為明亮，這就是一十五星皆不明……」

玄奘頓時怔住了，劉師老居然在講奎木狼的故事！他如何得知？又為何在此講唱？要知道，奎木狼為禍敦煌三載，凶殘無比，殺人無數，是整個西沙州能止小兒夜啼的惡魔，官府緝拿的悍匪，敦煌百姓切齒痛恨。劉師老為何敢大庭廣眾之下開講此事？

玄奘神色凝重起來，李淳風也覺察出異常，兩人繼續聽著。

「忽然有一日，那奎宿九號星辰猛然一陣燦爛，居然誕生了靈體，玉皇天帝大喜，賜號奎木狼！列位看官可知道，天帝為何賜『木狼』二字為名號嗎？」劉師老笑咪咪地問道，「因為天庭敕封名號乃是以演禽術為根基，便是以陰陽五行及二十八種動物，配合天上二十八宿，生出二十八個名號。天庭星辰劃分為四象，青龍、白虎、朱雀、玄武，每一象分為七宿，對應『金木水火土日月』七曜，以及七種動物。所以，二十八種動物分為四象，再與七曜、二十八宿相配，便可配出二十八個名號。奎宿屬木，狼主殺伐，恰與白虎七宿相配，故賜號奎木狼！」

「這種解釋倒也生動！」李淳風驚嘆道，「百姓把天上的二十八宿認作二十八種動物，與五行相合，與天干地支相合，來配年月日時。不同的年月日時，又預示著不同的吉凶，更是符合天人感性的儒道兩家理論。」

玄奘自從第一次聽說奎木狼的名號，便好奇奎宿為何與木、狼一起命名，原來竟是將天上星宿給擬人化了。只是……一個俗講師為何懂得這種艱深的星象知識？

這時旁邊的㛹娘一抹琵琶，彈唱道：

奎星造作得禎祥，家下榮和大吉昌。若是埋葬陰卒死，當年定主兩三喪。
看看軍令刑傷到，重重官司主瘟皇。開門放水招災禍，三年兩次損兒郎。

「這是什麼歌？」玄奘問道，他曾從奎木狼處聽到。

「二十八宿吉凶歌，」李淳風臉色難看，「占卜師日常所用。」

一曲歌謠彈唱完，劉師老接著道：「奎木狼誕生於上古三皇之時，自誕生起，他便感覺到了天庭的寂寞。諸位看官，那天上星辰看似恆河沙數，可天界的遼闊足有大地的億萬倍，每一顆星辰都相隔億萬里，便是神靈想要橫渡宇宙洪荒也極為艱難。於是天帝每隔五百年一賜宴，眾神靈相聚凌霄寶殿，喝長生仙酒，吃不死仙藥，呼朋引伴，喧囂大醉。可就在一次凌霄寶殿的酒宴中，奎木狼見到了一個女子，便是那披香殿的侍女。」

「這老者竟然知道披香殿侍女之事！」李淳風悚然一驚。他也是從玄奘口中才得知此事，一個俗講師如何知道？

兩人對視一眼，此人的身分越發神祕了，他們偷偷看了一眼旁邊的四名漢子，也在沉默傾聽。

「列位看官，天上神靈誕生於天地陰陽之間，壽命自然是無窮無盡，便是區區侍女，壽命也是無窮。在壽命無窮之時，神靈的愛情又會如何呢？」劉師老笑咪咪地道，「列位看官不妨想想，若是你的壽命長達兩百歲，你二十歲成婚，要陪伴一個女子一百八十年，那是什麼境況？」

周圍看客竊竊私語起來，眾男子群情亢奮。

一名商賈大笑道：「我與內人成婚二十年，幾乎想死的心都有了，陪她一百八十年？我還是自裁吧！」

「若不是害怕律法，我早把她切切餵雞了，」一人喊道，「雖然不敢真的幹，但我腦子裡每日殺她一百遍！」

一名女香客叫道：「就許你們男人厭煩女人嗎？我成婚三五年，就我家那郎君……每日切菜的時候，我都把蘿蔔、蔥段看成他的模樣，剁起來特別有力！」

眾人大笑，場子頓時熱鬧非凡，便是那四名壯漢也是心有戚戚，顯然想起了家中難對付的婆娘。

劉師老笑道：「所以天庭夫妻甚少，為何？因為成婚之後要陪伴另一人千年萬年，便是神靈也受不了啊！可是天上偏生又寂寞無比，那一日凌霄夜宴，奎木狼偶遇披香侍女，便愛上了她。可是天庭規矩森嚴，哪怕奎木狼願意陪她千年萬年也無法成婚，為何？因為每一尊神靈、每一顆星辰都有他的位置，帝星和后星自古以來便居住於紫微之內，亙古不變。可若是兩人和離了呢？天上星宿移位，整個人間天上就全亂了套啦！」

天帝和天后和離？看客們面面相覷，在眾人眼中，天帝天后實在比人間帝王皇后還要尊貴，誰敢琢磨他們和離之事？想一想就覺得大逆不道，可是再想一想，又覺得刺激無比。

「所以，奎木狼便和披香侍女相約下凡廝守。天上一日，地上一年。在奎木狼想來，人間壽命不過百歲，哪怕廝守一生，也無非是天上百日而已。既不誤了天上應卯，又能白頭到老一世，豈不美哉？」劉師老道。

這時卻有人大笑：「原來這二人是把人間當作了小樹林，野合來了！」

「嘩——」眾人哄堂大笑。

這話把劉師老擠對得險些噎住，一時不知該如何回答。煙娘急忙救場，一挑琵琶，唱道：

人之為何多狹路，只因要將天地渡。乾坤終將入遲暮，世間無一永定篤。
陰陽必定皆設伏，天地必藏大殺戮。上天下地只一命，命之一字壓千古。
知己者也不怨人，知命者也不怨天。福禍存亡俱已定，都是己身將命行。

劉師老趁機整理思緒，繼續講道：「唉，這天上的神靈啊，其實做起事來與人類有什麼區別？一樣是愛恨情仇，一樣是紛爭不休。天人交感，便是天人如一。咱們話接上回，列位看官可知道兩人相約下凡之後發生了何事？那奎木狼有職司，於是披香侍女先行下凡，投胎為人，成了一戶大士族家的女兒。然而奎木狼下凡後，卻找尋不到她了。奎木狼苦苦尋找，等終於找到她時，發現那披香侍女經歷了六道輪迴，早已忘卻了天上之約。」

「何處來的腐儒，敢胡言亂語！」那四名大漢臉色大變，怒吼一聲，從人群中擠了出來。

四人抽出橫刀，架住劉師老和煙娘，周圍看客譁然後退。

玄奘和李淳風也被人群擠了出去，李淳風低聲道：「法師，要動手嗎？趁著人多，一人一針便能制住。一旦人少了，我可近不得他們的身。」

玄奘搖搖頭：「且稍待。劉師老此舉定有深意，我們不妨看看。」

那四名漢子押著劉師老和煙娘上了棧道，徑直往上走，玄奘和李淳風急忙從另一邊的棧道跟上去。卻見那四名漢子直走上七層棧道，進入一座大佛窟。那佛窟正好連接著拱橋，六人從佛窟上了拱橋，朝對岸的七層塔走去。

玄奘和李淳風跟蹤到了大佛窟，卻見拱橋的橋口有兩名僧人牢牢守著，只好想辦法另闢蹊徑。兩人朝著河對岸張望，卻見塔的每一層與崖壁也都有棧道相連，於是急忙又從棧道上下來，在大雲寺邊喊了一艘船，渡到對岸。

南崖相對冷清了許多，因為北崖的佛窟多是殿堂窟，而南崖開鑿的大多是禪窟、僧房窟、廩窟和瘞窟。

所謂殿堂窟，便是內部空間廣大，有佛和菩薩造像，以及雕繪精緻、美輪美奐的壁畫，既可供僧侶修行、禮拜，又可供信徒觀像、舉辦儀式的大窟。

而禪窟，是禪僧修行坐禪的洞窟，並不對外開放，因此內部也極為簡陋。事實上，無論是莫高窟還是西窟，最早的洞窟都是僧人自行開鑿的禪窟，用以坐禪修行。

僧房窟則是僧人日常生活之所，內中有灶、炕，可以生火做飯；廩窟便是倉庫，用以儲存糧食菜蔬；而瘞窟則是瘞埋僧人骨灰、遺骨之所。

簡而言之，南崖的洞窟大多是僧人的生活區域，俗家信徒自然來得極少，便是來參拜，也多是禮拜這座七層塔。

玄奘二人來到南岸，見這座塔極為巨大，只有三分之一露出崖壁外，底層是三層臺基，上了臺基之後，正中央開了一座門，但也有兩名僧人值守。二人無奈，上了旁邊的棧道，二層棧道與塔之間也開了小門，所幸無人值守，二人打開小門，來到塔的第二層。

剛一入內，兩人頓時目瞪口呆，只見整座七層塔的塔肚內竟是中空的，供奉著一座高達六七十丈的釋迦牟尼佛立像！大佛是以整座山崖鑿出佛龕，岩石為脊，木梁為柱，泥塑彩繪。七層塔的每一層都環繞著大佛，塔的結構支撐著佛體，並在佛像背後的崖壁上鑿出通道，供人環繞朝拜。

二人來到第二層平臺的欄杆處，竟然才到佛的腳踝上方，抬頭一看，整個佛身都隱藏在一層又一層的佛塔上方，根本看不到頂。

兩人還來不及驚嘆，就聽到上層傳來腳步聲響，以及劉師老的反抗聲和黑衣漢子們的喝斥聲。兩人找尋了一番，發現塔的兩側都有樓梯，便順著另一側悄悄跟蹤上去。

塔內每一層都是一座佛殿，有不少僧人在誦經禮拜，鐘磬和禪唱之聲迴盪其中，悠長宏大。兩人落後一層，順著樓梯攀緣而上，不時有僧人上上下下，看玄奘乃是僧人，也不以為意，錯身而過。

到了第六層，塔內又是一變，此處只能看到釋迦牟尼佛巨大的手掌，屈臂上舉於胸前，手掌向外，結的是無畏印。而手掌外是一座開敞的平臺，平臺外便是那座勾連南北的拱橋。橋的這段雖然黯淡，但此時落日餘暉映照在橋的另一端和對面的崖壁上，金光燦爛，彷彿一座法橋。

玄奘看著眼前的奇景，喃喃道：「佛為海船師，法橋渡河津。大乘道之輿，一切渡天人。」

「法師，上不去了！」李淳風打斷他。

玄奘愣了愣，轉頭看去，才發現第七層的樓梯口站著四名彪形大漢，正往來逡巡。兩人急忙繞著欄杆躲到崖壁的通道裡，探出頭去，往下看，一層一層的佛燈如同星火點點，根本看不到底，往上看，又被第七層的樓板遮擋了視線，只能看見巨大的佛頭，看不到第七層的情況。

話雖如此，但因為有佛身，整座塔基本是中空的，根本無法隔音，可以聽出上面似乎有不少人，有急匆匆走路的腳步聲，和金屬碰撞聲。

只聽一個蒼老的聲音道：「人之為何多狹路，只因要將天地渡……說得真好啊，一句話道盡人世多少無奈。紅塵如刀，這狹路上又斬殺了多少英雄豪傑！」

劉師老問道：「您是何人？為何要捉我師徒二人？」

那老者大笑：「劉師老，你在敦煌城的東市、西市和三大寺到處講唱奎木狼的變文，難道不知道我為何請你上來嗎？」

劉師老似乎沉默了片刻：「老朽著實不知。」

「那我且問你，奎木狼的變文你是從何得知？」那老者問道。

「老朽是俗講師，自然到處搜集變文。」劉師老道，「那一日在西市一家書肆，偶然看到一卷變文，上面記載了〈伍子胥變〉、〈破魔變〉和這〈奎木狼變〉三篇，老朽便買了來。您也知道，奎木狼這些年在西沙州人人談之色變，老朽也是想多一些人潮，便拿來講唱。」

「哈哈哈——」那老者大笑，「在西市購買？哪家書肆？不妨告訴你，西市幾乎所有的書肆都是我家所開。」

「您——」劉師老的聲音有些驚慌，「您老到底是何人？」

李淳風在玄奘耳邊低聲道：「這老者的聲音似乎有些耳熟。」

玄奘心中一動，瞧了瞧左右，發現這欄杆嵌入崖壁，而崖壁因為開鑿佛身鑿有孔洞。他一咬牙，讓李淳風扶著自己，踩上欄杆，順著孔洞往上攀爬。李淳風看得提心吊膽，這一旦失手，玄奘就會順著佛身直墜下去，摔得粉身碎骨。

六層塔高接近兩丈，玄奘攀爬了一丈，見上面垂下黃色帷幔，便抓住帷幔，終於爬上了第七層的地板。玄奘朝著李淳風招手，李淳風拚命搖頭，玄奘無奈，四下找了找，解開帷幔上的一條流蘇，將一頭綁在欄杆上，另一頭垂了下去。李淳風呆滯好半晌，咬咬牙，順著玄奘踩過的孔洞爬上丈許，攥住流蘇，玄奘將他半拉半拖地拽了上來。李淳風一上到第七層，整個人都軟了，玄奘也累得半死，兩人躺在地板上，吁吁直喘。正在這時，兩人忽然瞪大了眼睛，只見腦袋上方出現一群精壯漢子，腰佩刀弓，雖然沒有穿戴甲冑，但那種鐵血凜冽的氣勢卻比見過的尋常鎮兵還要精銳。

兩人對視一眼，一起苦笑，舉起手臂，被那些部曲拽了起來，以刀箭抵著，押到佛堂上。

第七層已是佛塔的最頂層，卻仍然沒有佛像高，只能看到佛像舉起的手臂做無畏印。佛頭甚至穿過了第七層，直入崖壁之中。

佛像的無畏印前是一座寬闊的佛殿，兩側擺著文殊、觀音、普賢、地藏四大菩薩的彩繪泥塑以及力士金剛，而佛殿的門口處站著一名老者，身穿曲領大袖袍，前佩蔽膝，大袖飄飄，身後便是橫跨甘泉河的拱橋，對面山崖反射過來的落日光輝將他照耀得遍體金黃，宛如神仙中人。

佛殿的左右兩側肅立著七八名精銳部曲，握刀彎弓，虎視眈眈地盯著站在佛殿正中的劉師老和煙娘。部曲們將玄奘和李淳風推到佛殿中間，劉師老驚訝地看著玄奘，忍不住苦笑。

玄奘合十施禮：「劉公，許久未見了。」

「當不得。」劉師老搖頭不已。

那老者打量他們一眼，頗有些驚訝：「原來是玄奘法師和李博士！」

李淳風苦笑著拱手：「原來是德蒙公。」

此人竟是奎木狼費盡心思要殺的令狐德蒙！

「李博士，老夫對你很是失望啊！」令狐德蒙盯著李淳風，「你是我敦煌士族請來降服奎木狼的，奈何要與那妖狼為伍，與我士族作對？」

「在下只不過是陪玄奘法師來西窟禮佛，怎麼就是跟士族作對了？」李淳風不滿道。

「玄奘在敦煌查什麼，人盡皆知。」令狐德蒙冷冷道，「你與他攜手，豈不就是與我等作對嗎？只是這玄奘乃是僧人，又與陛下有些瓜葛，老夫才對他放任，可你不同，你是朝廷官員，還要回長安任職的，切不可自誤！」

「那……我告辭了？」李淳風想了想，一拱手，扯著玄奘就要走。

一旁的部曲將弓箭對準了他們，兩人只好停步。

令狐德蒙冷冷道：「既然來了，怎麼說走便走？難道放任你去給奎木狼報信嗎？」

「玄奘法師，」令狐德蒙走到玄奘面前，森然地盯著他，「當初在莫高窟聖教寺，吾弟便給過你選擇，是離開敦煌進入西域，還是一意孤行到底，看來法師並不聽勸啊。」

玄奘合十，平靜地道：「進入西域是修行，留在敦煌也是修行，對貧僧而言，在這座塔的第七層也是修行。」

「好好好！好僧人！」令狐德蒙大笑道，「你回答得如此決絕，倒省了老夫再做抉擇。也罷，各位就都作這釣餌留在這裡吧！好好一個局，魚還沒到，餌如何能走？」

玄奘只是微微一躬身，神情從容如常。

「這……這是什麼局？奎木狼要來嗎？」劉師老卻慌了神，「老朽只是俗講師，與我無干啊！懇求令狐公開恩！」

令狐德蒙冷笑，繞著劉師老緩步行走：「劉師老，你在西窟講述奎宿，難道不是為了吸引我的注意，讓我捉你來嗎？」

「我……」劉師老身子微微佝僂著，不敢抬頭，「我斷無此意。」

「哈哈！」令狐德蒙大笑，「讓我猜猜，奎木狼在敦煌找了我三年，抓了我令狐氏十多人拷問，卻問不出我的下落，如今他是不是透過某種途徑打聽出我藏在西窟了？可惜啊，西窟有成百上千個佛窟，在這裡找我，無異於大海撈針，那麼他如何鎖定我的藏身地呢？他知道我想要什麼，於是就派你過來，講唱奎宿和天上星象。我必定好奇，會捉你來見我，那麼他就可以順勢找到我的藏身地了，是不是？」

玄奘和李淳風恍然大悟，沒想到奎木狼的動作如此之快，昨日才得到令狐德蒙藏身西窟的消息，今日便派了劉師老來講唱。

劉師老嚇得魂不附體，叫道：「令狐公，冤枉啊！我承認，那〈奎木狼變〉不是我從西市買的，而是有人拿給我的，又送我千錢，讓我來西窟講唱。但我與那人素不相識，真的不是奎木狼的黨羽！」

「你的確不是奎木狼的黨羽，」令狐德蒙嘲諷道，「但你是呂晟的族人！你真名呂師老，涼州姑臧縣人氏，可你祖籍敦煌縣，父親叫呂成南。祖父呂延，乃是北魏亂民呂興的堂弟！」

劉師老霍然抬頭，滿臉不可思議，連一直默不作聲的煙娘身子也微微一顫。

「您……您認錯人了！」劉師老道。

「還想否認？」令狐德蒙笑吟吟地望著煙娘，「煙娘，妳說呢？」

劉師老難以置信地望著煙娘，煙娘的神情恢復平靜：「師父……不，父親，是我告訴他的。」

玄奘頗有些意外，沒想到煙娘竟然是劉師老的女兒，卻為何冒充徒弟？

「為何？妳為何要這麼做？」劉師老臉色煞白，怒吼道。

煙娘咬了咬唇，緊緊摟著懷中的琵琶：「因為我不想離開涼州，不想顛沛流離，不想在人前講唱為生。」

「為何？」劉師老咬著牙，重複了一句。

「劉……呂師老啊，」令狐德蒙搖頭不已，「還不明白嗎？當年我祖父殺呂興滿門，你祖父未及弱冠，這才讓他逃出敦煌。你呂氏和我令狐氏雖然有仇，可那畢竟是八十年前的舊事了。北魏至北周，北周又到隋，隋又入唐，王朝破滅了多少，其間多少家族風流雲散，整州整縣地滅絕，你這一支既然在涼州安了家，落了籍，為何不願平靜地活下去，非要執著於復仇呢？」

「老朽今年五十歲，自幼長在涼州，雖然吾祖、吾父都對我說過當年滅門的慘案，可是對我而言，敦煌只是一個遙遠的祖地，敦煌呂氏只是我的祖先。砍在他們身上的刀，我並不覺得疼。」呂師老一改方才的惶恐之色，腰背挺直，氣度從容，感慨道，「可是二十年前我來到敦煌，那時是大業年間，這裡還叫敦煌郡。見到這裡的第一眼，我就迷戀上了它。『西出長城關塞邊，黃砂磧裡人種田。』莫高窟、西窟、三大寺、泮宮、玉門關、陽關、渥窪水、白馬塔、瓜沙古道……這是我漢家的福地，是我呂氏的根啊！我捧著那砂土，一瞬間找到了根，一瞬間找到了血脈融於其中的感覺。所以，我要回來！」

玄奘輕輕吐了口氣，原來如此，事情越來越明白了，可也越來越複雜了。

「這就是你唱的知己者也不怨人，知命者也不怨天吧？」令狐德蒙淡淡道，「可是對你的子孫後代而言，敦煌卻是一個完全陌生的地方，對煙娘而言尤其如此。煙娘如今已經十九了，她早該嫁人生子，過上相夫教子的生活。事實上，煙娘在姑臧縣也有了自己喜歡的郎君，他是個良家子，家境殷實，讀過州學，與煙娘兩情相悅。可是就因為你執著復仇，拋家別業，她就得跟著你離開涼州，風餐露宿，講唱賣笑，這不是她想要的人生。所以，我找到她，答應她只要能協助我捉到呂晟，了結這樁恩怨，便讓她回到涼州，相夫教子，她立刻便答應了，因為這是她夢寐以求的生活。」

「僅僅因為這……妳就出賣了妳父親？」呂師老難以置信地望著煙娘。

煙娘哀傷地沒有說話。

「你看，這便是後輩對待歷史恩怨的態度，」令狐德蒙道，「呂氏被逐出敦煌，時也命也運也。所謂人心安處即是家，大唐天下何處安居樂業，何處便是吾之家鄉。你所執著的，只是執念而已。」

「那不是執念，」呂師老喃喃道，「祖宗墳塋在此，生不得祭拜，死不得歸葬，那種痛苦你們不會懂。少年時我祖父去世，臨死前他握拳瞪眼，嘴裡一遍遍喊著：敦煌！敦煌！中年時我父親去世，他也是出生在涼州，從未到過敦煌，臨死前卻告訴我，將自己的棺木厝置於寺廟，不入土，有朝一日他要陪著祖父歸葬敦煌。對於我父而言，那是養育他的祖父的心願；對於我而言，那是養育我的父親的心願；我們一代一代眷戀鄉土祖地，便是眷戀生養我們的父母長輩。」

「懂了，」令狐德蒙嘆道，「所以你呂氏回到敦煌的方式，就是剷滅我令狐氏嗎？」

「不剷滅令狐氏，呂氏如何在敦煌立足？」呂師老淡淡道，「哪怕如今已是大唐，令狐大宅門前的閥閱柱上，還刻著北魏令狐整平滅呂興、張保之亂，功著敦煌。令狐氏以此自矜，誇為榮耀，又豈能容我呂氏重回敦煌？事實也是如此，呂晟和呂滕一回到敦煌，你不是立刻就出手了嗎？」

令狐德蒙默然片刻，點點頭：「你說得也沒錯。士族的榮耀本就是一代代累聚起來的，呂氏一旦在敦煌立足，要麼是我祖父當年錯了，要麼就是我令狐氏衰微了。你我兩家的矛盾實在是無可調和，既然如此，我也不多說廢話了。你既然與呂晟合謀，那幾件東西藏在何處想必知道。說出來，我讓你活著離開。」

呂師老大笑，指點著四周：「老朽的命居然如此值錢，能和那幾件東西相提並論！你們找了三年也沒找出位置，居然覺得問我就知道了？」

「倒也是。」令狐德蒙沉吟道，「那麼我退一步，你說出呂晟——或者說奎木狼如今在何處，我也可以讓你活著離開。」

「哈哈！」呂師老大笑，「如果不說便死在敦煌嗎？夙所願也！」

呂師老猛然朝著大殿門口狂奔，衝出殿門，跑上拱橋，嘶聲大吼：「陰陽必定皆設伏，天地必藏大殺戮——」

四名部曲追了出去，彎弓搭箭，弓弦震動間，箭鏃閃電般射了出去，噗噗噗噗，四箭全射入呂師老後背！呂師老撲倒在橋面上，卻掙扎著爬起身，抓著欄杆，朝著甘泉河的山谷大喊：「走——」

山谷逼仄，淒厲的回音在甘泉河兩岸迴盪，餘音不散。

「阿爺——」煙娘驚叫著衝了出去，抱住呂師老的身軀，手忙腳亂地握住箭桿，卻不敢拔。

這時，十幾名部曲也擁到了橋口，舉弓要射，令狐德蒙輕輕擺了擺手。他根本不在意呂師老，反而四顧張望，神情凝重。部曲們也緊張不已，舉著弓箭上下左右搜索，似乎在防範無形的敵人。

玄奘和李淳風衝出殿門，剛跑到呂師老身邊，便猛然停住腳步，吃驚地看著拱橋對面。此刻夕陽更斜，照耀在大漠沙磧上，山尖有如染了血，熔了金，山谷陰沉暝迷，只有一條甘泉河從昏暗中洶湧而出，在落日中浩然北去。

就在這陰陽交錯的橋面上，呂晟輕袍緩帶，一步步走來，在他身後跟著奎一、奎五等六名星將和二十名狼兵。

「嗚——」忽然一聲軍中號角吹響，只聞鐵甲錚錚，轟隆隆的腳步聲如同悶雷，無數的兵卒從兩岸的佛窟、禪窟、七層塔、大雲寺中湧出，沿著棧道奔上懸崖，一層一層的棧道上布滿了兵卒，有弓箭手，有槍矛兵，有陌刀隊，統領軍隊的赫然是令狐瞻和翟述，兩人各自封鎖了南北兩端，在拱橋兩側布下三重盾牌，整個西窟儼然成為一座大殺場！

玄奘和李淳風站在拱橋上迷茫地望著，只見令狐德茂、翟昌、張敞、陰世雄、氾人傑五大家主在龍勒鎮將馬宏達的陪同下，一起從七層塔的佛殿中走了出來。

原來令狐德茂和張敞等人與王君可達成交易之後，王君可便派心腹馬宏達率領軍隊祕密埋伏，來獵殺奎木狼，事成之後再一併收了翟述的軍權。士族家主付出如此大的代價才換來王君可傾力相助，自然不放心，所以一起前來見證。

家主們藏在七層塔內，軍隊則藏在各個佛窟內，給奎木狼設下了天羅地網。大軍列好陣勢，空氣突然凝滯，巨大的反差讓人耳邊彷彿仍嗡嗡作響。然後，天地間響起呂晟和星將們不急不緩的腳步聲，呂晟對突然湧出的大軍視若無睹，甚至連腳步都不曾停下，兩眼只是盯著重傷的呂師老。

呂晟走到近前，神情複雜地看了一眼玄奘，微微一躬身，隨即一言不發，從煙娘懷中把呂師老抱了過來。

呂師老嘴裡咳出一口鮮血，兩眼無神地看著他：「你是呂晟還是那狼……」

「我是呂晟。」呂晟溫和地道。

「呂晟……」呂師老苦澀，「明知有埋伏，為何還要來？」

「你要死了，我怎忍心棄你而去。」呂晟道，「有些往事我恍惚還能記起，武德八年，我和父親路過涼州去看你，武德九年，你到敦煌來看我。我父親是老卒，不通文墨，是你讓我知道呂氏的輝煌和艱辛，讓我接續了呂氏的血脈。」

呂師老欣慰地笑了笑：「可惜，事情沒辦好，給人算計了。」

「值得嗎？」呂晟問道。

「值得。」呂師老道，「這是你三年前就設好的局，我必須完成。」

「可是我如今已失去了記憶，恩怨都已忘卻，」呂晟道，「大漠風沙埋葬的東西太多，就此忘掉，不好嗎？」

「不好！」呂師老厲聲道，「敦煌不應該忘掉呂氏！大唐的狀頭不該受這般屈辱！」

「你還是不肯告訴我當年的事嗎？我到底做了什麼事？我身上到底發生了什麼事？」呂晟難過地看著他，「三年來我屢次問你，你都不肯說，今日你要死了，難道還要讓我糊裡糊塗地嗎？」

「這些事不應該由我告訴你，」呂師老撫摸著他的臉，在他臉上留下五條血痕，「你該自己去尋找。找到了，證明你還活著；找不到，說明你已死去。」

令狐德蒙等人並未說話，只是冷眼旁觀著，軍隊也沉靜如山。

玄奘默默地聽著兩人的對話，皺眉思索，忽然間他看見呂師老朝他抬起了手，玄奘急忙走過去，蹲下身。

「劉……呂公。」玄奘低聲道。

「法師，」呂師老喃喃道，「幫他……找回自己……」

玄奘握住他的手，肅然點頭，呂師老的目光慢慢渙散。

「阿爺……」煙娘哭道，「您沒有什麼話對我說嗎？」

呂師老閉上了眼睛，手垂了下去。

煙娘號啕痛哭，從呂晟手中把呂師老的屍體奪了過來，厲聲道：「給我！」

呂晟默默地鬆開了手，失神地望著她。

「我恨你！」煙娘怒視著他，哭喊道，「你為什麼要來找我們？這三年來，我每天都會想起武德八年那個騎在馬上，走進涼州的大唐狀頭！不就是考了個雙狀頭嗎？憑什麼就是呂氏的榮耀？憑什麼所有呂家的人都得為你拋家捨業，肝腦塗地？憑什麼只要姓呂，哪怕與你毫無關係也得為你付出整個人生？我不想要什麼呂氏榮耀，我只想陪著阿爺好好過日子，我只想嫁給趙五郎，粗茶淡飯，荊釵布裙！為什麼你就可以忘掉一切，守著那女人安度年華，而我們就得拋棄摯愛，為你復仇！」

「對不起……」呂晟喃喃道，「我會給妳一個答案。」

「我不要！」煙娘瘋狂地叫著，「我不要！你害我負了阿爺，我要你的答案又有何用？我想回到涼州的家，一個有阿爺、有趙五郎的家！」

煙娘哭著，把呂師老的屍體抱在懷中，拔掉箭鏃，整理好衣服，細細地替他擦去臉上的鮮血，喃喃道：「阿爺，我帶你回家。我們不回涼州了，我帶你回敦煌的家——」

說罷，煙娘抱著呂師老翻下欄杆，玄奘、呂晟、李淳風驚駭交加，伸手去拽，卻沒有拽住，兩人跌下拱橋，化作一團小小的黑影，直墜入甘泉河中。

甘泉河流向敦煌，繞城而過，將荒涼沙磧滋潤為綠洲，繁衍著無數家園。

第十九章　佛窟上的殺戮、團聚與訣別

「咚咚咚——」

戰鼓之聲轟隆隆地響起，河谷之間兩岸夾峙，戰鼓聲沉悶悠長，剎那間兩耳之內全是滾滾悶雷，震得人心欲裂，呼吸斷絕。

就在這鼓聲中，兩岸所有兵卒都拉弓引弦，刀尖上挑，槍矛斜指。令狐德茂手一抬，鼓聲戛然而止，天地間倏然一靜。

「妖狼！」令狐德茂大聲道，「這些年你為禍敦煌，殺死我軍民無數，今日大難將至，還不伏誅！」

呂晟正了正衣袍，朝著兩岸瞥了一眼，神情從容淡然：「令狐德茂，你至今不敢承認我便是呂晟嗎？敦煌諸兵士、諸鄉黨聽著！某，便是呂晟！當年的大唐秀才科、進士科雙狀頭，西沙州錄事參軍，呂晟！」

兵卒們軍律在身，靜默不動，但下層棧道和河谷中翹首旁觀的眾人忍不住發出驚呼。呂晟乃是敦煌人，大唐開科的雙狀頭，一直是西沙州的驕傲，而後叛國被殺，聲名狼藉，雖然平日誰都不敢議論，但私下無不倍感羞辱，切齒痛恨，哪料想當年死於軍中的呂晟竟然又活著出現！

「哈哈哈——」令狐德茂大笑，「奎木狼，你只是一介妖物，借了一副死人的軀殼活在人間，也敢說自己是呂晟？你便是真正的呂晟又如何？一介叛國逆臣，當年軍中被殺，不曾明正典刑，已是便宜你了！我今日便代表朝廷，代表西沙州，誅叛逆，殺妖狼，為死難的百姓討個公道！」

呂晟冷笑：「代表朝廷？你也配！當年你為了謀害我，不惜勾結突厥入侵，血洗青墩戍，你我到底誰是叛國逆臣？」

「一派胡言！」令狐德茂勃然大怒，喝道，「眾軍聽令——」

「眾軍聽令——」一旁的令狐瞻急忙打斷父親的話，「本官奉刺史王公號令擒殺妖狼，給我拿下！」

令狐德茂愕然片刻，見身邊的馬宏達只是微微一笑，這才醒悟到自己確實沒有權力指揮軍隊，自己下令名不正言不順，落在有心人眼裡便是一樁罪狀。

「瞻兒，」令狐德茂低聲道，「要活捉。」

令狐瞻點點頭，令旗一擺，拱橋兩端的甲士緩緩推進，最前面是三排刀盾兵，豎起盾牌形成一堵密不透風的盾牆，緊跟著三排槍矛兵，槍矛長達一丈，矛桿架在盾牌上方徐徐而行，最後是三排弓箭手。

密集的陣列擁塞了整座拱橋，彷彿移動的鐵甲長城。令狐瞻再一揮令旗，又有兩座陣列跟隨其後，拱橋兩側六座步兵陣列轟隆隆推進，朝著拱橋中央擠壓而來。

玄奘微微嘆了口氣：「馬宏達既然來了，看來王君可最終還是選擇了士族，出賣了奎木狼。」

「是啊，」呂晟不以為意地點點頭，「王君可此人反覆無常，奎木狼既然已經派遣使者去了突厥和吐谷渾，自然沒了利用價值，選擇士族很正常。」

「可有辦法突圍？」李淳風問道。

呂晟搖搖頭：「這是一個死局，被五六百名鐵甲步兵圍困在幾十丈高的拱橋上，兩岸棧道上還布滿弓箭手，我只是個普通人，如何禁得住槍矛攢刺。」

「能喚醒奎木狼嗎？」玄奘問，「以他的登天手段，想必逃出去並不難。」

「法師，」呂晟笑道，「我的身軀已被奎木狼占據了三年，之所以魂魄不滅，是因為我絕不屈服！只要有機會，就一定會掌控此身，堂堂正正出現在天地間。如今我只剩下二十天的壽命，臨來之際已經跟紋兒訣別，能夠這般廝殺一場作為我今生的落幕之戰，於願足矣！」

玄奘和李淳風大吃一驚：「你只剩二十天的壽命？為何？」

呂晟淡淡道：「我魂魄分裂，奎木狼每次施展神術，消耗的都是我的精氣。苟延殘喘了三年已是極限，如何還能活更久？」

「呂兄，」玄奘苦澀地盯著呂晟，「貧僧追求的是涅槃大道，可是你不同。你死了，一切便成了灰燼，你的記憶還沒有追回來，你的冤屈還沒有洗脫，大興善寺中的夢想也永遠無法實現！呂兄，李博士修習的是孫思邈神醫的醫術，袁天罡大師的道術，他一定能想辦法幫你的，貧僧懇求你不要放棄！」

呂晟雙眼中滿是感激，握住玄奘的雙臂，右手頓時如同針扎，卻毫不動容：「法師，今生能夠與你結交，是呂某一生的榮幸。當年我意氣如虹，可經歷過這麼多才明白人生之短促、脆弱，古往今來多少英雄豪傑志向未捷身先死，我不是第一個，也不是最後一個。我死了，你仍然前行，這便夠了。因為我知道，我們這些人裡總有人走向輝煌大成，人生並沒有欺騙我，也不是一場夢幻，只不過是我提前退場罷了。」

玄奘還要再說，呂晟笑著推了他一把：「走吧，法師，令狐德茂不敢當著這麼多人的面殺你的。李博士，拜託了。」

李淳風朝著呂晟默默一拱手，拽著玄奘向七層塔方向走去。

玄奘仰天長嘆，忽然回頭，朝著呂晟合十躬身，呂晟也抱拳，深深一揖。兩人抬頭對視，目光中都是說不盡的惜別。

呂晟大吼：「列陣！今日便殺他個天翻地覆！」

奎一、奎三、奎五、奎六等六名星將分作兩隊，各帶著十伍狼兵護住南北兩側，長大的陌刀橫在胸前，僅僅二十六人，竟有一種慘烈無匹的磅礴氣勢。

玄奘和李淳風走到步兵陣列前，兵卒們得到令狐瞻的號令，分開一條通道放兩人過去，隨後通道彌合，依舊穩速推進。

雙方很快接近，兵卒們沉默如山，觸敵前只是依照操典發出一聲：「吼——」

盾牌兵一排為一火，十人，三排三十人，同時將大盾砸在橋面上，蹲身，肩膀抵緊盾牌，搭成一座鐵盾城牆。三排槍矛兵在火長帶動的吼聲下，雙手平端槍矛尾端，腰膀用力，傾斜向上突刺。三十枝一丈長的槍矛密密麻麻地從盾牆上刺出，而他們的面前只有三名星將！

星將生性訥言，喉嚨裡僅發出咕噥的聲音，三把二十斤重的陌刀橫掃而過，哢嚓嚓，三十枝槍矛頓時折斷六七枝，被打飛脫手的五枝，但也有幾枝刺在了星將身上，哪怕明光鎧也無法抵擋槍矛近距離攢刺，當即破甲，直插體內。

「收！」火長們一起喊，「刺——」

又一輪攢刺，刀矛劇烈碰撞，這次有三五枝刺中星將，但三十枝槍矛已損失殆盡。星將不再後退，衝前一步，沉重的陌刀狠狠劈在盾牆上，轟隆一聲，鐵皮木盾承受不住這麼大的力道，倏地碎裂，盾後面的兵卒雙臂盡斷，撲倒在地，後排立刻又有大盾補上缺口。

星將力大無窮，揮舞著陌刀猛力劈砍，一時間大盾碎裂，肢體橫飛，後排失去槍矛的兵卒立刻抽出橫刀，組成刀盾兵，而十名狼兵也衝殺而上，雙方絞殺在一起，甫一接觸便慘烈血腥，拱橋上剎那間變成修羅場，慘叫聲，怒吼聲，刀盾碰撞聲，瀕死者的呻吟聲，在狹窄的河谷內迴盪出綿長淒厲的回音，震動西窟。

從甘泉河面上望去，橫跨兩岸的拱橋上，鮮血如同雨水瀑布般，流下橋欄，流下橋身，流下敞肩拱內的三尊坐佛，在坐佛臉上匯聚成一道道的血水，淌下河面，宛如潺潺秋雨。

橋上的廝殺更加慘烈，在短短的瞬間，第一組陣列的六十名盾牌兵和槍矛兵已死傷殆盡，橋面上屍橫枕藉，星將們也是渾身浴血，奎一更是左臂被斬，斷口處淌出黏稠的黑血，狼兵們則更為狼狽，只剩下三五人，互相攙扶著提刀屹立。

「射——」令狐瞻和翟述同時揮舞令旗。

猛然間空氣中傳來劇烈的嗡嗡聲，無數箭矢從橋面上交叉而過。前後六十枝箭鏃電閃雷鳴般撲打而至，從星將和狼兵身上一穿而過，僅剩的狼兵紛紛中箭，栽倒在地；而星將只以陌刀護住頭臉，無數的箭鏃擊打在明光甲和陌刀刀背上，瞬息間星將身上便如長草般插滿了箭矢。

然而，讓令狐德茂等人驚悚的一幕出現了，一輪箭雨過後，星將緩緩垂下陌刀，竟然行動自如，朝著弓箭手大步衝殺而來！

「弓箭手後退！」令狐瞻大喊，「第二隊，上！」

對面的翟述也發現星將不懼穿刺傷，急忙喝令第二隊將弓箭手替換下來。

「翟兄！」令狐瞻大喊，「命令盾牌兵密集陣列，撞翻他們！」

三排盾牌兵擠得層層疊疊，一起怒吼著用盾牆朝星將撞去，星將們陌刀劈砍，唠嚓一聲劈倒了第一層的幾人，然後雙方便轟然撞擊在一起。

首當其衝的盾牌兵慘叫著往後摔去，後面兩排兵卒竟也抵擋不住強大的力道，被撞得凌空跌了出去，三排盾牌陣列硬生生給撞出一道豁口，可星將們也被撞得跌翻出去。

令狐瞻大喜：「槍矛——」

緊隨在盾牌兵後面的槍矛兵立刻補上，十幾桿槍矛疾刺，噗噗噗，一尺長的鐵刃在星將身上亂捅。這種距離之下再堅固的鎧甲也抵擋不住槍矛攢刺，霎時間星將身上被捅得千瘡百孔，更有幾枝鐵矛直接刺入頭臉，噗的一聲有如穿透爛掉的西瓜一般，直貫入腦。奎一、奎五、奎六等人抽搐幾下，便一動不動了。

「頭部是弱點！」令狐瞻驚喜交加。

最前線的兵卒們也激動起來，盾牌兵重新結成密集盾牆，狠狠地朝剩下的奎三、奎

七、奎十二等人撞去。星將雖然木訥，卻非機械，轟然撞擊之下，也不禁連連後退才穩住身形，不致倒地。盾牆如山而至，一步步逼迫，雙方接連三五次撞擊，奎三一個不慎，被一具屍體絆了一下，踉蹌摔倒，槍矛兵立刻上前朝頭臉猛刺，噗噗噗，十幾桿長矛全刺在頭臉上，奎三的腦袋幾乎成了爛泥。

與此同時，奎六也被三桿槍矛刺穿了身體，三名槍矛兵怒吼著固定住他的身軀，後面十幾名刀盾兵一擁而上，朝著他的腦袋刀劈盾砸，奎六的身體軟軟地倒下。奎十二則被盾牆撞擊在橋欄杆上，轟然一聲欄杆破碎，奎十二立足不穩，跌下拱橋，如隕石般砸進了河水中。

至此，六名星將和二十名狼兵全滅，而兵卒們也付出了死傷百餘人的代價，整個拱橋幾乎被血洗了一遍，到處是屍體和殘肢斷臂，只有以呂晟為中心的丈許方圓內一塵不染。

兵卒們荷槍持盾，將呂晟圍得水洩不通。

呂晟面色從容，手把橋欄，凝望著遠去的河面，喃喃道：

精衛銜微木，將以填滄海。

刑天舞干戚，猛志固常在。

同物既無慮，化去不復悔——

整個過程中，玄奘一直站在棧道上，雙手合十，默默頌念《地藏菩薩本願經》，右手的手掌被天衣扎得鮮血淋漓，他也絲毫感受不到疼痛，因為眼前的大殺戮已讓他痛入骨髓。

吾於五濁惡世，教化如是剛強眾生……或有暗鈍，久化方歸；或有業重，不生敬仰。如是等輩眾生，各各差別，分身渡脫……或現山林川原、河池泉井，利及於人，悉皆渡脫……

念著念著，見呂晟只剩下獨自一人，孤獨地被包圍在橋上，玄奘忍不住喉頭哽咽：「李博士，為何我修行至今，卻不得渡脫一人？」

「法師，若是你能渡脫，地藏菩薩為何至今也未成佛？」李淳風低聲道。

「走吧。」玄奘黯然轉身，不忍看到故人被殺的一幕，轉身進了七層塔。

此時所有人都在橋上圍觀這場廝殺，七層塔內空無一人，玄奘站在佛殿的欄杆旁，仰望頭頂的巨大佛頭，喃喃道：「李博士，若是我能從天竺歸來，你知道我最想說的一句話是什麼嗎？」

「什麼？」李淳風好奇道。

玄奘慢慢道：「我想像那地藏菩薩一樣，在佛前痛哭一場，對佛說，我從久遠劫來，蒙佛接引，使我獲不可思議神力，具大智慧。我的分身，遍布百、千、萬、億，像恆河沙一樣多的世界。每一個世界，變化出百、千、萬、億個身體。每一個身體，引渡百、千、萬億人。教他們歸敬三寶，永遠離開生與死的輪迴，達到永生的歡樂。我想對佛說，希望世尊不要為將來世界有惡業的眾生而煩惱。」

「法師走的是一條荊棘滿地之路啊！」李淳風感慨一聲，道，「此間事已了，法師你還是出關西遊去吧！」

「不！」玄奘倔強地搖搖頭，「我答應過呂晟，要為他找回過往。一日不見真相，我一日不會出關！」

「原來，法師也未曾破執。」李淳風笑道。

「破執……」玄奘有些失神，「我忽然想起當年初見呂晟，我三日驅馳九百里入長安，他對我說了一句佛偈：『如執煩惱障，如迎刀頭鋒。』」

「法師是如何回答他的？」李淳風問。

玄奘道：「我回了他一句佛偈：『區區臭皮囊，撇下無掛礙。洪爐烈焰中，明月清風在。』當時當日我如此選擇，今時今日我還是如此選擇。在貧僧看來，我的破執，不是繞之而逃，而是破之而過。敦煌就是這烘爐烈焰。」

李淳風面容肅然，深深一揖：「法師既然有此宏願，淳風奉陪到底！法師打算怎麼做？」

「這次西窟之戰，我一直有些疑問。李博士，你回答我幾個問題。」玄奘望著佛殿外令狐德蒙的背影，「第一，為什麼令狐德蒙選擇在西窟設伏？」

李淳風想了想：「一來西窟到處都是佛窟，容易藏兵；二來這座拱橋乃是絕地，哪怕奎木狼也難以逃生。」

「那麼，」玄奘皺眉思索，「奎木狼奸詐狡猾，呂師老老謀深算，為什麼他們一聽令狐德蒙藏在西窟，都絲毫沒有懷疑這是一個局？」

「這——」李淳風也陷入深思，「難道對他們而言，西窟有什麼特殊之處？」

「一定有特殊之處！」玄奘篤定道，「而且奎木狼和呂師老認為，令狐德蒙藏在這裡合情合理。到底是為什麼呢？」

玄奘抬頭四顧，忽然心中一動，眼前這尊大佛極為古怪，塔高七層，可七層僅僅抵達佛的肩頭，巨大的佛頭直接深入崖壁頂端。仔細傾聽，上面似乎還有不少人，有急匆匆走路的腳步聲，竊竊私語聲，低聲背誦聲，還有雜亂的劈里啪啦聲，彷彿是珠子碰撞。

玄奘猛然驚醒：「上面若是有人，這尊釋迦牟尼佛便是讓人觀佛參拜的，為何不多造兩層，把佛頭也容納在內……難道這七層塔另有乾坤？」

玄奘倚著欄杆往上面瞧，第七層高有兩丈，殿頂雕繪著精美的藻井壁畫，但仍能看出是木質結構，並不是尋常洞窟的砂石窟頂。玄奘左右看看，繞著佛殿欄杆走到盡頭，盡頭的岩壁上是一尊泥塑彩繪金剛，腳下踩著基座。

「李博士，幫個忙。」玄奘把黃色的帷幔撩開，和李淳風一起用力推這尊金剛，果然金剛有些鬆動。

兩人都有些驚喜，一起用力，把金剛推出去一尺多遠，金剛背後露出了一條甬道！

兩人對視一眼，玄奘拿起供桌上的一盞油燈，率先走進甬道，甬道上開鑿了臺階，臺階盤繞了兩段，兩人順著臺階向上，看見了一道小門，兩人推開小門，進入第八層，視野頓時開闊。

只見第八層擺著幾十張書案，一群戴著襆頭、穿著缺胯衫袍的書吏坐在案頭計算推演。有些人在翻抄書卷，有些人擺弄著算籌，有些人則在撥弄陶丸算珠，還有些人在木板上勾畫出複雜的線條。

「這些人在做什麼？」玄奘低聲問。

李淳風神色凝重，低聲道：「好像在計算某種數值。法師請看那塊木板，橫刻九道，豎柱上安放一顆珠子，由下而上標著數，這是太一算。太一之行，來去九道。旁邊那是兩儀算，木板上橫刻五道，豎道上每一位放兩顆珠，上為青珠，下為黃珠，青珠自上而下，黃珠自下而上。兩儀算能算天氣下通，地察四時。你再看旁邊，從左到右，依次是三才算、五行算、八卦算、九宮算。」

「如此龐大的計算量，他們到底在算什麼？」玄奘低聲問。

李淳風皺眉不語，看了好半天。

玄奘左右四顧，發現旁邊還有一條甬道，兩人當即悄悄穿過小門，閃進甬道。那些書吏過於專注，竟然無人發現。

甬道內又是臺階，兩人走到臺階盡頭，推開頂上的一道門，同時瞪大了眼睛，愕然望著頭頂——竟然是繁星滿天！

兩人眨了眨眼，等眼睛適應過來，才發現頭頂根本不是夜空，而是一座巨大的穹頂。原來這第九層竟是把崖壁鑿出個覆斗頂窟，佛像巨大的佛頭正好做成中心窟柱，佛像的後腦方向則向內開鑿甚深，恰好使佛頭位於覆斗頂窟的中心位置。

如此一來，頂窟就如同籠罩四野的天穹，而上面的藻井，既不是尋常的彩繪佛像，也不是飛天蓮花之類，而是密密麻麻的星辰！

佛頭位於紫微垣的位置，旁邊有太微垣、天市垣以及二十八宿，密密麻麻共六百二十七顆星辰！每一顆星辰都發出或明亮或黯淡的光芒，幾乎與夜空一般無二！

玄奘急忙走到崖壁邊，旁邊的石壁上也嵌著幾顆偏遠的星辰，他仔細觀察後赫然發現，這些竟然是在崖壁上鑿出凹槽，凹槽內放著人魚膏[5]製成的長明燈，凹槽外用一片赤玻璃封住，燈光透過赤玻璃彷彿渾然一體，遠遠望去如同星辰一般！

想想玄奘當初在莫高窟競賣會上見到的赤玻璃，就知道造出這麼一座頂窟，堪稱奢靡萬金。而整個天穹上，還用金箔造出黃道[6]，銀箔造出白道[7]。如果腳下這座塔可以轉動，那簡直與宇宙星辰一模一樣。

兩人怔怔地邁步走過去，忽然腳下一晃，撲通摔倒在地，只見自己的身體竟然在地上快速地移動——原來地面上有一條軌道繞著諸天星辰旋轉！

玄奘不可思議道：「這座塔，果真可以轉動！」

「我知道了！」李淳風摔得齜牙咧嘴，喃喃道，「他們在計算星體的運行軌跡！」

拱橋上，步兵陣列將呂晟團團包圍，無數槍矛彷彿荊棘叢林，將他困死在方圓之地。

令狐德茂和翟昌從橋口慢慢走來，令狐瞻和翟述急忙迎上，躬身施禮。

「父親，」令狐瞻道，「今日我令狐氏和翟氏多年的屈辱終於可以洗雪了！」

「命令軍隊後退十丈。」令狐德茂緊緊盯著呂晟，沉聲道。

令狐瞻頓時愣住了，翟述急道：「世伯，此人手段狡詐，稍有不慎就會被他逃掉！」

翟昌臉色凝重，重複道：「命令軍隊後退十丈！」

令狐瞻和翟述二人對視一眼，都有些不解，卻不敢違拗。

「後退十丈！」二人各自下令。

軍陣保持陣列，緩緩後退，在十丈外布下盾牆，弓箭手張弓搭箭，凝神以待。

令狐德茂和翟昌徑直走到呂晟面前站定，雙方距離不過五尺。令狐瞻二人驚駭不已，急忙跟上去，一人抽刀，一人彎弓，貼身保護各自的父親。

令狐德茂神情複雜地打量著呂晟，淡淡道：「西漢初始元年，我令狐氏先祖和翟氏先祖逃奔敦煌，於今已有六百二十一年。我們歷經了王朝崩摧，河西板蕩，其間有數不盡的可怕對手，到如今全都灰飛煙滅，而我們仍然扎根敦煌，立下士族門閥。可是從來沒有任何一個對手像你一樣，讓我們如此恐懼，如此狼狽，如此無力。」

「那就說一說，我到底做了什麼事，讓你們如此懼怕？」呂晟說道。

「無法言說，」令狐德茂喃喃道，「無法言說啊。你一刀捅進我們的骨髓之中，我們仍然不敢喊疼。」

「可惜，諸般往事我都已經忘了。」呂晟感慨，「你既然不說，我也不會知道。今日我一死，你們就將這疼痛永遠忍著吧。」

「你果真失去了記憶？」翟昌忽然道，「你還記得我嗎？」

「認識你，卻不記得你。」呂晟望著他，「翟昌翟弘業。當代翟氏家主，翟紋的父親。」

「還敢提翟紋！」令狐瞻怒吼著就要上前。

令狐德茂霍然轉身，一巴掌打在他臉上，令狐瞻頓時懵了。

令狐德茂不理會他，盯著呂晟：「我不管你真失憶，假失憶，說出那些東西的下落！」

「我不知道你說的是什麼東西，」呂晟搖頭，「如今我已如同行屍走肉，記憶全無，只是胸中有一口氣，那便是再戰敦煌！我不知道這戰意從何而來，也不知手中的刀要砍向何處，我就如同失去頭顱的刑天，揮舞干戚，追索自己走過的路。」

令狐德茂和翟昌對視了一眼，都感到脊背陣陣發涼，瞬間冷汗浹背。

「既然如此——」令狐德茂轉身便走，吼道，「那便澈底沉埋吧！殺——」

翟昌悲傷地看了一眼呂晟，一言不發地轉身離去。

令狐瞻獰笑，一挑腳尖，從地上挑起一桿槍矛攥在手中，大吼：「妖狼，今日你我恩怨就此做個了斷！」

呂晟閉目微笑，低聲道：

已矣，國其莫我知，獨壹鬱兮其誰語？鳳漂漂其高遰兮，夫固自縮而遠去。襲九淵之神龍兮，沕深潛以自珍。彌融爚以隱處兮，夫豈從螘與蛭螾？彼尋常之汙瀆兮，豈能容吞舟之魚！橫江湖之鱣鱏兮，固將制於蟻螻……

翟述也挑起一根槍矛，兩人同時出手，沾血的槍矛朝呂晟胸口猛然刺去。

「住手！」忽然間，一個淒厲的女子聲音從北崖傳來，「兄長，不可殺他！」

翟述和令狐瞻猛然一驚，同時停手。

令狐瞻喃喃道：「兄長……難道是——」

「是小妹！」翟述激動道。

兩人持著槍矛，一起往北望去，只見一名身著半臂長裙的女子疾奔而來，身後還跟著兩名文吏打扮的中年男子。

橋上布滿了兵卒，其中有些橫著槍矛打算阻攔，令狐瞻喝道：「讓他們過來！」兵卒們分開一條通道，那女子和文吏奔跑了過來，果然是翟紋；後面跟隨的文吏是趙富與鄭別駕。

原來，呂晟和翟紋被鄭別駕等人裹挾著來到西窟。鄭別駕根據奎木狼沉睡前留下的命令，讓人盯住呂師老。呂師老故意被抓，引出令狐德蒙的藏身地後，鄭別駕正要下令星將們突襲七層塔，卻見呂師老從塔內衝出，被射殺在橋上。

鄭別駕知道是陷阱，可呂晟卻記得呂師老的模樣，想見他最後一面，追問自己的往事。鄭別駕和翟紋苦苦相勸，但呂晟告訴翟紋，自己只有二十天壽命，他希望臨死前能尋回記憶。眼前雖然是陷阱，可早死幾日，晚死幾日並無分別。

「紋兒，抱歉無法多與妳廝守二十日了。」呂晟最後說道，「我希望妳活著，將來能替我找回屍首，葬在玉門關的那座小院之中。」

翟紋痛哭，她在佛窟上眼睜睜地看著呂晟一步一步陷入絕境，最終還是無法割捨。翟紋跑到近前，放緩步子。呂晟默默地望著她，有些苦澀，也有些欣慰。

「小妹——」翟述扔掉手中的槍矛，驚喜交加，「妳……妳還活著……我莫不是做夢？」

「兄長！」翟紋眼眶慢慢淌出淚水，「我還活著。」

翟述淚流滿面，轉頭大吼：「阿爺！小妹還活著——」

令狐瞻迷茫地看著翟紋，眼前的翟紋與記憶中的全然不同。事實上，對他而言，翟紋的樣子早已模糊，這些年他以此為執念，在腦海中重塑了翟紋的樣子，溫婉、柔媚，又有些脆弱，需要他保護、拯救。他曾無數次自痛苦煎熬中驚醒，在深宵的房中和廊下與「她」對話，向「她」講述自己的屈辱和悲傷，「她」也向他講述自己在等待，在切盼。

然而翟紋出現的瞬間，「她」砰然碎裂，化成塵灰。令狐瞻心中一痛，彷彿被割掉了一塊，鮮血淋漓。

透過重重甲陣，翟昌早已看見了翟紋，臉色一時有些陰晴不定，半晌沒有言語。其他家主一起盯著他，張敞嘆道：「弘業，過去吧。父女人倫，我們都理解。」

既然安插了趙富這個奸細，諸位士族的家主自然知道翟紋未死，翟昌出於家族榮譽，一直對外宣稱女兒已死，明知女兒被囚於玉門關，卻無法拯救，也不知道痛苦了多少年。眼見今日女兒竟然出現在自己面前，他悲喜交加，卻也如釋重負，黯然嘆了口氣，舉步走了過去。

剛走一步，令狐德茂猛地攥住他胳膊，一言不發，只是盯著他。

翟昌滿臉痛苦：「德茂公！」

「德茂公——」陰世雄冷冷道，「翟家為我們付出的已經夠多了！」

「難道我令狐家不夠嗎？」令狐德茂咬牙道。

張敞、陰世雄、汜人傑看見他凶狠的模樣，心中都是一突，訕訕地不再說話。

「阿爺——」遠處的翟述以為翟昌沒有聽見，帶著哭音大叫，「小妹還活著！她回來啦！」

翟昌隔著一層層的甲兵和槍矛，看著多年未見的女兒，淚水霎時間模糊了雙眼。他不去看令狐德茂，伸手抓住他的手腕，一點一點，卻堅決地將他的手指扳開，然後朝拱橋走過去。

軍陣分開一條通道，翟昌努力做出嚴厲的表情，但還沒走到翟紋身邊，淚水就已崩落：「紋兒……」

翟紋倒在父親腳下：「阿爺，女兒回來了！」

翟昌顫抖著手抓住翟紋的肩頭，嗓子哽咽：「膝蓋這些年可好些了嗎？」

翟紋一愣，頓時號啕痛哭。她還記得自己自幼膝蓋寒涼，敦煌晝夜溫差過大，一到夜間往往膝蓋疼痛，父親便一直守在床榻前為自己揉搓膝蓋。有時候她就這樣沉沉入夢，待一覺醒來，發現父親也歪在一旁睡著了，可手掌還在無意識地揉搓著。

「這些年沒有再犯了。」翟紋哭著道。

「小妹，這些年妳是怎麼過來的？那奎木狼為何——」翟述一臉喜悅地問道，話音未落，卻被翟昌一口打斷。

「那就好！那就好！」翟昌輕輕摸著翟紋的頭，突然間手掌針刺般疼痛，啊了一聲。方才抓著她的肩膀是隔著衣服，這次碰著皮膚便受到天衣扎刺。

「阿爺，怎麼了？」翟述吃驚。

「沒事……沒事……」翟昌心知肚明，卻不願點破，忍著疼痛將翟紋拉了起來，細細打量著，傷感嘆息。

「九郎！」翟述招呼令狐瞻，「快過來！」

令狐瞻提著槍矛慢慢走了過去，平靜地拱手：「翟娘子。」

「令狐郎君。」翟紋也屈身施禮。

看見二人平靜卻疏遠的見禮，翟述這才從狂喜中回過神，苦澀地搖頭：「小妹，我們都知道這些年妳受了苦，可不管經歷過什麼，妳都是我翟述的妹妹。令狐九郎這些年為了找尋妳，也是披肝瀝膽，九死一生，妳至今仍是令狐家的媳婦，這些事情有為兄做主，斷不會讓妳再受委屈。昏迎那日我沒能保護妳，以後不會了！」

「謝謝兄長，是我辜負令狐郎君了。」翟紋的目光微微和令狐瞻相接，便掃過他的肩頭，凝望不遠處的呂晟，「我如今已是呂晟的妻子了。」

翟昌、翟述、令狐瞻三人都愣住了。

雖然翟昌早知道翟紋被囚，可當初從趙富那邊得到的消息語焉不詳，只說翟紋未死，遭妖狼強占。他沒想到自己的女兒竟然成了仇敵的妻子！看她愛意綿綿的樣子，竟似乎還是心甘情願！

「妳胡說什麼！」翟昌低聲怒吼，驚懼地看了一眼左右，見兵卒們都在三十步外，未必有聽到，這才略略鬆了口氣。

令狐瞻則整張臉漲得通紅，咬牙道：「妳知不知道妳在說什麼？」

「這是我的錯，」翟紋坦然地盯著他，「我許你為妻，中途卻嫁給他人。世間女子從未有我這般毫無廉恥之人，今生遭受刑戮之苦，死後入阿鼻地獄，無論幾千萬的災劫我都願意接受，可是我不願隱瞞我的心意。」

「翟紋！」令狐瞻咬牙切齒，「世間女子都如妳這般冷酷絕情嗎？」

翟紋嘆息：「對一個人鍾情，對另一個人便無情了。我今生既然許了呂四郎，便不管有多少厄難，都會陪他走下去。無非是人間絕路。」

「我並非要妳回頭，」令狐瞻徹底絕望，一股傲氣升騰而起，冷冷道，「也並非要妳感恩，諒妳也不會懂。可是妳要知道，妳不管選擇什麼樣的感情，都不能以傷害他人、傷害家族為代價。」

「令狐郎君，我深知這給你、給令狐氏帶來了恥辱，也對不住你這些年的尋找。」翟紋黯然，「可是我不曾對不起家族。當年家族為了陷害呂四郎，將我許配給他。毀掉呂四郎之後，為了和令狐氏結盟，又將我許配給你，隨即我又被呂四郎劫走。這之中可有一絲一毫是我自己選擇的？」

翟昌嘴唇顫抖，心中大悲，卻無法言說。翟述也滿臉愧疚，黯然嘆息。

「我自幼在家族中備受寵愛，對他們的安排也從無怨言，甘願犧牲。若是我在遭劫那日死了，是還清他們的恩情，偶然活下來，便沒有還清嗎？世間斷無這樣的道理，便是佛祖也不能要求我永無休止地為家族犧牲。」翟紋喃喃道，「在玉門關三年，四郎對我極好。他說，玉門關便是我最後的歸宿，他會讓我隨自己的心意活著，他會保護我到生命盡頭，不會再讓人撥弄我的命運。或許起初我是苟且偷生，貪戀活命，可是三年來，我知道我愛上了他，再也無法改變。」

翟述看著妹妹，有些迷茫地道：「小妹，我從未想過妳心中對父親、對我竟有如此多的怨念。」

「我知道兄長希望我幸福。」翟紋道，「或許世間的命運就是如此，往前一步便天翻地覆。如果第二次歸嫁令狐郎君就是最後的結局，或許會是父慈女孝、兄妹和諧的結局，可命運就是這樣，不單我弱女子無法抗拒，你們男子也無法抗拒。」

翟紋微笑著，朝呂晟走了過去，與令狐瞻擦肩而過：「令狐郎君，若是你恨我羞辱了你和你的家族，我也沒有辦法讓你釋懷。你手中有矛，可以一矛將我刺死。今日呂四郎必死，我來就是要與他同殉。希望我的死，能略略消弭你胸中的塊壘。」

「啊——」令狐瞻目眥欲裂，舉起槍矛就要刺過去。

「九郎——」翟述搶上一步，拔刀抵在他胸口的甲葉上，叮的一聲響，「我們兩家千百年的交情，此事總能解決，但你若傷了紋兒，便是我的仇敵！」

翟紋和呂晟並肩站在欄杆旁，攬著他的胳膊，神情滿足，似乎在期待即將到來的死亡。

「阿爺——」翟述哀求，「您得救救小妹啊！」

翟昌老淚縱橫，卻手足無措，不知如何處置。

「弘業，我早勸過你，你不該來的。」令狐德茂從遠處走過來，厭惡地看了一眼翟紋和呂晟。

「那是我女兒！」翟昌低吼。

令狐德茂淡淡道：「士族女兒生下來享受家族的榮耀，便要承受榮耀的反噬。六百多年來，我們兩家的祖先一代代為了家族犧牲，方才造就今日之榮耀，為何到了我們這一代，便捨不得了？你看看宋、索各家，自北朝以來便日漸凋零，為何？因為沒有人肯為家族犧牲！」

「為何犧牲的不是我，而是我女兒？」翟昌喃喃道。

「因為每個人都有他的位置和使命，無法替代。張敝捨不得女兒，遭到今日之劫難，難道翟氏也要步其後塵嗎？」令狐德茂問道。

「你想要我怎麼做？」翟昌道。

「不管是叛國者還是妖狼，他帶給你的都是恥辱。」令狐德茂冷酷地道，「三年前你女兒便死了，今日出現在你面前的，是妖術，是幻覺。」

「這麼多人都盯著呢！」翟述怒道。

「那又如何？」令狐德茂冷笑，「當年的甘泉大街上，你和瞻兒殺盡了目擊者，誰敢胡言亂語，不過是多殺一些而已。」

翟昌和翟述一時悚然。

令狐德茂一把抓住翟昌的胳膊，低聲道：「士族的門風禮法便是人的皮，皮之不存，毛將焉附？今日你要讓翟氏的皮被生生剝掉嗎？」

翟昌掙扎猶豫地看著翟紋，忽然號啕大哭。

「阿爺！」翟述驚著了，「那是小妹啊！您不能……」

翟昌忽然反手一耳光打在他臉上，一把揪住他甲冑上的絲絛，拽著他往外走去。一邊走，一邊渾身顫抖，淚流不止，再不敢看翟紋一眼。

令狐德茂轉身就走：「瞻兒，放箭！」

令狐瞻怔怔地看看四周，又看著面前的翟紋，滿臉迷茫。

令狐德茂回頭盯著他，神情冷酷：「我要你下令——放箭！」

令狐瞻忽然大叫一聲，把槍矛在膝蓋上狠狠一磕，折斷長矛，轉身就走。令狐德茂怒不可遏，劈手從他身上抽出令旗，猛地揮舞下去。

周遭的軍卒們面面相覷，馬宏達點點頭，於是眾人一起拉開弓弦，對準了呂晟和翟紋！

生死一瞬之間，呂晟望著翟紋，有些悲傷：「紋兒，妳不該來的。」

「只要兩個人在一起，無論哪裡都是玉門關的小院，何必在意咱們葬在哪裡？」翟紋溫婉地道，「四郎，這樣的結局真的很好，我很開心。」

「可是我不甘心！」呂晟搖頭道，「我是妳的夫君，當年對妳承諾過，我活著會保護妳，死了也會保護妳；這是我對妳的誓言。」

「到了黃泉地府，你一樣能保護我。」翟紋笑道。

「不！」呂晟頗有些執拗，「紋兒，讓我最後安排一次妳的命運，我要妳活著。」

呂晟從地上撿起一根箭鏃，在手臂上一劃，鮮血頓時湧出。他舉起手臂在臉上一蹭，臉上頓時布滿血痕，猙獰無比。

「奎木狼，我認輸了！」呂晟哈哈慘笑。

「射——」軍陣外，馬宏達一聲怒吼。

第二十章　敦煌星圖，人力算天

軌道是三尺寬的圓環，在地面夾層的機械動力下，圍繞著佛頭勻速旋轉。玄奘和李淳風躺在軌道上，諸天星辰燦爛奪目，彷佛在大地上仰望星空。

忽然間眼角餘光閃過一些人影。

玄奘二人大驚，急忙爬起身來，這才發現軌道已經旋轉到佛頭正面的一處星空下。寬闊的空間內擺著六把繩床，六名老者端坐其上，周圍空空蕩蕩，真如身處荒涼黑暗的宇宙之中。在諸天星辰的輝映下有一些混沌的光，老者們面部不清，只看得出上首是一名僧人。

「貧僧玄奘，見過各位施主。」玄奘急忙見禮。

老者們卻默不作聲，一動不動。玄奘和李淳風對視一眼，又說了一遍，眾人仍是一動不動，極為詭異。玄奘看了看四周，忽然有種迷幻之感，浩蕩無垠的宇宙星空下，一尊巨大的佛頭居中而立，撐著宇宙洪荒。而就在這漆黑的深暗中，卻坐著五名僵屍般的老者。

兩人躡手躡腳地走過去，李淳風更是手捏法印，隨時準備發難。

到了近前，玄奘先是看清上首那名僧人，頓時一怔，居然是早已死去之人——大乘寺寺主，翟法讓！

翟法讓閉目垂眉，不言不動，但他顯然還活著，似乎陷入深沉的禪定。他在大乘寺自縊假死，竟然是躲藏到了這裡！

忽然李淳風一聲驚呼：「法師快看——」

玄奘順著他的手指看去，也是臉上變色，六個人之中，居中和右側下首坐著的居然是兩具真正的屍體！

右側下首那名老者胸口插著一把橫刀，刀刃穿透胸口，釘入後方的繩床靠背。屍體已乾枯腐朽，顯然死去很久了。

居中而坐的老者也是一具風乾的屍體，只是身上並無傷痕。那老者臉上的肌肉乾枯如同皮革，緊緊貼在骨頭上，完全是骷髏的模樣，嘴巴微微張開，宛如咧嘴而笑，恐怖詭異。他搭在扶手上的兩隻手，皮膚也已乾枯，形似鬼爪。

「這是——」李淳風毛骨悚然。

「看中間那人的穿著。」玄奘低聲道。

李淳風定睛看去，倒吸一口涼氣。居中這名老者著軟幞頭，戴牛角簪，圓領開衩的袍服，烏皮靴，腰間佩著玉玨和革囊，這一身衣袍沒什麼特別，只是……這形制、色澤、紋理，甚至牛角簪的樣式，竟與他們見過的某個人一模一樣！

「令狐德蒙！」李淳風喃喃道，「他的穿著與令狐德蒙一模一樣！」

「不止如此，」玄奘道，「你看他的骨相。」

骨相乃是相術中極為重要的門類，李淳風身為咒禁博士自然精通，他赫然發現，此人的面部骨骼與令狐德蒙也極為相似。

「他是……令狐德蒙？」李淳風驚道，「那……那外面那個令狐德蒙是誰？」

「外面的令狐德蒙，自然便是老夫！」黑暗中，忽然響起一個熟悉的聲音答道。

一條人影從老者們的背後慢慢走了出來，走進宇宙蒼穹的輝映下，赫然便是與二人打過交道的令狐德蒙！

「你不是令狐德蒙！」玄奘道。

「自然不是。」那「令狐德蒙」笑道。

「你到底是誰？為何冒充令狐德蒙？」李淳風問道。

「我的名諱不值一提，你可以叫我壺公。」那人說道，「我只是令狐氏從千萬人中挑選出來，與令狐德蒙長相相似之人。至於為何要冒充他，自然是令狐德蒙的安排。玄奘法師，你可以猜猜他為何如此。」

玄奘沉吟片刻：「難道是令狐德蒙命不久矣，卻不想讓人知道自己已死？貧僧明白了！」玄奘吐了口氣，「令狐德蒙知道奎木狼要殺他，他想引奎木狼上鉤，所以隱瞞自己的死訊，讓你假冒他，就是要在關鍵時刻布下陷阱，擒殺奎木狼！」

「哈哈哈！」壺公大笑，「法師果然有天眼通，一眼便看穿了真相。」

「莫要廢話，」左側一名老者忽然有氣無力地說了一句，整個人仍然一動不動，「方才那李淳風看出我們在計算星體運行軌跡，似乎頗懂星象，不妨問問他。」

玄奘和李淳風這才知道其他幾名老者也活著，卻不知四個活人為何要把兩個死人放在身側，陪他們終日枯坐。

「貧僧見過寺主。」玄奘恭敬地朝翟法讓施禮，畢竟他如今還算掛單在人家寺中。

翟法讓慢慢睜開眼，神情複雜地看著玄奘：「知道你來，本不欲相見，想不到你還是找到了這裡。你給我出了個大難題啊，玄奘！」

「自從貧僧進入敦煌，寺主一直照顧有加。當日寺主假死避難，若有難題不妨說一說，貧僧可與寺主商討。」玄奘誠懇地道。

「當日不算假死，老僧如今啊，早已是真正的死人了，這件事且容後再說吧。」翟法讓意興闌珊，「李博士且看看這諸天星辰，有什麼發現？」

李淳風抬頭看著，露出驚訝之色，沉聲道：「給我陶丸算珠。」

壺公拍拍手，樓下立刻有人捧著一副陶丸算珠跑了上來，遞給李淳風。

陶丸算珠乃是一副長方木框刻板，以幾根細木條各自穿著五枚陶丸，上面一陶丸與下面四個顏色不同。刻板上下三分：上下二分來停陶丸，中間一分定算位。上面一枚陶丸當五，下面四枚陶丸各當一。

玄奘在長安西市見過商賈用陶丸算珠記帳，自己卻不懂演算法。只見李淳風兩手拿著算珠，兩眼盯著穹頂的星辰，陶丸劈里啪啦彈動，手法極其嫻熟。

「不對，不對……」李淳風喃喃自語，「你們計算的不對，如今是仲秋，夏曆八月，對應地是鄭地，那麼夜跨天度的度數應該是一百三十八，中天星宿度數是十。而且穹頂上的星辰數目也比長安太史局測定的要少，傅奕共測定了一千六百四十五顆星辰，這上面明顯少多了。」

「這裡星辰數量是六百二十七顆！」壺公急忙道。

繩床上的其他老者睜開眼睛，滿臉激動，其中一名老者急切道：「我們從三年前開始計算天象，只測到六百二十七顆便難以計數，太史局居然測出一千六百四十五顆之多！」

「怪不得計算三年，我們一無所獲！」另一名老者嘆道，「德蒙公就是為了計算天象，心力耗竭而死。我們這些老朽之人也心力損耗過劇，離死不遠了。」

「兀那李博士！」右側一名老者喝道，「多出的一千零一十八顆星辰你可都記得方位？只要標註出來，我們便能計算到那幾件東西的下落了！」

李淳風正要說話，玄奘拽了他一下，朗聲道：「請問諸公是否可以說出名諱？」

眾人沉默片刻，翟法讓道：「這裡乃是我敦煌絕大的機密，你們既然見到了這天穹，我們的名諱便沒什麼好隱瞞了。老僧翟法讓，你們都是知道的，乃是翟昌的季父。」

「老夫張延，字長榮，乃是張氏家主張敝的父親。」

「老夫陰賀蘭，乃是陰世雄的仲父。」

「老夫氾正，乃是氾人傑的父親。」

玄奘和李淳風對視一眼，心中震驚，這四人竟然都是敦煌士族家主的長輩！

「居中那人自然是令狐德蒙了。」李淳風問，「右側下首那人呢？」

「哼，」翟法讓冷哼了一聲，「那是李氏家主李植的父親，李鼎！」

「誰殺了他？」玄奘問。

「自裁。」翟法讓道，「他用這種方式賠罪，換取敦煌李氏苟延殘喘。」

玄奘後背冒出冷汗，這其中定然有極其慘烈的內幕，竟讓令狐氏的主事之人死而不葬，枯守在此，而李植的父親將自己釘死在繩床上，任由屍體腐爛。隱約間，他感覺自己摸到了敦煌士族最深層的祕密。

「這裡面的緣由不知可否讓貧僧二人知道？」玄奘問道。

這次眾人沉默了好半晌，沒有人說話。

壺公道：「諸公，我們在這裡計算了三年，耗盡無數人力物力都沒能計算出結果。這李淳風懂得天象，或許可以助我們一臂之力。」

翟法讓道：「李博士，你可願意幫我們？」

「幫你們做什麼？」李淳風問道。

「這諸天星辰中隱藏著一道密碼，指向一處方位。你若能破解，幫我們找到那個地方，我敦煌士族必有重謝，你有任何要求我們都可以滿足。」翟法讓道。

李淳風盯著頭頂的星辰，輕輕道：「願盡綿薄之力。」

眾老者用眼神交流了片刻，都微不可察地點點頭。翟法讓似乎得到了授命：「好，那我便告訴你們。玄奘法師，你進敦煌以來，就知道我們士族和呂晟之間仇深似海，不共戴天，可知道為何？」

「至今仍然未打聽到。」玄奘老老實實地承認。

「因為呂晟刨了我們的祖墳！」翟法讓森然道。

玄奘和李淳風目瞪口呆：「他、他……他刨了你們的祖墳？你們六家？」

「不，是八家士族。」陰賀蘭冷冷道，「除了我們六家，連宋氏和索氏的祖墳他都刨了。那是武德九年四月甲子日。」

玄奘完全說不出話來，他無論如何也想像不到，呂晟竟然會做出這種惡事。掘墳發冢歷代都是重罪，漢家禮法尊崇祖先，崇尚孝道，對死者的尊重是對生者莫大的慰藉。雖然孔子說過，「禮，與其奢也，寧儉；喪，與其易也，寧戚」，可是儒家一貫遵循「慎終追遠，隆禮重喪」，哪怕葬一人而窮一家也心甘情願。因為祖先承載了家族的血脈和榮耀，祖宗墳塋所在，便是家族靈魂所繫。

發冢非但在民間深惡痛絕，朝廷律法也會嚴厲懲戒，兩漢律令：盜殺傷人，盜發冢，皆磔。大唐雖然廢除酷刑，卻也規定：諸發冢者，加役流；已開棺槨者，絞。

無論任何時代，挖人墳塚都是喪心病狂的行為，呂晟竟然會做出這等事？

「法師不信？」壺公冷冷道。

「沒有，」玄奘道，「只是不解。」

「因為他是大唐雙狀頭嗎？」翟法讓冷笑，「癲狂之人必行癲狂之事。呂晟共掘我八大士族三十三座墳塋，偷盜了七座墓誌碑。當年各家祖墳的沙磧上遍地盜洞，八家士族上千族人跪在墳前終日號哭，至今盜洞雖已填埋，可那七塊墓誌碑仍未找回，死者不得安寧，生者愧對祖宗。」

墓誌碑便是埋在墳墓中，記載死者生平的石碑，上面的碑文分為誌和銘。誌，記述死者的姓名、籍貫、世系、爵祿和生平事略；銘，讚頌死者的功業，寄託悼念和哀思。

玄奘驚訝無比：「只盜走墓誌碑？不曾發棺？也不曾盜走財物？」

「有什麼區別嗎？」翟法讓怒道，「盜墳掘墓十惡不赦，莫說是盜了墓誌碑，便是毀掉墳頭封樹，也是不共戴天！」

玄奘深深嘆息，卻也有些奇怪：「既然呂晟挖了三十三座墳，為何只盜走七座墓誌碑？」

翟法讓等人沉默片刻，肅然不答。

壺公道：「也許是各家與他恩怨不同吧。宋氏、索氏只是掘了墳，沒有盜走墓誌碑，翟氏、張氏、李氏、陰氏、氾氏則盜走了七座墓誌碑。」

「那麼令狐氏呢？」李淳風發現這裡面居然少了令狐氏，詫異地問。

壺公沉默片刻，如實道：「令狐氏只是掘墓，未曾盜碑。可是令狐氏祖墳遭劫最深，自東漢以來共有十九座墳墓被掘。」

玄奘沉思著，這件事確實奇怪，令狐氏被盜掘的墳墓超過一半，可見呂晟主要是針對令狐氏來的，那為何不盜他家的墓誌碑，而是盜走其他五家的呢？

玄奘並沒有提出自己的疑問，他意識到呂晟和八大士族爭鬥的內幕應該極為複雜，迷霧重重，不是簡單問一問便能得到真相的，即使問出來的也不會是真相。

「呂晟盜掘墳塋之後，八大士族成立泮宮密會，結盟對付他。」翟法讓繼續說道，「他在墓穴中留下一組密碼，是一首星象歌訣，指向墓誌碑的埋藏地。於是以令狐德蒙為首，我們在七層塔上建立了這座觀象臺，嵌鑿日月星辰，黃道白道，類比星辰運行，觀測資料，希望能破解密碼。可是，李氏卻背叛我們，暗中與呂晟苟合，偷偷把墓誌碑贖了回來。最終我們將李氏從泮宮密會中除名，而李植的父親也在這裡自裁謝罪。」

玄奘二人這才明白，為何李鼎的屍體死不入土，眾人也留著他的位置，任其腐爛。

「那麼令狐德蒙呢？」李淳風問。

「令狐德蒙死前留下遺言，一日不找回墓誌碑，一日便不入土。他要坐在這裡直到誅殺逆賊，找回墓誌碑！」翟法讓道。

玄奘盯著令狐德蒙的遺體驚悚不已，哪怕此人已死，也讓人深切感受到他內心瘋狂的執念和怨恨。

「李博士一定知道我們為何在這裡建造觀象臺吧？」壺公問道。

李淳風苦笑著點點頭，指了指頭頂：「這座穹頂上面便是石山的山頂吧？這裡是祁連山邊緣，敦煌最高點，觀星自然最為便利。這山上又有河流，若是我猜想的沒錯，穹頂上的地面應該建造了水運渾象儀和渾天黃道儀。」

眾位老者都有些吃驚，翟法讓道：「不愧是袁天罡的弟子，一語中的！可惜，我們只是鄉野之人，沒見過渾象儀和黃道儀的實物，只是根據史書中對落下閎和張衡的記載製造，錯訛過多，可是我們也不敢找人求證。」

玄奘和李淳風乃是佛道中人，自然明白他的意思。

因為朝廷嚴禁私人研究天象！

唐律明確規定：諸玄象器物，天文圖書、讖書、兵書、七曜曆、太一、雷公式，私家不得有，違者徒二年。私習天文者亦同。

並且疏議專門解釋：「玄象者，玄，天也，謂象天為器具，以經星之文及日月所行之道，轉之以觀時變。天文者，史記天官書云天文，日月、五星、二十八宿等。」

自古君權神授，天人交感，天象與朝政牽涉太深，天象稍有異常，便會在人間掀起大動盪。因此歷朝歷代都禁絕私人研究、觀測天象，對天象的解釋只能由朝廷太史局執行，甚至太史局觀測到異常天象，也必須「密封聞奏，漏洩有刑」。

民間之人別說觀測，哪怕擁有此類書籍器物，最輕也是徒二年。即便你沒有持有，只是輾轉從別處學習，也得連坐。

若敢傳播觀測結果，便是「造妖書及妖言者」，絞。可以說，敦煌士族在西窟上祕密建造天象臺，乃是犯了朝廷大忌。這也是為何要建造在南崖偏僻人少的大佛頂端的緣故，一旦被發現，就是滔天大禍。

「那麼，我們二人今日發現此處，諸公會如何處置？」李淳風問道。

翟法讓等人沉默了好半晌，幾個老者用眼神交流了一番。

翟法讓最終道：「玄奘法師雖然是呂晟好友，可老僧本是僧人，敦煌士族又多信佛，不敢加害高僧，日後法師出關西遊便是。」

玄奘苦笑，明顯這是眾人都不看好自己能活著回來呀！

「至於李博士，」翟法讓沉吟道，「雖然是朝廷官吏，可若能幫我們觀測天象，破解了這道密碼，便算是與我們福禍共擔了，日後隆重送你返回長安。二位意下如何？」

玄奘和李淳風對視一眼，卻沒有別的選擇，都點頭答應。猛然間，七層塔外響起一聲悠遠的狼嚎，淒厲綿長，震動山谷，隨即是千軍吶喊，鼓聲震動。

翟法讓慢慢道：「小兒輩開始殺狼了。」

壺公問道：「法師要不要親眼看看此獠覆滅？」

「不了，除了七座碑，老僧對他的死活毫無興趣。」翟法讓道，「你替令狐去看一眼吧，他死不瞑目，你既然代他活著，就讓他有個慰藉。」

壺公答應一聲，繞過六把繩床，進入一條甬道。玄奘和李淳風見翟法讓等人不反對，便跟了過去。掀開厚厚的帷幕，落日最後的光暉照耀進來。原來這甬道竟通向崖壁，一座棧道孤懸在崖壁上，正對著拱橋。

一匹巨大的天狼站在拱橋正中央，仰天長嚎！

兩側及兩岸的棧道上，布滿了弓箭手，隨著校尉一聲令下，戰鼓聲催，無數箭矢狂風暴雨般朝奎木狼激射而去。

奎木狼四周憑空生起團團黑霧，他抱著翟紋在黑霧中一閃而逝，密集的箭雨穿透黑霧，其中卻空空如也。一直跟隨在旁邊的鄭別駕和趙富急忙趴在橋面上，箭矢貼著背部射過去，兩人驚出一身冷汗，急忙從邊兵的屍體上扒下甲冑穿上。

箭雨過盡，奎木狼抱著翟紋憑空出現，把翟紋丟給趙富和鄭別駕，狼口中發出人聲：「保護她！」

說罷一聲長嚎，閃電般在拱橋上騰躍，朝著軍陣撲來。

「射——」馬宏達又是一聲令下，萬箭齊發，奎木狼再次消失不見。

但橋面上還站著鄭別駕、趙富和翟紋三人，一見箭鏃射來，兩人披著半副鎧甲一前一後合身保住翟紋，二人後背瞬間插滿了箭矢。有些掛在甲片上，有些卻破甲而入，插入二人體內。

翟紋愣住了：「你們……你們不必如此！我今日已有死志！」

翟紋想用力推開他們，趙富和鄭別駕卻死死箍住她的身體。趙富嘴角冒出鮮血，喃喃道：「夫人……請問問奎神，我今生……可成兵解仙[8]嗎？」

翟紋一怔，看著趙富祈求的眼神，默默地點頭：「奎神升天後，會帶你飛升天庭。」

趙富露出滿足的神色，與鄭別駕摟著翟紋一起摔倒。便是倒在地上，他們仍用身體覆蓋著翟紋。

虛空中煙霧生起，奎木狼出現在三人身前，低下狼首看了看，趙富已死，鄭別駕奄奄一息，翟紋身上卻無傷痕。

鄭別駕喃喃道：「奎神……」

「你說。」奎木狼道。

「如果呂四郎甦醒，請讓他記住我……我姓呂。」鄭別駕掙扎著伸出手，似乎想抓住他，「我從未忘記——」手伸到半空，頹然跌落。

狼目中燃起幽幽火焰，滿是傷感和憤怒。

「又是五行大遁！」軍陣後的令狐德茂冷冷道，「這裡是百丈橋上，絕金，絕木，絕土，絕火，我看你能遁到哪裡去！來人，開獅子閘！」

他身後的部曲拿起一只牛角號嗚嗚吹了起來，隨著號角吹響，橋上的欄杆也嘎吱嘎吱響了起來。橋是石橋，但為了減輕橋的重量，欄杆卻是木質，上面雕刻著三百六十個獅首。號角聲中，三百六十個獅首慢慢轉向，口中噴出一股細長的黑色黏稠液體，彷彿噴泉般互相交叉著噴到橋面上，奎木狼躲閃不及，被一股黑水噴個正著，便是被鄭別駕和趙富屍體壓在下面的翟紋都被澆了半邊。

那黑水刺鼻難聞，在橋面上交織成一格格的網狀。

玄奘在第九層的棧道上看著，吃驚道：「這是——」

「石脂水，」壺公淡淡道，「從肅州酒泉那邊運過來的。此物你們中原人沒見過，可在我們河西卻應用頗多，當地人又稱之為石漆。能潤滑車軸，製作墨料，治療脫髮、毒瘡、刀劍創，不過其最大的用處還是——燃燒！」

「更換火箭！」馬宏達喊道。

傳令兵一起吶喊，兩岸的弓箭手一起更換火箭，旁邊有輔兵舉起火把，將火箭點燃，馬宏達一聲令下，峽谷的高空中頓時閃耀起密如繁星的點點星火，迅疾無比地射向拱橋。

無數火光落在拱橋上，倏地點燃石脂，整座橋面呈網格狀燃燒起熊熊大火。玄奘還是第一次見到這種東西，竟然不用借薪柴即可燃燒。

網格狀的火焰一下子將奎木狼吞沒，奎木狼大叫一聲，抓起幾具屍體往翟紋周圍一扔，壓在石脂水上，將附近的火焰壓滅。翟紋艱難地推開趙富的屍體，站起身，喊道：「沒用的！我們逃不了！」

「凡夫螻蟻罷了！」奎木狼轉頭，一眼便看見棧道頂端的壺公、玄奘和李淳風，頓時怒不可遏，長嚎一聲，躍躍而起，朝著七層塔方向撲來。

眾人冷冷地看著，除非他不落地，否則必定會跌到火焰之中。這種石脂水燃燒起來遇水不滅，除非自身燃盡，否則無休無止。可是隨即兩岸發出一聲驚呼，只見奎木狼的身影忽然在半空中爆裂，散作一團漆黑的煙霧，那煙霧又彈射出十幾道濃烈的黑霧，朝著兩岸的軍陣撲去。

「他想要以遁術逃走！」令狐德茂大叫，「布陣！盾牌兵——」

情勢危急，令狐瞻和翟述也不敢牽掛翟紋而誤了大事，連忙喝令。大唐邊軍訓練有素，迅速組成盾牆，槍矛兵在盾牆上豎起如林的長矛，盾牌兵齊聲吶喊，一起用肩膀死死抵著大盾，迎接即將到來的猛烈撞擊。

然而，十幾道黑霧狠狠地撞在盾牆上，卻沒什麼力量，砰的一聲碎成一團黑色的煙霧，然後消失得無影無蹤。盾牌兵們愕然，南面有些人起身察看，面前明明空無一人，可頸部卻忽然冒出一條血線，隨即裂開巨大的創口，頸血迸射。

原來奎木狼是以十幾道黑霧作為分身，真身則藏在其中一道煙霧中，藉機突破火網的封鎖，撲進軍陣。只見一條巨大的狼影在盾牆與槍矛間閃爍，剎那間便有十幾名兵卒喉頭飆血，像是被割刈的草叢般紛紛倒地，但奎木狼到底沒能徹底逃過燃燒的石脂水，身上也開始爆燃。

令狐瞻和翟述二人早就進行過沙盤推演，並不慌亂，一聲令下，橋兩側的步兵陣列緩緩推進，槍矛如林，盾牆如山，雙方會合之後，只見拱橋上全是密密麻麻的黑色鐵甲軍陣，而奎木狼不過是黑色鋼鐵洪流中不起眼的一個小點。雖然奎木狼神威尚在，所過之處血肉橫飛，屍橫遍野，可所有人都看得出來，他已經陷入絕境。

頂層棧道上，玄奘沉默地看著，忍不住嘆了口氣。

「法師可是為奎木狼嘆息？」壺公問道，「我知道你和呂晟的關係，不過為了殺他，這陷阱我們籌謀多時，僅僅改造橋上的欄杆就耗費了半年之久，這才能用石脂水破掉他的五行大遁之術。」

「即便如此，你們想拿下他也只能靠人命來砸吧。」李淳風道。

奎木狼沾了石脂水，半個身子都在燃燒，根本無法隱身匿形，而士兵身上皆著鐵甲，頭鍪、胸甲、背甲、裙甲，將身上要害遮護得嚴密無比，根本不怕狼爪，除了面部和喉嚨，幾乎無隙可乘。奎木狼奮力廝殺，狼爪抓在甲冑上只冒出一溜火星，傷不了兵卒分毫，只有趁隙裂喉才能一擊必殺。

「沒關係，死多少人都值得。」壺公淡淡道。

話雖如此，拱橋上的廝殺也看得他膽顫。那奎木狼哪怕不用神通，也殺透了數列軍陣，幾乎將南岸的整個大陣鑿穿。此時雙方絞殺在一起，沒法使用弓箭，令狐瞻下令將棧道上的弓箭手調過來，一股腦兒地衝了上去，才遏制住奎木狼前行的勢頭。

兵卒們面對這樣的殺神，早已麻木絕望，只有兵刃傷到奎木狼，才能帶給他們一絲振奮，有時只是輕輕劃傷他，也會引起四周歡呼。奎木狼哪怕是神靈，面對這無窮無盡的大軍也終將活活累死，此時他身上的火焰已被鮮血澆滅，渾身受創十幾處，更有一把橫刀幾乎捅穿了他的身軀。

而這把橫刀的主人發現自己捅穿了奎木狼，頓時瘋狂地大笑起來，顧不得這是生死交關的軍陣，大叫道：「是我！我傷到了神靈！我……龍勒鄉安定里劉三——」

噗——森然的狼爪劃過他的喉嚨。

喊聲戛然而止，喜悅卻未凝固，劉三郎帶著一種快意的神情軟倒在地。

在軍陣北面，翟紋神情呆滯，踩在燃燒的火焰上，跟隨著軍陣一步步南行。密密麻麻的軍陣中她看不見奎木狼的身影，可兵卒們每發出一聲歡呼，她就知道他受傷了，距離死亡又近了。

噗——一把槍矛從無數的人影中穿出來，刺中了奎木狼的後腰。奎木狼發出一聲淒厲的嚎叫，幾乎翻倒在地。眾軍卒歡呼起來，十幾把槍矛同時攢刺，奎木狼怒吼一聲，張口噴出一團濃烈的黑霧，黏稠的黑霧很快就在兵卒之間擴散開來，籠罩了方圓七八丈的範圍。

黑霧中響起連綿的慘叫，透過煙霧的縫隙，可以看到四處閃起刀光和槍刃，一些吸入黑霧的兵卒忽然發瘋一般朝同伴砍殺，所幸兵卒們都穿了鐵甲，傷亡倒是不重，只是場面混亂不堪。

「哼，無非是些致幻的煙霧罷了。」壺公冷笑道，「法師可有什麼發現？」

玄奘點點頭：「眼下的奎木狼雖然厲害，但比起莫高窟和青墩戍時卻弱了很多，像登天之術，身外化身，都沒有施展。那時候的奎木狼，可不是靠人命便能砸死的。」

「黔驢技窮罷了。」壺公淡淡道。

忽然間，一道巨大的狼影從軍陣的濃霧中躥躍而起，在橋欄上一踩，順著欄杆奔躍，閃電般衝出軍陣的包圍，在拱橋盡頭的一尊佛龕上一借力，便跳上了棧道，順著棧道直撲頂層，目標赫然便是壺公！

佛龕下的令狐瞻、翟述和馬宏達等人反應極快，迅疾彎弓搭箭朝奎木狼射去。後面的弓箭手也紛紛射箭，無數的箭矢追著奎木狼，咄咄咄地射在棧道和山崖上，僅有一枝箭射中奎木狼後背。

奎木狼穿繞在棧道和石窟的窟簷上，躲避弓箭，很快便上了頂層，一個縱躍，朝著壺公和玄奘等人凌空撲來。那渾身浴血、殺意騰騰的猙獰之狀，讓人不寒而慄。

壺公哼了一聲，掉頭鑽進甬道。玄奘和李淳風二人對視一眼，也急忙跑了進去。

砰——奎木狼重重摔在棧道上，喀嚓一聲響，棧道被砸塌了半邊。奎木狼艱難地爬起身，四足著地，鑽進了甬道。

橋面上的兵卒發出一聲驚呼，令狐德茂大叫：「不好！進去殺了他！」翟昌、張敞、陰世雄、氾人傑也都慌了，但第九層的棧道與四周並未連接，孤零零地懸掛在崖壁上，眾人沒法像奎木狼一樣跳過去，只好率領甲士衝進七層塔。

馬宏達也想進去，卻被令狐德茂劈手抓住：「馬校尉，你就守在這裡，小心奎木狼從棧道上逃走。」

馬宏達想了想，也覺得有道理，當即答應一聲，命令弓箭手封鎖棧道。

激戰止歇，峽谷一靜，忽然便有隱約的篳篥聲傳來。蒼涼悲鬱，映襯著最後一抹晚霞褪去，群山染墨，更顯得哀咽如同悲泣。

一隊隊鐵甲兵卒走過棧道，走過拱橋，遍地都是袍澤的屍體和鮮血，一時間戰勝神靈的興奮化作滿腔的哀傷，有人忍不住哭泣起來，四下滿是蒼涼與悲愴。

馬宏達朝四周看了看，峽谷回音裊裊，竟不知篳篥聲從何而來。

南崖的石山山頂，是祁連山的餘脈，沙磧山頭起伏連綿，山上寸草不生，人跡罕至。遠遠望去可以看見祁連山頂終年的積雪，而融化的雪水在山上匯流成溪，順著山上的谷地流淌，繞過石山，再經由前方的峽谷裂隙流入甘泉河。

就在石山頂上，有一片夯平的空地，以土壘環繞出一個院落，旁側還有一座低矮的土坯小房，狹窄的木門緊閉。

此處詭異的是，地面上有六百多個圓洞，洞口覆蓋著赤玻璃，裡面放著不滅的人魚膏默默燃燒。星星點點的圓洞環繞著幾座大型的天象儀，其中赫然有李淳風所說的水運渾象儀和渾天黃道儀。

水運渾象儀高達兩丈，以黃銅製成，主體是一座球體模型，球體上畫著二十八宿等諸天星辰，球體外有兩層圓環，一個是地平圈，一個是子午圈，在水力的帶動下，天球繞著天軸轉動，模擬出諸天星象運行的軌跡。

就在渾象儀下，魚藻坐在土壘圍牆上，憂傷地吹著篳篥，臉上的淚水在夜晚的涼風中乾枯，只剩淚痕。

原來，魚藻和李澶兩人趕到西窟之後，便四處尋找呂晟，只是洞窟太多，無從找起，待到呂晟現身、踏上拱橋，四周已被軍隊團團包圍。於是兩人在南崖的棧道上掛起繩索，攀爬到石山的山頂，赫然發現了這座山頂的觀象臺！

李澶出身皇族，自然知道私人建造觀象臺意味著什麼，可魚藻對觀象臺絲毫沒有興趣，她站在懸崖上眺望著為了愛人浴血奮戰的呂晟。

她看見煙娘抱著呂師老跳下拱橋。

她看見六名星將慘烈廝殺，戰死沙場。

她看見呂晟和翟紋在橋上相擁，生死與共。

她看見呂晟為了愛人一聲怒吼，化身天狼，殺透重重軍陣。

不知不覺間，天地已是一片深寒，黑暗籠罩，正如同她絕望而空洞的內心。她知道，十三歲起便痴愛的那個男人，今生再也無望了。他無論是人是鬼，是妖是仙，都與自己毫無關係了。當年長安城中，他笑著說，魚在在藻，有頒其首。有女頒頒，豈樂飲酒。他笑著說，妳快快長高吧。

她從此苦練武藝，強身健體，想要超過他的肩膀，與他在生命中並肩而立。她以為那是兩人的開始，誰料想那竟是終結。

他離開長安的那一日，她已注定永遠失去他。如今這個人哪怕站在眼前，仍一如往昔，彷彿消失在大漠深處，蒼茫世間。

其實兩人相隔並不遠，中間只隔著一個女人，卻比滄海桑田、前世今生還要遙遠。

魚藻扔掉篳篥，起身站在牆壘上，面朝著懸崖張開雙臂。

李澶嚇得撲過去要拽她：「使不得！」

魚藻冷冷道：「我不是要跳崖自殺，王氏的女兒從來不會為男人殉情。」

「那妳——」李澶鬆了口氣。

「我只是想要告別，」魚藻喃喃地道，「卻不知向誰告別。是那個愛過的男人，還是那個長安的小女孩。」

李澶撓撓頭：「其實是人生吧，襁褓、孩提、垂髫、束髮、而立、不惑、知命、花甲、古稀、耄耋、期頤，每一個階段都要向以前告別，就像破繭成蝶。有時候看著蛻掉的殼，連自己都厭棄。」

魚藻靜靜地望著他：「你究竟是誰？」

「我？」李澶嚇了一跳，「李琛啊！來敦煌朝佛的士子。」

「你是士子還是世子？」魚藻的表情很平靜。

李澶頓時汗如雨下，他顯然聽出了這兩個字的區別。

「其實我也是今日凌晨才發現你的身分。」魚藻道，「以前我就奇怪，為什麼其他人見到你的時候，都有些尊重甚至敬畏，但我並沒有多想。而今日凌晨，你出入我內宅如入無人之境，明知我已許了人，我阿爺卻不阻攔。像我阿爺這種一心攀高枝的性子，對待你的態度可不大符合你普通士子的身分。所以，只有一個解釋，你就是李澶，臨江郡王世子。」

「我……」李澶擦擦額頭的汗，只覺身上涼颼颼的，勉強笑道，「我並非有意欺騙妳。那天從莫高窟回來之後，我才知道阿爺為我訂下了這門婚事。可是……我知道妳不喜歡我，不想嫁給我，我卻想留在妳身邊陪著妳，哪怕只是看著妳也好，所以就不敢向妳表明身分。十二娘，我很抱歉，妳若是想打我，我絕無怨言。」

「我打你做什麼。」魚藻有些苦澀，「那些天也不知為何，我看見你就厭煩，可能是冥冥之中早有預感吧。如今我阿爺要謀反，你我婚約又不可能成，即將反目成仇，想起多日來並肩作戰，我只有感傷。」

「魚藻，」這是李澶第一次叫她的名字，「我仍要娶妳，這一世我無法再愛上別人了。」

魚藻身子一顫，冷笑道：「別忘了我阿爺要謀反，而你是皇室，腦子被狗吃了嗎？」

「不，妳聽我說。」李澶的神情極為冷靜，「我從來優柔，不知自己該做什麼，不知該負起什麼職責，我找不到自己要做的事。可是從玉門關歸來之後，我便找到了自己的職責，我要陪著妳，要給妳幸福，絕不讓妳受到絲毫傷害。魚藻，妳我已經訂了親，行了聘，請過期，道理上妳已經是我李氏的媳婦。按照唐律，謀反及大逆，皆斬。父、子年十六以上，皆絞，十五以下，及母、女、妻、妾、祖、孫、兄、弟、姊、妹，若部曲、資財、田宅，併沒官……」

「你閉嘴！」魚藻想到父親和兄長、母親未來的結局，忍不住渾身顫抖，淚流滿面。

李澶卻不退讓，靜靜地盯著她，繼續道：「若女許嫁已定，有許婚之書及私約，或已納聘財，雖未成，皆歸其夫，不相連坐。魚藻，我們回到敦煌之後，等不得阿爺派遣的迎親隊伍了，我立刻便讓王利涉準備好親迎，把妳迎回瓜州。自此，妳便是我李氏婦，與王氏無關。」

「這就是你費盡心思想出來的辦法？天真！」魚藻冷冷道，「你阿爺會同意嗎？他一邊率兵平叛，一邊卻讓自己的兒子娶叛臣的女兒？你以為皇帝不會猜忌他？他不會同意的！你迎我到瓜州之日，便是拿下我，綁送長安之時！」

「魚藻，」李澶流淚道，「或許我阿爺會這麼做，可這是我能想出來的唯一辦法。我們一個是世子，一個是刺史女，表面上高官貴胄，可實際上只是天地間的兩朵浮萍，妳父親執意造反，我父親只能平叛，妳我又能左右誰的命運？我左右不了自己的命運，可是我能左右自己的抉擇，如果阿爺綁送妳到長安，我會綁縛雙手，陪妳坐上囚車，到長安自削為民；如果妳被充官，我也會把自己發賣為奴；我只願這一世能陪著妳。」

「傻子！你就是個傻子——」魚藻哭著，瘋狂地毆打他。

李澶只是流著淚，含笑看著她，不閃不躲，頃刻間臉上便腫脹流血。魚藻停下手，蹲下身，摀著臉嗚嗚痛哭。李澶沉默地站著，凝視著她。

「好，我答應你。」魚藻擦了擦眼淚，站起身，「只是你要答應我一個條件。」

第二十一章　大唐狀頭的復仇

「來吧！就是這裡……就是這裡……我帶你來到命運的終點，毀滅的盡頭，眾生如蚍蜉，天道如輪輞，而這轅軛上套的便是天上神靈！碾碎他們……」

甬道中傳來一聲低沉的誦念。

玄奘等人緊張地站在佛殿中，凝望著甬道。佛殿內昏暗蒼茫，星辰照耀，甬道的光亮裡漸漸走出一道巨大的身影，行走之間，四足踩地響起沉悶的金木碰撞聲。旋即，一匹渾身浴血的蒼狼出現在甬道口，背上還插著一枝箭矢。

奎木狼似乎耗盡了精氣，身形踉蹌，四周裹著淡淡的黑色煙霧。撲通一聲，撲倒在地，隨即掙扎著起身，形體卻似乎發生了變化，越來越像人的模樣。

狼口呢喃著：「來吧！你要做的是逆流擊水，湯湯洪水方割，蕩蕩懷山襄陵，浩浩滔天。就是這裡……就是這裡……」

「不，那是你要做的事！不是我！」狼口中忽然又發出人聲，是呂晟的聲音，與奎木狼截然不同。

「菩提何來有證果，今日方知我是我。」奎木狼跌倒在地，喃喃道，「天上人間既相逢，我是你來你是我。」

眾人怔怔地看著，一匹巨狼的口中發出兩種聲音對話，激烈爭論，詭異無比。忽然間那天狼長嚎一聲，一團黑霧爆開，等到黑霧裊裊散去時，已變形為呂晟的模樣。他渾身是血，頭髮凌亂，後背還插著利箭。

翟法讓等人仍然枯坐在繩床上，沉默地望著呂晟，並不閃避。

呂晟掙扎著站起身，反手抓住箭桿，猛地一拔，將箭矢硬生生拔了出來，痛得悶哼一聲。他握著箭桿朝壺公一步步走去，兩眼死死地盯著他。可剛走了幾步，就撞在令狐德蒙的繩床上，那繩床一歪，險些翻倒。

令狐德蒙乾枯的屍體恰好與呂晟面對面。

呂晟頓時愣了，打量著令狐德蒙的屍體，又看看壺公，忽然一把揪住翟法讓，將箭鏃抵在他喉嚨上，吼道：「這人是誰？」

「令狐德蒙。」翟法讓淡淡道。

呂晟一指壺公：「那人是誰？」

「令狐德蒙。」翟法讓道。

呂晟一怔，忽然丟下他，捶打著腦袋，喃喃道：「令狐德蒙是誰——」

眾人都有些意外，面面相覷。

翟法讓過於衰老，從地上爬起身，喘息著：「他是你最恨的人，你也是他最恨的人。你苦心孤詣要殺他，日復一日，年復一年；他也是。他甚至連死都不敢死，因為他若死了，你將無人可制，你將掀翻這天下，百川沸騰，山塚崒崩。高岸為谷，深谷為陵。」

玄奘在一旁聽得心頭震動，這是他第二次聽人說起呂晟的志向，第一次是索易，他說呂晟是在逆流而上，他逆的是天下大勢，甚至連大唐皇帝都被裹挾在其中的天下大勢！

而今日翟法讓說得更為具體，他引用的這幾句話乃是出自《詩經》中的〈小雅・十月之交〉：「爗爗震電，不寧不令。百川沸騰，山塚崒崩。高岸為谷，深谷為陵。哀今之人，胡憯莫懲。」

西晉張華曾解釋道：高岸為谷，深谷為陵，小人握命，君子陵遲，白黑不分，大亂之徵也。

翟法讓此言直指呂晟便是這禍亂天下的大災殃！這場災殃讓敦煌士族害怕到不惜冒著叛國的罪名，引突厥入侵來消滅他！不惜對王君可諸般忍讓，逼迫張氏嫁女輸誠！而令狐氏更是不惜活生生耗死了一族之主事！

說話間，令狐德茂、翟昌等人也紛紛擁上第九層，壺公急忙攔住他們，低聲喝道：「帶著部曲上來，其他兵卒守在第八層！」

令狐德茂如夢初醒，這穹頂上乃是諸天星象，朝廷嚴禁，若是被外人看到便是滔天大禍。他急忙命令兵卒們下去，只和翟昌、張敝、陰世雄、氾人傑等上來。

翟紋也跟著翟述等人前來，一見眼前這宇宙星空，頓時有些吃驚，沒想到家族竟然在西窟搞出這麼龐大的一座天象臺。

「我是誰？我到底是誰——」就在這時，呂晟忽然瘋狂地怒吼，抓起令狐德蒙的屍體狠狠砸在旁邊的佛像上，然後舉起繩床拚命地亂砸，彷彿瘋癲了一般。

「不要辱我兄長的屍體！」令狐德茂怒吼。

令狐瞻和翟述拔刀衝了過去，卻見呂晟獰笑著抓起翟法讓，用箭鏃對準他的腦袋。旁邊的翟昌大駭，急忙拉住翟紋：「紋兒，那是妳季祖父！」

翟紋當然認識族中的這位名僧，悽然道：「他們便是害了四郎的元凶嗎？」

翟昌顧不得與她計較：「紋兒，呂晟發狂了。快，救救妳季祖！」

「我季祖……」翟紋笑了一笑，「我還是翟氏女嗎？」

翟昌一迭聲地道：「是、是！紋兒，在阿爺心中，妳永遠是翟家的女兒！」

翟紋沒有說話，徑直走到呂晟的身邊，輕輕抱住他。呂晟身子一僵，慢慢平靜下來，只是眼神仍然迷茫。

「妳是誰……」呂晟望著她。

「我是你的娘子。」

「我又是誰？」

「你是呂晟，大唐無雙士，武德第一人。」

「這是哪裡？人間？天庭？」

「這是地獄。眾生碾壓，萬物淩遲，極盡痛苦。」

「地獄……我沉淪多久了？可能逃出？」

「我們很快就能解脫了，有我陪著你。跨過六道之門，我們會遺忘一切，重新來過。」

翟紋抱著呂晟，兩人依偎在臺階上對話。翟紋一邊說著，一邊撕掉旁邊的帷幔，替他包裹身上的傷口。兩人彷彿坐在玉門關的小院中，彷彿絮叨著日常，視旁邊眾人如無物。

呂晟的眼神慢慢恢復清明，澈底從人狼互換的混亂中甦醒。他迷茫地望著四周，包括眼前的大佛和佛頂的宇宙星空，以及眾人。

「星空之下，皆是螻蟻。」呂晟感慨道，「玄奘法師。」

玄奘默默地走上前，雙手合十：「恭喜呂兄恢復了神智。」

呂晟苦笑：「談不上恢復，奎木狼的靈力暫時耗盡罷了。」

玄奘沉吟：「從前的記憶呢？可恢復了嗎？」

呂晟搖頭：「我夫妻今日必死，所謂真相如何已不重要了，我過往的人生也不重要了。我還記得考中雙狀頭的榮耀，還記得你我大興善寺論戰時的夢想，可人死燭滅，理想無法完成不正是人間常態嗎？今生我是輸了，下一世再來過！多謝法師辛苦奔忙，呂晟今日告辭。」

呂晟在翟紋的攙扶下掙扎著起身，朝著玄奘抱拳一禮，神情間說不盡的悽涼。

「呂兄！」玄奘凝望著他，一字一句道，「貧僧不辱使命，已經看到你的過往！」

呂晟頓時一怔，吃驚地看著玄奘。

「武德六年，你考中秀才科、進士科雙狀頭之後，太上皇簡拔你入弘文館，當時還叫修文館，任直學士，敘階正八品上。直學士雖然官職低微，可地位清要，為京師正五品上的高官子弟講授經史子集。太上皇聽朝之際，時常把諸位直學士引入殿內，講論文義。長安後起之秀中以你為第一，時人皆推許你為二十年後的入閣拜相之選……」

玄奘慢慢地說著，聲音迴盪在穹頂的星空之下，九層佛塔之中。

呂晟和翟紋依偎著坐在臺階上，怔怔地傾聽。令狐德茂、翟昌、張敝、陰世雄、氾人傑等家主神情各異，而令狐瞻和翟述帶領士族部曲，持刀引弓圍在四周。

只有翟法讓等四名老者依然端坐在繩床上，周遭的一切似乎都與他們無關。

「到了武德八年，你老父有恙，自覺時日無多，希望能歸葬敦煌祖地。你原本有兄弟四人，三位兄長盡皆戰死於隋末，你自幼與老父相依為命，不忍違逆老父心願，便上表懇求左遷。貧僧當時不在長安，並不了解其中經過，不過想來有很多人為你扼腕嘆息吧，一個二十年後的宰輔之才，就這樣遠離中樞，來西沙州做一個錄事參軍。

「那一年是武德八年的春末，你騎在馬上，駕著兩輛牛車，一輛車坐著老父，一輛車載著詩書，駛上隴右道。路過涼州之時，你和父親去姑臧縣拜訪了呂師老。八十年前呂氏逃出敦煌，流光四散，你們父子去拜訪他，應該是想邀請他們一支也返回敦煌，所以呂師老才在武德九年也來了一趟敦煌。可此處有個疑點，呂氏和令狐氏有不共戴天之仇，八大士族統治敦煌七百年，你們父子要回鄉定居，還邀請族人回歸，難道不怕和令狐氏再起仇怨嗎？所以只有一個解釋，你們父子返回敦煌，實則是為和解而來。」

令狐德茂哼了一聲，沒有說話。

令狐瞻冷笑：「他們為和解而來？當年的滅門之仇呂氏記了八十年，這話能騙得了誰？」

玄奘溫和道：「他們確實是為了和解而來。你們在北魏末年結仇，其後經過北周、隋，到了唐。三個朝代倏忽興亡，無數家族分崩離析，你們僻處敦煌或許不覺，貧僧家在中原，一場戰亂下來州縣戶口十不存一。呂滕身為老卒，歷經了亂世之後自然也明白仇恨與和解，哪一樣才是最珍貴的。」

「我仍是不信！」令狐瞻咬牙道。

「那貧僧就接著說，為何呂滕要和解？因為他在自己兒子呂晟身上看到了家族復興的希望。呂晟考中雙狀頭，太上皇稱許為武德第一人，時人許之為未來宰輔人選，那麼呂滕就必須為兒子的未來考慮，為呂氏的未來考慮，是陷於八十年前的滅門仇恨中無法自拔，還是拋開往事，給兒子、給呂氏一個輝煌燦爛的未來？他選擇了後者。從近了說，他想終老敦煌，葬入祖墳；從遠了說，令狐德棻就在朝廷裡任職禮部侍郎，如果不和解，呂晟在朝廷裡便有一位死敵。所以，呂氏父子回到敦煌，第一件事就是想要與翟氏聯姻。」

令狐瞻看了一眼翟紋，頓時暴怒：「胡說！他向翟氏求親，分明是要分化士族！」

「不是分化，是和解。」玄奘寸步不讓，「世人都知道，令狐氏和翟氏自西漢起便同氣連枝，翟義和令狐邁聯合起兵反莽，兵敗被殺後，子孫又一起逃奔敦煌，六百多年世代交好。呂滕難道沒見識嗎？以為替兒子求個親就能分化兩家？」

令狐瞻無言以對。

「呂滕之所以要找翟氏聯姻，第一是因為兒子呂晟乃大唐雙狀頭，州裡實操權柄的錄事參軍，人中龍鳳，前途無量，能配得上翟氏女；第二便是因為翟氏與令狐氏交好，他與翟氏聯姻，實則是向令狐氏釋出善意。」玄奘道。

「是啊，」李淳風嘆道，「八十年前畢竟是滅門之仇，呂氏便是想和解，也不可能主動登門，和翟氏聯姻其實是希望以翟氏作為橋梁，慢慢緩和雙方的關係。」

「令狐郎君若是不信，可問一問弘業公，」玄奘轉頭望著翟昌，有些感慨，「貧僧打聽過，呂滕當年找了裡坊的耆老，親自去翟府提親。照理而言，提親只需媒妁即可，呂滕既然親自前去，想必是為了向弘業公說明呂氏的善意吧？」

翟沭看了一眼父親，卻見翟昌面無表情，臉上似乎隱約帶著恐懼。

「可惜，翟氏不但沒能做這道橋梁，反而激化了矛盾，當眾羞辱呂滕。若貧僧猜得不錯，呂滕當時應該是氣厥摔倒，被人抬回安化坊。」玄奘道。

見玄奘直指自己的父親，翟沭也忍不住反駁道：「法師莫要信口開河！我翟氏豈能做這等事！」

「當年的事情確實被捂得很嚴，貧僧打聽過，整個州城竟然無人敢提，那些陪同呂滕去的耆老更是見都不肯見貧僧。翟氏一族不會有這麼強大的力量，應該是八大士族聯手所為吧？」玄奘搖頭不已，「不過貧僧在聖教寺結識了一位施主，她是敦煌著名醫館的東家娘子。」

翟法讓也禁不住好奇，終於睜開眼睛：「可是沈家醫館的趙七娘？她如何了？」

玄奘從身上的革囊裡掏出一只錦袋，從中拿出一沓略略發黃的紙張，正是沈家醫館的藥方。玄奘認真地把藥方一一展開，擺在書案上。

「呂滕既然身體有恙，難免就診抓藥，沈家醫館的東家是醫藥行會的會首，恰好呂滕看病抓藥一直是在沈家醫館，貧僧便請趙七娘把呂滕抓藥的所有藥方都送了過來。」

令狐德茂冷冷道：「趙七娘安敢如此！」

此話一出，眾人都嘆了口氣，這等於變相承認了眾士族聯手封殺呂晟之事。

「她是不敢說，不過貧僧是在大乘寺的佛殿上與她談禪，趙七娘敢欺人，卻不敢欺佛。」玄奘道。

令狐德茂和翟昌等人面面相覷，紛紛苦笑，這僧人，也忒無賴，在佛祖面前拷問信眾，簡直比大堂上用刑還有效。

玄奘從藥方裡拿出一張，舉起來讓眾人觀看：「貧僧問過索易，呂滕占算的提親日期是武德八年夏七月內辰日，而就在當日晚間，呂晟來醫館開方抓藥，藥方與呂滕日常所用並不相同，治的是厥症，且開了紅花油膏等跌打損傷藥。貧僧料想以翟氏門風禮法，不至於毆打上門提親的老人，故此猜想是言語羞辱，導致呂滕厥倒摔傷。翟家主，不知道貧僧推斷的可對嗎？」

呂晟默默聽著，似乎從玄奘的敘述中見到了自己的父親，蒼老，魁梧，為了自己的仕途不惜朝仇人彎腰。他隱約記得父親當年跟自己說了一句話，似乎很重要，卻怎麼也想不起來。

眾人都望著翟昌，翟昌沉默了很久，艱難地點頭。

「那天，我父親說，他最瞧不起的就是這種寒門庶民，偶然培養出一個兒子，得了些許功名，便想著與士族門閥平起平坐。」翟紋忽然開口，她看也不看翟昌，兩隻眼睛只是柔柔地望著呂晟，淡淡說道，「父親還說，你們這種父母最是可恨，自己碌碌無能，只想望子成龍，一旦子弟得了些功名就自誇自矜，自以為改頭換面，躋身高門。朝廷為何要規定三代官宦才能評定閥閱？防的便是爾等鼠輩。」

「小妹！」翟沚喝道。

「兄長，我說的有錯嗎？」翟紋笑了笑，「那日我在後堂聽著呢。我不敢進去，因為令狐世叔便在屏風後面坐著。」

「那又如何？」令狐德茂冷冷道，「呂滕上門之前，弘業公便知會了我。嘿，和解？

或許玄奘法師猜得沒錯，他是想和解。可他想和解便能和解嗎？玄奘法師說了，他和解的理由有二，一為了落葉歸根，二為了在朝堂上給呂晟打開局面，這都是他呂氏的利益，於我令狐氏有什麼好處？我令狐氏為什麼要與他和解？先祖父延保公誅呂興、驅張保、保敦煌的赫赫功業，至今還刻在我閥閱柱上！讓呂氏餘孽重回敦煌，莫不是欺我令狐氏無人嗎？」

玄奘嘆道：「怪不得地藏菩薩至今出不了地獄，世間眾生自我鎖困，誰也打不開這枷鎖。呂兄，那日便是如此，你父親被人抬回了家。貧僧查了州衙門的請假文書，你當時請了休假，延請沈醫師為父親診治。第二日，你便闖進翟府，為父親討還公道。當日的情形貧僧查訪多日，卻無一人知曉，只知道隔日翟府發喪，府中一名族老猝然而卒。」

「那是老僧俗家的四弟。」翟法讓忽然道。

「貧僧不知道這位族老為何而死，只知道隨後呂晟便陷入敦煌士族的打壓，在西沙州步步艱辛，受到上官和下屬的一致排擠。貧僧查過州衙的考課簿，官吏考核四善、二十七最，前者考核德行，後者考核才幹，每年一次小考，先由應考者本人具錄自己的功過行能，然後由州考功司寫出考狀，定出考課等第，上報吏部考功司覆核。這是貧僧謄抄的武德八年呂晟的考狀。」

玄奘拿出一份考狀，擺在眾人面前，翻開最後一頁，上面赫然寫著考課等第：下上！

「諸位不少都是做過官的，應當不陌生，考課等第共有九等，上上、上中、上下，中上、中中、中下，下上、下中、下下。官吏在任須經四次考課，每次考課等第都在中中以上才能轉任升遷。而呂晟考了下上。《考課令》曰：『愛憎任情，處斷乖理，為下上。』呂晟得了下評，基本上升官無望了，不貶官已算幸運。更稀奇的是，那考課簿上還記下他曾以醉酒為有司所糾，白衣領官。還有幾次，因司倉犯錯，被連坐罰俸；因租庸調數目核對有誤，被杖責；因武官選舉舞弊，舞弊者稱賄賂呂晟，被罰俸；因鄉里田疇水利糾紛處置不當，被上官斥責；因調解蕃市胡人之爭引發毆鬥；因橋梁驗收與圖紙不符……貧僧為何說這些，因為這是各位士族聯手對付呂晟，想要一舉打掉他仕途升遷的可能。」

玄奘認真地把自己謄抄的考課文書一件一件擺出來。

「這分明是呂晟自己德不配位，何必攀扯我們士族？」令狐瞻反駁道。

玄奘笑了笑：「西沙州司功參軍姓令狐氏，司倉參軍是張氏的人，司戶參軍是索氏的人，司兵參軍是陰氏的人，司士參軍是氾氏的人，我們看呂晟出錯的地方，恰恰與倉曹、戶曹、兵曹、士曹有關，蕃市是敦煌縣市令管轄，市令也恰好是張氏族人。各位家主可以否認，但請記住，你們回答的對象並非貧僧，而是背後的神佛。」

玄奘伸手指了指，張敞等人一回頭，便看見宇宙星空下那尊巨大的佛頭，都禁不住一哆嗦。

「老夫認了又如何？」張敞冷冷道，「呂晟逆賊，人人得而誅之。」

「可是那時候，呂晟只跟令狐氏有仇，與翟氏有怨，卻與你張氏、氾氏、索氏、陰氏毫無恩怨吧？」玄奘問，「張公、陰公、氾公皆在，請回答貧僧，你們為何認為呂晟人人可誅？」

眾位家主面面相覷，即便張敞這種火爆脾氣也不肯多說一句話。

「我想，真正的原因應該還是呂晟在翟家做了一些事，或者是說了一些話，從而引發八大士族群起攻之。這些事因為貧僧沒有人證，咱們稍後再說。」玄奘從革囊裡拿出三卷書冊，正是呂晟的《三敘書》——〈敘宅經〉、〈敘祿命〉、〈敘葬書〉。「呂晟遭到八大士族聯手打壓之後，憤而修改了他的《三敘書》，在西沙州廣為傳播。」

李淳風道：「至今長安仍有此書，我便讀過。」

「這份書稿是刺史家的十二娘從玉門關狼兵手中奪過來的，內容與貧僧當年在長安見到的頗有不同。」玄奘笑道，「李博士不妨看看。」

玄奘把書稿遞給了他。

李淳風急忙拿過來翻看，令狐德茂等人當然知道這書稿，立刻臉色便有些難看。

所謂《宅經》又叫《黃帝宅經》，乃是術士用來堪輿宅址的書，後人假託是西晉郭璞所作，術士按宮、商、角、徵、羽將姓氏加以分類，稱為「五姓」，每一種姓氏的宅邸選址都要遵循五行相生相剋，門朝哪裡開、窗戶朝哪裡開都要匹配五姓理論。

呂晟在文章中脈絡分明地將五姓之說批駁得體無完膚。

他從姓氏起源來考察，說明黃帝之時不過姬姜數姓，後來姓氏越來越多，又因為封邑和封官形成姓氏的分支，以致有成百上千姓，甚至郭璞寫完《宅經》之後仍然有姓氏形成，卻不知這些姓氏是誰給配屬宮商？

〈敘祿命〉中，呂晟考察了祿命之說的源流，指出人的禍福、貴賤、壽夭與祿命無關。〈敘葬書〉則主要駁斥《葬書》所宣揚的陰陽葬法，揭穿喪葬中的吉凶、禁忌等迷信，但最後一句話卻將三篇文章的主旨勾連了起來：「喪葬吉凶，皆依五姓便利。」

最後的總述才是要命，呂晟梳理了從夏商到隋唐的姓氏源流，勾畫出三千年諸姓沉浮！說明了姓氏並無高低貴賤之分，所標誌的只是一個王朝的既得利益者轉移到另一撥既得利益者罷了。

比如商周之時，貴胄世代承襲，而秦滅六國之後，藉由遷徙、拆解，使得六國貴族宗室分崩離析。漢代一統之後，便再也沒有什麼天生貴胄，人人皆可布衣而有天下，勛功而得王侯。漢初諸臣，蕭何是沛縣吏掾，曹參是獄掾，任敖是獄吏，樊噲是屠狗者，周勃是吹喪者，婁敬[9]是挽車者，這些軍功之臣總計有六十萬，三公九卿，王國卿相、郡守官吏都被他們占據，不僅皆有食邑，還可以憑藉權力掠奪平民，擴大地產，於是子孫便成為當地豪門大族。

可隨著皇帝誅滅異姓王，呂雉[10]誅滅劉氏王，以及一連串的慘烈爭鬥，僅僅百餘年，「襲封者盡，或絕失姓，或乏無主，朽骨孤於墓，苗裔流於道，生為愍隸，死為轉屍」。

功臣既亡，察舉制應運而生，於是又有另一撥人填補空缺，這些當年的鄉里平民，通一門經術者便可通過鄉舉里選，通明經術入仕，譬如漢代做過丞相的翟方進、張禹等人，都是以明經被舉薦入仕。且因為「任子制」——兩千石以上的官員可以保舉一名子弟為官——讓那些身居高位的官員得以世代為官。

隨著東漢政事糜爛，察舉不實，官員們互相推薦親戚故舊，把持朝政、郡政甚至鄉里權力，於是便形成了州郡大姓。

察舉制在這些既得利益者的操弄下，形同虛設。

魏晉年間，九品中正制成為新的選官制度，以品第和行狀把人分為九個等級，授以相應的官職。品第是其家世，行狀是其德才。

朝廷初衷本是想由朝廷與民間共同選拔人才，「蓋以人才論優劣，非為世族高卑」，結果在高官顯貴的操弄下，變成了德才繫「資」，資便是父祖的官爵，個人的德才繫於父祖的官爵高低，最後終於成為「上品無寒門，下品無士族」！

九層塔上鴉雀無聲，李淳風一邊翻看，一邊誦讀，這時人人都知道呂晟到底為何引得八大士族群起攻之了——這分明是三篇討伐士族的檄文！

眾人都看向呂晟，呂晟滿臉血汙，就那麼靜靜地坐著，不言不動，似乎與己無關。

「敦煌士族拚命禁絕、收繳、銷毀新版《三敘書》，一本都不准流出西沙州，因此貧僧來到敦煌時竟然無緣見到，呂晟在玉門關時，也只能託狼兵拿自己的手稿重新雕版。」

玄奘慢慢講述著，令狐德茂起初還偶爾反駁一句，後來乾脆閉嘴，臉上帶著冷笑。

之後的事情就一目瞭然了，呂晟陷入敦煌士族的集體打壓，酒肆禁止入內，車行禁載其人，連香料油料都不做他家的生意，若非官府的俸祿中包含絹帛和粟米，簡直連生活都難以維持。

更嚴重的是，呂滕生病，卻沒一家藥鋪和醫館肯給他抓藥、診治。呂晟雖然精通醫術，可沒有藥物卻不行，先前的沈家醫館也不敢做他的生意。呂晟雖然想盡辦法照料父親，可呂滕卻鬱鬱寡歡，最終病重。

在一個雨夜，呂滕忽然垂危，呂晟當即套了大車，送父親前去距離兩坊之外的沈家醫館，然而此時宵禁，坊門關閉，武侯不肯開坊門。

按唐律規定，若有公務、婚嫁以及喪病之事，在坊內的武侯鋪開具文牒便能打開坊門，可是武侯們卻拒絕開門，讓他去找坊正。以呂晟在西沙州的官職地位，這絕不正常，可是呂晟也清楚自己遭受打壓，碰上老父病重，只好忍氣吞聲，去找坊正。結果坊正藉口下鄉，閉門不見。

那個滂沱的雨夜，呂晟聽著父親咳嗽，呻吟，數次陷入昏厥，一個堂堂西沙州錄事參軍，竟然叫不開坊門！

「貧僧不知道他當時怎麼做的，他肯定是說盡了道理，使盡了手段，以他對父親的孝順，他或許會哀求，乞請，甚至丟棄尊嚴，跪倒在淫淋淋的泥水中。可是時間一分一秒過去，武侯們始終不為所動，或許這些官職卑微的小卒還看著昔日裡高貴的錄事參軍狼狽的模樣，嘲諷，恥笑。呂晟這一刻一定很後悔，他不是後悔寫下了《三敘書》，與敦煌士族開戰，而是後悔回到敦煌，連累老父。你有凌雲之才又如何？是大唐無雙士又如何？到頭來卻連病重垂危的老父都守護不了！他或許還會想起自己的三個兄長，他們隨著老父從軍，喪命在揚州、高句麗和雁門郡，無論死得多麼不值，卑微若塵埃，可終究護了老父安全，讓他平安歸老。可呂晟自己呢？老父傾盡全力培養的大唐雙狀頭，竟然護不住老父的性命，最終讓他絕望而死……」

玄奘喃喃講著，一直沉默的呂晟忽然淚流滿面，號啕大哭。翟紋急忙摟住他的肩膀，低聲安慰。

「堂堂雙狀頭，大唐無雙士，武德第一人，不曾敗於強大的士族之手，卻毀於幾個門卒坊丁！從此呂晟決意復仇，和敦煌決裂，和朝廷決裂，和天下決裂！」

「說得真是活靈活現，彷彿你親眼看見了一般。」令狐德茂冷笑。

「貧僧自然不曾親眼看見，這些事情又何必親眼看見，只需推論，便足以見到真相。」玄奘道，「武德九年，奎木狼在甘泉大街截殺迎親隊伍，除了當場殺人之外，第二日又在成化坊殺死武侯和坊正。而往後三年裡，官府宣稱死於奎木狼之手的人，貧僧早已調查出來，都是有人藉機殺人滅口。也就是說，這三年裡奎木狼從未偷入城殺人。他劫親時殺人大家都知道原因，那麼為什麼第二日官府開始圍捕他後，他別人不殺，偏偏去成化坊殺了武侯和坊正？

「呂滕病死的日期不難打聽，是武德九年三月初九亥時。貧僧曾請參軍曹誠調出成化坊武侯鋪的坊門文牒，卻未見到當夜有呂家的出坊紀錄。你可以辯稱他眼看父親病重將死也沒有出坊治療，但這要如何解釋呂晟狼變之後殺盡武侯和坊正之事？」

玄奘一番話問得令狐德茂啞口無言。

「父親死後，呂晟將他安葬在呂氏祖墳，守墓七日。隨後在衙門請了賜告，休假在家，到處求購書籍。貧僧調查奎木狼的雕版時，走訪了敦煌城十幾家書肆，找到了當年呂晟求購的書目。他還從州學、縣學及州衙借出了大批的書籍。這些書貧僧曾在成化坊呂氏老宅中見過，如今謄抄出書目，諸位請看。」

玄奘又從革囊裡取出一頁紙，上面密密麻麻記滿了書目。他拿給李淳風，李淳風看了看，又遞給翟昌等人。

上面的書目多是史書，有《國語》、《左傳》、《竹書紀年》、《漢書》、《後漢書》、《晉書》、《魏書》、《宋書》、《隋書》、《十六國春秋》，除此之外還有《世說新語》、《庾亮文集》等文學集，《千家姓篇》、《氏族志》、《姓纂》、《姓氏書辯證》、《新集天下姓郡望氏族譜》等姓氏書，甚至《武德六年高士廉等條舉氏族奏抄》等一些公開的奏疏也在其中。[11]

眾人把這份書目傳看了一遍，連翟法讓等敦煌四老都一一看過，卻不解其意，最後遞還給玄奘。

「貧僧當初在呂氏老宅見到這些書卷也是不解，後來請世子李澶找人把書卷都搬回大乘寺，一一研讀。只看這些書，斷然是看不出什麼的，解讀這一祕密的關鍵並不在書上，而是在呂氏老宅正堂的牆壁上。」玄奘道。

「牆壁上？」令狐德茂忽然道，「你是說寫的那幾個字，我想想——」

「是龍、進、興、璜、義、湯六字，」翟法讓淡淡道，「老僧當年也留意過，卻沒猜出這幾個字到底有什麼祕密。」

「這六個字不但是呂晟向敦煌士族宣戰的方式，也能解開那一日他去翟家挑釁的祕密，同時也是翟氏族老猝死的關鍵！」玄奘道。

眾人都震驚了，翟昌更是臉色巨變，死死盯著玄奘：「你說！」

「很簡單，這幾個字被打亂了。進，是翟方進。義，是翟義。璜，是翟璜。湯，是翟湯。」玄奘道，「至於龍、興二字，當是龍興寺。」

李淳風、令狐瞻等年輕人都滿臉不解。

「西沙州並沒有龍興寺，難道是蘭州那座龍興寺？」令狐瞻沉吟道，「應是西秦年間所造，有佛龕和造像。這又有什麼祕密？」

「沒錯，唐以前稱為唐述窟。」玄奘道，「關於龍興寺貧僧稍後再說，先說這四個名字。」

「法師，這四人似乎是翟家的人？和呂晟有什麼關係？」李淳風問。

「和呂晟沒關係。」翟昌冷冷道，「這四人都是我翟氏祖先！」

翟方進乃是敦煌翟氏的先祖，西漢成帝的丞相，因為和占星者李尋有仇怨，被李尋借著「熒惑守心」一事陷害，最終自殺而死。

翟義，翟方進的次子，任東郡太守。王莽篡漢攝政，翟義起兵討伐，擁立劉信為帝，自號大司馬、柱天大將軍，後兵敗被殺，夷滅三族。

翟璜，戰國魏國國相，輔佐魏文侯，助其滅中山國，爵至上卿。

翟湯，字道淵，東晉柴桑人，當時著名隱者。祖孫四代人隱居廬山，人稱「翟家四世」。曾受司徒王導徵辟，辭而不就，與名士干寶、庾亮相善。

眾人一時間都有些奇怪，這四人雖然都是翟家祖先，可彼此風馬牛不相及，呂晟為何把他們的名字寫在牆上？

「發現這四個字涉及翟氏先祖之後，貧僧去大宗正處查閱了翟氏的族譜存檔。族譜中記載，翟氏乃是出自帝堯之次子丹仲，『陶唐之後，封子丹仲為翟城侯，因而氏焉』。」

「那是自然，我翟氏乃是堯帝後裔，世人皆知！」翟述傲然道。

「閉嘴！」翟昌怒吼道，「玄奘法師，莫要欺人太甚！諸位，玄奘乃是呂晟的好友，這是在拖延時間，讓奎木狼復甦，必須立刻拿下他！」他朝著呂晟一指，「弓箭手，射！」

部曲們一擁上前，彎弓搭箭就要發射，便是連旁邊的翟紋也不顧了。

玄奘猛然跨出一步，擋在呂晟和翟紋面前，只是靜靜地看著翟昌。

翟昌咬了咬牙：「射——」

眾人都嚇了一跳，翟氏世代信佛，如今卻要殺死一位高僧，這可是洗不脫的罪孽。何況這位高僧與皇帝還有千絲萬縷的關係，眾目睽睽下殺掉他，怕是整個翟氏都要遭殃。可是看翟昌猙獰的表情，只怕是豁出去一死也要殺掉玄奘和呂晟。

忽然間人影一閃，呂晟暴起，拿著一根箭鏃制住了一旁的張延。他極為聰明，沒有挾制翟法讓，而是挾制了張敝的父親。

果然張敝急了：「弘業，莫要動手！吾父在他手中！」

翟昌頓時怔住了，若是翟法讓，這算是自家人，殺也就殺了，哪怕自己以死謝罪也無妨。可張延乃是張敝的父親，張氏上任家主，若是射殺只怕要跟張氏不死不休了。

「讓法師說完！」呂晟一字一句道。

氾人傑森然道：「敝公，弘業公，此事若披露於天下，莫說我敦煌士族，便是天下士族都要遭殃。」

「你也過來！」呂晟一把拖過氾正的繩床，將他挾持在右臂，一左一右，兩根箭頭對準了兩名老者的咽喉。

氾人傑頓時張口結舌：「父親——」

「說就說，怕什麼。」氾正毫不驚慌，淡然道，「聽完之後只要沒人活著離開，又有什麼大不了的。難道隨口說出一句話，還能銘刻於天地間不成？」

眾人心中一沉，這個祕密竟然可怕到讓敦煌士族不惜殺盡在場所有人的地步！

翟昌閉目嘆了口氣，認命地躬身退回一旁，大有一種不怕死，你就接著講的架勢。

玄奘沉默了好半天，看了看呂晟。

呂晟滿臉肅然地點頭：「懇求法師了！」

玄奘嘆了口氣，繼續道，翟氏的族譜世系很長，他簡單述要——

璜魏以相國，爵至上卿，子廷嗣山河，接續五代，成帝擢方進為漢丞相，封高陵侯。方進少子義，為東郡太守，移檄郡國，反莽篡位。義四代孫湯，康帝時徵為散騎侍郎。不起。湯子莊，莊子矯，不仕。矯子法賜，孝武帝以散騎侍郎，並不就。

「涉及這四個名字的族譜世系就是這些了。我們且來看一下，翟璜在史籍中並沒有記載生卒年月，《史記》、《國語》等則記載，翟璜曾向魏文侯舉薦吳起治軍，舉薦西門豹治鄴，舉薦樂羊攻伐中山國，舉薦李悝守中山。如此可大致推敲一下翟璜的生卒，吳起治軍伐秦是在魏文侯三十七年，樂羊伐中山是在魏文侯三十八年，史載，滅中山後一年，翟璜與韓趙聯師伐齊，時為魏相。也就是說，當時是魏文侯三十九年，翟璜為相。而李悝為魏相，主持變法，是在魏文侯四十六年，也就是說當時翟璜或已去世，或者告老辭相。」

「法師推理他的生卒年月，有何意義？」李淳風詫異地問。

「有！」玄奘道，「翟方進是漢成帝的丞相，於綏和二年自殺。諸位可以算一算，魏文侯四十六年到西漢綏和二年，一共有多少年？」

眾人都愣住了，中國歷代都是以干支紀年和帝王紀年，因此算起來極為麻煩，不過好在史籍中紀年不曾中斷，從春秋到西漢，一代代帝王的紀年加起來還是可以計算的。

在場的人計算了三年的諸天星象，都可謂精通術數，當即閉上眼睛默算，李淳風率先睜開眼睛：「大約為四百零七年！」

「不錯，」玄奘點點頭，嘆道，「想必呂晟就是發現了這一祕密——從翟璜到翟方進，漫長的四百年，只接續了六代！」

所有人都目瞪口呆，翟昌臉色鐵青，額頭汗如雨下卻一言不發。令狐德茂等人想駁斥，但玄奘的推論精密老道，完全是依靠史籍和族譜，實在是顛撲不破。

「隨後族譜裡省略了翟義到翟湯之間的世系關係，僅僅以翟湯為翟義四代孫來記寫。那我們就繼續來看一看，據《漢書》記載，翟方進有二子，長子翟宣，為南郡太守，少子翟義，為東郡太守。又載，『王莽居攝二年，翟義、劉信起兵，莽討敗之，夷三族，誅其種嗣，至皆同坑，以棘五毒並葬之……』」

翟昌冷笑：「法師想來是要質疑，王莽夷了先祖三族，為何有族人尚存嗎？」

「不，」玄奘道，「夷滅三族，並不意味著沒有子嗣存活，包括翟義本人也沒有被王莽活捉，而是在逃亡途中自殺。《漢書》記載，翟方進有玄孫在琅琊。所以你們的族譜中記載，翟義子孫西遷，逃奔敦煌，這並沒有錯，問題出在翟湯。我們且來看一下翟湯的記載，晉康帝建元元年六月壬午，又以束帛徵處士潯陽翟湯。他的好友庾亮在自己的文集中收有一篇〈翟徵君讚文〉：『晉徵士南陽翟君……雖束帛仍降……卒於潯陽之南山。』這裡的翟徵君自然是翟湯。《世說新語》中記載：『初，庾亮臨江州，聞翟湯之風，束帶躡屐而詣焉。亮禮甚恭。湯曰：使君直敬其枯木朽株耳。亮稱其能言，表薦之，徵國子博士，不赴。』這一年是咸康年間，翟湯說自己是枯木朽株，代表他此時已經年老，《晉書》中寫明翟湯卒年七十三歲，而庾亮死於咸康六年正月，他既然給翟湯寫了祭文，說明翟湯死於咸康六年以前。諸位可以算算，從王莽居攝二年到咸康六年，一共多少年？」

這回眾人更謹慎了，令狐德茂當即叫來樓下的書吏，由他來報年號，拿著算籌和陶丸計算。

不料眾人還沒算完東漢，李淳風就說道：「三百三十三年！」

玄奘盯著翟昌，緩緩道：「三百三十三年，翟氏傳了四代？」

這回再也沒人反駁，眾人一起望著呂晟，所有人都忍不住打了個寒顫，此人到底讀了多少書，竟然能從史籍中一點點地扒，把一個士族的族譜扒得體無完膚！這也太可怕了！照這樣的扒法，只怕天下士族的世系都經不起考證。

一時間六大士族所有人心中都只有一個念頭——決不能讓此人活著！

第二十二章　牒譜：上品無寒門，下品無士族

「所以，呂晟所發現的真相就是這個，翟氏族譜乃是偽造，如今敦煌翟氏並不是翟方進、翟湯一門，郡望也不是潯陽。你們只是偽造家譜，攀附潯陽翟氏這樣的高門冠族罷了。」玄奘感慨道，「貧僧相信翟氏也有苦衷，自從魏晉以來，門閥士族膨脹，官員升降，不考品性能力，只辨姓氏高下。而辨別姓氏，離不開證明門第、資歷的牒譜，所謂官有簿狀，家有譜系。官員選舉必由於簿狀，家之婚姻必由於譜系，姓氏成了地位、財富和權力的象徵；門第卑微的寒門與士族有著天壤之別。而西晉以後，北方連年戰亂動盪，人口遷徙無常，籍貫變遷頻繁，這就為一些庶族寒門冒引他人郡望、躋身士族提供了機會。他們偽詐高門，詭稱郡望，這便是呂滕被拒婚、遭到羞辱之後，呂晟上門討還公道所說的話。」

翟昌冷幽幽地盯著玄奘，兩眼似乎來自九幽地獄，說不盡的森然與恐怖。

奇怪的是，令狐德茂、張敝等家主並沒有對翟昌提出質問，彷彿早已知道這個祕密。眾人臉色凝重地盯著玄奘，似乎在盤算著什麼。

「原來當初翟氏那位族老便是因此而被氣死了？」李淳風嘆道。

玄奘苦澀地搖搖頭：「不僅僅如此，身為族老，對自家偽造族譜並非一無所知。被他人知曉只會惱羞成怒，怎麼會一下子氣死？呂晟還揭露了翟氏另外一個祕密。」

「什麼祕密？」呂晟問。

「你當真要知道嗎？」翟昌獰笑著問。

「當然要知道！」呂晟面色不動，手一緊，兩把箭鏃刺進了張延和氾正的脖子，鮮血頓時流淌出來。

張敝驚懼，怒道：「玄奘，要說便說，別婆婆媽媽的！」

玄奘一咬牙：「另一層的關鍵便在龍、興二字，呂晟求證的並不是翟氏族譜的真偽，而是翟氏從何而來。

「翟氏族譜中記載：『翟法賜子勍，太元中，遷武始。勍孫珍，濟陰侯，隴右郡大家也。珍生顯，擢朝議大夫。』但是這記載和史籍一印證，便錯漏百出，翟法賜在史籍上有《宋書》記載，太元年間還活著。父親仍在，兒子翟勍便遷居武始，這與當時的禮法綱常截然不符！武始縣是如今的蘭州狄道，與潯陽有數千里之遙，且不屬於東晉，而屬於西秦。《姓氏書辯證》中稱翟勍為武始翟勍，而不是潯陽翟勍。

「關於這一點，呂晟在《姓纂》中用朱筆勾了一句話：『翟湯六代孫普林。』而《隋書》和《北史》中均記載了翟普林的事蹟：『楚丘人，性至孝，事親以孝聞，父母俱終，廬於墓側，負土而墳，後為孝陽令。』這說明，翟法賜的兒子確實遷居過，但這個兒子不是翟勍，而是翟普林的父親！他們也沒有遷居到武始，而是遷居到楚丘，也就是今日山東曹縣。敦煌翟氏便是從這裡開始冒充了潯陽翟氏的郡望，他們的祖先其實是來自隴右翟氏，翟勍的後裔。

「翟勍是何許人？他是西秦的相國，他的孫子翟珍，被封濟陰侯，隴右郡大家也。西秦乃是鮮卑人政權，翟氏在西秦政權中舉足輕重，不但有相國翟勍，還有吏部尚書翟瑥，左僕射翟紹，冠軍將軍翟元等人。西秦在前期只延續了十二年便滅亡，十二年間，一個從江南遷居過來的翟勍絕不可能親戚族人布滿朝堂，因此，翟勍定然是隴右原民。

「而隴右的翟氏從何而來？我們先看看西秦政權，西秦是乞伏鮮卑人所建，乞伏鮮卑是鮮卑、丁零、高車等多個部落融合了羌人而成。《魏書》記載：『高車，蓋古赤狄之餘種也。初號為狄曆，北方以為敕勒，諸夏以為丁零。』這便是春秋先秦時期的狄族，分為赤狄、白狄、長狄三支。而《千家姓篇》中說道：『翟，音狄。』」

「胡說八道——」翟迒忽然大叫，舉起刀朝玄奘砍了過來，「我殺了你！」

「退回去！」呂晟把箭鏃一挺，張延悶哼一聲。

張敝急忙拽住翟迒：「不可！」

玄奘憐憫地望著他：「翟郎君，這並非貧僧編造，貧僧不敢打誑語，一言一句皆出自史籍。先秦文獻翟狄互通，翟就是狄，狄就是翟。呂晟還找到《竹書紀年》，上面記載：『商武乙三十五年，周王季伐西落鬼戎，俘二十翟王。』

「西晉以來，中原出現了大批內遷的丁零人，並且建立翟氏大魏國。所以，翟勍毫無疑問就是漢化的丁零人。西秦建國十二年後覆滅，之後又復國，或許便是這段期間，翟勍一系從蘭州遷居到敦煌，變成了敦煌翟氏。呂晟就是做出了這樣的推斷，才氣死了你家中族老，因為誰都不肯承認自己的祖先是個夷狄。」

「有何證據？」翟沆大吼。

「證據便是龍、興二字，」玄奘道，「我們都知道，這指的是蘭州龍興寺。貧僧從長安來敦煌時曾路過蘭州，專程去了龍興寺參佛。想必當初呂晟從長安來敦煌時也曾路過龍興寺。在那寺中有一座窟，建於西秦年間，佛龕東側有一幅說法圖，佛祖居中說法，左右各有一脅侍菩薩。在左側脅侍菩薩的身後，有三名男性供養人，戴高冠、穿交領大袖長袍。第一個供養人題名為：敦煌翟奴之像。」

翟沆呆若木雞，手中橫刀噹的一聲落地。

證據已昭然若揭，在佛前稱奴的人太多，三百年前的這個翟奴是誰並不重要，重要的是他身為敦煌翟氏，不遠千里去蘭州龍興寺造像，只有一個解釋——敦煌翟氏乃是從隴西翟氏中分支遷出，這位翟奴是返回祖地參與開窟造像！

正因為敦煌翟氏出身於夷狄，才會想方設法抹除自己身上的印記，冒充潯陽翟氏郡望，編造族譜。一切都嚴絲合縫，無可辯駁！

挾持著兩名人質的呂晟目光呆滯，似乎在拚命回想往事。

「那天，我說——」呂晟眼神忽然閃過一絲明悟，喃喃道，「爾乃夷狄！」[12]

諸天星辰下一片寂靜，眾人都默不作聲地看著翟昌，連令狐德茂和張敝等人的表情都有些異樣，雖然不曾說什麼，但眼中卻透出恍然大悟的神情。

翟昌急怒攻心，一口鮮血噴了出來，眼前一黑，栽倒在地。

「阿爺——」翟沆一把抱住他。

「李博士。」玄奘示意，李淳風疾步走過去，幾根銀針扎在翟昌的穴位上，翟昌這才劇烈地咳嗽著，悠悠醒轉。

翟昌嘴角淌血，面目猙獰地盯著令狐德茂等人：「諸位如今是不是瞧不起我翟氏？」

「真是駭人聽聞。」陰世雄喃喃道。

翟昌笑了笑，和翟述對視了一眼，眼中閃出一道殺意。陰世雄頓時哆嗦一下，這才想起，九層塔之外都是翟述子亭守捉的兵馬。一旦翟昌要滅口，只需一聲令下，便可殺盡在場之人。

「真是無所不用其極！」氾人傑義正詞嚴道，「為了汙衊我敦煌士族，簡直喪盡天良！」

令狐德茂和張敞卻沒有說話。

翟昌嘴角露出譏諷，腰板一挺，從來溫文儒雅的面孔上忽然多了一股梟雄般的狠辣決絕。

「玄奘法師，你還有什麼話想說的？」翟昌問道，「今夜很長。」

玄奘不在意他言語中的威脅，凝望著呂晟：「呂兄，後面的事雖然破解了出來，卻要由你來說了。努力想一想，後來發生了什麼？你一定能做到！」

呂晟眼中又出現迷茫，臉上肌肉扭曲，似乎在與無形的敵人殊死搏鬥，忽然他大吼一聲，箭鏃反手插進自己的大腿，疼得仰天大叫：「我被杖責！」

「那是你被司戶參軍陷害，租庸調錯漏！」玄奘驚喜，「繼續！」

「我在修訂《三敘書》。」呂晟目光呆滯，喃喃道。

「未知此等諸姓，是誰配屬宮商？」玄奘背誦道，「你用三篇文章，向敦煌士族宣戰了！」

「那天夜晚下著大雨……」呂晟彷彿陷入苦苦的回憶，「我跪在成化坊的坊門口，父親拖著垂病之軀，從馬車上下來，他說……他說……」呂晟拚命捶打著頭，「他說……高岸為谷，深谷為陵，混同士庶，眾生平等！」

呂晟淚流滿面地怒吼著：「他說，這就是你觸之不見，摸之不著，口不能述，筆不能載的大道！」

眾人心頭劇震，不但敦煌士族，便是玄奘等人也是滿臉駭然，他猛然想起索易說過的話：「呂晟走入敦煌，便是走入了一條浩瀚洪流，他是在逆流而上。這洪流沒有源頭，沒有終點，席捲大唐天下，億萬臣民，哪怕這大唐天子也裹挾在其中泥沙俱下。呂晟注定要粉身碎骨，身敗名裂。無論何人統治這敦煌、統治這隴右、統治這大唐，刊削青史，千百年以後呂晟都必須是叛臣、逆臣、賊子。哪怕這大唐衰亡，換了下一個朝代，呂晟仍然會釘死於青史之上，永世不得翻身！」

原來呂晟要做的事，竟然是滅盡大唐所有的士族！

且不說這念頭有多瘋狂，單就可能性而言，就沒有一絲一毫的希望成功。便是南朝侯景手握大軍，將富室豪家，恣意裒剝，不分貴賤，亂加毆棰，最終殺得江東士族白骨堆聚如山，也不敢說滅盡士族。

更何況，如今大唐皇室也以士族自詡，據說皇帝還因為隴西李氏排名在博陵崔氏之下而憤憤不平。他又怎麼可能滅盡士族？這件事莫說去實施，就只是去想一想，呂晟也會被釘死在青史之上，永世不得翻身。

「沒錯，這就是我追求的大道。」呂晟的記憶似乎慢慢流了回來，「東漢桓帝時，天下民戶五千萬，及鄧艾亡蜀，天下民戶只有七百萬。黃巾舉事，董卓之亂，諸侯攻伐，三國並殺。馬前懸人頭，車後載婦女，白骨露於野，千里無雞鳴，生民百餘一，念之斷人腸。是誰的錯？是豪強大族爭權於朝廷，割據於州郡，把百姓萬民踩在泥裡連根草都不如！

「魏晉九品中正，公門有公，卿門有卿，士族子弟一出生就是郎官，而這卻是寒門子弟終生奮鬥的終點。鮑照詩云：『鬱鬱澗底松，離離山上苗。以彼徑寸莖，蔭此百尺條。世冑躡高位，英俊沉下僚。地勢使之然，由來非一朝。』

「而這些豪門貪婪殘暴，橫徵暴斂，任意徵發，天下百姓拋棄農桑，疲苦徭役，兵役連年，死亡流離。豪強大族控制貧苦的宗族和百姓為自己的蔭戶，往往一家豪族擁有數以千計的奴僕，這些百姓『父子低首，奴事富人，躬率妻孥，為之服役。歷代為虜，猶不贍於衣食。生有終身之勤，死有暴骨之憂』。他們被迫自殘，生子輒殺。生兒不復舉養，鰥寡不敢妻娶。」

在場的士族家主都有些不自然，這些事情對他們而言極為正常，因為呂晟說的就是國家制度：蔭客制。

這是兩晉南北朝以來的常態，士家豪族擁有佃戶、部曲、門吏、奴婢、童僕，這些都是他們的私有財產，不納入國家戶籍，不向朝廷繳稅。像南朝謝靈運，仗著奴僕眾多，終年累日徵發幾百上千人鑿山浚湖，工役無休無止，只是為了個人愛好。或是像八十年前滅了呂氏滿門的令狐整，不喜奢靡，而是率領宗族奴僕二千人投奔宇文泰東征西討，最終打下赫赫功勛。

張敝、翟昌、氾人傑等完全不覺得這有什麼不好。

「我大唐定鼎之後，朝廷開科舉，寒門士子歡呼雀躍，以為上升有望。」呂晟露出苦澀的笑容，「我當年已經做了官，卻還出來參加科舉，考了秀才科與進士科雙狀頭。法師也曾問我，為何考上正八品上的秀才科，還要去考那從九品上的進士科？我告訴他，我想看看這科舉制，是不是我今生等待的大道。可惜，它不是，它只是豪門士族從指縫裡擠出來的恩惠，上郡每年錄取三人，中郡取二人，下郡取一人。秀才科三十人科考，只取中我一人；進士科千人科考，得第者只有一二十人。

「與此相對，我大唐朝廷的門蔭制，官員子弟皆得蔭封。一品官，子蔭封正七品上；二品官，子蔭封正七品下；三品官，子蔭封從七品上；從三品官，子蔭封從七品下；正四品官，子蔭封正八品上。甚至三品以上蔭封到曾孫，五品以上蔭封到孫。而大唐十萬士子，千人競逐的進士科，得中的那一二十人，所得官品也只是從九品上。這不是我想要的大唐！

「我想要的大唐，是眾生平等的大唐，沒有冠以某個姓氏便高人一等，不是父、祖做官便能不勞而獲，任何家族都不能把千百貧民當作私產，也沒有誰一生下來的起點，便是他人奮鬥的終點。我想要的大唐，是老百姓繳納了稅賦便能安居樂業；是讀書人努力上進，便能改變命運；是一個嬰兒呱呱墜地，不會命中注定要做他人的奴僕——」

呂晟揮舞著雙臂，手握箭鏃奮力怒吼，他臉上沾染著血跡，表情猙獰狂野，像極了惡魔，又像極了聖人。

星空和大佛下的所有人都被震懾了。

「瘋癲之徒。」氾人傑喃喃道。

「喪心病狂。」陰世雄冷冷道。

「他不只是士族公敵，更是天下公敵。」翟昌森然道。

「我早說過，他比侯景更可怕。」令狐德茂咬牙道。

張敞一字一句道：「侯景被殺後，王僧辯將他的雙手截下來送給北齊文宣帝，頭顱送給南梁元帝，屍體暴於街頭，百姓分食殆盡，連他的妻子溧陽公主也食其肉，更有百姓將其屍骨燒成灰摻酒而飲。南梁元帝將他頭顱煮了，塗上漆，交付武庫收藏。今日這呂晟，對國之危害更甚於王莽、侯景，我們不妨依照處置王莽、侯景的舊例。」

「哈哈哈——」呂晟經過玄奘的激發，記憶似乎一點點恢復，長笑道，「將我比之於王莽、侯景，諸位如此小瞧我，看來仍然沒有學到教訓啊！自古以來，權力可曾毀滅士族？軍隊可曾毀滅士族？不不不，都不行。玄奘法師，你知道我是怎麼做的嗎？」

「貧僧只知你四處搜購史籍、姓氏書，來考證翟氏譜系。」玄奘道。

「法師猜得沒錯，可考證區區一個翟氏，還不至於讓我如此費力。」呂晟笑道，「我搜購史籍和姓氏書，考辨源流，梳理世系，並不只是針對翟氏一家，而是將令狐氏、張氏、李氏、宋氏、索氏、氾氏、陰氏等八家士族全部考證！」

眾人盡皆譁然，令狐瞻等人更是紛紛怒罵。

呂晟只是冷笑，繼續道：「法師剛才講的沒錯，西晉以後，北方連年戰亂動盪，人口遷徙無常，籍貫變遷頻繁，一些庶族寒門冒引他人郡望，躋身士族。可是，偽詐高門、詭稱郡望的人，難道僅僅翟氏一家嗎？只不過有些家族做得粗疏，有些家族做得隱蔽而已。我將八家士族的族譜和史書、姓氏書逐一核對，發現了多處破綻，然而有些士族冒充的時日比較久遠，偽造的族譜又天衣無縫，難以釘死他們，於是我就去挖了他們的祖墳。」

這件事玄奘早已聽翟法讓等人說過，但令狐瞻和翟述等年輕一代卻是剛剛才聽說，頓時兩眼血紅，怒罵不已。

「我挖了八家士族三十三座祖墳，親自進入墓室察看墓誌碑。法師定然知道，墓誌記述的是死者的姓名、籍貫、世系、爵祿和生平事略，與志傳類似。可是，志傳是給世上的活人看的，墓誌卻是給陰司的冥王看的。這些子孫後代敢欺世上活人，卻不敢欺幽冥之鬼！所以，哪怕族譜上的記載充滿偽造之詞，墓誌上的記載卻真實如一。」呂晟笑道。

玄奘和李淳風等人聽得目瞪口呆。令狐德茂、翟昌等士族家主卻是羞怒之餘，渾身汗如雨下，戰慄不已，此人太毒辣、太可怕了。

「可是你只偷走了七座墓誌碑。」玄奘輕聲道。

「是啊，墓誌碑太重，有問題的我自然要運走，沒問題的要它做什麼？」呂晟似笑非笑地瞥著眾人，「這七座碑分別屬於翟氏、陰氏、張氏、李氏和氾氏。」

翟氏、陰氏、張氏、氾氏的部曲們紛紛跳腳怒罵，各種汙言穢語層出不窮。

呂晟淡然道：「不服嗎？那我就一一道來，正如弘業公所說，今夜很長。我們且說氾氏。」

氾人傑立時一個哆嗦，臉色瞬間難看起來。

呂晟道：「《敦煌名族志》上記載，氾氏的祖先乃是西漢成帝的御史中丞氾雄，因為耿直而被彈劾，和平元年，自濟北盧縣徙居敦煌。代代為生，遂為敦煌望族。」

「我氾氏的淵源敦煌人皆知！」氾人傑厲聲道，「《名族志》乃北周年間所作，白紙黑字，我看你如何顛倒黑白！」

「很好，」呂晟不動聲色，「可是我卻在你氾氏一座前涼年間的墳墓中挖出一座碑，上面刻著《敦煌氾氏家傳》，上面記載：『漢有氾勝之，撰書言種植之事。子輯，為敦煌太守，子孫因家焉。』」[13]

氾人傑頓時懵了，張口結舌：「你……胡說八道……哪裡有這《敦煌氾氏家傳》？」

呂晟冷笑：「真沒有？」

氾人傑想否認，但一想到呂晟萬一真拿出這座碑，自己可就難圓其說了，只好硬著脖子：「有又如何？趕緊把我祖先的墓誌碑還來！」

「有就好。」呂晟道，「氾勝之在史上確有其人，他曾著書立說，編著《氾勝之書》，教授農業種植，創造出區田法、溲種法、穗選法、嫁接法等，與賈思勰的《齊民要術》並稱兩大農書。」

氾人傑鬆了口氣：「我氾氏先祖在歷朝歷代都有赫赫之功。」

「氾勝之是漢成帝的黃門侍郎。」呂晟微笑道。

氾人傑張張嘴，整個人都呆了。

玄奘和李淳風等人頓時明悟，氾雄是漢成帝的御史中丞，氾勝之是漢成帝的黃門侍郎，都姓氾，這麼冷僻的姓氏同朝為官或許沒什麼，可兩個姓氾的又幾乎同時遷入敦煌，這種可能性就微乎其微了。

「你是說，其中必有一種說法是假的？並不是氾氏真正的祖先？」玄奘問。

「不，兩種說法都是假的。」呂晟道，「世上並無御史中丞氾雄，而氾勝之確有其人，但他卻沒有叫作氾輯的兒子，更不用說當過敦煌太守，簡而言之，敦煌氾氏的源流是虛構的！」

所有人都瞠目結舌！

「你胡說八道！」氾人傑瘋了一樣大吼，有一種被扒光衣服，赤裸裸的羞恥感，「拿出證據來！」

「諸位可以去翻西晉皇甫謐的《高士傳》全本，上面提過氾勝之的子嗣，並無此人。」呂晟道，「而氾雄作為御史中丞，千石品秩的高官，翻遍成帝朝的一切史料，卻查無此人！至於證據，待那座《敦煌氾氏家傳》碑重現人間，你自然會見到。」

氾人傑的額頭汗如雨下，整個人順著欄杆癱坐在地上。

「我們再說說張氏。」呂晟盯著張敝，冷笑。

張敝臉色頓時變了，卻冷笑著一言不發。

「《敦煌名族志》記載，漢司隸校尉張襄者，趙王敖九世孫。當時權臣霍光的妻子霍顯，毒殺了漢宣帝的皇后許后，張襄密奏宣帝。帝以霍光有大功，封禁此事。張襄憂懼，地節元年舉家西奔天水，病卒。其子來此郡，家於北府，俗號北府張。」呂晟道，「故事倒是跌宕起伏，可惜，我查遍諸史，整個西漢並無名叫張襄的司隸校尉。」

「你查不到並不代表沒有。」張敝神色慢慢放鬆下來，「史籍多如牛毛，歷朝歷代散軼更多。難道一句史籍無載，便能否定我張氏的先祖嗎？」

「當然不能。我雖然沒有查到張襄，卻查到了另一人。」呂晟大笑道，「《前漢紀》記載了一件事，長安男子張章密告霍氏謀反，宣帝敕封博成侯。這真是與氾氏頗有些類似了，同樣是宣帝年間，長安城中一個叫張襄，一個叫張章，字形相似，讀音相近，一個告霍光之妻毒殺許后，一個告霍氏謀反。諸位能想通其中的祕密嗎？」[14]

張敝如遭雷擊，一時竟不知如何反駁，畢竟像《前漢紀》這樣的史書，隨手一查就能翻到。

「所以，張襄便是根據張章的事蹟創造出來的。」呂晟道，「而敦煌張氏，根本不是前涼太祖張軌、世祖張駿的後裔。只因東漢名將張奐、草聖張芝皆出身敦煌郡，整個河西姓張的都稱自己是敦煌郡望，眼前這位張公的家族既不是張芝世系，也不是張軌世系，卻將兩大張氏名門融合為一，自詡為其後人。可是他們去年修張芝廟，卻連張芝墨池在哪裡都不知道，四處遣人尋找。」

張敝臉色越來越難看，卻仍保持著風度並未發作。

「只因真正的墨池張氏末代家主張湛，被北魏遷至代北平城之後，墨池張氏在敦煌沒落，才給了張敝的祖上可乘之機，偽造族譜，將墨池張氏和前涼張氏都歸結為自己的世系，自稱敦煌首屈一指的王族後裔！」

「信口雌黃！」張敝再也忍不住，怒罵道。

「謙之，」一旁枯坐的張延忽然道，「不必辯解，也不必承認，張氏立足敦煌七百年，侮我、辱我者不知凡幾，有些髒水潑到身上，你越是擦，便越是髒。無論他如何說，只消今夜無人能活著出去便一切如常。」

「是，父親。」張敝勉強穩定心神，躬身道，「敝遵命。」

呂晟讚賞地看了一眼張延，又瞧了瞧陰賀蘭和陰世雄。

陰世雄撇著嘴，冷笑不已：「輪到我陰氏了嗎？」

「你陰氏沒什麼可說的，是東漢到敦煌從軍的陰姓軍漢沙場拚殺，立下功勛而來。直到前涼張軌的幕府中出了陰充、陰澹這樣的才士，才為史籍所載。」呂晟道，「你們陰氏自稱南陽陰識之後，只因陰識乃陰姓中郡望最著者，陰識的妹妹陰麗華更是光武帝的皇后。光武帝的一句『仕宦當作執金吾，娶妻當得陰麗華』，更讓陰氏名揚海內。我就奇怪，東漢年間，你們怎麼就敢冒認光烈皇后的世系？這更讓我認定你祖上就是目不識丁的軍漢！可是，既然你們認了南陽作郡望，又與前隋的陰世師攀扯什麼親戚？陰世師世系清晰，可是道道地地的武威郡望。又想要高門郡望，又想與朝廷高官攀親，你們粗鄙不堪，漏洞百出，實在不值得一談！」

陰賀蘭和陰世雄氣得渾身發抖，卻顯然把張延的話奉為圭臬，只是呵呵冷笑。

「那麼我令狐氏呢？」令狐瞻傲然道。

呂晟有些遺憾：「我挖了你們令狐氏十九座祖墳，卻沒找到譜系中的疑點，包括宋氏、索氏也沒找到。但沒找到並不代表沒有，不少墳墓尚未來得及開挖，便被你們發現了，只好收手。以後若有機緣，便再挖進去查查。」

令狐瞻氣得暴跳如雷，卻礙於人質，不敢妄動。

「事實上，你們令狐氏雖然被挖了祖墳，卻是其中最大的受益者。」呂晟笑道，「你們難道就不覺得奇怪嗎？這些年圍捕奎木狼的行動，大多是以令狐氏為首，而且，翟、張、氾、陰、李丟了墓誌碑，這才在七層塔建造觀象臺，研究起星象，可你們令狐氏並沒有丟碑，為何也在這裡，還坐在首位？」

呂晟瞥了一眼已然成了乾屍的令狐德蒙。

令狐瞻頓時愕然，看了一眼父親；令狐德茂只是冷笑。

就連玄奘也頗有些意外。從他入敦煌以來，基本上涉及奎木狼之事，都是令狐德茂在主持，他以為令狐氏因為新婦被擄急於洗刷恥辱，看來另有深意。

「因為我沒有找出令狐氏譜系上的破綻，等於給了令狐氏拿捏五大士族的把柄。」呂晟淡淡道，「令狐氏主持觀星臺，找尋墓誌碑，事實上便牽住了五大士族的鼻子。這些年令狐氏在敦煌勢力大漲，貞觀元年，你從陰氏手中拿到了西關鎮的鎮將，州衙功曹參軍是令狐氏的人，敦煌渠泊使是令狐氏的人，就連敦煌縣尉也是令狐氏的人。短短幾年，令狐氏相繼掌握了軍權、官吏考核權、水渠分配權、州城治安權，一躍成為士族之首。這些權力從哪兒來的？是令狐德蒙從其他士族那裡壓榨來的！為何李氏寧可向我低頭，贖回墓誌碑也不肯加入泮宮密會？是令狐德蒙壓榨得太狠了啊！」

翟法讓、氾正、張延、陰賀蘭及翟昌、張敝、陰世雄、氾人傑等人皆心有戚戚焉，一起望著令狐德蒙的乾屍，想起這些年的甘苦，忍不住打了個寒顫。

至於令狐瞻卻是滿臉羞憤，他一直以為西關鎮將是靠自己打拚來的，想不到卻是硬生生被家族抬舉起來的！

「他這是離間士族之策，諸位切莫上當。」令狐德茂有些控制不住局面了，急忙道。

四大士族無人說話，只是默默嘆息了一聲。

「法師你看，所謂的士族門閥就是如此，為了權力和利益，無所不用其極。」呂晟朝玄奘笑道，「敦煌八大士族，我略略一考證，便找出五家冒認郡望、虛構祖先的種種不堪。天下士族又有多少如他們一般？不可勝數！所以，所謂名門士族、閥閱郡望，便如同華麗的袍子，裡面長滿了蝨子。天下所有姓氏一律平等，那些所謂高人一等的姓氏，不過是出於利益營造出來的罷了。便是當今皇室又如何？他們掌握了天下，隴西李氏才被賦予了神聖，什麼老子後裔、李陵後人，等到大唐傾覆，徒惹後人笑話而已。就如同劉邦為了神話劉姓，連自己老母被蛇強暴都編造出來了，如今還不是留作後世笑談？」

「所以，」玄奘嘆息一聲，「你就是要以這種手段滅盡士族？以敦煌士族冒認郡望為引，寫類似《三敘書》的文章，傳布天下？」

「沒錯，」呂晟點頭道，「敦煌八族，攀附冒認者五，天下士族中又有多少？若我能活下來，還會刨了山東五姓士族的祖墳，李、崔、盧、鄭、王的世系也有可疑之處，我會把他們的世系一一扒出，將其卑劣手段暴於天下。從此以後，士族這兩個字再也不是榮耀，而是笑柄！從此以後，人人恥於自認士族！從此以後，再也沒有生來便高人一等的姓氏！從此以後，再也沒有庸碌之輩生來便占據高位，平民士子只要砥礪前行，便能襟抱敞開！這就是我想要的大唐！」

呂晟站在這宇宙諸天之下，釋迦牟尼佛頭之前，瘋狂大笑，狀似癲狂。

石山山頂，天象臺上。

魚藻和李澶趴伏在小屋的木門門縫下，側耳傾聽著裡面的聲音。呂晟肆意的長笑傳來，兩人驚得面色悚然。

李澶一屁股坐在地上，喃喃道：「這個呂晟，當真是……當真是……」

「當真是什麼？」魚藻斜睨著他。

李澶賠笑：「此人胸襟之大，氣吞萬古，史上從未出過如此人物。敦煌士族拿他來比侯景，真是小覷他了。侯景在他面前也不過是殺豬的屠夫而已，便是改朝換代的王莽，比他也差得遠了。」

「你拿這兩大惡人來比擬呂四郎？」魚藻勃然大怒。

「不不，」李澶急忙道，「這是士族家主的比擬，我只是找不到合適的人物來形容。嗯……我所能想起的只有一人，便是公孫鞅。」

公孫鞅為赳赳老秦實行變法，為秦國乃至未來歷代王朝創下百世法。但他以嚴刑酷法推行新法，於渭水邊一日處決七百死囚，渭水盡赤，號哭驚天。為相十年，人多恨之。最後自己兵敗而死，慘遭車裂，全族被殺。

魚藻想了想：「倒也合適，只是……四郎的結局也會那般慘烈嗎？」

「商君慘烈的身後事正是他輝煌功業的最佳註解，正如呂晟要做的事，只要做成，我想他會樂見自己以最慘烈的方式告別這世間吧。」李澶道。

「不想你倒是他的知音。」魚藻道。

李澶苦笑：「我是他口中生而高人一等的庸碌之輩，是他誓死要消滅的對象……唉，順手消滅的對象。」

魚藻難得笑了笑：「你知道我是什麼想法嗎？他仍然是我第一次見到的樣子，肩膀高過承天門！大唐的風華，長安的宏大，只不過是他肩上的點綴。」

忽然間，牆壘外的山頂傳來雜沓的馬蹄聲。

兩人頓時一驚，急忙隱藏在牆後。

此時已是夜晚，明月掛在高天，祁連山峰巒疊嶂，被月光染得素白。高大的天象儀在地上投下暗影，六百多只赤玻璃下火焰燃燒，密如繁星，映照著天上的星辰。

八名騎士從山頂的沙磧中疾奔而來。八人卻有十二匹馬，眾人身穿黑袍，身上配刀，馬上掛弓。馬蹄上似乎裹著布，踩在沙磧上只發出沉悶的聲音，頗為輕微。

魚藻緩緩抽弓搭箭，李澶慢慢拔出橫刀。

這些人來得詭異，石山這一側被甘泉河分割，連接著祁連山主脈，山上寸草不生，人跡罕至，更無路可行。這些人卻在半夜裡用布包裹著馬蹄，躡足潛蹤來到這天象臺，不知意欲何為。

院牆很低，只有成人的腰部高，站在牆外，牆內的情景一覽無餘，更別說高高聳立的天象儀了。到了天象臺的院落外，黑袍騎士們下馬，十二匹馬調轉馬頭，並排繫在一起，馬臀朝著院落。然後眾騎士從馬背上拿出一綑綑長繩，一端繫在馬鞍的鐵環上，另一端拿在手裡，紛紛走進天象臺。

魚藻和李澶躲在小屋門口，頓時尷尬起來，天象臺並不大，地面又平整，根本沒法起身藏到牆外，而小屋木門鎖著，又沒法進去。

「殺！」魚藻猛然起身，一箭射去。

黑袍騎士毫無防備，誰都沒想到這荒僻無人的天象臺竟然藏了人。一名騎士被利箭射中胸口，二石弓射出的勁道極大，近距離之下，箭矢直接穿透了那人身軀，嘣的一聲釘在牆上。

李澶也縱身而起，狠狠一刀劈在另一人肩上，那人慘叫一聲翻身栽倒。

黑袍騎士極為精銳，猝然遇襲之下只短短片刻便反應過來，紛紛散開，拔刀持弓開始反擊。魚藻在高大的天象儀間急速奔走，與他們拉開距離，十根手指像彈琵琶般翻飛不停，一枝枝箭鏃激射而去，瞬間又射倒兩人。李澶則遭到兩名黑袍騎士圍攻，雙方橫刀碰撞，火星四射，李澶勉力抵擋，一時拾掇不下。

剩下兩名黑袍騎士在天象儀間與魚藻追逐對射，雙方箭矢你來我往，箭鏃射在黃銅鑄造的天象儀上，發出激越的叮噹之聲，爆出點點火星，有些更是射斷了儀器上的精密鑄件，導致天球歪斜，劇烈轉動。

魚藻忽然一箭射中一人腳下的赤玻璃，砰的一聲，赤玻璃粉碎，下面燃燒的人魚膏火苗猛地上躥三尺，那人眼前火光大亮，視線頓時變得模糊。魚藻抓住機會，又是一箭，將那人穿喉而過。

另一人猛然一驚，急忙避開地上的赤玻璃。趁他躲閃的間隙，魚藻又是一箭，射中其中一個與李澶對戰的騎士後背，那人翻身栽倒。李澶壓力大減。

持弓那人躲在天象儀後面，用弓箭對準魚藻附近的赤玻璃，一一射去，魚藻急忙躲避，砰砰砰，火苗不斷在背後躥起，一轉眼兩人之間全是三尺高的火焰，不辨人影。

忽然一聲慘叫，李澶一刀斬在對手的脖頸上，那人軟倒在地。李澶提著刀，和魚藻左右夾攻那名持弓者。

「你們到底是什麼人？」持弓者壓低了聲音，憤怒地詢問。

魚藻和李澶這才注意到，對戰至今，對方完全默不作聲，一直沒說過話。哪怕是瀕死的慘叫，也沉悶、壓抑，似乎是死士。

「你們是何人？為何偷偷摸摸來到這裡？」魚藻也低聲道。

「看來你們也不想驚動下面的人，」持弓者沉吟道，「如此，我們並非敵人。」

李澶冷冷道：「說出你的身分，再論敵友。」

持弓者遲疑了好半天，才壓低聲音道：「在下敦煌李氏家主的從姪，李烈。」

第二十三章　佛窟崩，星空落，今日方知我是我

「你就是一個瘋癲之徒！」令狐德茂望著呂晟，冷冷道，「滅盡天下士族，這是任何人都做不到的事情！」

「法師，你覺得我能成功嗎？」呂晟笑著問玄奘。

「難。」玄奘想了想，苦笑著嘆息，「或許你能贏了敦煌士族，甚至滅掉山東士族，可是士族並非只是士族，而是既得利益者為自己塑造的牌坊。李、崔、盧、鄭、王倒了，還會有別的士族崛起；士族這個招牌倒了，還會換個名字重生。只要有利益，就會有人想方設法把這利益維持下去。士族之所以遭人怨恨，僅僅是這種維持利益的方式太懶惰罷了。所以，像王君可這種一刀一槍殺出來的功勳之臣才會看不慣士族，但他最終要做的，也無非是成為其中一員或者取而代之罷了。」

「法師慎言，」令狐德茂冷冷道，「莫惹口舌罪過。」

「此非口舌，而是世間真相。」玄奘朝著大佛深深鞠躬合十，「佛祖在上，如果貧僧說的不是真相，而是搬弄口舌，我願入拔舌地獄。」

他轉身望著呂晟：「其實求法的道路一向偏仄，其中有大恐怖，就是因為一旦看錯，

便會誤入歧途，墮身地獄，比如吳起，比如商君，比如王莽。」

「可是為何李悝、吳起、鄒忌、申不害、商君，甚至王莽，一代一代前仆後繼？」呂晟道，「因為他們都看到，這世間到了不得不變的時候。至於誰會名留青史，誰會遺臭萬年，人活著的時候哪會知道，蓋棺論定罷了。」

「蓋棺論定？」令狐德茂冷笑，「諸位，此人不能留！七座墓誌碑找不到便找不到吧，或許此人一死，就會永遠埋葬地下，不見天日。但今日若讓他活著，恐怕我們永無寧日！」

張延和翟法讓仍然是呂晟手中的人質，張敞頓時急了，正要說話，張延抬手打斷了他：「敞兒，老夫的死活無關緊要，墓誌碑重逾老夫的一條命。」

翟法讓合十道：「阿彌陀佛。方才李淳風博士已經答應幫我們破解星圖，找出墓誌碑。弘業，老僧已經看破生死，毋須在意。」

陰賀蘭沉聲道，「今日你們設下埋伏，不就是為了殺這妖人嗎？還婆婆媽媽的做什麼？他倆死了，老夫給他們陪葬！」

陰世雄急了：「仲父！」

陰賀蘭冷笑：「令狐德蒙能為了七座碑勞心耗力而死，死而不葬。我們一條命算什麼？退下！」

陰世雄流著淚：「是、是，謹遵仲父之命。」

令狐德茂厲聲道：「瞻兒，給你復仇的機會，殺了他！」

「㳂兒！」翟昌看著翟紋，神情痛苦，「保護好你妹妹。」

翟沘默默點頭，令狐瞻抽出橫刀，身後的部曲們彎弓搭箭，對準呂晟。

呂晟卻只是微微一笑，毫不在意，似乎在傾聽著什麼。

正在這時，忽然有一名部曲驚慌失措地跑上九層塔，滿頭大汗，身上血跡斑斑，大叫：「啟稟令狐公，大事不好！有人掘開了西窟的分渠壩！」

眾人一愣，令狐德茂急忙問道：「哪個分渠壩？」

「甘泉河……南崖這邊的丁家壩！」

在場之人個個臉色劇變，更有些人整個身子都哆嗦起來。

玄奘不解，詢問旁邊的翟法讓，才知道原來甘泉河在西窟這邊，河道中間微微隆起，把河分成了兩條支流。南邊這條支流較小，但河道逼近南崖，導致崖岸極容易被河水沖刷坍塌，不適合開窟。

北魏年間，為了開鑿這座釋迦牟尼大佛，建造七層塔，便在支流的分岔口建起了堤壩，將支流堵住，引流進入主河道。當時出資最多的是一名姓丁的善人，故名為丁家壩。丁家壩建成後，河道遠離崖壁，開鑿的佛窟從此安全無憂，甚至七層塔的臺基就建造在河道之上，可是一旦丁家壩被掘開——

眾人頭皮發麻，再顧不得種種恩怨，一起從甬道跑了出去。連乾屍般僵坐不動的翟法讓和張延等人都跟了出來。

「法師，請。」呂晟對玄奘做出邀請的手勢，與翟紋一起陪著他走了出去。

玄奘深深看了他一眼，跟隨在眾人身後走出甬道，站在棧道上往甘泉河上游望去。

黑沉沉的河谷中，上游方向閃耀著一枝枝的火把，空谷中傳來隱約的呼喊聲和兵刃交擊聲，似乎正在慘烈廝殺。

「怎麼回事？」令狐瞻一把揪住報信的部曲，厲聲道，「怎麼還有人在廝殺？」

那部曲哭道：「剛才也不知道怎麼回事，丁家壩平白無故隆起一丈多高，就好像……好像地龍翻身一樣。那堤壩經不住河水沖刷，直接就裂了。我們帶人去堵塞堤壩，卻遭到一群黑衣人襲擊，兄弟們死傷十幾人，後來馬宏達校尉派人支援，才把那群人殺退……來了！來了——」

那部曲突然尖叫起來，玄奘等人急忙趴在欄杆上望去，只見一條亮晶晶的白練洶湧澎湃而來，高高的浪頭瞬間沖上七層塔的臺基，眾人只覺腳下一震，好幾人站立不穩，摔倒在地。

方才為了獵殺奎木狼，棧道和拱橋上到處都是兵卒甲士，猛然劇震之下，無數人驚叫著，甚至有不少人直接從棧道上摔了下去，發出長長的慘叫，跌入滾滾洪流。

「是誰派人掘開堤壩的？」令狐德茂厲聲斥問。

「我。」呂晟在一旁淡淡地答道。

「你——」令狐德茂厲聲道，「你為何掘開堤壩？」

呂晟大笑，嘲弄地望著他：「你猜呢？」

令狐德茂和翟昌等人對視一眼，遍體發涼，卻一時猜不破他的心思。

「這是四郎三年前便謀算好的計畫，」翟紋忽然說道，「原本早就要實施的，只是……這些年他一直被奎木狼禁錮，沒有找到機會。玉門關的鄭別駕是四郎的族人，也姓呂。雖然四郎失憶之後忘了他的身分，但他一直留在四郎身邊，實行之前擬定的計畫。」

「什麼計畫？」翟昌急忙道。

「且看著便是。」呂晟大笑。

崖壁在洪水的沖刷下，地基漸漸被掏空，棧道上滿是兵卒和看熱鬧的香客，眾人齊聲哭喊，卻無處可去，只能到處尋找佛窟往裡面鑽。而拱橋的一段連接著崖壁，也是晃動不已。橋上的兵卒發瘋般朝北岸擁去，可是拱橋北岸的佛窟入口比較狹窄，眾人慌亂之下擁擠成一團，通行緩慢。

「各位，」李淳風急道，「崖壁要塌了，還要看熱鬧嗎？」

眾人這才回過神來，紛紛擁進甬道，跑進七層塔。

河水澎湃，不斷沖刷著，掏挖著崖壁。轟隆隆一聲，一塊二三十丈長的崖壁禁不住沖刷，當即垮塌下來，上面的棧道連同窟簷轟隆隆塌陷，棧道上和洞窟口的人們驚叫著，也隨著土石跌了下來，被捲進滔滔洪水。

轟隆隆的崖壁坍塌聲此起彼伏，南崖大片倒塌，人體混合著砂土和木頭席捲而下，一時慘如人間地獄。

轟——最終七層塔的臺基禁不住掏挖，四分五裂，七層巨塔有如折斷的巨木，外層整個倒下，一層層垮塌，栽進河中。

這時玄奘等人已跑進了七層塔，一個個驚慌失措地盡可能往裡面靠，眼前密封的高塔有如被無形的刀劍劈開，先是從下往上一層層裂開，地板從中斷裂，然後慢慢地離眾人越來越遠，傾斜著栽倒。

令狐德蒙和李鼎的乾屍眾人來不及搬走，當即隨著垮塌的半片七層塔倒入河中，陪葬的還有幾名站得較靠外面的書吏和部曲。

隨後眾人看見了夜空，看見了明月，看見了拱橋和對岸的燈火。方才還在巨塔內的人們，彷彿被剝開了一層殼，直接暴露在夜空中。

而他們眼前是更慘烈的人間地獄——拱橋開始斷裂！

拱橋本就是連接在塔上的，塔一垮，拱橋便從連接處開始折斷，隨即一截截垮塌，巨大的橋面轟隆隆掉落，在河面激起漫天水浪。

拱橋上的兵卒瘋狂地朝北岸跑，但橋上擁擠不動，一個個絕望地慘叫著，伸手亂抓，卻抓不到任何東西，無可抗拒地隨著腳下的橋梁跌落。橋梁每折斷一截，便有一群人隨之墜落，一時間滿天都是墜落的兵卒。

最後三分之一的拱橋倖存了下來，斷裂的橋梁斜斜指向夜空。橋上的兵卒們趴在橋面上，一動也不敢動。

有些兵卒驚惶未定地看著對岸，眼前的景象讓他們目瞪口呆。在他們眼前，宏偉的七層塔已整個剝落，完全不見，可以直接看到內部，一尊巨大的釋迦牟尼佛鑲嵌在崖壁內，手施無畏印，慈悲地望著他們。

大佛身邊，擠滿了密密麻麻的人群，緊貼著山壁驚魂甫定，和他們隔著虛空對視。在大佛頭頂是布滿諸天星辰的穹頂，穹頂鑲嵌六百二十七顆星辰，在赤玻璃的覆蓋下閃耀著紅色的星光，映照著星光下眾人驚惶的臉。

崖壁垮塌之後，顯露出石山山頂上的觀象臺，高聳的天象儀仍舊在水力的帶動下旋轉。更詭異的是，天象儀下，竟站著三條人影！

「玄奘法師，走！」

玄奘正目瞪口呆地望著眼前這慘絕人寰的一幕，腦中一片空白，忽然聽見呂晟在耳邊大喊一聲。玄奘愕然間，只見面前垂下三條繩索，繩索末端還掛著一只鐵環。

呂晟先幫助翟紋伸出一隻腳踩在鐵環上，兩隻手抓緊繩索，然後自己也踩進另一個鐵環，並把最後一根繩索扔給玄奘。

「他們要跑！」令狐德茂反應過來，大喊，「殺了他！」

可眾人都擁擠在大佛兩邊，緊緊貼著山崖，原先的九層塔撕裂，只留下半截，誰也不敢亂動。玄奘身邊則是李淳風和幾名書吏。令狐瞻反應過來，提著刀，踩著地板斷裂的邊緣處衝了過去。

其他人則手忙腳亂地尋找弓箭，準備射殺。

玄奘下意識地抓住繩索，踩進鐵環，猛然間聽見頭頂上一陣馬嘶，一股巨大的力量拽動繩索，讓他整個人朝上飛了起來。

「哎，等等我！」李淳風眼見令狐瞻瘋了一樣衝過來，還以為他要殺自己，大驚之下抓住玄奘的繩索，兩人一起被拉了起來。

玄奘、李淳風、呂晟、翟紋四人的身軀猛然向上躥去。

令狐瞻對玄奘一人根本不管不顧，大叫一聲：「別走！」

接著一刀擲出，刀光如同匹練般凌空而過，斬斷了翟紋的繩索。翟紋一聲驚叫，身軀直墜而下，眼看就要從斷裂處跌下崖壁，令狐瞻和翟述雙雙撲倒，兩人同時伸手抓住翟紋的衣服，將翟紋懸在了半空。

這時呂晟和玄奘三人已被烈馬拉著繩索拽上了山頂，呂晟趺撲在懸崖上，嘶聲大吼：「紋兒——」

翟紋抬起頭，悽然一笑：「四郎，我會聽你的話。」

「活著！好好活著！」呂晟淚流滿面，還想再說，可下面的部曲們張開弓箭紛紛射來，玄奘一把將呂晟拽了過去，幾枝利箭貼著他的臉頰飛過。

「呂郎，再不走就來不及了。」耳邊忽然響起魚藻的聲音。

呂晟和玄奘從山頂的沙磧上爬起身，愕然發現魚藻和李澶居然站在一邊，旁邊還有一名黑衣男子。

那名黑衣男子抱拳，低聲道：「在下李烈，奉植公之命，前來協助呂郎君！」

寅時平旦，晝夜交替。

大漠中泛起了斑白，六個人、十二匹快馬，沿著祁連山和甘泉河之間的山谷朝東北方向疾馳。身後山谷回音，響起悶雷般的馬蹄聲，玄奘騎在馬上回頭，後方二里外煙塵滾滾，彷彿一道龍捲風，朝他們的方向疾追而來。

呂晟對身後的情形看也不看，當先馳行，臉色極為陰沉。

昨夜魚藻三人救了呂晟之後，便一人雙馬疾馳而走。呂晟雖然不捨翟紋，卻也知道此情此景自己無法救她，只好一起離去。不料眾人在山上跑了兩個時辰，便發現後面有追兵趕了上來。

順著甘泉河走，最終會進入敦煌城的範圍，如果甩不開追兵，眾人誰都逃不掉。

「四郎，令狐氏和翟氏的反應的確夠快，咬了我們一夜。」魚藻道。

「意料之中。」呂晟淡淡道，「沒有這點本事，他們怎麼能跟我鬥這麼久？」

李澶卻有些奇怪：「他們到底怎麼把馬匹運過甘泉河的，還登上祁連山？按道理，人爬上南崖，登上石山不算特別困難，可是甘泉河河谷幽深，想把馬匹運上來就千難萬難了。」

呂晟道：「順著甘泉河上遊走十里，拐彎處有座大湖，子亭守捉就鎮守在湖畔。湖水邊緣的河谷極為平坦，想來是直接從子亭守捉調運了兵力。」

眼看追兵越來越近，眾人心中都沉重起來。跨過前面的山谷，便是平草湖牧場。甘泉河在此處突然變寬，分岔形成的沼澤地水草豐美。眼下正值秋高草長的季節，牛羊成群，駿馬馳騁，風光無限。

然而眾人奔出峽谷後，卻心中發涼，此處根本無法藏身。

「吁──」呂晟忽然一勒韁繩，將戰馬停住，兜轉馬匹，站在峽谷口，冷冷地盯著令狐瞻。

玄奘等人一怔，紛紛跟著呂晟停了下來，回頭一望，峽谷外的騎兵已追趕而至，甚至能看見最前方令狐瞻咬牙切齒的面孔。

就在令狐瞻率領騎兵進入峽谷之際，山坡兩側猛地一聲梆子響，長草和亂石中倏忽出現三十多名黑衣人，一個個彎弓搭箭，亂箭齊發。

令狐瞻的騎兵措手不及，誰也沒想到追蹤了一夜，竟會在這裡遇見伏兵，頓時亂作一團。一時間慘叫聲、墜馬聲、怒罵聲響成一片。

「衝上山坡！」令狐瞻怒吼著，率先縱馬往山坡上衝去。

可這些黑衣人也極為凶悍，箭法極為嫻熟，數人一起攢射，令狐瞻的馬匹連中數箭，嘶叫著摔倒在地，令狐瞻也隨著馬匹咕嚕嚕滾下山坡。

戰鬥突然爆發，突然結束，短短一刻間，令狐瞻的騎兵死傷殆盡，到處都是屍體和傷者，無主的馬匹四處亂走。

玄奘等人在遠處看著這慘烈的一幕，只見令狐瞻披頭散髮地站起身，橫刀拄著地面，嘶聲道：「你們到底是什麼人？竟敢襲殺子亭守捉兵，不怕滅門嗎？」

此時山頂的一塊巨石下緩緩走出一名黑衣人，渾身上下都罩在黑色的罩袍內，那人默默地看了令狐瞻片刻，抬起手臂似乎要揮下，遲疑了好半天，最終朝著來時的方向一指，一言不發。

令狐瞻知道自己逃過一劫，卻心有不甘，大吼道：「呂晟！逃到天涯海角，我也會殺了你！」

呂晟面無表情，直勾勾地盯著他。

令狐瞻收刀入鞘，艱難地攙扶起幾名倖存者，將他們扶上戰馬，驅馬離去。

黑袍人看著令狐瞻走遠，慢慢走下山坡，來到玄奘和呂晟面前，掀開面罩，微笑地望著呂晟：「恭喜呂郎君，終於大仇得報！」

玄奘等人頓時一驚，此人竟是敦煌李氏的家主，李植！

玄奘雖然知道呂晟和李植暗中苟合，卻沒想到堂堂家主之尊，竟親自出動，截殺大唐騎兵，可見李氏對這樁計畫的重視。想想也是，這一戰無異於殺官造反，李植派誰來都不會放心。

呂晟對李植出現毫不意外，淡淡道：「為什麼不殺他？」

「不想把令狐德茂逼瘋，」李植道，「令狐瞻是令狐德茂最喜愛的兒子，他若死了，令狐氏會做出什麼瘋狂的舉動，我們便難以預料了，還是一切按原定計畫比較好。」

呂晟不語，算是默認了李植的說法。

李植也知道呂晟的心結，寬慰道：「翟娘子是翟昌的嫡女，不會有事的。日後我們想辦法救她出來便是。」

呂晟長長吐了口氣：「你去打探紋兒的消息，務必每日報我知道。」

「成。」李植朝眾人看了一眼，一臉無奈，「昨夜變故真是出人意料，長安來的法師、朝廷裡的博士……哦，還有刺史的女兒、李家的郎君。」

「承玉公，」玄奘苦笑，「貧僧早該想到，這些年呂郎君和奎木狼的種種作為，敦煌城中必有大勢力的人暗中相助，想不到竟是李氏。」

「法師忘了嗎？」李淳風道，「那日奎木狼來敦煌，住的便是李氏的先王廟。」

李植嘆了口氣：「不瞞法師，我李氏平日暗中相助也就罷了，可昨夜與五大士族開戰，伏殺官兵，有任何消息洩露出去，都會萬劫不復。所以，拜託諸位了。」

「放心，」呂晟冷冷道，「沒人會洩露你的祕密。何況昨夜之後，五大士族已潰敗，滅族在即，哪還有心思找你的麻煩。」

「也是。」李植大笑，心情極為暢快。

玄奘還有疑問：「承玉公不必擔憂，你付出如此代價幫助呂郎君，連貧僧也想不到。

不過，呂郎君也掘了李氏的墳，你們應該是生死仇敵才對。」

李植收斂笑容，瞥了呂晟一眼，道：「不瞞法師，我至今仍然深恨呂四郎。」

呂晟淡淡一笑，並不在意。

「可是我更恨五大士族，」李植咬牙道，「令狐氏野心勃勃，一心要借著墓誌碑一案統領其他士族，我父親不欲妥協，私下與呂四郎接洽，贖回了墓誌碑，竟遭到其他士族聯手逼迫。父親為了保全家族而自殺，死了之後連屍體都不得歸葬祖墳，得留在七層塔上示眾三年！此仇不報，枉為人子！」

玄奘等人頓時明瞭。

「為了扳倒五大士族，我李氏哪怕粉身碎骨也在所不惜！」李植望著西窟方向獰笑，「不過好在昨夜計畫完成，終於為父親報仇了！」

李澶納悶：「你們一直說計畫、計畫，昨夜到底是什麼計畫？」

李植一字一句道：「昨夜的最終計畫，便是讓五大士族私自研究天象的祕密暴露於光天化日之下，千人萬人眼前！」

王君可帶人趕到西窟的時候，令狐德茂等人正站在大雲寺的臨河碼頭上，望著對岸的釋迦牟尼大佛發呆。

對岸的崖壁被河水剝掉了一層，許多佛窟外的棧道、窟簷、甚至外窟都已倒塌，直接露出了佛龕。七層塔更是完全消失不見，巨大的佛像暴露於外，手施無畏印，目光平和地望著對岸的眾生。其頭頂上穹廬的諸天星象也清晰可見，仍然散發著淡淡的紅色光芒。

昨晚士族們把石山頂上的觀象臺拆毀了，不過這諸天星象一共六百多顆，拆除起來極為麻煩，直到天亮也沒完工。後來眾人絕望了，反正已被上千雙眼睛目睹，無論如何是抵賴不掉的。

沉甸甸的唐律壓在每一名家主心頭，凌晨的風帶著寒冷的氣息撲打而來，脊背的汗水瞬間蒸發，徹骨生寒。

直到這時，眾人才明白，原來昨夜與呂晟互相算計，互設圈套，最終還是落入對方的陷阱。呂晟將自己置於險境，幾乎身死，就是要將五大士族全都吸引到這觀象臺，最終霹靂一擊，剎掉七層塔，讓他們最致命的祕密暴露於眾人眼前、朝廷眼前。

王君可帶著親衛部曲來到碼頭，看著眼前這一幕也呆滯了好半天。

河流中仍漂浮著死屍和殘破的磚石瓦礫，事實上，今日一早，敦煌城外的河渠中就漂來了大片的屍體，舉城譁然。敦煌縣組織人手撈屍，據說兩個時辰便撈起一百多具！

這些死者中不但有兵卒，還有來西窟參佛的香客，一時間滿城盡是號哭之聲。

前往西窟的路上，昨晚僥倖逃過一命的馬宏達迎上王君可，把詳情稟報了一番。王君可也沒想到敦煌士族竟然膽大包天到這種地步，心中喜憂參半，五味雜陳。

「諸公，殘局如何收拾？」王君可喃喃道。

家主們早就商議了大半夜，令狐德茂緩緩道：「就看刺史公打算如何處理此事了。」

「我如何處理？」王君可暴怒，「幾千雙眼睛都看見了，你們讓我如何處理？難道西沙州我能一手遮天嗎？你當朝廷是聾子、瞎子嗎？」

見他憤怒，令狐德茂反倒鬆了口氣：「看來刺史公仍然願意回護我等，這就好辦了。

我們可以編造一個故事，說奎木狼在此地設置諸天星圖，企圖引二十八宿的靈體下凡為妖，禍亂天下，被我等帶領大軍圍剿，最終破壞其法陣。我們全城宣講，百姓必定相信。」

「好故事。」王君可面無表情，「百姓信不信無所謂，我只關心朝廷那邊。」

陰世雄咳嗽一聲：「刺史就按照此一說法上奏，朝廷那邊必定會派御史來查訪，老夫和德茂公會修書給令狐侍郎、陰侍郎，事先和御史臺打點好。」

「哈哈，打點御史臺？」王君可斜睨著他，「你當朝廷是你家開的鋪子？」

陰世雄尷尬：「或許可以請皇妃出面——」

王君可直接打斷他：「皇后管御後宮之嚴，滿朝皆知。要皇妃出面干涉朝政？異想天開！」

翟昌道：「既然刺史公認為我等想出的計策不可行，必定有以教吾等。」

王君可想了好半天：「奎木狼如今在哪裡？」

「順著祁連山往東北方向逃竄。」令狐德茂道，「小兒已經率兵去追趕了。」

王君可點點頭：「甚好。你們編的故事不是不好，卻欠缺說服力。只要我們能拿出證據說服朝廷，朝廷自然會相信。」

「我們拿出什麼證據？」翟昌問。

「恰好我們之前上奏朝廷，徵召府兵的名義就是奎木狼勾結東突厥、吐谷渾入寇西沙州。昨日我收到臨江王的密令，盤踞伊吾的東突厥欲谷設蠢蠢欲動，有南下的跡象。」王君可道，「如此一來，我們之前宣稱奎木狼和東突厥勾結的罪狀就坐實了。昨夜我們在西窟破了奎木狼試圖引動神靈下凡的陰謀後，他往東北逃竄，定然是想去瓜州與突厥裡應外合。只要我們率領大軍在瓜州拿下奎木狼，不就坐實了他禍亂天下的證據嗎？」

「可是……」陰世雄插嘴，「他很可能會逃回玉門關啊！」

王君可冷冷道：「只要我們封鎖了西邊的所有通道，他不往北去，又能去哪裡？即便他不去，我們也要驅趕他前去！」

「好主意！」令狐德茂讚道，「我們若捕殺了他，再做一份星圖藏在他屍身上，便是御史臺來調查也無話可說了。」

王君可心中冷笑，表面上卻頻頻點頭：「好主意！」

眾家主鬆了口氣的同時，又暗暗苦澀，如今被王君可抓住把柄，便是與他綁為一體了！

平草湖牧場。

鏡子一般的湖面倒映出祁連山頂的積雪，有牛羊在湖邊飲水，湖中雪山便一陣蕩漾。湖邊搭著一座牧羊人的木屋，呂晟、李澶、魚藻、李淳風和李植等人就坐在木屋前。部曲架火燒烤著一隻羊，並將烤好的羊肉削成一片一片地串在紅柳枝上，恭敬地送給眾人。玄奘獨自坐在一邊，啃著乾硬的胡餅。

周圍一里外，李烈騎在馬上，帶人警戒著。

李植則向眾人說明著局勢：「這裡是神農渠南岸，過了水渠就是州城驛，旁邊就是瓜沙古道，現在王君可的兵馬已經封鎖了各個要隘，四處捉拿你們。」

「包括我和魚藻嗎？」李澶插嘴道。

「當然沒有，」李植笑道，「連我都不知道你們去了西窟山頂，王君可怎麼會知道？」

李澶鬆了口氣。

李植繼續道：「王君可已下令徵召府兵，正在壽昌、效穀、懸泉三座軍府集結，不過當初他向朝廷請令時用的名義是剿滅奎木狼，今日卻宣布接到臨江王的公文，表示突厥有意進攻瓜州，所以要全軍東進，支援瓜州。」

「這只是阿爺的藉口罷了。」魚藻喃喃道，「他是想謀反，突襲瓜州。」

「是啊，」李植點點頭，「王君可勒令八大士族出了兩萬石軍糧、兩萬匹絹充作軍資。我雖然不在，可李氏也被迫捐了錢糧。昨日西窟事變之後，五大士族被王君可捏住把柄，應該會死心塌地被綁到他的戰車上了。」

「這不是你期望的嗎？」玄奘淡淡地道。

李植愕然片刻，苦笑：「法師，我是要報復五大士族，並非想在敦煌掀起戰亂。敦煌乃是邊州，素來不穩，大唐立國僅僅十二年，就發生過三起叛亂，每次叛亂受創最大的都是士族。」

「是嗎？」對敦煌的歷史，玄奘如今也頗為了解，當即淡淡道，「最大的受益者也是士族吧？」

前隋大業年間，李軌割據河西，李淵立國之後，下達璽書慰勞結好，稱李軌為從弟，拜為涼王、涼州總管。但李軌卻悍然成帝，不肯歸附。引起河西士族們的激烈反對，最後是涼州安氏出手，擒拿了李軌。

這是武德二年的事，到了武德三年，瓜州刺史賀拔行威又謀反，直到武德五年，瓜州王氏在眾士族的支持下襲殺賀拔行威，才又重新歸附大唐。

朝廷也對河西各州的士族勢力極為警惕，武德六年，派賀若懷廣為瓜州總管，試圖瓦解士族勢力，結果遭到士族凌厲反制，敦煌張氏和李氏的旁系子弟張護、李通謀反，殺賀若懷廣，擁州別駕竇伏明為城主。

有人暗中傳言，這場事變其實是敦煌士族與朝廷間的討價還價，只不過派了張氏和李氏的兩個旁系出頭試探而已，整場謀反充滿了怪異之處。首先是瓜沙二州的軍隊竟然不願來敦煌平叛，逼得朝廷從千里之外的涼州調兵，結果還被張護、李通擊敗。

隨後張護、李通進攻瓜州，結果這支擊敗了涼州都督的軍隊，居然被瓜州一個長史打退，重新回到敦煌。

接著敦煌士族與朝廷間書信往來，討價還價，到了九月，在敦煌士族的支持下，別駕竇伏明擒殺張護、李通，將人頭送往長安，宣布投降。

從此以後，敦煌和瓜州再也沒有叛亂之舉。[15]

李植也懂玄奘的意思，並不隱瞞：「法師是明白人，我也不瞞著。李通是我的子姪，當初的確是在我的授意下和張護謀反的。不過那也是因為朝廷對敦煌士族打壓太甚，想借賀若懷廣將我們拆散肢解。而這場事變之後，朝廷承認了士族在瓜州和西沙州的地位，我們才相安至今。當然，為了表示誠意，我們放棄了軍權，至今掌握的軍權也只有令狐氏的西關鎮、宋氏的紫金鎮和翟氏的一個守捉，不到千人。結果這下可好，讓王君可撿了個大便宜，拿下三家的兵權，我們士族便任人宰割了。」

玄奘直接問道：「那麼這次呢？」

「這次我李氏會堅決支持朝廷平叛！」李植斷然道，「王君可本就是大唐悍將，手握重兵，又得到五家士族的支持，一旦反叛，只怕比過去三起還要嚴重，甚至整個隴右都將陷入戰亂也未可知。我絕不會讓敦煌和瓜州陷入屍山血海！」

「我相信承玉公的誠意，」玄奘苦笑，「因為你的目的已經達成，只要平滅了王君可，五家士族就是附逆的叛賊，你算是完成復仇了。」

李植哈哈大笑：「正是如此！」

「那麼接下來我們要如何做？」玄奘問道。

「我們不能留在敦煌，王君可遲早會找到我們。」呂晟道，「眼下只能去瓜州，把消息告訴臨江王，幫他平滅王君可。」

玄奘默默點頭，這是眼下唯一可行的辦法。

「那我呢？」魚藻眼眶紅了，「呂郎，你告訴我該怎麼做？」

呂晟默默地望著她：「聽說臨江王派來的迎親隊伍已經到了敦煌？」

魚藻沒有說話。

「回去吧，」呂晟憐惜地看著魚藻，「回去成婚，大頭魚。成了婚，王氏家族便與妳再無關係，重新開始自己的人生吧。李澶一直跟在妳身邊，我看得出他對妳極好，我相信妳未來終將幸福。」

李澶暗暗嘆氣，也不知道心中是何滋味。

「魚在在藻，有頒其首。有女頒頰，豈樂飲酒……」魚藻哭泣著，哽咽道，「你跟我說，妳個子矮，快快長高吧！我一直努力要長高，想要齊到你的肩膀，與你並肩而立。可是我如今長大了，夢卻碎了。」

呂晟臉上表情複雜，傷感。他從未想過，多年前的一句調笑，竟然在一個十三歲的女孩子心中種下了這般結實的種子。呂晟在長安春風得意的那些年，與文人高官詩文酬唱，青樓醉臥，早已將這件事拋之腦後。直到魚藻隨著父親來敦煌上任，窮盡大漠來找尋他，他才知道，當年竟然種下了這樁孽緣。

可惜，他的軀體為他人所占據，心也為他人所占據。

「魚藻——」呂晟想了很久，正要說什麼，卻被魚藻打斷。

魚藻含著淚，微笑地看著他：「呂郎，我聽你的，回去成婚。可是我要跟你走一樣的路，回去誅除叛逆，平滅叛亂。」

眾人心中都有些不忍，因為在這件事中受害最深的人不是呂晟、不是李植，而是魚藻——她口中的叛逆，正是自己的阿爺。

「魚藻——」李澶道。

魚藻揮手打斷他，決然道：「我阿爺行此謀逆之事，我身為王氏之女，實在不願祖宗蒙羞。我跟你回去成婚，你見到我阿爺，一定要說服他親自送婚，看能否將阿爺誘入瓜州。或許……或許只要一拿下他，這場叛亂便會平息了。」

魚藻忽然淚如雨下。

「但是，我想請呂郎答應我一個要求。」魚藻道。

「妳說！」呂晟急忙道。

「我想請你在迎親之日劫持我！」魚藻一字一句地道。

呂晟愣住了，看了看李澶。

「就像當年你劫持翟紋那樣，」魚藻悽然道，「我只希望在成婚之日你能帶我走，帶著我在天上飛上片刻。我不奢求能夠永遠相伴，只想為將來豪門內宅的生活添一點回憶。我嫁給了自己不愛的人，或許還要親手把阿爺送上刑場，這都是命運的安排吧，我不抗爭，也不逃避，可是餘生慘澹，我想偶爾回憶往事的時候，能夠笑上一笑。」

呂晟怔怔地看著她，忽然感受到了一種透徹心扉的痛。

「魚藻，」呂晟喃喃道，「這樣會毀了妳，會讓妳像紋兒一樣，終生不得抬頭，也會造就另一個令狐瞻，恨妳入骨。」

魚藻流著淚，慢慢看向李澶。

「不，呂郎君，這是魚藻和我商量過的，」李澶臉色沒有什麼變化，「在西窟的觀象臺上，我……我答應過她。」

眾人吃驚地看著李澶。

李澶忽然哽咽起來：「餘生我想給她幸福，可是我不知道能不能做到。在我做不到的時候，我希望她可以有一點慰藉。」

「我……我做不到！」呂晟神情糾結，「我只是個普通人。我無法在天上飛，也沒有在天庭裡遙望過星辰的死亡與墜落。」

「還請呂郎君玉成！」李澶忽然跪倒，叩首於地。

呂晟整個人僵在那裡，好半晌才喃喃道：「好，我答應你。」

第二十四章 你給我的人生，我活著的目的

陽關古道。

五大士族的車隊沿著甘泉河北岸一路向敦煌而行，沙磧蒼涼，行人疲憊，人與馬都是渾身沙塵，愁雲慘霧。車隊後面跟著十幾輛牛車，上面拉著幾十具屍體，屍身上蓋著蘆席。

令狐瞻騎著馬從後方追趕過來，灰頭土臉，衣袍髒汙，臉上和手上還帶著幾條血痕。到了一輛馬車旁，車夫急忙停下。令狐瞻跳下馬匹，從馬腹上取下一只水囊，挑起車簾上了馬車。

馬車中，翟紋獨自一人安靜地坐著，目光呆滯。

「喝點水吧。」令狐瞻把水囊遞給她。

翟紋默默地接過水囊：「你是去追殺四郎了嗎？」

「且請寬心，」令狐瞻淡淡地道，「有人接應他，我們遭到了伏擊，死傷四十餘人，他安然無恙。」

翟紋沒有說話，一口一口地喝著水。

「妳是想笑我無能，還是慶幸他無事？」令狐瞻冷笑。

「令狐郎君，多謝你贈水。」翟紋正色道，「我如今是呂氏婦，你在我車中於禮不合，多有不便，還請離開吧。」

令狐瞻憤怒地盯著她，眼中露出深切的痛苦，卻努力平靜：「妳是呂氏婦？媒妁何人？通婚函書何在？」

翟紋沒有回答，令狐瞻一字一句道：「妳的答婚函書在我宅中床頭，楠木長匣，兩紙真書，這幾年我每到堅持不下去的時候，就會拿出來摩挲，如今它光可鑑人！我告訴別人，也告訴自己，妳翟紋是我令狐瞻的妻子，哪怕我窮徹大漠，也要找出妳的下落。生要見人，死要見屍！即便妳已經死了，我只需找到妳的屍體，將妳歸葬令狐氏的祖墳，刻上令狐翟氏的名諱，我的苦獄便解脫了。可是妳為何要回來？為何要回來讓我沉淪地獄，永不解脫？」

「你這是恨我嗎？」翟紋神情冷淡，「恨我在迎親路上被人擄走？恨我為什麼連累你？恨我為什麼不去死？」

令狐瞻啞口無言，他終於控制不住自己的情緒，捶打著頭，發出困獸般的悶吼。

許久之後，令狐瞻兩眼通紅地抬起頭，盯著她：「妳說，我該如何處置妳？」

「無論是國法還是私刑，都有相應的罪名，」翟紋道，「你可以根據我犯的罪來處置我。你既然有我的婚書，便是翟氏也無話可說，是幽囚，還是沉河，只要你舒服就好。」

「妳就這般恨我嗎？」令狐瞻怒道。

翟紋詫異：「這怎麼是我恨你？令狐郎君，我們這輩子只見過三兩次，除了那一紙婚約外，我們全無關係，也全無情感。令狐郎君，我不愛你，也不恨你，我們就是陌生人。」

「如此也好，」令狐瞻沒有發怒，反而平靜下來，「全無關係我們反倒可以談談，就當是商賈之間純粹的交易。」

「你想談什麼交易？」翟紋問道。

令狐瞻沉吟道：「聽說妳身上穿了一件天衣？」

令狐瞻忽然抓過她的一隻手臂，翟紋想掙脫，卻掙脫不得，令狐瞻握住她光滑的手腕，頓時手掌刺痛，鮮血淋漓。但令狐瞻強自忍耐，一言不發地硬撐著，不過只撐了片刻，便忍不住椎心劇痛，急忙鬆開了手。

翟紋不解地望著他。

「果然像米康利說的那般霸道。」令狐瞻思考了片刻，「妳是何時穿上這天衣的？」

翟紋皺眉：「你是什麼意思？」

「妳被擄走是武德九年八月一九日，我調查過，米來亨的商隊是八月二十五日離開敦煌的，然後在白龍堆沙漠遭奎木狼截殺。以商隊的速度趕到白龍堆沙漠大概需要月餘，之後奎木狼返回玉門關，給妳穿上天衣，時間距離妳被擄大約一個半月。」令狐瞻盯著她，「若是這一個半月間妳不曾受辱，此後奎木狼便無法再碰妳，是吧？」

翟紋聽得又是吃驚又是鄙夷，冷冷道：「你怎知道一個半月之內我不曾受辱？」

「我不知道！」令狐瞻咬著牙，「我只需要讓別人知道便足夠了！」

翟紋恍然大悟：「你是……你是想——」

令狐瞻滿臉羞憤，卻不得不道：「沒錯，奎木狼殺死米康利，追殺玄奘，想要劫奪那半件天衣，便是因為不曾碰過妳，想要解開妳身上的天衣魔咒吧？我只需要讓世人相信這點，就足夠了。」

翟紋也是滿臉羞憤：「令狐郎君，我對你真的很失望。你愧為男兒！」

令狐瞻失魂落魄：「玄奘說過一句話，他說我士族維持利益的方式太懶惰，其實這話並不對。南朝之時，王與馬，共天下。可是自隋唐以來，我們士族已經沒有了朝堂上的特權，能夠凌駕於寒門之上的，是我們精心維持的尊嚴和榮耀，讓寒門敬畏，羨慕，心嚮往之。妳可知道為了維持這分尊嚴和榮耀，我們要犧牲多少？我們古板地遵循著魏晉以來的古法禮儀，哪怕窮困潦倒，也必須鄙視商賈，絕不經商，有家族男女敢亂門風禮法者，一律族規嚴懲。所以，呂晟擄走妳，其實是為了羞辱我令狐氏！」

翟紋默默嘆息了一聲，她出身士族，自然知道士族子女的悲哀。

「自魏晉以來，無論寡居女子再嫁，未婚女子私奔，世人皆不以為意，可是婦人被擄失身卻萬萬不可。妳身上有天衣是眾人皆知之事，我們只需讓眾人知道，妳這件天衣乃神仙所授，借米來亨之手給妳便可。」令狐瞻道。

翟紋聽得瞠目結舌：「你……你怎地這般無恥？」

令狐瞻閉目長嘆：「男兒活在世間，便如同落寞的士族，為的是尊嚴、榮耀。若是尊嚴沒了，還如何在他人的目光下活著？我跟妳談的便是這件交易，妳幫我尋回尊嚴，我讓妳好好活下去。」

翟紋默默盯著他，忽然有些可憐這個男人：「你想讓我怎麼活下去？」

「西漢有位紫陽真人周義山，學得《太丹隱書洞真玄經》，白日飛升。我們便說，紫陽真人見天庭神靈下凡為妖，算到妳我有拆鳳之劫，有壞人倫，故此將天衣借米來亨之手讓妳穿上，以護妳貞潔不失。」令狐瞻道，「反正妳身上確實有天衣，不怕驗證。我先將妳迎入令狐氏別宅中將養，待得眾人相信，妳我再和離，我送妳回歸翟家。妳若是不願回歸翟家，我可將別宅送妳，妳自由生活，彼此再不干涉。」[16]

翟紋譏諷：「你真是煞費苦心！」

令狐瞻冷冷道：「世上男兒各有各的艱難困苦，有人迎風破浪，只為仕途；有人算盡心機，只為發財；有人砥礪前行，只為胸中襟抱；而我，只為了找回丟失的尊嚴！莫說是煞費苦心，便是披荊斬棘，捨身喪命，我也不願毫無尊嚴地活著！妳我反正沒什麼情感可言，這就是一樁交易，願不願做，妳自己決斷！」

令狐瞻轉身挑開車簾，跳下馬車。

翟紋忽然蒼涼地笑了，隨後慢慢流淚，失聲痛哭：「這就是你要給我的人生！」

前面，已是敦煌城。

和翟紋相反的方向上，李澶駕著馬車，拉著他的愛人，返回敦煌城。

敦煌城的南門和西門外大軍雲集，到處都是密密麻麻的軍帳。西沙州共有三座軍府、三鎮、四大守捉，悉數徵發之後總計七千五百人。其中因為壽昌軍府和龍勒鎮主要守備陽關方向的吐谷渾，所以王君可留下一千人，另又給令狐瞻留了三百人守敦煌城，其他人等悉數調發。

六千二百兵卒從壽昌縣、龍勒鄉、效穀鄉、懸泉鄉，四面八方源源不斷地朝敦煌集結，徵調來運送甲仗[17]和糧草的役丁更是有兩倍之多，大量的牛馬車輛載著軍資錢帛行走於路上，彷彿整個西沙州都翻騰了起來。

李瀍一路行來，還看見一隊隊不曾披甲的私家部曲，一問才知道，王君可邀請敦煌士族隨軍出征，八大士族每家各出動五十名部曲，由各家家主統領。李瀍和魚藻頓時明白了，這是要將士族家主們挾持為人質。

到了南門，王君可和王利涉早已得到消息，親自跑出來迎接。

昨日凌晨魚藻和李瀍偷偷離開刺史府，王君可聽說女兒又跑了，勃然大怒，但一得知是和李瀍一起跑的，便不在意了。到了下午時分，王利涉又來稟報，說臨江王派的迎親隊伍到了。

王君可這才著急起來，可這兩日來徵發府兵，加上西窟驚變，他忙得焦頭爛額，也顧不得尋找。如今見李瀍和魚藻安全回來，他頓時鬆了口氣。

「跑去哪兒了？」王君可厲聲詢問魚藻。

「王公，」李瀍笑道，「魚藻在府中覺得憋悶，我便駕了車，陪她出去走走。我們即將成婚，婚後再有這等悠閒愜意的日子可不多了。」

王君可一愣，急忙把李瀍拉到一邊，低聲道：「她知道你的身分了？」

李瀍點點頭：「告訴她了。」

「沒反對？」王君可問。

「她同意了。」李瀍道。

王君可長長鬆了口氣，說到底，他仍然是希望女兒能與將來的夫婿情投意合，有個好歸宿，於是當即笑逐顏開，拍著李瀍的肩膀，連連誇讚。

「世子，」王利涉笑道，「大王派的迎親隊伍已經到了，住在大乘寺，大王占卜了吉日，明日酉時三刻，最是吉利。咱們便掐著漏刻上刺史府迎親，趕在酉時三刻出門，頭天晚上就宿在州城驛。」

「這麼急？」李澶有些意外。他原想著盡量把王君可拖上幾日。

「沒辦法，誰讓瓜沙路遠呢！」王利涉笑道，「昏迎和昏禮的吉日都是占卜好的，中間只隔四日，三百里瓜沙古道，咱們馬不停蹄也得走上三日。」

李澶哦了一聲，穩定了一下心神，笑道：「王公親自送婚嗎？十二娘只有一個兄長，如今還在長安，王公如能親自送她到瓜州，想必她會欣喜一些。」

王君可不疑有他，見李澶關心女兒，也不禁高興：「你這孩子到底年少，胡說些什麼？哪裡有阿爺給女兒送親的？我會令王君盛送親，十二娘的同宗兄弟多得很，必不會讓我家女兒受人欺負。」

李澶有些失望，卻知道這個理由是沒辦法把王君可誘入瓜州了。

正琢磨間，卻聽王君可道：「不過咱們還是會同路而行。」

「啊？」李澶吃驚，「為何？」

「因為有烽火急警，說奎木狼正往北逃竄，如今已偷越了東泉驛，想來是要往瓜州方向去。」王君可道，「你阿爺也來了文書，說北邊的突厥人蠢蠢欲動，恐怕會入寇瓜州。如今我大軍徵調，正好東進瓜州助你阿爺一臂之力。」

李澶心中一沉，真是怕什麼來什麼。自己阿爺偏偏發來文書邀請他，這豈非引狼入室？

「你就安安心心籌辦昏迎之事，如今我大軍集結，只差壽昌軍府，路有些遠，但料來明日下午時分便能趕到。你們明日先走，我大軍後日開拔，也只落後你們五十里路。」王君可笑道，「說不定，還能進瓜州城喝一口我女兒的喜酒呢。」

李澶心亂如麻，也沒心思再說，藉口要送魚藻回府，便急忙進城了。

王利涉既然來了，自然沒有再讓李澶駕車的道理，當即安排了車夫。李澶進了馬車，魚藻一直沒從車裡出來，卻把二人的對話聽得清清楚楚。

「我阿爺到底在打什麼主意？」見李澶進來，魚藻急忙問。

李澶嘆了口氣：「你阿爺的用意，是想趁咱們昏禮慶典之祭襲拿瓜州！」

魚藻一驚，頓時急了：「那怎麼辦？」

「不要急，不要急，」李澶安慰她，「前日晚上，我已經讓王利涉派人趕往瓜州告知阿爺了，他自然會有防範。玄奘法師他們也會提前過去，莫要擔心。」

說是不要擔心，可兩人相顧一眼，心中都是說不盡的憂慮與悲傷。

送到刺史府門前，李澶依依不捨地離開，魚藻獨自走進庭院。從中庭到後宅，無數的婢女、僕役忙個不停，魚藻嫁的是郡王府，昏禮規格乃是諸侯禮，一應儀式繁瑣複雜，每一個步驟、每一種花色都有詳細到令人髮指的定式。

魚藻一回到家，就被交由僕婦們擺弄，八大士族幾乎都派了嫡房的長婦來幫忙，士族長婦們見多識廣，卻各有見解，有些引用《周禮》，有些引用《儀禮》，有些則自備《春秋公羊傳》，各個引經據典，吵得不可開交，整整一夜，魚藻只打了個盹。

「士娶妻之禮，以昏為期，因而名焉。必以昏者，陽往而陰來，日入三商為昏。」

三商，便是三刻；日入，便是酉時。也就是說，酉時三刻以後才能算昏，才能舉辦昏禮。

昨夜幾乎一宿未眠，今天又折騰一日，魚藻整個人都迷迷糊糊的，如同飄浮在雲端，腦袋空空如也，卻有一種很奇怪的感覺，說不清道不明，似乎在經歷某種蛻變，從此以後無論身分還是心理，都將是另外一個人。至於是什麼樣的人，魚藻想不明白，她有些恐懼。

這時，王君可走進房中，揮手命婢女和各家長婦們退出去，怔怔地看著魚藻。魚藻已經穿上純衣纁袡[18]的吉服，端坐在坐榻上，長髮也挽了起來，遍插珠翠。

在王君可眼中，眼前的女兒有些陌生。

他沉默地坐在胡凳上，父女倆長久無言。

「妳仍然恨阿爺嗎？」王君可問道。

「如何敢恨。」魚藻淡淡道。

「知道妳要出嫁，不知為何，這兩日我眼前盡是在瓦崗寨的光景。那時候妳才八歲，還梳著垂髫。妳時常跑去找程咬金的兒子練劍，妳兄長給妳做了一把木劍，可是有一次妳偷了兵卒的一把環首直刀，要和程處亮對打，結果割傷了自己，坐在地上哇哇大哭。」王君可陷入深沉的回憶，眼眶有些發紅，「我抱著妳跑去找魏徵，他做過道士，懂醫術。他給妳包紮，但妳一直亂蹬亂踢，所以他送給妳一把從宇文化及軍中繳獲來的銅鐃，讓妳用小鼓槌敲著，妳立刻便不哭了。那時候我就在想，將來妳會嫁到誰家，當妳受傷、哭泣的時候，會不會有人來疼惜妳……」

魚藻木然坐著，眼中流著淚：「阿爺，您知道我想起瓦崗寨的時候，想到的是什麼嗎？是阿娘和兄長。我想不起那山上的任何人，什麼程咬金、魏徵、宇文化及，那是你們英雄豪傑的金戈鐵馬，統統不在我的記憶中。我記得的全是咱們一家人在一起的日子。」

王君可悶悶地道：「成婚之後，世子就會回長安，待妳歸寧之日，便回長安見妳阿娘和永安。」

「長安……」魚藻悽然笑著，「還回得去嗎？」

王君可皺眉：「為什麼回不去？」

魚藻掙扎片刻，終究沒有透露什麼，苦澀道：「阿爺，您知道這一日我在想什麼嗎？」

「嗯？」王君可笑道，「以後咱們父女也難得有這樣的機會閒坐暢談，阿爺很想和妳說說心裡話。」

「我在想，」魚藻喃喃道，「從今日以後，我便不是王氏女了。無論王氏興也罷，衰也罷，榮也罷，辱也罷，全與我無干。從此我就改了姓氏，去了族譜，離開自己的爺娘，去侍奉別人家的爺娘。那麼，阿爺，您生我養我，意義何在呢？」

王君可目光一凜，面上全無表情，笑道：「等妳做了人母就知道了，為人父母，怎麼能講回報呢？阿爺也不瞞妳，這次把妳嫁入臨江王府，也是存了抬高王氏門楣的想法。有時候阿爺想想，也覺得歉疚，不過看妳和世子兩情相悅，便也欣慰了。至於嫁入李氏便不是王氏女，這點妳完全不必擔憂，即使是朝廷律法，也不可能斷了我父女的恩義。」

魚藻終於忍不住，苦澀道：「阿爺，便是到了此時也不肯跟女兒如實說嗎？」

王君可仍然笑著：「我言不由衷？」

「不是言不由衷，而是滿口謊言。」魚藻盯著他，臉上仍流著淚，「您生這個女兒，可不僅僅能幫您抬高王氏門楣，還能替您一戰傾城，再戰傾國，奠定雄圖霸業！所以，值得！很值得吧？」

王君可靜靜地盯著她，父女倆長久對峙，魚藻似乎聽見兩人之間有崩裂般的巨響。

「妳知道了？」王君可最終嘆了口氣，「玄奘告訴妳的？」

「您知道？」魚藻有些驚異。

王君可沒有說話，半晌才道：「魚藻，妳知道權力對於男人而言意味著什麼嗎？不只是榮耀，還有一切掌控在手的快感。不管是千萬人的命運還是他們的所思所想，你都能決定。自從我決意起兵以來，就感受到了巨大的快感，不管是李琰還是八大士族，不管是玄奘還是普通百姓，所有人都被我控制在手。我要他們生，他們就生，我要他們死，他們就得死。這與做刺史是完全不同的。」

「視他人如螻蟻嗎？」魚藻問道。

「不是螻蟻，而是掌中魚蝦。」王君可道，「因為前幾日譁變，掌握烽候傳驛的司兵參軍被我拿下了，敦煌縣尉被我拿下了，西關鎮兵也被我拿下了，沒有我的允許，西沙州連一片紙都出不去，所有人都是砧板上的魚肉；這便是掌控。」

「阿爺，為了您的野心，真要讓王氏萬劫不復嗎？」魚藻流著淚。

「這不是為了我的野心！」王君可冷冷道，「而是我為石艾王氏打造的千百年基業！我從瓦崗寨掙扎出來，求存於亂世，先後依附翟讓、李密、王世充、大唐，他們每做一次抉擇，就改變我的命運。我不想這樣！不但是我，我也不想我子孫後代的命運操控於他人之手！我要讓王氏子孫在這片土地上說一不二，出口成憲；我要讓王氏閥閱在我這一生就能貴比王侯！」

「那還不是您的野心嗎？」魚藻哭著大聲道，「我阿娘呢？兄長呢？您起兵謀反，他們怎麼辦？」

「放心，」王君可面無表情，「他們絕不會有事，否則我做這些又有什麼意義？」

「是我小瞧了阿爺，您從來算無遺策，阿娘和兄長自然能保護好。」魚藻哭道，「可是我呢？您就這樣把我推進臨江王府，只為了奪取瓜州城！您想過我的將來會怎樣嗎？您和李氏翻臉成仇，我卻是李氏婦；您誅殺臨江王，我就是世子的殺父仇人之女……哦，或許您還要殺了李澶吧？我成了寡婦，好再嫁一人，再為您謀奪一城，是嗎？」

「閉嘴！」王君可被激怒了，揮手要打她，然而看著面前即將成為新婦的女兒，忽然心中一痛，沒能下得了手。

王君可起身朝門外走去：「事已至此，一切都無可更改，妳安心出嫁吧。」走到門口，他回過頭，「不要再想著壞我大事，王利涉前幾日曾派人去瓜州報信，已被我截殺。沒有人能逃脫我的掌控，所有人都必須按我的計畫走，包括妳。」

魚藻失聲痛哭。

酉時三刻，世子李澶帶著龐大的迎親隊伍前來迎娶自己的新娘。

根據周禮，他穿著纁裳緇袘[19]禮服，乘著不加紋飾的黑色馬車，後面跟著四乘從車，再後面是浩浩蕩蕩的迎親隊伍。

李澶一手執著蠟燭，一手抱著一隻紅色絹帛裹起來的大雁，雁口纏著五色絲線，一步一步走進刺史府。

迎親禮的婚俗是在女方家的中堂舉辦撒帳儀式[20]，整個中堂都用團扇和行障[21]遮蔽起來，在一片花團錦簇中，李澶和魚藻先行奠雁之禮，再行結髮之禮。兩人被士族家的長婦們擺布了整整一個時辰，李澶才得以用紅色絲帛牽繫自己的新娘，走出刺史府。

李澶攙扶魚藻上了婚車，還沒行出坊外，就有大批的坊里鄰居一擁而上將他們包圍起來，並推舉出一名嗓子好的，唱起了〈障車文〉，文詞唱罷，眾人紛紛歡呼喊叫，要主家給酒食。

王君可大笑：「刺史府的庫房全打開，每家一罈酒，一隻羊，管醉，管飽！」

眾人稱頌之聲震耳欲聾，喧鬧了好半晌，李澶才抓到機會駕車載著自己的新娘突出重圍。身後跟著浩浩蕩蕩的迎親隊伍，從南門出去。

這時雖已宵禁，但迎親自然無礙，可其他坊的人想弄些酒食就不方便了。婚車每經過一個坊口，便會有人在坊牆上呼喊，念〈障車文〉，王君盛笑著下令給每個經過的坊送二十罈酒，活羊兩隻，這樣的大手筆引得所過各坊一片歡呼。

出了南門之後，隊伍繞到東城外的甘泉河邊，經木橋過河。婚車行駛在河橋上，魚藻撩開車簾，蒼涼厚重的敦煌城籠罩在暮色之中，恰似天地間的一座囚籠。再抬頭向前，大漠沙磧，遙無盡頭。

魚藻忽然覺得，人生便是從一座囚籠行走到另一座囚籠的過程。她唯一期待的，就是呂晟答應過她，會帶著她在天上飛那麼片刻。她默默地想著，或許人生百年，受苦受難，掙扎求存，為的就是看一眼天外的風景。

魚藻的嘴角噙起一抹微笑。

同樣的夜色中，玄奘、呂晟、李淳風和李植混雜在李氏商隊裡，突破了王君可的重重封鎖，進入瓜州的魚泉驛。這裡便是當初玄奘初遇呂師老和李澶的地方，往東一〇五里，就到了瓜州。

這時眾人才總算鬆了口氣，王君可的手伸不到瓜州地界，進入魚泉驛，眾人就算安全了。李植並沒有表明身分，而是派了主事去向驛丞報備，然後就如普通商賈一般，在魚泉邊的胡楊樹林裡紮下營帳。

玄奘簡單洗漱一番，便有僕役前來請他到李植的帳中議事。

哪怕是在行旅途中，世家大族的氣派仍展露無遺，李植的帳中鋪了地氈，中間擺放著一張食床，上面瓜果菜蔬，酒肉漿酪，胡餅麵食，極為豐盛。玄奘、呂晟、李淳風等人圍坐在食床邊，身後各有一名僕役伺候。

待眾人簡單吃過之後，李植沉聲道：「依照呂郎君的吩咐，咱們離開敦煌兩日來，每隔三個時辰老夫便讓人送來最新的情報。前日酉時，世子李澶已與魚藻成婚，昨日卯時迎親隊伍離開州城驛，今夜抵達無窮驛。」

眾人默默聽著。

「今日辰時，王君可誓師出征，率領六千六百人東進，其中包含了八大士族的四百名部曲，李氏也出了五十人。除了我之外，其他七位士族家主盡被裹挾在軍中。」李植臉色有些難看，「今日，王君可行軍六十五里，夜間駐紮在其頭驛。」

玄奘禁不住有些吃驚，要知道，王君可早已控制了西沙州的烽候傳驛，而李植仍能準確掌握他的行蹤，並且源源不斷地遞送消息過來，可見李氏強大的實力。

「王君可的行軍速度不算快，」呂晟沉吟著，「其頭驛距離無窮驛只有三十五里，他可是要綴著李澶的迎親隊伍？」

「沒錯，」李植點點頭，「日前來看，王君可是打算趁李澶和魚藻成婚之時，突襲瓜州城。」

「瓜州那邊呢？」呂晟問道。

「三日前通事舍人崔敦禮抵達瓜州，傳達詔命，召李琰入朝。」李植道，「李琰領了詔命，希望崔敦禮寬限數日，辦完世子的昏禮。」

「那麼李琰到底是什麼態度？」李淳風詫異道，「李澶不是說，他已經把王君可謀反的消息告知臨江王了嗎？可臨江王的舉動頗為奇怪，他竟然毫不在意，不但派了迎親使迎娶王君可的女兒，甚至還下令王君可率軍至瓜州助他抵禦突厥。他這不是引狼入室嗎？」

呂晟搖搖頭：「臨江王性子雖有些軟弱，卻不是昏聵無能之人。他既然得到王君可謀反的消息，卻仍然做出這種舉動，那很可能是誘敵之策。」

李植點頭：「老夫也是這樣看的，臨江王先派人迎親，以安王君可之心，然後召他去瓜州禦敵。王君可想趁著昏禮拿下瓜州，李琰又何嘗不是想趁此機會拿下王君可？」

李淳風倒吸了口冷氣：「也就是說，這場昏禮便是雙方絞殺的戰場。誰得了先手，便決定了勝敗。而咱們就跟那飛蛾撲火一般，一頭栽進去？」

呂晟淡淡道：「咱們是要一頭栽進去，卻不是飛蛾。」

「那我們是什麼？」李淳風問。

「眼下的局勢便是一副象戲，王君可和李琰分別是棋盤上的上將，不過他們所能調動

的只有天馬、輜車和六甲，而我們卻是那執棋的手！」呂晟道。 22

「呂兄，你這是何意？」李淳風吃驚道，「這可是萬人絞殺的軍陣，你莫要行險。」

呂晟和李植臉上現出神祕的笑容，帳中燭火映照，兩人眼中都閃耀著熾熱的光。

玄奘心中猛然一震，失聲道：「你……你們是想助王君可造反！」

呂晟和李植頓時一驚，都盯著玄奘，目光森然。

帳篷裡氣氛凝重，李植揮手命僕役出去，守在帳外。

呂晟微笑地望著玄奘，眼中卻沒有半分笑意：「法師想說什麼？」

玄奘深深吸了口氣，盯著他：「貧僧明白了，那日西窟事變，你們當眾剎落七層塔，讓觀象臺暴露於眾目睽睽之下，但那並不是你們報復五大士族的終點，因為五大士族雖然干犯朝廷律令，私研天象，可最嚴厲的刑罰也不過是主犯徒二年，家主連坐。這不是你們的目標。」

「那我們的目標是什麼呢？」呂晟玩味地望著他。

「你們的目標是把五大士族私研天象的證據送到王君可手中，逼得他們不得不受王君可挾制，最終被他裹挾造反。」玄奘沉聲道，「王君可以區區一州之地造反，必將失敗。將來朝廷清算，便能以謀反的罪名將敦煌士族連根拔起。所以你們此去瓜州，並不是要協助臨江王平滅叛亂，而是要助王君可攻占瓜州，澈底將叛亂擴大，激怒朝廷。也唯有如此，才能讓朝廷深恨五大士族，將他們連根拔起。」

呂晟和李植沉默地盯著玄奘，李淳風也怔住了，眾人半晌無言。

「法師果然洞澈萬物，看這世界人心，看得通透。」呂晟道，「可你是個方外之人，追求如來大道，看破了也不必說破，就當是站在天外，旁觀這世上眾生悲喜吧。」

玄奘盯著他，悲傷地搖頭：「貧僧離大道還遠，如今只是一介俗人，父母所生，吃五穀雜糧，也會有愛，也會有恨，也會有悲憫和義憤。」

「你修道所為何來？不就是擺脫世上的八苦嗎？」呂晟吼道，「何謂太上忘情？聖人後其身而身先，外其身而身存。你這輩子既然走上了追求大道之路，便與普通人不一樣，我的路已經崩塌了，只能陷入這愛恨情仇裡，廝殺出一個今生無憾。可你不同！」

「為何我不同？」玄奘問。

「你以為你是唯一一個看破我計畫的人嗎？不！」呂晟指著頭頂大吼，「還有這漫天神佛！還有這天上神靈！我的一舉一動，遭逢際遇，他們都在我頭頂上看著呢！可他們干涉了嗎？沒有！因為他們看破了這世間的真相——人世間就是囚禁眾生的囚籠，唯苦無樂，煩惱生死！他們默默看著人間的悲劇上演，就如同看著煙花墜落星淵。神靈的生命漫長、寂寞，他們會在天上掛起白幕，將人世間的悲喜投射在幕布上，而這張巨幕從天市垣橫跨紫微垣，一直拉到太陽運行的黃道，不知有幾億萬里。天上的神靈無聊時，便會呼朋引伴，坐在流星上觀賞，就像我們觀賞臺上的百戲。他們揮揮手，這一幕就會切到另一幕，哈哈哈，法師，無數人的生死掙扎，他們看得乏味，連一滴眼淚都賺不到！這就是真相！人世的真相，和天上的真相！」

看著呂晟神情激越地長篇大論，玄奘張張嘴，不知該說什麼。他忽然明白了，呂晟的人格中為何會誕生奎木狼，因為他少年嚮往的大道已經崩塌，化身惡魔，就需要有一個向這世界開戰的理由。而這個理由，就是天上和人間都一樣不堪。人間不值得掙脫，大道不值得求索。

「不，呂兄，你錯了。」玄奘慢慢地搖頭，「這裡是魚泉驛，當初我就是在這裡遇見了呂師老。我初次見到他時，他正在講唱《敦煌變》，那天，胡楊樹的葉子垂在陽光裡，山上融化的雪水順著魚泉流淌，泉水中還有魚兒擺尾。我和一群行人圍坐在四周，津津有味地聽著。沙磧古道的路很苦，生活也很苦，可是疲累的時候聽一聽故事，就會很快樂。心也會隨著故事裡的人物時而感動，時而擔憂，時而解脫，時而酣暢，絕不乏味。因為這個世界很精采，別人的人生也很精采，我們期待自己能活成那個樣子。

「後來，我又在這裡遇見了臨江王李琰和世子李澶，他們講起他們的煩惱，嗯，大人物有大人物的煩惱，小民有小民的煩惱，可是大家都不曾放棄希望。因為生活就是這樣，就像跨過一座又一座的山，你跨不過去的時候，會疲憊，會絕望，可是當你咬咬牙撐過去了，站在山巔，便會覺得方才的坎也不過如此。然後再咬咬牙，走一段平坦的路，再去跨另一道坎。沒辦法呀，人總是被時間推著，不能不往前走吧。我們肩膀上扛著的還有家庭，還有責任，還有對愛與幸福的追求。

「你看看眼前這條魚泉，是從祁連山上融化，匯聚成溪，一路流淌，直到在沙磧裡乾涸。如果這是人生，那我們就是這魚泉裡的魚，我們呼朋引伴，陪伴著摯愛和家人從山上順流而下，看著一路的風景，享受著彼此的溫暖。人都會死，都知道這條河的終點會在沙磧裡乾涸，難道就因此不願再走這條魚泉之路了嗎？不，人終將會走下去，只是想讓自己在這一段路上無怨無悔。所以，貧僧修的如來大道，不是要坐在流星上欣賞天幕中上演的悲歡離合，而是要站在岸邊，守護好人的今生今世。」

帳篷裡死一般沉默，呂晟垂著頭，手裡攥著一杯酒，指節發白。

很久之後，呂晟恢復了平靜：「法師這番話，彷彿是我當初的誓言。可惜，呂晟還活著，卻也死了。無論我是否被妖狼附體，我今生要做的就只有一件事，在這一段路上讓自己無怨無悔。」

李植朝玄奘深深一揖，誠懇地道：「我等皆明白法師的苦心，可如今箭在弦上不得不發。王君可必須反，瓜州城必須破。你說得沒錯，只有打痛了朝廷，五大士族才能被連根拔除。不過看在法師的面子上，我們可以控制這場叛亂的程度，盡量不要波及無辜。」

玄奘起身，淡淡道：「可是在貧僧看來，這世上的一草一木，皆是無辜。如此，我們便不再是同路之人。呂兄，武德七年我們相識，哪怕相隔千里，在貧僧看來也是一路同行。從此以後貧僧去走那西天路，你去走那修羅場，告辭！」

呂晟默默望著他，神情有些悲傷，卻沒有阻攔。

「呂郎君，」李植森然道，「決不能讓他走了，否則你我多年的謀劃便毀於一旦！」

「法師要走，說明我們緣盡於此。」呂晟淡淡道，「多年前我們便走上了歧路，這是他內心的堅持，我願意成全。」

「你——」李植兩眼冒火，喝道，「拿下！」

帳篷外立時闖入幾名部曲，持著橫刀將玄奘團團圍住。

呂晟勃然大怒，起身擋在玄奘身前：「承玉公，法師這些日子為我出生入死，你也都看到了。沒有他，我至今無法找回記憶。你若要與我合作，便不能傷他！」

「你若能控制得了他，我便不傷他！可你能嗎？」李植寸步不讓，「玄奘法師是何等人物，我們都很清楚，他絕不會因為你而放棄他心中的道義，你我謀劃三年，付出無窮代價，難道要讓他給毀了嗎？」

「這便是一場對決，如果他能毀了，便是我輸了。」呂晟喃喃道，「無非是一場輸贏罷了。」

「可我輸不起！」李植咬牙切齒，「我李氏舉族的性命都壓上去了！我輸不起！」

「那你便殺了我。」呂晟冷冷道。

「你——」李植當真不敢殺他，只從袖中取出一枚小小的銅鏡，對著呂晟喝道，「攝！」

呂晟一怔：「這是什麼？」

「這是那人給我制你的法寶！」李植一聲冷笑。

「呂兄，不要看！」李淳風叫道，可幾名部曲拿橫刀架在他脖子上，他便不敢說話了。

呂晟驚訝地瞥了眼銅鏡，只見其中映照出自己的面孔，可慢慢地，那面孔扭曲變形，彷彿波紋般蕩漾，下一瞬間自己的面孔便化作了奎木狼凶悍猙獰的狼首！

呂晟頓時魂魄失控，兩眼發直，眼睛裡冒出幽幽火焰，十指上森然的狼爪驀然出現。他霍然轉頭盯著玄奘，眼睛裡流露出瘋狂的殺意。

李淳風急忙輕輕推開部曲的刀鋒，賠笑拱手：「呂兄、承玉公，何必呢？何必呢——」就在他繞過呂晟身後之際，手中倏地多了十幾根銀針，出手如電，銀針如疾風暴雨般刺入呂晟身上的穴位。呂晟身子猛然一僵，厲聲嘶吼，一時間卻動彈不得。

隨即，李淳風一抖袖子，甩出一枚黃色藥丸，砰的一聲在空中炸裂，淡黃色的煙霧瞬息間彌漫了整個帳篷。李植等人還未反應過來，已吸入霧氣，一頭栽倒在地。

玄奘也覺得腦子猛然一昏，剛要摔倒，李淳風一把摟住他，順手在他鼻子下抹了一把。玄奘感覺吸入一股辛辣的味道，阿嚏一聲，腦子恢復了清明。

整個過程兔起鶻落，僅短短剎那之間，李淳風已制住呂晟，迷暈了李植五人。玄奘回過頭看了一眼呂晟，他並沒有受迷藥影響，只是被銀針禁錮了身軀，動彈不得，正惡狠狠地盯著他，身上、臉上竟有一蓬蓬的銀色絨毛開始往外冒。

「走，我禁錮不了他太久！」李淳風拽著他就要跑。

玄奘有些傷感，卻定了定神，拽住李淳風：「從容一些。」

李淳風醒悟，兩人撩開帳門走了出去。

營地內，李烈正帶著人往來警戒，見玄奘二人出來，遠遠地揮手，打了個招呼。玄奘朝他合十，然後和李淳風來到拴馬的胡楊樹下，解開兩匹馬，翻身上馬，一抖韁繩，疾馳而去。

「法師！」李烈吃了一驚，帶人追了上來。

李淳風叫道：「烈兄，趕緊去救你們家主吧！」

李烈大駭，撒腿朝帳篷奔去。李淳風一聲長笑，與玄奘並肩驅馬，朝著瓜沙古道疾馳而去。

兩人剛奔出不到一里，猛地聽到身後傳來一聲蒼涼憤怒的狼嚎，玄奘在馬背上回頭，此時月上中天，明月照耀，古道沙磧上泛著銀色的光暈。

就在魚泉邊胡楊樹的一根橫枝上，蹲踞著一頭巨大的蒼狼，在明月之下悲傷地長嘯。

第二十五章　王字頭上一把刀

「崔舍人這幾日在瓜州四境看了一圈，不知有何心得？」

瓜州都督府的二堂裡，堂下有箜篌、鼙鼓之樂，幾名胡姬正踩著地毯翩然起舞，而客人只有寥寥三人。李琰坐在上首，瓜州刺史獨孤達和通事舍人崔敦禮分坐兩側，面前的食床上擺滿了酒食。

瓜州乃河西重鎮，尤其是敦煌到西域的大磧路和稍竿道廢棄之後，商賈往來中原和西域，大都是從瓜州經過莫賀延磧，抵達伊吾國，再到高昌、焉耆等地。

而伊吾和高昌此時分別控制在東西突厥手中，兩大突厥勢力的交會點便在瓜州以北，因此朝廷在此駐紮重兵，不但將瓜州都督府設置在此，甚至連玉門關也遷址到瓜州，身為瓜州都督的李琰可謂權重一方。

崔敦禮時年三十三歲，乃河東崔氏二房，頂級的大士族出身，舉手投足都帶著士族的雍容與清貴。

聽了李琰的問話，崔敦禮拱手笑道：「下官這些年執掌四方館，替朝廷奔走各國，安撫四夷，也看了不少地方。本以為瓜州偏遠，卻沒想到商賈往來輻輳，市容繁華，人煙繁密，竟然不輸中原大城。」

「不過崔舍人想必也知道，突厥人南下的徵兆越來越明顯。」獨孤達卻嘆道，「據來往的商隊講，欲谷設屯兵伊吾，兵力不斷匯聚，前日接到烽燧急報，說是在第五烽已經見到了突厥人的哨騎。」

崔敦禮默默點頭：「突厥人在定襄和代州受到的壓力太大，看來是想在河西打開缺口。」

李琰吃驚：「陛下已經下令出征了嗎？」

「這倒沒有，」崔敦禮搖頭，「眼下秋高馬肥，不是最好的時機，真正出兵只怕要等到入冬了。只是突厥人這兩年日子不好過，連續兩年霜凍乾旱，民疲畜瘦，牛馬多凍餓而死，他們顯然也感受到大唐的壓力。」

李琰瞥了獨孤達一眼，獨孤達會意，憂慮重重地道：「所以本官頗為不解，陛下為何此時要召臨江王還朝？臨江王鎮守河西三年，正著力安排禦邊之策，一旦還朝，瓜州防務無人主持，萬一欲谷設領兵入寇，怕是要出亂子啊！」

崔敦禮搖搖頭：「陛下胸中自有韜略，哪是下官能琢磨的，或許只是迷惑突厥人也未可知。」

「這話怎講？」李琰問道。

「如今朝廷大軍和輜重正往定襄和雲中方向集結，突厥人必然警惕，懷疑朝廷即將起兵征伐。若是此時徵召大王還朝，彰顯河西無事，想來能讓突厥人誤判。」崔敦禮道，「事實上，哪怕突厥人入寇瓜州，也必然是偏師，騷擾居多。以河西的防務來看，肅州有牛進達，瓜州有獨孤公，西沙州有王君可，必然能保河西無恙。」

這種答案李琰並不滿意，卻也不好反駁，心中不禁更加憂慮。

「聽說李大亮調了五千大軍進駐甘州？」李琰緩緩道，他臉上笑著，眼裡卻一片冰冷，「這是要防誰？突厥還是吐谷渾？」

崔敦禮心中一震，怔怔地看著李琰。

若是尋常人或許聽不懂李琰問話中的含義，可崔敦禮執掌四方館，對四夷邊境瞭若指掌，當即就明白了李琰的深意——甘州與突厥和吐谷渾之間並無道路相通，那麼李大亮調集五千大軍到甘州，壓在肅州的眼皮底下，到底是為了防範誰？

「下官不曾聽說！」崔敦禮斷然道。

「不曾聽說？」李琰倒是怔了怔。

「是的。」崔敦禮極為乾脆，他很清楚決不能在此事上讓李琰誤判，「下官路過涼州的時候，涼州都督府並無任何軍隊調動。之後經過甘州，張弼那裡也一切如常，沒有增加一兵一卒。」

李琰和獨孤達對視一眼，都覺得有些難辦了。李大亮增兵甘州，是李琰判斷皇帝要對自己下手的最大依據，他一從敦煌回到瓜州，便立刻派人去甘州查訪，不過瓜州距甘州千里之遙，往返一趟需要十餘日，派出去的心腹部曲還未回來。

如果崔敦禮意圖詭辯，李琰倒也能理解，可崔敦禮斷然否認，他又不好逼迫，頓時陷入兩難，只覺朝廷對自己的態度撲朔迷離，心中更是憂慮。

堂上一片沉默，氣氛尷尬卻凶險。

就在此時，有僕役前來通傳，玄奘和咒禁博士李淳風求見。

「法師回瓜州了？怎麼還帶了個咒禁博士？」李琰不禁愕然。不過玄奘來訪倒讓氣氛緩和了下來。

獨孤達是佛徒，當日玄奘在瓜州，便是他奉養了半月之久。涼州都督李大亮捉拿玄奘的公文到達瓜州之後，也是他密遣州吏李昌知會玄奘，讓其連夜逃離瓜州。

獨孤達當即親自出迎，請玄奘和李淳風來到堂上。

李琰大笑：「法師是與澶兒一起來瓜州的嗎？剛才還接到消息，說是澶兒要過一兩個時辰才會到，不想法師竟然這會兒就到了。」

玄奘沒有回答，見崔敦禮穿著從六品的服飾，便道：「這位上官便是崔舍人嗎？」

崔敦禮久居長安，自然知道玄奘的名聲，急忙起身見禮：「在下河東崔敦禮，見過法師。」

「既然崔舍人也在，那事情還有挽回之機。」玄奘鬆了口氣，望著李琰，「大王，貧僧在敦煌得知一樁重大消息，故此星夜兼程趕來瓜州，要請大王定奪。」

李琰一愣，臉色凝重起來：「法師請說，什麼消息？」

「西沙州刺史王君可，密謀造反！」玄奘一字一句道。

李琰一哆嗦，幾乎跌坐在席上；獨孤達、崔敦禮二人也驚呆了。

「法師，你這莫不是開玩笑吧……」李琰喃喃道。他與獨孤達暗中謀劃多日，就待起兵，突然被玄奘暴露於光天化日之下，禁不住整個人都軟了。

「法師，」崔敦禮也駭然失色，「你從何處得到的消息？可確切嗎？」

「消息確鑿無疑。」玄奘斷然道，「如今王君可的六千大軍已經東進，此時應該快抵達魚泉驛了。」

獨孤達勉強笑道：「原來如此，法師誤會了。王君可率領大軍來瓜州，是大王下令的。這些日突厥屯兵伊吾，想要南下入寇，大王命他來協助守備。」

崔敦禮卻神情凝重：「法師可有實證？」

「貧僧沒有得到什麼書信、密令之類的證據，而是從王君可一連串的舉動中推斷出來的。」玄奘道。

李琰慢慢回過神來，強行鎮定，不悅道：「法師是個謹慎之人，今日怎麼糊塗起來？指控一州的刺史謀反，是何等大事，沒有實證單靠推斷，怎麼就敢亂說！」

「貧僧並非亂說。」玄奘道，「大王可知道，如今王君可已澈底控制了西沙州的軍權？」

崔敦禮也搖頭：「法師，他是西沙州刺史，持節西沙州諸軍事，當然擁有軍權。」

「不，」玄奘耐心地道，「擁有軍權和控制軍權不可混為一談。崔舍人可知道，鹽池守捉使趙平、龍勒鎮將馬宏達原本就是他的人，而這些時日，王君可以一連串手段拿下了西關鎮將令狐瞻、紫金鎮將宋楷、子亭守捉使翟述，並替換成了自己的心腹？」

「什麼？」崔敦禮臉色變了。

「哈哈！」獨孤達笑道，「法師，這些時日敦煌士族和王君可為了一樁婚事鬥得不可開交，這你是知道的，他拿下士族軍權也許只是為了報復，怎麼就是要謀反呢？」

在這個問題上，崔敦禮站在朝廷的立場，明顯更能體會玄奘的思維。玄奘說得沒錯，擁有軍權和控制軍權不可混為一談。邊將，最忌諱的就是澈底控制當地軍權，尤其是刺史這種本來就擁有治政權的角色，如此一來，軍政大權盡皆控制在一人之手，哪怕他沒有反心，朝廷也會將他拿下。

「謀反如果做得明目張膽，便不是謀反了。貧僧再說一件事，王君可還拿下了西沙州的司兵參軍，阻斷了西沙州到瓜州的烽候傳驛。」玄奘道，「貧僧一路逃過來，各處烽燧和驛站，都是王君可新近提拔的人。西沙州有事，瓜州和朝廷將得不到任何消息。」

崔敦禮吐了口氣，默默深思著。

「法師還有什麼發現？」李琰也横下心，目光灼灼地盯著玄奘。

「王君可在河倉城密會奎木狼，請奎木狼給突厥和吐谷渾捎了一句話。這是貧僧親眼所見，有確鑿證據的。」玄奘道，「貧僧進瓜州時，見哨騎來往，氣氛緊張，是不是突厥人有動作了？」

崔敦禮看了李琰一眼，李琰無奈：「確實如此……法師認為這是王君可勾結突厥人所致？」

「沒錯，」玄奘道，「一開始，王君可以剿滅奎木狼為藉口，請來朝廷的兵符，集結起府兵，又讓突厥人壓迫瓜州，大王便不得不向他求援。而王君可的目的，便是以救援瓜州為名，堂而皇之地率領大軍入境，趁您不備，一舉拿下瓜州。」

「這也說不通啊！」獨孤達還想硬撐，「他怎麼知道大王一定會向他求援？」

玄奘心中一動，一個念頭一閃而過，卻模模糊糊沒有抓住，只好按照原來的思路道：「刺史公可知這次王君可帶了多少人來瓜州？」

「多少？」

「六千二百人！」玄奘沉聲道，「除了在陽關留下一千人、敦煌城留下三百人，西沙州的府兵、鎮兵、守捉兵傾巢而出！」

崔敦禮澈底驚呆了。傻子也知道，哪怕是李琰下了命令，可如今突厥人尚未入侵，兵力未知，意圖未知，瓜州又沒有實質上的危險，王君可怎麼可能讓整個西沙州的軍隊傾巢來援？他是刺史，負有守土之責，難道自己的西沙州都不要了？

「同時，王君可還在軍中挾持了八大士族的家主，向敦煌士族勒索了兩萬石軍糧，兩萬匹絹。」李淳風說道。

啪！崔敦禮重重一拍食床，黯然道：「大王，恐怕我們即將面臨一場兵變了。」

李琰和獨孤達半晌無言，他們即使有心掩蓋，可玄奘的推論根本無法辯駁。私自籌集軍費，兩萬錢糧、六千大軍征戰半年都足夠了。這種行為放到哪兒，都是無庸置疑的謀反！

「怎麼可能……」也不知是作戲還是沮喪，李琰神情呆滯，喃喃地道。

「大王，」崔敦禮皺眉，「王君可如此大的動作，您剛從敦煌回來，竟然一無所知？」

李琰黯然搖頭：「本王剛剛與他做了親家，哪可能想到此人狼子野心呢。」

玄奘忽然想起一件事，額頭上頓時冒出冷汗。

他強自鎮定：「大王，您剛才說世子的迎親隊伍已經快要抵達瓜州城，可是王利涉派人彙報的？」

「是啊，」李琰隨口道，「我返回瓜州時，將王利涉留在敦煌，溝通迎親事宜——」

說到此處，他隱約覺得不妥，急忙住口。

玄奘和李淳風對視一眼，笑道：「原來如此。貧僧已把消息原原本本告知了諸位，眼下世子應該要入城了，我和李博士先到城外迎接。」

「對對，」李淳風也笑道，「當日在驛道上和世子分別，先行來告知大王。我們也去跟世子說一下，免得他憂心。」

就在這一瞬間，玄奘已抓住了方才一閃而過的念頭。他很清楚世子李澶早就命王利涉將王君可謀反的消息密報給了李琰，可李琰卻一副至今一無所知的模樣。如果驛路真被王君可遮斷，信使被殺，李琰為何能掌握迎親隊伍的行蹤？這說明王利涉和李琰之間的消息仍然暢通。

這就點出了一個真相——李琰也參與了謀反！

玄奘心中驚濤駭浪，臉上卻不動聲色，不等眾人反應過來，便和李淳風同時起身離開。

李琰和崔敦禮都有些愕然，納悶地看著二人。

獨孤達卻臉色劇變，大喝一聲：「來人，拿下！」

廊下頓時有甲士嘩啦啦地闖了進來，李淳風眼見不好，猛地一掐訣，手指一劃，半空中一聲霹靂，竟出現了縱橫交錯的幾道火網，阻攔在甲士們面前。甲士們駭得急忙後退。

李琰也反應過來，知道今日決不能讓玄奘等人離開，於是起身撲向旁邊的兵器架。李淳風大喝一聲，一抖手，袖中射出一條雙頭繩索，宛如靈蛇吐信般在半空中蜿蜒而去，纏上李琰的脖子，接著雙頭啪嗒一聲咬合。李淳風猛地一拽，讓李琰跌翻了過去。

李淳風合身撲上去，順手從食床上抓起一把剖瓜的匕首，頂在李琰的咽喉上：「誰敢動手！」

不過眨眼之間，李琰已落入李淳風的掌控，而半空中的火網才剛剛化作火星，漸漸散去。崔敦禮甚至還執著酒杯，滿臉愕然。

獨孤達和甲士們將眾人團團圍住，卻不敢輕舉妄動。

場面凝滯，崔敦禮也是聰慧之人，雖然初來乍到對各種內情都不清楚，卻也明白了真相，喃喃道：「大王，竟然是你要謀反！為何？」

李琰一臉慘然：「還不是被朝廷給逼的！」

崔敦禮大怒：「朝廷如何逼你了？」

「崔舍人，還是省省口舌，等逃出去再理論吧。」李淳風道，「法師，幫個忙，捆住他。」

玄奘急忙過去，用那根繩索把李琰牢牢捆了起來，這才發現，這繩索的兩頭竟然各有一塊磁石搭扣，設計得極為精妙。

「放了大王，否則格殺勿論！」獨孤達怒不可遏。

「獨孤公，貧僧真沒想到你竟然也會謀反。」玄奘難過地望著他，「你是佛徒，須知道一旦掀起戰亂，河西各州將有多少生靈陷於血火！」

獨孤達有些羞慚，卻板著臉：「法師是僧人，不解朝政煩憂。弟子是大王一手提拔的，朝廷一旦查辦大王，我必受連坐。我從隋末一名小卒打拚至今，實在不甘！」

玄奘搖頭不已：「你白白修佛多年，卻破不了這種貪執之念。」

獨孤達淡淡地道：「承蒙法師教誨多日，若是法師當日便離開大唐，哪會有今日之禍。既然法師非要捲入這是非之中，就當是你我的孽緣。法師還是放了大王吧，弟子可以做主，不傷你們性命。」

「法師，下一步怎麼辦？」李淳風低聲道。

「還能怎麼辦？跑唄！」玄奘無奈地道，「崔舍人，和我們一起走嗎？」

「當……當然！」崔敦禮頗有些書生氣息，望著李琰道，「大王，朝廷實在是沒有疑你之心，你何必行此絕路？」

「沒有嗎？」李琰冷冷道，「陛下派你來，難道不是要拿我進京？」

「天可憐見！」崔敦禮詛咒發誓，「下官此來，僅僅是宣召！陛下看你鎮守瓜州三年，勞苦功高，才調你入朝嘉獎，調任他處。」

「這話騙得了鬼！」李琰冷笑。

「大王真是糊塗！」崔敦禮急道，「你就沒想想，割據瓜州謀反，你怎麼可能成功？到頭來生靈塗炭不說，便是整個蔡烈王一脈也會受到株連！大王，所幸此時還未釀下大禍，趕緊罷兵息念，好歹能保得平安啊！」

「還未釀下大禍？」李琰哈哈慘笑，「你覺得我此時收手，陛下能放過我？晚啦！瓜州城六千大軍已盡數調動，只待我一聲令下，便揮師東進。崔舍人，你只是奉命行事，你我無冤無仇，你們束手就擒，我絕不傷你們性命。」

崔敦禮盯著他，最終長嘆一聲：「似你這等逆臣賊子，本官實在沒什麼好說的。李博士，且挾持好他，咱們趕緊離開瓜州。」

「他們能走，你卻不能走！」獨孤達大喝一聲，忽然揮刀劈向崔敦禮。

眾人誰也沒想到獨孤達竟敢在此時出手，崔敦禮猝不及防，被一刀劈在了頭上，只覺頭顱一陣劇痛，眼前眩暈，撲通倒在地上，昏了過去。

原來獨孤達調轉了刀刃，以刀背拍在了他的頭上。

「獨孤……」李琰也嚇了一跳。

獨孤達命人將崔敦禮捆了起來，這才解釋道：「崔敦禮是欽差，決不能離開都督府。至於法師二位，沒了崔敦禮，你們如何逃離瓜州？法師，還是放了大王吧，你是僧人，我不信你真會動手殺人。」

李淳風冷笑：「法師是僧人，我卻不是，你要不要試試？」

獨孤達深深看了他一眼，從方才李淳風閃電霹靂般出手，便知道此人也是果決之輩，他還真不敢賭。

雙方各有忌憚，玄奘和李淳風押著李琰，一步步走出都督府。

獨孤達早已調動軍隊，三百甲士聚集在都督府外的街道上，槍矛斜舉，弓弩上弦，將玄奘三人團團圍住，隨著他們緩緩移動。

「獨孤公，」玄奘看了看四周的情景，知道離開瓜州難如登天，「不如這樣，你給我們備四匹馬，我們帶著大王到城外十里就放了他，我們自行離去。你們若要追捕，咱們各憑本事，如何？」

「我怎麼知道你們會不會真的放了大王？」獨孤達冷笑。

「你獨自一人跟著，不能騎馬，不能攜帶兵刃。」玄奘道。

獨孤達遲疑片刻，李琰卻斷然道：「行，本王答應！」

李淳風低聲道：「法師，十里路，咱們未必能逃脫。」

「你有更好的辦法嗎？」玄奘問。

李淳風啞然。他也清楚，獨孤達是絕不會讓他們帶走李琰的，一旦逼破太甚，此人暗中放箭，自己有李琰當護身符都無用。

李琰既然同意，獨孤達也沒什麼好說的，當即命人牽來四匹馬，玄奘和李淳風挾持著李琰上馬，另外牽著一匹空馬，從北門緩緩出城。

瓜州城是一座不規則的城池，分為內外二城，所謂外城，不過是在內城的北面和西面修築了一圈城牆，設有坊市，為百姓和商賈所居。內城在城池的東南角，夯築的城牆寬有一丈五尺，高達三丈，四面密密麻麻地修築著馬面和敵臺。而在內城中間靠東的位置，又被一條南北向的城牆分為兩部分，西城較大，是富戶高門以及糧倉、駐軍的所在；東城較小，為衙署駐地，瓜州都督府就位於東城的正中央。

東城南北狹長，從北門出城是最便捷的路線。出了北城門，外面是一重羊馬城與城牆形成的外廓，最窄處有十丈寬，越往西越寬，最寬闊的地帶則有三十丈，其中營壘密布，軍騎縱橫，瓜州城的軍隊主要便駐紮在此。

玄奘和李淳風挾持著李琰，一路上提心吊膽，在無數軍卒的圍困下經過了外城廓。獨孤達倒是言而有信，軍卒盡數留在了城中，自己徒步跟了出來，也沒有攜帶任何兵刃。

玄奘二人騎著馬緩緩而行，獨孤達就這麼徒步跟著。

到了十里亭，獨孤達在後面遠遠地喊道：「法師，已經有十里路了，趕緊放了大王！」

「不能放，」李淳風低聲道，「乾脆挾持著他直奔肅州，到了牛進達那裡，就算安全了。」

李琰冷笑：「法師要言而有信。此去肅州有五百里，就算挾持著我，你們又能躲過騎兵的追殺嗎？」

玄奘沉吟片刻，從李淳風手中拿過匕首，挑斷了李琰的綁繩：「大王，我們逃不過你的追殺，你也逃不過朝廷的懲治。貧僧知道無法勸你懸崖勒馬，不過還請你顧念天下蒼生，少造殺孽。」

李琰一言不發，跳下馬，轉身就走。玄奘和李淳風各牽著一匹馬，縱馬疾馳而去。

獨孤達奔跑了過來，護住李琰，隨即從懷中掏出一枚號角，嗚嗚地吹響。片刻之後，一支十餘人的騎兵從遠處的樹林裡疾馳而出。騎兵們牽來兩匹空馬，獨孤達和李琰翻身上馬，接過弓箭，率領騎兵追趕了過去。

玄奘和李淳風剛奔出二里地，便聽見後面馬蹄聲響。

李淳風回頭一看，忍不住苦笑：「法師，到底還是上了他們的當。」

玄奘並沒有回頭：「算不得上當。這些人沒一個好對付的，貧僧原本的打算就是離開瓜州城再說。」

李淳風張口結舌：「然後呢？」

玄奘：「拚命跑唄。」

李淳風無奈，只好跟著玄奘狂奔，玄奘卻沒有往東邊去，而是折向西。

「法師，咱們不去肅州嗎？」李淳風道。

「獨孤達知道咱們要去肅州，恐怕早在東面安排了伏兵。」玄奘道。

李淳風這次倒是認可玄奘的判斷：「那往西能跑到哪兒去？」

「沒地方去，」玄奘道，「能跑多遠是多遠，好歹咱們比他們多了一匹馬，只要能渡過疏勒河，就算九死一生了。」

「九死一生……」李淳風喟然長嘆，「現在還不算九死一生嗎？」

「現在啊？」玄奘想了想，「十死無生吧。」

二人轉眼間跑出去十餘里，這時候雙馬的優勢便顯現了出來，與身後的李琰等人漸漸拉開距離。不料正奔跑間，猛然看見前方沙塵大起，似乎有一支軍隊席捲而來。

「糟了！」李淳風臉上色變，「獨孤達竟然在西邊也安排了伏兵！」

玄奘心中也沉甸甸的，但沙磧裡只有這一條路，避無可避，轉眼間兩人便與那支人馬迎頭撞上。

到了近前，玄奘二人才發現來的竟是李澶的迎親車隊！

李澶和王利涉居中策馬而行，護持著隊伍中間的婚車。遠遠地，李澶就看見了玄奘和李淳風，頓時驚喜交加，策馬提速，迎了過來。

「師父、李博士！」李澶大叫，「你們怎地在此？是專程來迎接我的嗎？」

魚藻穿著盛裝，也從婚車內鑽了出來，遠遠地望著。

玄奘和李淳風面面相覷，只好放緩馬匹，雙方在沙磧古道上停下。

「世子……」玄奘苦笑半晌，不知該如何解釋，好一會兒才道，「我們是被人一路追殺過來的。」

「追殺？」李澶惱了，「這瓜州地界誰敢追殺我師父？王利涉，帶人去看看到底哪兒來的賊人！」

王利涉也有些詫異，答應一聲，就要帶人衝上去。

李淳風嘆道：「世子，追殺我們的是你阿爺。」

李澶、魚藻和王利涉都怔住了。他們呆呆地抬起頭，望見遠處捲起的沙塵，還有越來越近的隆隆馬蹄聲。李琰的身影裹著沙塵一衝而出，面目猙獰，彷彿一尊殺神。

李澶從未見過父親如此模樣。

李琰也沒想到會半途遇見兒子，一勒韁繩，戰馬止步；身後的獨孤達等人也一起勒住戰馬。

李琰臉色陰晴不定，緩緩放下手中弓箭，驅馬馳了過來。

「阿爺！」李澶在馬上躬身施禮。

李家的部曲、僕役等人則紛紛下馬，在古道上跪拜。

「澶兒，這一路上可還順利？新婦可安好？」李琰問道。

「安好，」李澶簡單回答一句，徑直道，「阿爺，您是來追殺我師父的？為何？」

李琰半晌沒有說話，看著自己呵護至今的兒子，心中湧出一股大悲涼。

「世子，我們都錯了，」李淳風嘆道，「要謀反的人不只王君可，你阿爺才是主謀！」

李澶如遭雷擊，呆滯了好半晌，才失聲道：「不可能！莫要胡言亂語！」

玄奘沒有說話，只是悲憫地望著李澶。李澶見他這副模樣，身子不禁哆嗦起來。

「世子可以問問王利涉，」玄奘道，「你命他將王君可謀反的消息報知大王，他可曾送到？」

魚藻霍然從一名部曲身上抽出橫刀，從車廂上一躍而起，將王利涉踢下馬背。王利涉摔在地上，頭昏眼花，掙扎著爬不起身。魚藻大步走到他身前，將橫刀抵住他的脖子，厲聲道：「如實回答！」

王利涉冷笑，閉著眼睛一言不發。

「與利涉無關，」李琰終於開口道，「法師說的沒錯，為父決意謀反！」

李澶身子癱軟，從馬背上跌了下來，嶄新的纁裳緇袘禮服上沾滿塵土。

「為什麼？為什麼要謀反？」李澶憤怒地嘶吼，「您是大唐郡王，是李姓皇室，您是在朝自己的親族揮刀啊！」

「有些事情你是不會明白的。」李琰悲傷地看著自己的兒子，「武德九年，太子和齊王死了，貞觀元年，長樂王和廬江王死了，都是同室操戈，親人殘殺。從那時起，我便日夜憂懼。我是郡王，可實際上就像一隻螻蟻，日夜抬頭仰望著天空，不知懸在頭頂的那把屠刀何時會落下。這三年來，我曾想過萬千種死法，白綾、鴆酒、斬首、幽囚、悶殺……想得久了，就沒那麼怕死了，只是不想屈辱而死。所以我決定，我的歸宿便是奮起一搏，死於戰場上。自從崛起隴西以來，這便是我李氏男兒最輝煌的死法！」

李澶淚流滿面：「阿爺，您反了，母親怎麼辦？弟弟們怎麼辦？」

「我已經派人祕密去長安了，借著祭祖的名義讓你母親和弟弟們離開長安。」李琰黯然道，「三千里路，我是鞭長莫及，只希望他們命好吧。」

「哈哈哈——」李澶慘笑，「棄妻兒於不顧，斷絕祖宗香火祭祀，這便是您所謂最輝煌的死法？」

李琰嘆息一聲，兩眼泛紅：「澶兒，也未必會到那種地步。若我能成功割據河西，便在瓜州重新立下宗廟。」

「若是不能呢？」李澶道。

「百戰之後身名裂。」李琰喃喃道，「到時候，我只能保你平安，把你送入西域，永生永世莫要回來。」

李澶嗚嗚號哭，魚藻怒不可遏，大步走了過來，用刀背在他身上狠狠抽了一記：「男兒丈夫，哭什麼哭？」

「魚藻——」李澶流著淚，「我們沒有未來了！」

「沒有就沒有吧！」魚藻咬牙，「我對今生，痛恨至極！」

「可是我想讓妳幸福！」李澶大喊。

魚藻怔了怔，默默地望著他，伸出手，慢慢擦掉他臉上的汙垢：「傻子，我們如今已經是夫妻了，夫妻同命，什麼幸福不幸福的，一起生一起死罷了。」

李澶抱著她，彷彿抱著一個不甘丟棄的希望，但神情裡滿是絕望。

魚藻舉起橫刀，指著李琰：「我如今是李家婦，原本該稱呼你一聲阿公，可是你與我阿爺謀逆造反，我王魚藻決不願認賊作父。」

「王君可能生出妳這樣忠義節烈的女兒，是王氏之幸，也是我李氏之幸。」李琰不以為忤，點點頭道，「但是妳要明白，我與妳阿爺造反，妳在大唐已毫無退路，妳的忠義對大唐來說毫無價值。」

魚藻一時也有些茫然，卻決然道：「或許如此吧，可是人生天地之間，總要忠於心中的信仰！我的信仰便是生我的故土，養我的大唐。我寧可死於此地，也決不願背叛大唐，附從叛逆！」

「何至於此，」李琰道，「妳忠於大唐，我只會欣慰。十二娘，妳和澶兒都沒有錯，可你們也改變不了什麼，為何不按照原本的人生去走？」

「我們的人生被你們毀了！」魚藻大吼。

李琰嘆氣：「是啊，大唐，我們都回不去了！十二娘，澶兒，我們這場謀反與你們無關，你們既然不願附從，我也不強求，但這場昏禮你們必須舉辦。」

「這場昏禮還有絲毫意義嗎？」魚藻喃喃道。

李琰跳下馬，來到二人面前，將手中弓箭摔在地上。

「這場昏禮是你們二人的誓約，也是我和王君可的誓約，所以必須舉辦。」李琰道，「王君可的大軍就在你們身後，我們兩個父親站在你們前面，如果你們要做大唐的忠臣，就朝我們揮刀。一刀斬下，就能結束這場叛亂。」

魚藻和李澶呆滯地站著，叛亂的主謀就在眼前，他們卻什麼都無法改變。

玄奘默默嘆了口氣，李琰看了他一眼：「澶兒，這是你認的師父，可他如今掌握了我謀反的證據，不能讓他逃走。你拿下他，我答應你不傷他性命。」

李淳風喃喃道：「你嘆什麼嘆……」

李澶望著玄奘，臉上似哭似笑：「不，這是我的師父。阿爺，您知道嗎？跟著師父的這段日子，我才真正感覺自己是活著的。」

「早做決斷，」李琰道，「等王君可到了，能不能保他性命可就難說了。」

李澶望著玄奘，掙扎糾結。

「何必呢？」玄奘淡淡道，「大王，世子心如赤子，你便是刻意引誘他蒙塵，他也不會成為你的幫凶。」

李琰目光一閃，沒想到玄奘竟然看破了自己的念頭。

「師父，我該怎麼辦？」李澶哀求地望著他。

玄奘沒有回答，滿懷歉意地看著李淳風，伸出手。

李淳風苦笑著把匕首遞給他：「法師啊，跟著你，總是有走不完的霉運。」

「抱歉了。」玄奘拿過匕首扔在地上，「世子，不要選擇。任何一種選擇都會讓你內心崩塌，你天生赤子之心，便按照內心的指引走下去吧。貧僧希望看見的是一個永遠乾淨素潔的李澶。臨江王，貧僧自請就縛。」

「師父——」李澶哭著跪倒在地，泣不成聲。

第二十六章　命為定數，運為變數

瓜州，淨土寺。

淨土寺位於瓜州外城，出城便是瓜州城南的農田園囿，距離東西二市也頗遠，是城內比較偏僻的所在。

淨土寺西北角的普賢禪院，院落裡長著一棵巨大的胡楊，足有千百年樹齡，虯屈斑駁，濃蔭匝地。呂晟斜倚在隆出地面的樹根上，面前放著一壺酒，寂寞地喝著。

這時，玉門關司馬普密提走進院子，躬身施禮：「參見尊神！」

「叫我阿郎，」呂晟冷冷道，「我厭惡這個稱呼。」

「是，阿郎。」普密提急忙道。

「人都帶到了？」呂晟道。

普密提是突厥的牧奴出身，漢話說得並不流利：「是，阿郎。屬下從玉門關帶了九名星將、三十名狼兵，都已進入瓜州城，按照您的吩咐，四散安置。」

「不用四散安置。」呂晟想了想，「王君可即將發動叛亂，人手分散了，便無法控制局勢。你安排六名星將進入東城，潛伏在都督府附近。王君可占據瓜州後，必然以都督府作為駐地。等到朝廷平叛大軍抵達，便下令星將全力襲殺王君可。」
「是，阿郎。」普密提道，「那麼另外三名星將呢？」
「另外三人嘛……」呂晟臉上露出譏諷，「安排在城門處，助王君可奪取瓜州！」
「是，阿郎。」普密提欲言又止。
「什麼事？」呂晟問。
普密提道：「阿郎，欲谷設遣人送來厚禮，言詞謙卑，表示按照您的吩咐，已經下令大軍集結在伊吾，作勢進攻瓜州。並表示，如果阿郎需要，他可以親自率軍進攻瓜州，策應尊神的計畫。」
「你告訴他，」呂晟冷冷道，「我不需要他真正進攻，如今他做得已經足夠，我很滿意。」
「是，阿郎。」普密提道，「欲谷設說，瓜州事成之後，懇求阿郎能前往伊吾國巡視，他願以舉國之力供奉尊神，希望阿郎能給他這分榮耀。」
「請我去伊吾？」呂晟冷笑，「他是想背叛頡利可汗了？想借我來號召突厥各部，便是要謀那大汗之位吧？」
「現在頡利可汗眾叛親離，已日益衰落。拔野古、回紇、同羅幾大部族皆背叛了他，推舉夷男為真珠可汗，起兵叛亂。東突厥實際上已瀕於分裂。」普密提道，「阿郎乃是天上……」
普密提不敢說了，呂晟意興闌珊地擺擺手：「無妨，在那些蠻夷眼中，還是那頭狼更有價值。」

「是，阿郎乃是天上狼神下凡，如果去了伊吾，欲谷設借著您號召各部歸附，是輕而易舉之事。」普密提道。

呂晟不置可否：「欲谷設是頡利可汗的姪兒，如今也要叛了，看來東突厥大勢已去。大唐皇帝正想對東突厥用兵，我既然受過朝廷恩惠，便幫他一把。你告訴欲谷設，我會到伊吾一行，但要問他一句：敢不敢稱可汗？」

普密提笑道：「欲谷設求之不得，肯定欣喜非常。」

說話間，李植帶著兩名部曲急匆匆走進庭院，見呂晟神情寧靜，頓時鬆了口氣。

「呂郎君，可休息好了？」李植笑道，「這兩天老夫多有得罪，實在是萬不得已。」

呂晟盯著他：「那個銅鏡到底是誰給你的？奎木狼？」

李植搖搖頭：「呂郎君還是不要問了，只要你一心完成咱們的約定，老夫絕不想跟那頭狼打交道。」

呂晟哼了一聲：「若是再敢釋放出奎木狼，咱們的合作就到此為止。」

「是、是。」李植賠笑道，「呂郎君，找到玄奘和李淳風的下落了。」

呂晟急忙道：「他們在哪兒？」

「果然不出我所料，玄奘去找李琰告密去了。」李植恨恨地道，「不過奇怪的是，剛剛得到消息，他們被李琰抓了，關押在都督府的大牢裡。」

呂晟愕然：「李琰抓了玄奘？他去找李琰密報王君可謀反的軍情，李琰怎麼會抓他？」

「問題就在這裡，」李植臉色難看，「我著人打聽，一個時辰前，玄奘和李淳風挾持李琰逃走，最終在沙磧中被拿住。獨孤達命人封鎖了消息，故此瓜州城內一無所知。」

呂晟霍然起身，失聲道：「玄奘挾持李琰，逃離瓜州……玄奘乃是性情溫和之人，為何會做出這種暴烈的舉動？不好！」

呂晟和李植面面相覷，兩人同時想到了。

「只有一個解釋，李琰才是這場謀反的主使！」李植喃喃道，「玄奘是一頭撞在刀尖上了。」

呂晟狠狠將酒罐摔了出去：「那就是說……就是說——」

「咱們也被算計了。」李植苦澀道，「李琰和王君可聯合起來，手中便有一萬三千大軍。即使朝廷來平亂，隔著幾千里路，這場仗打上三兩年都有可能。再加上東突厥和大唐的戰事爆發……咱們無法掌控了。唉，原本的目標只是想報復五大士族，並不想分裂國家，可是整個河西將一片糜爛，敦煌和瓜州還不知道能剩下幾人！」

「你說怎麼辦？」呂晟吼道，「這難道是我想看到的嗎？」

「我有什麼辦法？」李植也急了，「這又是我想看到的嗎？我李氏是想借助平滅叛亂作為功績，不是要做大唐的罪人！」

「不想做大唐的罪人？」呂晟咬牙冷笑，「你暗中煽動王君可謀反，難道不知道對國家有怎樣的傷害？這還不是大唐的罪人？」

「可我沒想過背叛朝廷！」李植怒道，「士族的根基在哪兒？在穩定強大的朝廷！朝廷強大了，士族才能與之共用天下民利！我李氏對大唐的忠誠天日可鑑！」

兩人憤怒地爭吵，彼此怒視。

呂晟的兩隻眼睛慢慢紅了，神情漸漸冰冷，顯得猙獰，兩隻手上慢慢伸出鋒銳的狼爪。他的嗓子咕咚一聲響，嗓音忽然變得宏大、沙啞，赫然便是奎木狼的聲音：「對大唐的忠誠？大唐是什麼？人間的一介王朝，倏忽百年的命運，不過是天神打個盹而已！」

「呂郎君——」李植大駭，「莫要被控制了心神！快快恢復過來！」

「哈哈——」呂晟猙獰大笑，「吾乃天上正神，區區一介凡人，如何能壓制本尊靈體？」

狼爪在身上一劃，外袍撕裂，呂晟的半個身子已化作毛茸茸的狼身。

「尊神，您回來了！」普密掃淚流滿面，跪倒膜拜。

李植哆哆嗦嗦地掏出銅鏡，卻被奎木狼劈手抓過去，爪子一捏，嘎嚓碎裂。

「攔住他！」李植轉身就逃。

兩名部曲膽顫心驚地抽出橫刀，硬著頭皮擋在奎木狼身前。奎木狼的身子如閃電般迅捷，只是一閃，便從兩人之間穿了過去，兩名部曲如木雕泥塑一般，喉嚨上赫然現出一道巨大的裂口，鮮血汩汩而出。

兩具屍體撲倒在地。

奎木狼衝到李植身後，一把扣住他的脖子，只待一扭，李植的脖子便要斷了。就在這關鍵時刻，李植忽然從懷中掏出一條絲絹，嘶聲大叫：「呂晟，這是什麼！」

奎木狼微微一愣，看了一眼絲絹，頓時如遭雷擊，整個身體僵直不動。

那赫然是在玉門關時，呂晟和翟紋牽繫在手上的絲絹，上面繡著鴛鴦。

奎木狼怔怔地看著絲絹，眼神慢慢溫柔起來。他伸出狼爪，將絲絹握在手上，神情中的暴戾之氣漸漸消散，整個人恢復如常，狼爪也緩慢消失，最終恢復成呂晟的模樣。

呂晟身子略略有些發軟，踉蹌了一下。他靜默半晌，將撕裂的衣袍繫好，把絲絹拿在手上，輕輕嗅著。

「抱歉了，承玉公。」呂晟低聲道。

「無……無妨，你這個毛病，我……我理解。」李植驚魂甫定。

「這東西你是從哪裡得來的？」呂晟低聲問道，「又是誰給你的？」

李植道：「是臨行前翟娘子給我的。她說一旦你失控，便將這東西拿出來給你。她讓我告訴你，堅守本心，她在敦煌城等你。」

呂晟將絲絹搗在臉上，沉默無聲。

都督府大牢。

府牢在都督府的西北角，四周高牆環繞，牆上建有望樓，還有甲士持著弓弩值守。兩畝大小的院落中，修建著四排堅固的牢房，牆壁皆是夯築而成，極為厚實。此時關押了重要人犯，所以獨孤達調集了整整一隊的鎮兵，全副甲冑，往來逡巡。

李琰和李澶帶著兩名親衛，在牢房的甬道間行走，李澶還提著一只食盒。兩人分別走到兩間牢門前，彼此對視了一眼。守門的甲士急忙打開牢門，父子分別走了進去。

李琰走進牢房，牆壁上的窗戶極高、極小，光線陰暗，崔敦禮戴著鐐銬，靠牆坐著。見李琰進來，崔敦禮冷笑：「逆賊，居然還有臉見我。」

「崔舍人何必逞口舌之利，我既決議謀反，便不在乎罵名。」李琰道，「崔舍人，你是士族高門，我也不想折辱你。我只問你一句話，陛下派你來，到底藏著什麼心思？」

「還有什麼意義？」崔敦禮嘲諷，「你已經謀反了，此前種種都已隨風而去。無論你的戰功也好，家世也好，爵祿也好，都一概抹殺。你未來只有一條路，伏誅！」

李琰沉下臉：「本王好言好語問你，卻如此不識抬舉。你是本王的囚犯，當我奈何不了你嗎？」

崔敦禮別過臉，淡淡道：「願就鼎鑊。」

李琰沒想到此人如此硬氣，頓時大怒：「來人，賞他三十鞭！」

身後的甲士衝上來，將崔敦禮用鐵鍊縛在牆上，揮舞馬鞭抽了過去。馬鞭狠狠抽在崔敦禮的身上，衣衫撕裂，瞬間就是一條條的血線。崔敦禮渾身顫抖，卻咬著牙一言不發。

「貞觀以來，還未有以死殉國者，今日便由我崔敦禮始！」崔敦禮嘶聲大吼。

三十鞭抽完，崔敦禮已是神志模糊，瀕於昏迷。

李琰用馬鞭將他的臉挑起來，冷冷道：「崔舍人，說吧，陛下是不是想要拿下我？」

「你這逆賊……」崔敦禮喃喃道，「陛下想要拿你，如何會派我一介通事舍人來？當是派三品大員來代了這瓜州都督，當眾奪了你的職位。你如何敢反？」

李琰沉吟著，朝廷若要拿下自己，這的確是比較穩妥的方式。前涼州都督、長樂王李幼良就是這樣被拿下的。有人告李幼良謀反，皇帝直接派遣中書令宇文士及代理涼州都督，李幼良立時沒了兵權，想謀反都沒資本，只好逃走。宇文士及調動軍隊將他抓捕，當場絞死。

李琰突然想到一種可能，臉上色變：「難道陛下已經知道我要謀反，所以才要把我誘入長安？」

但再一想，更不可能。自己決意謀反，是在十日之前和王君可密謀之後才做的決斷，長安距離三千里，皇帝怎麼可能未卜先知？

「那麼，就一定是陛下早有謀劃。」李琰喃喃道，「他知道我在瓜州經營了三年，根深蒂固，如果你不能把我召出瓜州，就直接命李大亮派兵來解決我，所以他才會往甘州增加兵力。」

「我不知道你從哪裡聽到的流言。」崔敦禮有氣無力地道，「可是甘州……絕沒有增加絲毫兵力。李琰，你是疑忌陛下太深。」

「皇室天家，從來沒有什麼人倫溫情，有的只是疑忌與背叛。」李琰喃喃說著，落寞地走了出去。

快到門口時，崔敦禮大喊：「李琰，懸崖勒馬還來得及！」

「來得及？」李琰沒有回頭，苦澀地笑道，「來得及做什麼？自縛長安，請陛下斬了我的頭嗎？」

崔敦禮啞口無言，所有人都清楚，李琰哪怕此時收手，也不可能有活路了。

「自古以來兵變就如懸崖，一腳踏空，就只能墜下去了。」李琰慘笑，「就如同三年的玄武門之變，世民除了殺出一片乾坤，唯有死路一條。所以我從不怨他，希望天下人也莫要怨我。」

另一間牢房裡，玄奘和李淳風雙手被銬，李淳風的枷具上放著一張胡餅，他一隻手按著，正努力地啃著。李澶則跪坐在地上，專心給玄奘餵飯。

「世子，來口水。」李淳風噎著了。

「自己拿。」李澶道。

「我──」李淳風被噎得翻白眼，頓時憤憤不平，「咳咳……世……世子，咱倆好歹……好歹同甘……咳咳……共苦過吧？」

玄奘有些歉意，雙手抱著水罐遞給他。李淳風急忙咕嘟嘟喝了起來。

李澶不理他，沉浸在傷感的情緒中，喃喃說著：

「師父，為什麼人生的悲苦就像蛛網，黏在身上，怎麼也掙不脫？

「師父，為什麼我們心懷善念，卻要和那些惡人一樣歷經人間八苦？

「師父，為什麼喜歡上一個人，卻總是不能帶給她幸福？」

「世子，你知道什麼是命運嗎？」玄奘問。

「請教師父。」李澶道。

「命為定數，便是我們一生下來，被拋在這人世間的位置。譬如你是世子，我是百姓。你的定數就是繼承臨江王爵，與大唐世代同休；我的定數則是耕讀洛陽，像普通百姓那樣活上一生，傳承後代。而運為變數，我們生存於大唐千萬人口之間，摩肩接踵，彼此碰撞，彼此影響。所以一個人的命運便會窮通變化，就像空氣中的億萬灰塵，往哪裡飄，彼此碰撞湮滅，不會有既定的軌跡可循。譬如我，被隋末亂世改變，為了餬口飯吃，跟隨兄長出家做了和尚。譬如世子，被臨江王和王君可改變，推離了既定的軌跡。這就是佛家說的無常，諸法是因緣而生，也會由於因緣變異而終將壞滅。」

「那我就任憑這灰塵碰撞，無法知曉自己飄向何處嗎？」李澶問。

「不，如果命運是既定的，你知道人生會有多乏味嗎？人從一生下來，就會看到老死的模樣。你不會再追求奮進，不會再砥礪前行，不會再掙扎不甘，也不會再有夢想抱負，」玄奘笑了笑，「甚至不會遇見魚藻這樣一個女孩。」

李澶想笑，臉上卻一片苦澀。

「譬如貧僧，當初戰亂的塵埃把我推到了成都空慧寺，如果我貪戀玄成法師的衣缽，那至今仍然是寺裡撞鐘念經的一個和尚。等到老來圓寂，就葬在寺中。運氣好，會起一座磚塔。可是貧僧不甘，不甘心這一世就這樣無知無覺地過去。我想窮盡一生，去追求大道，一種能夠不辜負此生的大道。所以我離開長安，走進河西，走進這場兵火叛亂。我很可能會死在這裡，死在這座大牢之中。可是沒關係，因為這是我自己選的路，我有大喜悅。」

「那麼我呢？」李澶哀傷，「如今的境遇不是我自己選的。」

「因為你沒有選。你至今仍在塵埃眾生的碰撞中，」玄奘疾言厲色，「你帶著你心愛之人，想給她幸福，卻任由他人擺布，蒙著眼睛跌跌撞撞，無知無覺。這和當初我在寺院裡撞鐘有什麼區別？」

李澶似乎有些明白了：「師父，可是我如何選？」

「那是你自己的事，你自己的路，貧僧不知。」玄奘道，「人世就是如此殘酷，一生下來就是一場爭渡。佛法渡人，更需自渡。」

「好一個人生就是一場爭渡！」李琰推開牢門走了進來，「澶兒，你有這種師父，阿爺很開心。」

李澶起身，淡淡地盯著李琰：「難道謀反便是您的爭渡？」

「如何不是？」李琰道，「你以為做亂臣賊子便不是爭渡？錯了！這天道倫理說是擺在每個人面前都是一樣的，其實並不一樣。我若是個普通百姓，居住在村莊裡，周圍百十戶鄰家，早晨有炊煙裊裊，晚上有牧人歸來，掘井而飲，耕種而食，日常最大的糾紛也無非是與鄰家幾句拌嘴。可是王者不同，王朝更易你會死，皇帝變更你會死，權力丟失你會死，政敵讒言你會死，每日我們笙歌宴飲，實則是在刀尖上度日。因為百姓的命運自己毋須掌控，而王者的命運不能交到他人手上，任那塵埃眾生碰撞。所以，謀反便是我選擇的道路，也是我的爭渡。我要在這河西殺出黎明，這個黎明鳥語花香，安然自在，我每日醒來不用再噩夢驚悸，渾身冷汗。」

李澶看著父親的模樣，疲憊、憔悴，還不到五十歲，便已有了白髮，臉上也有皺紋，不但沒有王者的雍容高貴，反而是一臉老農般的疲累，似乎每日都要為生活的勞苦而奔波。

這三年來，父親一直是這個樣子。

李澶走過去，輕輕抱住父親。

李琰頓時兩眼泛紅，伸手替兒子整了整衣冠：「澶兒，你知道阿爺今生最開心的是什麼嗎？便是你仁厚純孝，與幾個弟弟敦睦和善。我們就像普通人家，每日都有天倫之樂。反觀太上皇和陛下，骨肉相殘，父子相逼，我覺得……這才是一家人應該有的樣子。」

「阿爺，您再派些人，把母親和弟弟們保護周全好不好？」李澶道。

「已經派了兩撥人了，我這就再遣人過去。」李琰道，「你在這裡最後幫阿爺做件事，去勸說魚藻，順利把昏禮辦了。結束之後，我便遣人送你們去高昌，連法師也一同去。你們不用參與我和王君可的事情，如此，全了你們的忠義之情，也全了我們的父子之義，好不好？」

「為什麼一定要讓我們舉辦昏禮？」李澶問。

李琰半晌沒有說話。

「因為他要誘捕牛進達。」玄奘淡淡道。

李琰霍然盯著他，眼中露出驚駭之色。

「因為牛進達不曾參與你父親的謀反之舉，你父親想奪了牛進達的兵權，就必須讓他來瓜州，藉機拿下他。」玄奘道，「牛進達乃是肅州刺史，根據朝廷律令，無事不得離開轄地，但婚喪嫁娶卻不禁。瓜州都督的兒子成婚，身為下屬，牛進達無論如何也得來慶賀，所以你和魚藻的這場昏禮便是誘捕牛進達的最佳手段。」

李澶澈底愣住了，怔怔地望著李琰：「阿爺，難道兒子的幸福從一開始便是您謀反的計謀嗎？」

李琰張張嘴，不知如何回答。

這時，門外有隨從來報：「稟大王，王刺史的大軍已經抵達瓜州城外。」

李澶陪同李琰走出牢房，朝著西北角的望樓看了一眼，望樓上有四名甲士逡巡。李澶忽然抬起手臂，做了個奇怪的手勢。

遠處，一名身穿皮甲、戴著頭胄的旅帥從角落裡繞了出來，悄然走向望樓。

李琰和王利涉在一隊甲士的簇擁下來到瓜州城的西南。

瓜州城南是農墾區，從疏勒河引來的一條主渠從城南流過，作為瓜州的護城河，同時也分出十餘條支渠，上百條子渠，澆灌著廣袤的農田和園囿。獨孤達將此處作為敦煌兵馬的駐紮地，便是考慮到土地空曠，取水方便。

李琰趕到的時候，獨孤達正和王君可巡視紮營的地點。李琰從營地中穿過，六千六百大軍，上萬頭戰馬和牲口，攜帶的糧草堆積如山，鋪開來彷彿無邊無沿，整個營地亂糟糟一團。

此處有一座孤聳的山丘，只有十餘丈高，頂上面積卻挺大，足有十餘畝大小，地面平整，乃是疏勒河氾濫沖擊出來的土臺，王君可將中軍設置在土臺上，可以居高臨下，俯瞰全營。

李琰策馬上了土臺，王君可和獨孤達趕來迎接。看著王君可風塵僕僕的樣子，李琰滿懷感激：「君可，辛苦了！這分恩義，這分功勞，李琰永誌不忘！」

「大王言重。」王君可抱拳，「下官願為大王執鞭前驅，殺出一座鼎盛江山！」

在場的人都是參與者，沒什麼不可與外人言的，眾人說話便毫無忌諱。

李琰來到土臺邊緣，看著這片浩大的營地，指著一處角落道：「那裡我看並非軍營規制，可是士族的營地？」

「大王好眼力。」王君可笑道，「八家士族，除了李植不在敦煌，其他七家的家主全被我裹挾來了。他們總計有四百人，我讓他們聚居在一處，便於控制。」

「這些人心思叵測，務必要看管好。」李琰叮囑。

「大王放心，他們的馬匹我命人統一調配，沒有馬，他們能做出什麼事來？」王君可道。

「君可到底心細。」李琰讚了一句，「你覺得咱們這次起事，有多大把握？」

「只要能捕了牛進達，奪了肅州的兵權，下官便有九成的把握！」王君可鄭重道，「至少，我們可以割據四州之地。」

四州便是西沙州、瓜州、肅州和甘州，再往東去就是大唐邊陲重鎮涼州了。

「對我來說，這就足夠了。」李琰略略有些放鬆，「那麼最關鍵的地方在何處？」

「關鍵便在於誘捕牛進達。」王君可道。

「跟我仔細說說他。」李琰道，「雖然他做了我兩年的部屬，卻沒有什麼私人往來，並不大了解。」

「牛進達是我瓦崗寨的袍澤，我們極為熟悉。」王君可道，「他祖籍隴西，是濮陽雷澤人。出身官宦之家，祖父牛雙，是北齊的鎮東將軍、淮北太守。父親牛漢，在北齊光祿寺清漳署任過清漳令，掌管酒水供應。不過牛進達這個人不喜詩書，從小就豪俠任情，隋末崩亂之時，他負劍行走天下，揚言要尋得一名力士，對隋煬帝做那博浪一擊。」

「倒是條光明磊落的漢子。」獨孤達道。

「是啊，」王君可也贊同，「當年李密上了瓦崗之後，他慕名來投，為了不連累家人，還把名字改成諧音，叫尤俊達。直到歸了大唐，才又改回原名。」

「哦，原來是他！」獨孤達恍然，「當年王世充和李密爭霸時，我聽說過瓦崗寨中有這樣一號人物，李密每次出動，都以此人為先鋒，斬將奪旗，鑿軍破陣，極為悍勇。」

王君可大笑：「沒錯。當年我們瓦崗軍中最為悍勇之人便是秦叔寶、單雄信、程咬金、裴行儼、羅士信、尤俊達、王伯當，以及在下，還有人送了綽號，叫瓦崗八虎將。」

「瓦崗寨真是隋末亂世中的一大異數，」獨孤達感慨，「斬張須陀，破宇文化及，摧王世充，聲動萬里，威震四方。算上魏徵和李勣，可真是人才濟濟，將星如雲。」

李琰也笑道：「君可把自己擺在最後一位，卻是過謙了。」

「也不算。」王君可難得謙虛起來，「叔寶和雄信除了武藝絕倫，其為人我也是自愧不如的……其他人嘛，大家都差不多。不過牛進達真的是悍勇無比，若是單打獨鬥，我想拾掇他也頗為費力。」

李琰嚴肅起來，他深知王君可武力高強，當初在莫高窟乾淨俐落地斬殺兩名星將，就連奎木狼這個天上神靈也不敢直攖其鋒。牛進達與他是同一級別的猛將，恐怕要拿下此人並不像原來想像的那般容易。

在軍陣之中，個人的勇武並沒有民間傳言的那般誇大，但也不可小覷。尤其是隋唐重甲具裝的騎兵作戰模式，人和馬皆著重甲，再有一名悍勇無匹的猛將率領，馳騁於戰場上真的是無堅不摧。

「我們這是引誘一頭猛虎啊，」李琰喃喃道，「若是捕虎不成，只怕要為虎所傷。」

王君可道：「大王請放寬心，有我在，牛進達傷不到您分毫。」

「王刺史要考慮得再周全一些，」獨孤達忽然笑道，「莫忘了抓捕場所是昏禮現場，還有世子和諸位賓客。」

王君可深深看了他一眼，笑道：「獨孤刺史且請放心。」

兩位刺史之間忽然就升起了一股別樣的氣氛。

「君可的謀劃一向縝密，定然能保得澶兒平安，這我倒不擔心。」李琰對兩人間的暗鬥毫無察覺，「既然君可已經到了，我們兩家大軍合兵一處，便有一萬三千人。君可久經戰陣，精通兵法，我是萬萬不如的，如何調配、計畫，你就提出個章程吧！這一萬三千人，我便交給你了！」

「多謝大王信重！」王君可神情激昂，抱拳領命。

「君可好生安置營地，我去安撫一下各位士族家主。」李琰和王君可作別，翻身上馬，帶著人下了土臺，朝軍營馳去。

獨孤達遲疑半晌，也向王君可告辭，追著李琰而去。到了近前，他放慢馬速，和李琰並肩走著。

「大王，下官有個意見，不知當不當講。」獨孤達道。

「子遇，你我是什麼關係，哪有什麼不當講的話。」李琰笑道。

獨孤達神色頗為凝重：「王君可初來之時向我提出要進羊馬城駐紮，但我拒絕了。」

「哦？」李琰驚訝，「為何？」

「我跟他講，羊馬城地勢狹窄，駐不了太多軍馬。」獨孤達道，「隨後我給他選了這塊營地，便是看中此處在城南的護城河外，距離東城的核心重地最遠。」

李琰臉色一變，冷冷道：「你在提防他？」

獨孤達看出李琰不悅，急忙道：「大王請聽我解釋。王君可用兵雖然厲害，可為人詭詐，反覆無常，不能將軍權交給他。萬一他起了異心，我們就任人宰割了。」

「胡說！」獨孤達是李琰的心腹，說起話來就沒那麼客氣，李琰當即狠狠道，「子遇，我們既然要謀人事，就得用人不疑。大事未成，就彼此猜忌，豈不是必敗之道？況且王君可與我是姻親，兩大家族已是一榮俱榮，一損俱損，他又怎麼可能起異心？」

獨孤達苦笑：「我並不是說王君可眼下就有異心，但若是將來戰局不利呢？」

李琰皺起眉頭，卻沒有反駁。

王利涉插嘴道：「大王，獨孤公考慮得甚是周全。將來朝廷必定要派人來平叛，來的不管是甘州的張弼也好，涼州的李大亮也好，或者是朝中的李勣、程知節，這些人要麼是他的瓦崗同袍，要麼是與瓦崗舊將有千絲萬縷的聯繫，一旦戰局不利，如何保證他不起異心？」

「到了那時，他未必再有退路吧？」李琰遲疑。

「他有沒有退路要看將來的局勢，可我們要不要把身家性命交付在他的手上？」獨孤達道，「大王是王者，王者御下要有制衡之道。如果大王把軍權給他，哪怕他沒有反心，只是驕縱不聽號令，這軍中誰人能制衡他？」

這句話倒是說服了李琰，他默默點頭：「我雖然不疑君可，可你說得也沒錯，能令他謹守君臣規矩，也能保全我們的君臣之義。」

「大王英明。」獨孤達說道，心中卻暗暗嘆氣。自己這位大王著實太過仁厚，能共甘苦也能共富貴，守成之時追隨他是個明智的選擇，可如今要謀反，詭譎險惡，一味仁厚只怕前景堪憂啊！

便在這時，一名都督府的官吏策馬狂奔而來，叫道：「稟報大王，世子……世子把玄奘救出大牢，殺出去了！」

第二十七章　南山截竹為篳篥，涼州胡人為我吹

都督府大獄，望樓。

那名旅帥身姿沉凝，一階階登上望樓，他的頭胄拉下了面罩，精鐵覆面上雕刻著猙獰的獸面，看不見面容。

四名甲士對視了一眼，其中兩人按著橫刀堵在樓梯口，喝道：「是哪位上官？為何要拉下覆面？」

那旅帥並不說話，從懷中掏出一份公文遞給他們。兩名甲士鬆了口氣，伸手拿過公文，打開一看，裡面竟空無一字。兩人臉色大變，與此同時，那旅帥欺身直進，手中翻出一把短劍，貼著一人的甲胄縫隙狠狠地刺入他的腰肋。

還沒等這人慘叫出聲，那旅帥一沾即走，身子一旋，短劍刺入另一人脖頸。整個過程兔起鶻落，僅僅錯身之間，兩名甲士已然倒斃。

「啊——」其餘兩名甲士大駭，一人大喝一聲便去拔刀，橫刀剛拔出半截，那旅帥借著他撲來的勢頭在他手臂上一撞，竟把橫刀又推回了鞘中。那甲士身子往前一傾，一把短劍貼著護頸的縫隙刺入喉嚨，彷彿自己將脖子送上一般。

那甲士身子一僵，猛然一股大力推來，身子一轉，恰好迎上另一名甲士劈過來的橫刀。噹的一聲響，橫刀斬在甲葉上，火星四射。那旅帥從甲士的腋下鑽出，一劍刺入另一名甲士腋下鎧甲的縫隙，短劍直透心臟。

三人以怪異的姿勢僵直片刻，其中兩人慢慢倒在了地上。從旅帥上樓，到四名甲士被殺，竟不過三兩個呼吸之間。

旅帥靜默片刻，收回短劍，啪嗒一聲扣在了護臂上，接著拉下覆面，露出一張清麗的面容，赫然便是魚藻。

魚藻面無表情，從兵刃架上取了一張硬弓，拿過四個箭袋，又將望樓上的三副擘張弩，一一拉開，裝上弩箭，整齊地擺在桌案上，然後走到望樓邊緣，望著關押玄奘的地方，掏出一枝篳篥吹響。

南山截竹為篳篥，此樂本自龜茲出。流傳漢地曲轉奇，涼州胡人為我吹。

李澶聽見篳篥聲，咧嘴一笑，招手讓值守的兩名甲士過來，三人一同進入牢房。

「去，把地上的飯菜收走。」李澶吩咐道。

兩名甲士領命，蹲下身去收拾飯菜，李澶突然翻出兩把匕首，狠狠刺入兩人後頸，甲士們直接斃命。

玄奘和李淳風都驚呆了。

「世子，為何殺人？」玄奘有些惱怒。

「師父，我要救您出去。」李澶道。

「救我……救我也不用殺人啊！」玄奘痛心疾首，「這些人都是無辜者，無故殺生——」

「師父，」李澶打斷他，「他們馬上就要受裹挾叛逆，殺戮河西了。」

「可他們此時還是大唐將士——」玄奘生氣道。

李澶卻不理會，從二人身上找出鑰匙，打開玄奘和李淳風的鐐銬：「師父，穿上他們的甲冑。」

李淳風手腳俐落地把兩人身上的甲冑剝掉，穿戴起來。玄奘遲疑著，李澶乾脆直接把甲冑往他身上套。

兩人穿戴好甲冑，李澶帶著他們離開牢房，將牢門鎖上，徑直朝大獄外走去。

看守大獄的一隊鎮兵分成了十組，一伍一組，由各自的伍長率領，交叉巡邏，不留死角。李澶三人剛走出沒多遠，迎面就遇上一伍兵卒。見世子李澶帶著兩名甲士，兵卒們沒有多想，叉手施禮，隨即交錯而過。

三人鬆了口氣，神情從容地走著。

然而就在交錯的瞬間，一名兵卒偶然一瞥，看見玄奘和李淳風的甲衣後背滿是血跡，頓時大叫：「有詐！」

眾兵卒大吃一驚，紛紛回頭，一見到血跡，也都明白過來，大吼一聲，一起挺起槍矛，朝三人包圍過去。

「莫理會，繼續走。」李澶低聲道。

玄奘和李淳風對視一眼，都被發現了，還怎麼可能繼續走？然而李澶卻從容無比，甚至不曾回頭。

就在此時，空氣中猛然響起尖利的呼嘯聲，噗的一聲，一枝箭鏃凌空而至，射入一名兵卒的脖頸。

玄奘抬頭，這才看見遠處的望樓上站著一名甲士，彎弓搭箭，箭矢連發。嘣嘣嘣一連五箭，箭無虛發，五名兵卒瞬間就被射殺當場。

玄奘呆滯地看著滿地的屍體，一時手足無措。

「師父，繼續走。」李澶道。

「你……你難道是要以這種方式救我出去？」玄奘喃喃道。

「師父，不殺人，如何帶您逃命？」李澶的神情有些悲傷，也有些冷酷，「事已至此，不管是我阿爺叛亂，還是朝廷平亂，最終都是要靠殺人來解決問題。請您穿戴甲冑，不是要掩飾身分，而是怕刀槍無眼，誤傷師父罷了。」

李澶腳下不停，一邊說，一邊從容地走著。李淳風拽住玄奘的右臂，扯著他跟在李澶身後。

四周巡邏的兵卒已發現異常，紛紛從四處趕來。然而，無一人能接近三人十步之內。只要一來到三人身邊，便會有利箭破空而至，將此人射殺當場。

李澶三人一步步走著，身後無數兵卒蜂擁而來，一個個被來自虛空的利箭射殺，屍體滿地。

「師父，」李澶看也不看死亡的兵卒，一邊走著，一邊喃喃道，「我總想著，每個人都是父母幾十年生養，上有白髮蒼蒼的父母，下有嗷嗷待哺的幼童，生命何其珍貴！可是他們欺我不願殺人，就要擺弄我的人生，操控我的幸福，羞辱我對國家的忠義嗎？」李澶激憤地大吼，「我要告訴他們，錯了！他們錯了！如果只有暴力能讓他們幡然悔悟，那我不憚於用暴力殺戮來解決問題！只是，我再也沒資格修佛了。」李澶眼眶泛紅。

此時，一名隊正率領著部分兵卒圍攻望樓，眾人都知道這名射手厲害，舉著大盾，小心翼翼地登上臺階，便看見了正在射箭的魚藻。

眾人一聲吶喊，就要衝上去，魚藻迅速放下弓箭，端起一把弩射出。眾人大駭，急忙躲到盾後，魚藻卻不射盾，而是將弩箭傾斜而下，射中盾手的腳背。盾手慘叫一聲，翻身摔倒，頓時暴露出盾後面的兵卒，魚藻接著扣動連發，弩箭連珠射出，兵卒們閃避不及，紛紛中箭，順著臺階咕嚕嚕摔成一團。

後面的人驚懼不已，一時不敢上前。

魚藻冷笑一聲，重新拿起弓箭，居高臨下掩護李澶三人。

李澶就這樣帶著玄奘和李淳風走到大獄門口，打開門，門外四名兵卒吶喊著衝了過來，魚藻連珠箭發，四人胸口幾乎同時中箭，摔倒在地。

玄奘呆滯地看著地上的屍體，又回過頭看著院中的屍體，禁不住悲從中來。

「師父，請。」李澶道。

門外的拴馬樁上備了馬匹，李澶解開四匹馬，給玄奘和李淳風各一匹，眾人一起上馬。李澶另牽著一匹空馬疾馳，三人朝大獄的西北角奔去。遠遠地，李澶朝高牆內的望樓吹響了篳篥。

魚藻握著一張弩，大踏步走到樓梯口，嘣嘣嘣地不停扣動扳機，隊正等人被射得人仰馬翻，連滾帶爬地逃下樓梯。魚藻將望樓上的桌案等物一腳踹翻，堵住了樓梯口，隨即掏出一根繩索，將一端勾在橫梁上，接著手持繩索向後退了十幾步，猛然衝出，凌空跳出望樓，借著繩索在半空中一盪，便要落在大獄的高牆上。

李澶三人正好到了高牆下，緊張地盯著半空中的魚藻，身姿颯爽飄逸，宛如一場華美的舞蹈。就在這時，那名隊正發瘋一般衝上望樓，大吼一聲，擲出了橫刀，一刀斬在橫梁的繩索上！

李澶眼睜睜地看著魚藻手中的繩索突然斷裂，在空中飄舞，魚藻也失去平衡，直直墜了下去。

「魚藻——」李澶瘋狂地大叫。

「走——」魚藻只來得及說出一個字，便如同折翼般墜落在高牆內側。

玄奘和李淳風也驚呆了，李澶咬咬牙：「走！」

眾人雙腿一夾馬腹，三匹戰馬疾馳而去，留下了一匹空馬。

隊正率領兵卒衝到望樓欄杆處，眾人一起放箭，箭矢卻追之不及，紛紛落在馬後。

瓜州西城，永福坊。偏僻的小巷中，李澶帶著玄奘、李淳風二人急匆匆順著一條街前行，一邊走，玄奘一邊問道：「世子，這是要去哪裡？」

李澶苦澀道：「原本和魚藻商量好了，救了師父出去後，我們一起離開瓜州。可是魚藻被抓，我便不能走了。一會兒我把師父交託給那人，就得回去。」

玄奘等人跟著李澶進入永福坊的一家貨棧，穿過院子裡一群群的駱駝，進入房內，玄奘和李淳風頓時怔住了——呂晟和李植正端坐在房內，笑吟吟地看著他們，旁邊是十幾名佩刀持弓的李家死士。

玄奘無奈地看了李澶一眼，才想起自己並沒有把魚泉驛之事告訴他。李淳風摸摸袖子裡，發現被抓的時候身上的所有物品都給搜走了，不禁垂頭喪氣。

「呂郎君。」李澶抱拳道。

「魚藻呢？」呂晟詫異地問。

「出了差錯，失手了。」李澶道，「這次我便不走了，煩請呂郎君和植公把我師父和李博士送出瓜州。」

「世子——」李淳風正要說話，卻被玄奘扯了一下。

「世子，你回去吧。」玄奘溫和地道。

李澶點頭，又對呂晟叮囑：「呂郎君，我師父就交給你了。請盡快把我師父送往伊吾，莫要讓他牽扯入瓜州的亂局。」

「世子放心。」呂晟笑了笑，玩味地看著玄奘。

李淳風忍不住低聲在玄奘耳邊道：「法師，跟世子一起走！這是我們唯一的機會！」

玄奘搖了搖頭，沒有說話。

「李博士，你說什麼？」李澶沒聽清。

玄奘笑道：「他說，保護好魚藻，帶著她衝出這座樊籠。」

「是，師父。」李澶一怔，卻沒有再說什麼，轉身離去。

到了門前，李澶回過身：「呂郎君——」

「嗯？」呂晟望著他。

「這次我回去，定然還要被阿爺強迫成婚，戌時一刻就會離開阿育王寺，前往都督府。」李澶慢慢道，「你答應過魚藻，要帶著她在天上飛一飛。」

呂晟的臉色僵硬，半晌才含笑點頭。

「我不是她所愛的人，」李澶有些傷感，「帶走她之後，讓她忘了我，不要再回來了。」

李澶苦澀地嘆息著，臉上卻帶著笑容，轉身離開了貨棧。

死士們關上了貨棧的門，呂晟神色複雜地望著玄奘：「法師，為何不隨著他離開？」

「他已對人生絕望，何必再讓他對你失望。」玄奘道。

呂晟張張嘴，卻無言以對。

玄奘道：「呂兄，世子說得沒錯，魚藻是這場叛亂中被傷害最深的人，她失去了家族，失去了國家，失去了親情，前路迷茫，只能守著一個微渺的希望讓自己笑一笑。你答應了要在迎親路上劫走她，帶著她在天上飛，希望你不要讓她對自己最摯愛的人失望。」

李植嘲諷：「你這個和尚，都自身難保了，還替他人操心。」

呂晟好半晌才道：「法師，這件事我做不得。」

「為何？」玄奘問。

「因為眼下叛亂在即，我必須嚴格控制事態進展，不能讓奎木狼控制我的軀體。」呂晟誠懇地道，「而且，現在最重要的，就是讓李澶和魚藻的婚事順利舉行，幫助臨江王誘捕牛進達。我如果破壞這場昏禮，還不知會發生什麼變故。」

「之前你答應過魚藻，剛才你又答應了李澶！」玄奘有些惱怒。

「我必須安他們的心，讓他們配合完成這樁昏禮。」呂晟道。

玄奘深深地望著他，眼中滿是失望：「呂兄，直到今日，我才真正覺得你很陌生。之前無論你與士族互相殺戮也好，毀滅西窟也罷，我都能夠理解。因為對世人而言，以牙還牙，以怨報怨乃是常態，貧僧佛法低微，也改變不了什麼，可是你不應該辜負一個人的情感。魚藻從小就信任你，愛慕你，窮盡一生尋找你，可是你不但辜負了她的信任，還以欺詐的手段來利用她。你被狼占據了身軀，我仍然認為你是呂晟，可如今你被惡念占據了身軀，與那頭狼有什麼區別？」

「我確實對不住魚藻，你罵我是禽獸，我也無可辯駁。」呂晟神情中滿是落寞，「如果我們仍在持續武德七年的那場辯難，那我已經輸得丟盔棄甲，狼狽不堪。如今的我只能從深淵中仰望法師，高山仰止。」呂晟喃喃道，「你說，我該拿你們怎麼辦？」

「呂郎君，莫要存婦人之仁！這兩人留不得！」李植沉聲道，「我知道你想把法師送到西域，讓他去西遊，可是李淳風呢？他們清楚知道我李氏在這場謀反中扮演的角色，也知道五大士族是被無辜裹挾，萬一李淳風回到長安，皇帝詢問，而他如實交代，那我李氏危矣！」

「你閉嘴！」呂晟煩躁地喝道。

「五大士族會翻案！」李植道。

「你閉嘴！」呂晟大怒。

「三年謀劃，你什麼都沒有改變！」李植也大吼。

呂晟和李植怒視著，誰都不肯退讓，此時李烈推開門急匆匆進來：「報告家主，肅州刺史牛進達抵達瓜州城北的州城驛了！」

這下兩人顧不上爭吵，李植急忙問：「他帶了多少人？」

「兩個團，共計四百人，全是軍中越騎。」李烈道。

越騎便是擇取軍中善騎射、才力優越者組建的騎兵，由越騎校尉率領，是軍中精銳。

「呂郎君，玄奘和李淳風更不能放了。」李植道，「士族被王君可控制在軍中，唯一的關鍵就是牛進達，一旦玄奘跑去告知牛進達，讓他逃走，這場叛亂就會虎頭蛇尾，根本打不痛朝廷。」

「可是，」呂晟沉吟，「就如我們之前商討的，若讓李琰拿到瓜沙肅三州的兵權，這場叛亂便不是我們能控制的了。」

「老夫管他山崩地裂，我要令狐氏死！我要五大士族連根拔起！」李植滿臉猙獰，「這是我的夢想，也是你的夢想，誰背棄，誰就死！」

「讓我死？就憑你們幾個？」呂晟森然道。

李烈急忙把李植護在身後，李家死士持起弓弩，將呂晟團團包圍，氣氛一觸即發。呂晟也受到殺機的觸動，漸漸心神不穩，手指上慢慢冒出一截烏沉沉的狼爪。

「呂晟，」李植大駭，知道呂晟一旦變身，自己這十幾個人根本不夠他殺，急忙大叫道，「你只剩二十多天的壽命，難道你謀劃三年，要帶著遺憾而死嗎？翟紋怎麼辦？」

呂晟一怔，喃喃道：「我死之後——」

「你死之後，五大士族會彈冠相慶！你死之後，翟紋將會苦不堪言！」李植大吼，「你死之後，何必管他洪水滔天！」

呂晟兩眼血紅，緊緊握著拳，狼爪刺入掌心，有鮮血流出。他霍然轉身望著玄奘：「法師，今生對不住你了，來世再賠罪！」

李植大喜，喝道：「殺了他們！」

李烈一揮手，死士手中的弓弩一起對準了玄奘和李淳風，正要扣動扳機，忽然聽得庭院中響起哞哞的牛叫，聲音極為悽慘。眾人愕然間，轟隆一聲，房門被撞得四分五裂，七八頭大公牛慘烈地嘶叫著衝了進來。牛的屁股上，赫然有一道血口。

砰！一名死士來不及躲避，被牛撞上後背，整個人都飛了起來，骨斷筋折，而另外幾人也被撞翻在地，無數的蹄子從身上踩過。眾人紛紛躲避，場面混亂不堪，這群驚牛在屋子裡亂衝亂撞，還有兩頭牛一頭撞在牆壁上，轟隆一聲，夯土砌成的牆壁幾乎倒塌，灰塵和房頂的泥坯掉落下來。

「師父、李博士，走！」驚牛後面突然閃出一條人影，赫然便是李澶。

李澶一把抓住玄奘和李淳風，撒腿就往外跑。

「攔住他們！」李植大吼，李烈等人想要衝出去，卻被驚牛擋住了。

李植氣急敗壞，從死士手中抓過一把弩，扣動連發，弩箭噗噗噗地釘在眾人身後的門框上，還有一枝穿透了玄奘的僧袍。玄奘一踉跌在地上，隨即爬起身，在地上接連幾個翻滾，躲開弩箭，衝出了貨棧。

李澶在街上早已備好馬匹，三人連滾帶爬地上了馬，狠狠一夾馬腹，戰馬疾馳而去。李烈等人衝了出來，徒勞地射了幾箭，卻只能眼睜睜看著玄奘等人繞過街口，消失不見。

李植和呂晟也奔了出來，李烈灰頭土臉地迎上去：「家主——」

李植狠狠一巴掌抽在他臉上：「追！」

「別追了。」呂晟道。

「他們定然是去找牛進達了！」李植咬牙道。

「眼下臨江王也在追捕他們，他們沒那麼容易見到牛進達的。」呂晟道，「我們只需看住兩個地方，都督府和官舍。他們要找牛進達，離不開這兩處，命人藏在街上，一旦見到他們，立刻射殺。」

李植想了想，下令：「李烈，你親自帶人去。若有失手，自裁！」

「是！」李烈抱拳領命。

「他們若能暗殺玄奘，玄奘早死了無數次了。」呂晟神情落寞，轉身朝另一個方向走去，「這場友誼，最終還是得結束在我手裡。」

李澶帶著玄奘和李淳風在街巷中快速穿行，對面街上忽然奔過一群兵卒。三人急忙躲到一輛大車後，靜靜等待那群兵卒過去。

一名騎兵從後面追了上來，喝道：「誰是火長？」

火長急忙走出來：「何事？」

那騎兵道：「臨江王有令，玄奘和李淳風格殺勿論，另一名年輕書生嚴加保護，不得傷害！」

火長道：「三名賊人，除了和尚外，兩名書生年齡相仿，如何辨別？」

騎兵道：「簡單，和尚隨便殺，兩名書生綁送都督府。」

「喏！」火長和眾兵卒一起喊道。

騎兵疾馳而去，火長帶著兵卒繼續搜索。

三人輕輕吐了口氣，李澶和李淳風一起看向玄奘，玄奘苦笑不已。

李澶低聲道：「師父，一會兒找個成衣鋪子，給您換身衣服，這一身僧衣太惹眼了。」

「世子，你如何又返回了？」李淳風問道。

李澶苦笑：「在貨棧時，我聽見你對我師父說的那句話了，雖然沒有聽清，卻絕不是師父跟我說的那番。我知道事有蹊蹺，便留意了一下，發現你們和呂晟之間的氣氛頗為緊張，便沒動聲色。」

玄奘對李澶的機敏頗為讚許：「世子真的是一夜之間穩重了許多。」

「我折回來後跳進貨棧，聽到了你們的對話。」李澶搖頭不已，「真沒想到呂晟竟然成了這樣的人，為了報復五大士族，不惜讓瓜沙肅三州千萬無辜的人喪命。我們都錯看他了。」

「一個被仇恨浸泡三年的人，我早該想到會這樣的。」玄奘苦澀。

三人找到一家成衣鋪子，李澶出錢買了三套衣袍，玄奘還戴上襆頭，不過他光頭沒有鬢角，這襆頭戴上去也頗有些古怪。

玄奘彆彆扭扭的，合十道：「阿彌陀佛，貧僧——」

李澶急忙拽下他的胳膊：「師父，您還是別阿彌陀佛了。」

玄奘醒悟，苦笑不已。

「師父，我這就送你們離開瓜州。」眾人離開成衣鋪子，走上熙熙攘攘的大街，李澶道，「我在瓜州城待了三年，上至鎮戍校尉，下至販夫走卒都認識不少，我找一家商隊，護送你們進入莫賀延磧，去高昌國。」

李淳風道：「世子，我不去天竺呀！」

「你雖然不去天竺，卻得暫避一時。」李澶道，「若我所料不差，從瓜州到長安的驛路肯定被遮蔽了，你回不去。如果不想捲入瓜州的戰亂，你就去高昌國待上幾個月，看看局勢再做決定。」

李淳風啞然，他知道李澶說得一點沒錯，可想到居然要去高昌，心中說不出得悽惶。

「那你呢？」玄奘問道。

「我不走。」李澶慢慢道，「魚藻被王君盛帶回了阿育王寺，師父您說過，每個人生命中都有一樁要扛起來的使命。我和魚藻的使命就是扛起我們對國家的忠誠，無論是綱常倫理還是國家律令，都不允許子女告發父母，我們也不會去告發他們。只是我們要站出來，要讓他們知道，他們敢背叛國家，他們的子女就敢背叛他們。」

玄奘動容：「你們要在婚宴上挾持他們？」

李澶搖搖頭，苦澀道：「都是我們的阿爺，哪裡下得了手。魚藻在他們手中，我看是必須完成這樁昏禮了，我和魚藻會在婚宴上發難，保護牛進達殺出瓜州，決不能讓肅州兵權落入阿爺手上。」

「你阿爺有一萬大軍，靠你們區區幾人想殺出瓜州，機會實在渺茫。」玄奘道。

「是啊，九死一生。」李澶笑道，「不過也沒什麼，就像魚藻說的，夫妻同命，一起生一起死罷了。」

玄奘默默地看著他，第一次對自己這個弟子生出一股敬意。

「能娶到魚藻，是我一生中最大的幸福。」三人朝城門處走去，李澶雖然比原先堅韌得多，可內心依舊柔軟，說到動情處就忍不住眼眶通紅，「我原想能帶給她一生的幸福，可是今夜我們就要死了，我連片刻的幸福都不能給她。我們這一生太過短促，太過慘澹，我想若能讓她在臨死前開心一下也好，我不想她嫁給我之後連個笑容都不曾有過，所以她提出讓呂晟在迎親路上劫持她，帶著她在天上飛一飛，我立刻便同意了。我沒法帶給她的歡樂，別人能帶給她，也挺好。可到頭來，魚藻連這點心願都無法滿足了。」李澶終於流下淚水，哽咽道，「師父，我想讓她帶著笑容死去。」

玄奘停下腳步，凝視著李澶，輕聲道：「世子，貧僧來滿足你們的心願。」

「師父，您——」李澶怔住了，就是李淳風也詫異無比。

「貧僧佛法粗疏，也不懂法術道術之類的東西。」玄奘慢慢道，「可是無論佛法、道法不都是為了救贖世人，使人心安樂嗎？我們此生黯淡，可貧僧卻想在今夜的瓜州城放一朵煙花，燦爛一時。」

瓜州西城，宣德坊。

呂晟坐在酒肆的二樓，這座酒肆靠近宣德坊的坊牆，坊牆只有丈許高，坐在二樓居高臨下，可以看到坊外鎖陽大街上的熙攘人群。

玉門關司馬普密提帶著兩名普通打扮的狼兵侍立在身後，微微躬著身。

呂晟朝鎖陽大街觀察著：「你說一個時辰前，玄奘和李淳風、李澶在這一帶察看了很久？」

「是，阿郎。」普密提道，「他們測量了坊牆的高度，路面的寬度，以及各種距離，據說三人在街上談了許久才各自散去。」

「他們到底要做什麼？」呂晟深感疑惑，「這一帶並沒有什麼特別之處。」

普密提正要說話，呂晟卻擺擺手阻止了他，目光專注地望著大街，普密提詫異地看過去，只見一支五十人的鐵甲騎兵正列隊前行，最前方打著肅州刺史的旗號。

在隊伍前的高頭大馬上，端坐著一名樣貌整肅、高大魁梧的四旬男子，身高足有六尺五寸。如今並非戰時，所以他穿著輕便的皮甲，身後的一隊越騎卻身著明光鎧，手持槍矛，即使行走於街市之中，也目不斜視，按照行軍陣列前行，一看便是百戰餘生的軍中精銳。

想來此人便是肅州刺史牛進達，身後是三輛牛車，裝載著他從肅州帶來的賀禮。這是要去都督府敬獻賀禮吧。

鎖陽大街上的百姓早就知道這是肅州刺史，也不懼怕，避在道旁指指點點，向身邊的人眉飛色舞地講述當年瓦崗寨群雄的英雄事蹟，彷彿自己親身經歷過一般。

就在這嘈雜聲中，牛進達猛地心有所感，抬頭側望，恰好對上呂晟的目光。牛進達並不認識呂晟，然而卻瞳孔一縮，似乎感受到一股極大的威脅。

兩人隔空對視了片刻，才互相撤回目光。牛進達不動聲色，繼續馳行，隊伍很快消失在東城的城門處。

「好生厲害，」呂晟喃喃道，「這種沙場征戰出來的悍將，果然沒有一個好對付的。

我心中只是略略有些殺意，居然就被他察覺了。」

「他再厲害，在阿郎面前仍是一介凡人。」普密提笑道。

「你不懂，想殺此人，並不容易。」呂晟道，「好了，你繼續說，還查到了什麼？可有玄奘的下落？」

「屬下不知道他在哪兒，只查到他去過哪些地方。」普密提道，「他帶著兩名索子匠去了一家鞣皮鋪，訂做了兩條三十丈長的鹿筋細繩，粗細不超過半分，纏以細麻增加韌性，外表塗黑。」

呂晟詫異道：「他這是要做什麼？」

「屬下也不知，我等到達的時候他已經離開了，只說一個時辰後回來取貨。」普密提道，「然後我詢問店家他的去向，說是去西市採買一些硫黃和硝石。」

呂晟臉色有些凝重：「硫黃和硝石是用來製作伏火[23]的，玄奘採買這些做什麼……哦，他定是幫李淳風買的，此人懂得丹經內伏硫黃法。那麼後來呢？」

「後來玄奘在東西兩市請了些各行會的博士，一名畫匠，一名縫皮匠，兩名洗染匠，兩名塑匠，兩名鐵匠，四名紙匠，六名木匠。」普密提一一說道。

呂晟如墜五里霧中，半晌才道：「他這是要做什麼？難不成要蓋房子？」

「蓋房子用不著洗染匠。」普密提低聲提醒。

「我當然知道！」呂晟惱怒，「然後他人呢？」

「跟丟了。」普密提道，「他把這些人帶去了某個地方，我們沒打聽到。」

「那麼，李澶和李淳風呢？」呂晟問。

「這兩人沒有找到，似乎與玄奘分頭行動，要採買大批物品，不知要造什麼東西。」普密提小心翼翼地道。

呂晟沉吟半晌，忽然道：「你說李澶仍與他們在一起，沒有回阿育王寺？」

「是的，屬下在阿育王寺派了人，確定李澶沒有回去。」普密提道。

呂晟看看天色：「這會兒已是申時末了吧？李澶和魚藻的迎親隊伍戌時一刻就要離開阿育王寺，只剩下一個多時辰，他難道不成婚了嗎？」

「應該不會。」普密提道，「王家娘子仍在阿育王寺，李澶應該不會丟下她逃走。」

「這倒也是。」呂晟面色嚴肅，推桌起身，「既然不是要逃，那必定是在謀劃什麼，要破壞今晚的叛亂。你帶我去玄奘最後跟丟的地方，必須立刻抓住此人！」

「世子一定不會逃的，十二娘還在阿育王寺，他不會逃的。」

都督府後堂，王利涉正賠笑勸說著。

李琰彷彿困獸般走來走去，怒吼道：「他不逃又會去哪裡？為何至今不回阿育王寺！只剩一個時辰了，新郎不在，這婚典如何舉辦？」

「大王少安毋躁，少安毋躁。」王利涉勸著，「這會兒賀客都已上門，敦煌各士族的家主也到了，您一會兒出去接見，萬萬不能有半分焦躁。」

李琰點點頭：「兵卒都埋伏好了嗎？」

「瓜州兩個鎮的兵力都埋伏在都督府周邊，共有五百人，東城的三座城門也已戒嚴，整個東城密如鐵桶。您一聲令下，連隻蒼蠅都飛不出去。」王利涉道。

李琰焦慮的神色略略有些緩和。

這時都督府的總管來報：「啟稟大王，王刺史差了王君盛來求見。」

「王君盛來了？快請！」李琰急忙道。

李琰平復一下心情，端坐在堂上。不一會兒，總管帶著王君盛急匆匆地進了堂內，王君盛向李琰見禮。

李琰笑著：「君可派你來可有什麼事嗎？」

王君盛直接道：「大王，我已經向阿郎彙報了十二娘和世子劫走玄奘的事。阿郎聽說世子至今仍未找到，心中頗為憂慮，命我來聽聽大王的打算。」

「這逆子！」李琰恨恨地道，「你回去請刺史放心，只要十二娘好端端地待在阿育王寺，他就跑不遠。戌時之前，我一定會抓住這逆子。」

「如果能找到世子，順利昏迎自然是最好。」王君盛道，「可阿郎想問，萬一世子沒有找到，大王有沒有備用的方案？」

「備用的方案？」李琰愕然，與王利涉對視了一眼，硬著頭皮道，「這成婚之事哪裡有什麼備用的方案？難道君可有好主意？」

王君盛沉聲道：「大王，這場昏禮對你我而言，最重要的就是誘捕牛進達，必須舉辦，至於昏禮的主角是不是世子和十二娘，並不重要。」

「啊？」李琰好半晌沒明白，「你是說……君可是說……」

「我家阿郎說，」王君盛一字一句道，「如果世子找不到，大王不妨找一名身材樣貌相似之人，從阿育王寺迎出婚車。」

李琰和王利涉面面相覷。

王利涉忍不住道：「可是十一娘不肯吧？」

「由不得她不肯。」王君盛道，「這點我家阿郎會辦好，大王勿要擔心。」

「那麼，進入都督府之後呢？」王利涉思考著，「還要進行撒帳儀式，如今中庭裡賀客們都已到了，這些人是都督府和州縣各級衙門的官員，瓜州、敦煌各士族的家主，都認得世子啊！」

「阿郎說，這些人都不重要，重要的是牛進達。」王君盛道，「牛進達已在前往都督府的路上，大王須在婚車抵達前把牛進達灌醉，屆時婚車一到，在假世子亮相前立即動手！」

李琰明白王君可的打算了，他思忖片刻，雖然比原計畫提前，卻沒有什麼大的漏洞，於是默默點頭：「利涉，你馬上安排。」

王利涉領命。

李琰問道：「君可何時入城？」

沒有王君可在場，他還真沒有信心能順利拿下牛進達。

王君盛笑道：「阿郎屆時會協助大王擒拿牛進達。只是牛進達帶的三百五十名越騎駐紮在羊馬城中，阿郎希望大王能讓他帶五百人進羊馬城，協助大王拿下這些親兵。」

不等李琰回答，王利涉笑道：「此事不用你家阿郎費心，大王已在羊馬城安排了一千甲士，拿下那些越騎毫無問題。」

「大王既然有安排，阿郎也就放心了。」王君盛並沒有爭辯，「阿郎擔憂的，是牛進達的魚符究竟是隨身攜帶，還是放在羊馬城讓越騎校尉保管。所以，請大王屆時不能放走任何一名越騎，若是拿不到魚符，即使捕了牛進達，也是前功盡棄。」

李琰的臉色嚴峻起來，王君可的擔憂確實有道理。牛進達未必會隨身攜帶魚符，叛亂一起，萬一逃出一名越騎，將魚符帶出瓜州，那可就誤了大事。

李琰正要說話，卻見王利涉笑道：「這點大王也考慮到了，他會命獨孤刺史親自率人圍捕，絕不會走脫一人。」

「那我就放心了。」王君盛笑道。

說話間，忽然有部曲來報：「大王，肅州刺史牛進達到！」

李琰一個激靈，閉上眼睛深深吸了口氣。他知道，生死勝敗，終於要見分曉了。

第二十八章　重演當年事，送君上天庭

「戌時正，日夕——」

坊外主街上隱約傳來報漏的聲音，呂晟帶著普密提和兩名星將，舉著火把，猛然撞開一家貨棧的坊門，卻發現寬大的貨棧裡空空如也。

天色已經黑透，呂晟舉著火把，臉色陰沉地在貨棧中行走，地上散落著紙片、竹篾、皮革等物，還堆著一堆堆的木屑，打翻的顏料罐到處都是，凌亂不堪。

顯然這裡就是玄奘等人最後的藏身地，他們在這裡組裝了一具大型物體，卻在呂晟追到之前離去。

呂晟在地上一點點地翻找，發現一張紙上似乎有痕跡，他拿起來觀看，紙上畫的是一座建築的結構圖，彷彿是城門，上面用細線標著各種尺度。

「是瓜州的城門嗎？」呂晟翻來覆去地看。

普密提忽然道：「阿郎，這不是城門，是鼓樓，西城的鼓樓。」

呂晟恍然，西城南北狹長，鎖陽大街貫穿南北，這座鼓樓就在鎖陽大街的正中。城樓上置鼓，每日晨時擂開門鼓，黃昏擂閉門鼓，全城皆聞。兩個時辰前，玄奘和李淳風、李澶考察的地方就在鼓樓和東城城門之間。

「走，馬上去鼓樓！我倒要看看他們搞什麼鬼！」呂晟帶著眾人離開貨棧。

這個時辰早已宵禁，呂晟和普密提等人換上敦煌兵卒的甲衣，騎馬來到坊門。值夜的武侯大聲喝問，普密提便拿出公文。這是李植早就準備好的，眾人的身分乃是都督府與城外敦煌軍的信使，上面蓋著敦煌刺史的大印。印鑑雖然是假的，卻毫無破綻。武侯也知道如今的瓜州城各方勢力雜處，軍情往來頻繁，便不疑有他，當即開門放行。

呂晟策馬疾行，不多時便來到鼓樓。鼓樓早已閉門落鎖，不過旁邊一座屯兵的營房仍然亮著燈，駐紮了一伍兵卒，看守鼓樓。

呂晟將馬匹扔給普密提，信步走到營房前敲門，當即有兵卒開門，看了看呂晟，詫異道：「你們是……敦煌的兵？」

呂晟並未說話，徑直走進房內，房間不大，左右兩間都是兵卒的臥房，剩下的四名兵卒尚未睡覺，一起詫異地看著他。

「你們的伍長是誰？」呂晟問。

伍長陰沉著臉起身：「我便是伍長，你是什麼人？」

「如今誰在鼓樓上？」呂晟問道。

伍長臉色變了，伸手便去抄一旁的橫刀，卻突然眼前一花，呂晟不知何時竟到了他面前，一把扣住他的咽喉，森然盯著他：「回答。」

「敵襲——」其餘四名兵卒大譁，紛紛要抄傢伙動手，普密提和兩名星將的三把弩箭立時對準了他們；眾人都不敢動彈了。

「是……是世子！」伍長臉色漲紅，喘息著說道。

呂晟一言不發地盯著他：「還有誰？」

「一名僧人，穿著常服，還有一人是書生打扮。」伍長掙扎道，「世子要借用鼓樓，是我們校尉陪著來的，我不敢拒絕。」

呂晟手一緊，喀嚓一聲擰斷了伍長的脖子。普密提一聲令下，弩箭齊射，噗噗噗噗，四名兵卒也被射殺當場。

「你們且在這裡守著，我獨自上去。」呂晟一鬆手，扔掉了伍長的屍體，接著離開營房，徑直登上鼓樓。

鼓樓高達三層，與城門樓齊高，樓梯內一片漆黑。呂晟踩在樓板上，年久失修的樓板發出嘎吱嘎吱的聲響。他徑直走到頂樓，頂層是一座覆瓦的坡頂，其下整齊地安置著四面大鼓，靠南面的露天處，則安置著一副日晷。

呂晟站在鼓樓邊緣，扶著女牆望去，通透的星光密密麻麻地鑲嵌在天空，明月半掛東方，在鼓樓上切割出明暗的光影。縱目望去，古老的瓜州城並未熟睡，各坊內依然有點點燈火，一座浩大的古城在視野中鋪展開來。

更遠處，昏暗的祁連山彷彿一條巨龍盤伏，山頂上月光映照，仍可看見點點瑩白，那是山頂的積雪。

「呂兄終於來了。」忽然，身後傳來一個人的聲音。

呂晟緩緩轉回身，卻見玄奘和李澶、李淳風從暗影中走了出來，玄奘光頭，卻穿著平民服飾，兩隻手掌虛虛地合十，朝自己笑著。

「你知道我要來？」呂晟沉聲道，「難道那些線索是你故意留給我的？」

「自然，」玄奘笑道，「今夜就是為了請呂兄來此觀賞一場雜耍。」

「什麼雜耍？」呂晟問道。

「臨江王讓一名親衛冒充世子，帶著魚藻的婚車離開了阿育王寺，再過一刻鐘就要抵達鼓樓。」玄奘道，「你曾經答應她，要帶她在天上飛一飛，既然你不願做，貧僧就請世子來完成。」

呂晟頓時怔住了。

玄奘朝李澶和李淳風擺了擺手，兩人一起動手，轉動了兩架絞盤。兩架絞盤安裝在鼓樓的女牆上，相距三丈，正好是鎖陽大街的寬度。絞盤一轉，慢慢地拉起兩根漆黑的繩索，那繩索似乎有彈性，遍體染成灰黑色，在絞盤上繃得緊緊的，另一端從半空延伸過去，夜色深沉，根本看不清連接到哪裡。

「這就是你去鞣皮鋪訂製的鹿筋細繩？」呂晟喃喃道，卻仍然疑惑。

「沒錯。」玄奘道，「呂兄請看，鎖陽大街左右側的兩座坊，我們在靠近坊牆處立了兩根五丈高的旗杆。」

呂晟望過去，果然看見坊牆內側架了一根高大的旗杆，比鼓樓還要高上兩丈。玄奘一邊說，三人一邊忙碌，他們將兩根鹿筋細繩拽緊，再把兩根繩子扯過來，將前端的掛鉤往李澶身上一勾，李澶身子頓時往前一傾，急忙抱著女牆站好。

李淳風從旁邊的箱子裡拿出一塊塊的厚木板，開始往李澶的身上纏。

「你們這是——」呂晟駭然色變。

「這是要重演武德九年，敦煌城甘泉大街劫親的一幕。」玄奘盯著他，一字一句道。

「愚蠢！」呂晟哈哈大笑，「你們居然以為奎木狼的神通是人為？」

「沒錯，」玄奘坦然道，「貧僧一直有所懷疑，只是很多關竅不容易推演出來，不過今夜貧僧決定試一試。可能無法盡善盡美地還原當日的景象，但不會差太多。」

玄奘走到女牆邊，指著下面的鎖陽大街：「再過一刻鐘，魚藻的婚車就會經過此處，屆時世子會綁上繩索一躍而下，並借著繩索盪過去，衝破層層的迎親隊伍。貧僧不想傷人，因此在他身上綁了胡楊樹做成的硬木，凡是阻攔者一律會被撞翻。」

李澶拍了拍身上的木板，朝著呂晟微微一笑，李淳風立刻從箱子裡取出一張狼皮給他套在身上。呂晟看得呆若木雞，這狼皮經過裁剪，緊緊貼合李澶的身軀和四肢，還有毛茸茸的狼尾。

李淳風又取出一副狼首面罩，這面罩也是從真正的狼身上斬下來的，雖然狼的頭顱比人類小，但經過重新拼接組合，恰好能整個套住李澶的頭。剎那間，李澶便化作了一頭巨大的狼！

李澶活動一下身體，爬上女牆蹲踞在垛口上，靜靜地等待，恰如一頭蒼狼蹲踞在明月之下，望月長嚎。

呂晟眼前忽然有些迷離，彷彿想起一些悠遠而深沉的記憶，臉上出現難言的痛苦。

「貧僧計算過距離，繩索恰好能支撐世子衝入婚車。」玄奘繼續說道，「進入婚車之後，世子有幾件事情要做，首先他要捏碎藥丸，釋放出煙霧，迷暈魚藻。」

李淳風笑吟吟地拿出一枚黃色的藥丸，在手上拋著。

「然後，世子要解開身上的鉤子，繩索有彈性，我在旗杆上掛有重物，繩索會自動彈回。接著世子要用灰黑色的衣袍將魚藻裹起來，綁在自己身上。隨後，他需要冒險引爆藏在車頂華蓋上的伏火，炸碎婚車。李博士已經調製好伏火，藏在一個竹筒裡。迎親隊伍都是世子的部曲和僕役，很容易便能把竹筒藏在華蓋上。」

李淳風拿出另外一根竹筒，在手裡拋著。

「伏火炸開的聲音很弱，卻會冒出閃光和煙霧，此時夜色太暗，所有人的眼睛受到強光刺激，都會產生短暫的失明。而這一瞬間，世子必須抱著魚藻跳進街邊的水渠。」玄奘望著呂晟，淡淡道，「每個城市的坊市格局都一樣，主街兩側都有深深的排水渠，渠邊種植樹木，敦煌也一樣。」

「真是異想天開。」呂晟回過神來，咬牙道，「那他又如何登天而去？」

「哦，這個簡單。」玄奘笑道，「呂兄請看，我們在夜空中放飛了一只風箏。」

呂晟抬起頭，瞇著眼睛仔細瞧，隱約可以看見空中有一個黑點，那東西飛得太高，根本看不清楚。

「現在排水渠旁邊已安排了人，手裡拿著風箏的絲線。」玄奘解釋道，「迎親隊伍裡有世子的親信，他會一直守在婚車邊，等會兒婚車一炸，他便撲倒在地，悄悄從那人手中接過風箏線。風箏線上有鐵鉤，上面勾著一副折疊傀儡。這傀儡乃是以細竹篾紮成兩個人形，一人身上穿有新娘盛裝，一人乃是人狼形象。花轎炸碎之後，他便放開風箏線，風箏便帶著巨狼和新娘直飛上天。」

呂晟怔怔地看著他，半晌沒有說話。

「你看，這樣豈不就重演了當年那一幕嗎？」玄奘道。

「你是在指控，奎木狼乃是我假扮出來的？」呂晟咬牙道。

玄奘凝望著呂晟：「沒錯，奎木狼只是你虛構出來的人物，或者說神靈，由始至終你都很清醒，你記得所有的事情。今夜，世子劫親有他的親信配合，當年你劫親，有李植安排的人配合。至於你能從敦煌縣衙的地牢脫困而出，想必也是李氏暗中相助吧？」

「原來你今夜引誘我來此，就是為了要揭穿所謂的騙局！」呂晟大笑，「法師，奎木狼展現的神通可不僅僅是一場劫親。」

玄奘笑了笑：「這些時日我一直在思考這個問題，尤其是當初在莫高窟親眼看見奎木狼登天而去，我很清楚，這個問題不解決，我就永遠無法破解真相。李博士自幼修道，又是咒禁科的博士，定然知道所謂的法術是怎麼回事。」

李淳風張了張嘴：「我還真不知道。」

「所謂法術，與幻術、百戲、祝由術、魚龍戲、天臺山伎，其實都可歸結為一類。最早的記載如《列子．周穆王》中說道，周穆王時，西極之國有化人來，入水火，貫金石，反山川，移城邑，乘虛不墜，觸實不礙，千變萬化，不可窮極。既已變物之形，又且易人之慮。穆王敬之若神，事之若君。這化人，便是幻術師。我們且數數周穆王這位幻術師的神通，他能於水火中自由出入，金石之物可以隨意穿過，能使山川互換，能移動城邑，身體懸浮於半空而不墜，接觸實物也不會有阻礙。他千變萬化，無窮無盡。他能改變物體的形狀，也能改變人的認知。這神通比之奎木狼如何？」

「那只是史書上記載，或有誇大。」呂晟冷冷道，「法師卻將之作為信史嗎？」

「如果說《列子》不可考，那不妨看看《顏氏家訓》。」玄奘道，「〈歸心〉一篇記載，世有祝師及諸幻術，猶能履火、蹈刀、種瓜、移井。」

呂晟一時語塞，顏之推乃琅琊顏氏，堂堂士族，他作這本家訓是在隋文帝時，距今並不遠，在士族和讀書人之間廣為流傳。

「李博士應該很清楚。」玄奘望著李淳風，「所謂道術或者說幻術，可以歸類為幾種法門。一為彩法，便是以機關器械來營造；二為手法，便是有專門祕密訣竅；三為藥法，就是全憑藥物之力完成；四為符法，便是使用符咒的幻術；五為絲法，就是需要用到牽絲拽線的幻術；六為搬運法，就是憑空移物，大可移山搬海，讓身體憑空消失，小可憑空變出物體；還有一種名為工夫法，這法術沒有祕訣，依賴手法練習。李博士聽說過這些伎倆嗎？」

李淳風搖頭：「從未聽說過。」

「其實這並非什麼太複雜的東西。」玄奘道，「《南齊書．樂志》中記載，南齊武帝永明六年，從來雲霧封鎖不見真容的赤城山忽然雲開霧散，露出山中仙家景色，上面有石橋、瀑布。然而這只是道士朱僧標造就的一場祥瑞，是以整座山作為布景的機關幻術。」

呂晟冷笑：「純屬推論，毫無實證。」

「要實證也簡單。」玄奘道，「那一日在莫高窟，我和世子都親身經歷過，奎木狼在棧道上縱躍如飛，最終登天而去。」

「哦？我倒要聽聽你如何解釋。」呂晟冷笑。

玄奘笑了笑：「當時貧僧在莫高窟待了七日，曾帶著世子登上莫高窟的山頂。世子，你在山頂看到了什麼？」

李澶戴著狼頭面罩，聲音悶悶地說道：「是一個……三角木構架，一根木椽斜挑出來，伸向莫高窟的懸崖。」

「沒錯，那就是來不及撤走的機關。」玄奘道，「這件木構架其實是類似拋石機的東西，上面有橫軸、槓桿和彈袋，而木椽便是拋石機的長臂。那上面繫有一根牛筋皮繩，只要將另一端繫在奎木狼身上，拉下槓桿，長臂便會翹起，將奎木狼彈射起來。至於他跳到崖頂之後，踏空而去，其實還是用了類似風箏的手法，帶走了狼形傀儡。」

呂晟的臉色漸漸變得難看無比：「法師看來是一心要指證我了。那麼我且問你，我是文官出身，手無縛雞之力，而奎木狼力量極大，不似人類，我又是如何做到的？」

「是啊，法師，那奎木狼和我對戰過。」李淳風忽然說道。

玄奘悲傷地望著呂晟：「這件事困擾了貧僧很久。李博士，你也和星將對戰過，我問你，星將和奎木狼的力量誰比較大？」

李淳風仔細想了想：「似乎是星將。」

「沒錯。」玄奘嘆息道，「我在玉門關親眼見到降神儀式，一個普通人被埋入地底，神靈入體後突然變得身軀強壯，力大無窮，而且血液變成黑色。他沒有痛覺，智力變低，哪怕身體被刺穿仍然行動自如。事實上，這是以藥物改造的啊！幻術法門中的藥法千變萬化，各種藥物都是獨家祕訣，自己配製。」

呂晟冷笑：「法師如果要實證，你便自己把藥配製出來。」

「你是太醫署出身，對藥物比貧僧精通得多，所以……很慚愧，貧僧雖然猜得到，卻配製不出這種東西。」玄奘坦然道。

呂晟氣極反笑：「如此說來，你只需要編造一套說法，一旦碰上關鍵，就說我會，你不會。這要如何服人？」

「呂兄說得極是。」玄奘點點頭，「貧僧雖然發現破綻，卻不願聲張，就是因為難以找到證據。但藥物這件事，我卻有實證。」

「說！」呂晟冷冷道。

「你自己也接受過這種藥物改造，只是你為了智力不受損傷，服用的藥量較少，所以在力量上不及星將。」玄奘閉目長嘆，「呂兄，那日在西窟的拱橋上你說過，你還有二十日的壽命，想必是藥物摧殘的結果吧？」

呂晟霍然抬頭，盯著玄奘，嘴脣嚅動著，卻說不出話來。李澶還是第一次聽說此事，不禁大吃一驚，碩大的狼首轉過來，盯著呂晟。

「法師，我雖然只有不到二十天的壽命，卻不意味著我就是用藥物改造了自己。」呂晟黯然望著玄奘。

「那你何不拿刀劃破自己的手指，看看血液的顏色。」玄奘道。

呂晟冷冷地笑著，猛地從旁邊的兵器架上抽出一把橫刀，手掌握住刀刃，狠狠一劃。

「法師既然不信，那便來——」呂晟話未說完，便愣然愣住了。

他手掌上流淌著鮮血，可那鮮血卻非正常的紅色，而是呈黑褐色！

眾人呆滯地站在鼓樓上，盯著呂晟手上的鮮血，久久無人說話。

忽然，有鼓樂之聲傳來，眾人低頭望去，只見長長的送親隊伍沿著鎖陽大街逶迤而來。二三十輛大車，一兩百人的隊伍，幾乎塞滿整條長街。隊伍中人人持著燈籠，遠遠望去，就像一條璀璨的龍蛇。

隊伍的最前方已來到鼓樓之下，玄奘顧不得呂晟，急忙撲到垛口邊，計算著方位。眼見居中的婚車恰好到了繩索所能及的距離，玄奘深深吸了口氣：「世子，時辰到了。」

李澶扮作的巨狼長身站在垛口上，雙手張開：「師父，弟子去了。今生得遇師父，是弟子上一世的善緣。若今夜難以生還，願您我來世再做師徒。」

說罷，李澶縱身一躍，跳下了鼓樓。

呂晟痴痴地看著，在繩索的牽引下，一頭巨狼彷彿凌空飛翔，朝著迎親隊伍猛撲過去。李澶迎頭便撞上了隊伍前方的人群，剎那間人群波開浪裂，硬生生被他從中間撞出一條通道，直撲婚車！

騎馬守在婚車旁邊的，正是扮作世子的一名親衛，眼見巨狼撲來，頓時駭得魂飛魄散。但苦於手中並無兵刃，他只能大喝一聲，縱馬擋在婚車前，與當年令狐瞻所做的一模一樣。

砰的一聲，巨狼狠狠撞在他的頭臉上，把那親衛撞得凌空飛了出去，跌翻在地，昏迷不醒。

轟隆一聲，李澶撞破婚車，直撞在了魚藻身上。

兩人四目相對，魚藻神情中露出一絲欣喜，喃喃道：「你來了——」

李澶不敢耽擱，捏碎了黃色藥丸，砰的一聲煙霧彌漫，魚藻腦袋一暈，軟倒在坐榻上。李澶迅速摘掉身上的掛鉤，取出灰黑色麻袋，將魚藻從頭到腳套了進去，用繩索緊緊地捆綁在自己身上。

這時，四周已有部曲吶喊著向婚車包圍過來，李瀍掏出火摺子，順手摸了一下轎頂的華蓋，摸到一截捻子，立即點燃，然後抱著魚藻緊緊貼著車板。

四周送親的部曲和僕役剛剛到了婚車前，猛然間一聲悶響，眼前強光一閃，婚車炸裂，冒出一團白色的濃煙，裊裊直上。眾人大叫一聲，摀著眼睛往後倒退。

然而卻有一名部曲悄然靠了過來，將手中拿著的折疊傀儡往轎中一塞，不多時，白色的濃煙中猛然衝出一條天狼，那天狼四爪抓著一名盛裝女子，直沖夜空。

遠處的人發出驚呼，一起抬頭往上看。李瀍就趁著這個瞬間，抱著魚藻翻下婚車，在那名部曲的掩護下，徑直滾入旁邊的排水渠！那水渠中玄奘早已安排了一架小小的木筏，李瀍抱著魚藻爬上木筏，斬斷纜繩，木筏無聲無息地順水而去。

直到這時，李瀍才徹底鬆了口氣，手忙腳亂地將身上的狼皮和狼首脫掉，扔進水渠中，順水流走。接著撐著木筏來到了一處坊牆開的排水口，抱著魚藻跳進水中，順著排水口鑽進了坊內。

「世子！」坊內的水渠邊，早已安排了李瀍的兩名心腹侍衛等候著。

兩名侍衛將李瀍和魚藻拽上來，旁邊停著馬車，李瀍抱著魚藻上了馬車。侍衛們也登上車，無聲無息地將馬車駛入街巷中。

李瀍在車內換掉溼漉漉的衣服，也替魚藻將吉服脫了，卻不敢脫她裡面的衣衫，只好用吸水的麻紙將她身上、頭髮上的水細細地擦乾，然後抱著魚藻，貼著她的面頰沉默無語，只有眼淚慢慢流淌。

「我做到了……魚藻，我做到了。」李瀍又哭又笑，「我帶著妳在天上飛了。」

李澶從懷中掏出一張油紙包裹的袋子，從裡面拿出一根香，用火摺子點燃後，放在魚藻的鼻子下，自己的鼻子也貼了過去，一吸，猛然間腦子一暈，神思立刻迷離起來。

李淳風配製的藥物竟如此厲害，李澶臉上帶著痴痴的傻笑，看著魚藻，只見昏迷中的魚藻也慢慢露出一絲笑意，似乎沉浸在無窮的幸福中。李澶哽咽一聲，一頭栽倒。

從看到巨狼的那一刻起，魚藻就覺得自己的神思恍惚，心中充滿了大喜悅。她「看到」自己被一個人抱了起來，在一團白色的煙霧中升騰，登上了夜空。她看看抱著她的人，面目有些不大清晰，似乎是呂晟，又像是李澶。

魚藻低頭望去，身下的瓜州城燈火點點，每一盞燈火都是一戶人家，都有一個溫暖的家庭，她似乎看到一戶人家裡，兄妹二人正與父母圍坐在食床邊吃飯，一家人歡聲笑語，父母慈愛，滿是溫馨。

她抬頭看看頭頂，明月高懸，星空籠罩，她被那個人抱在懷裡，凌空而起，飛翔在宇宙星辰中。也不知飛翔了多久，她看見無邊的天上良田，田間長著粟米，每一顆粟米都浸透著星光，閃閃發亮，無邊無際的天田彷彿一片發光的海洋。

那人抱著她在天田上飛翔，他們飛過一顆巨大的星辰，那是土司空，天庭的農官。土司空忽然化作一個巨大的笑臉，說道：「下凡三年，你終於回來了。」

那人答道：「我的愛人遺失在人間，我帶著她回來了。」

魚藻飛過月亮的軌道，看見一道枯守的人影坐在桂花樹下，煉著一爐不死藥。那是太陰星君，他抬起頭瞥了他們一眼，便又低下頭去繼續煉藥。聽說，他的愛人死了，億萬年來他煉這一爐藥，就是為了讓他的愛人復活。

她又看見羲和駕著太陽，揮舞著長鞭轟隆隆地遠去，太陽的軌道後方留下永恆無盡的火影。她還看見三條蒼老的狗，勤勤懇懇在天上奔跑，放牧著一群天上的牛羊。

「我們到家了。」那人說道。

這是一座美麗的星空，十六顆星辰環繞，彷彿一艘頭尾尖尖的小船，漂泊在宇宙深海之中。

「妳願意在這孤獨的船上和我廝守嗎？」那人說道，「這裡沒有親人，沒有家園，但是也沒有紛擾，無論是十萬百萬億萬年，永遠都只有我們二人。我們坐在這星辰上，看著星海沉浮，看著人間變幻，我們不會聽見風聲呼嘯，星辰也不會說話，妳如果厭了，可以跟我講講妳曾經的故事，或者講講妳未來的夢想。」

「我們會死嗎？」她問道。

「億萬年後，星辰也會死亡。我們的身軀會隨著這星體熄滅，變得黯淡無光，最終化作一顆漆黑醜陋的星石沉入星海深淵。那時候，人間看到的，便是一顆流星劃過。」

「真好，」她說道，「連死亡都如此美。那麼，我便陪你在這裡坐上一生一世吧。」

「我便陪你在這裡坐上一生一世吧。」

魚藻喃喃說著，猛地睜開眼，看見了李澶。

「妳醒了？」李澶溫和地說道。

「你——」魚藻仍然有一半的意識沉浸在宇宙星空之中，「方才……是你嗎？」

「是我！」李澶流著淚，「我終於帶著妳在天上飛啦！」

魚藻閉上眼睛，試圖抓住即將消失的影像。星空中，那人微笑地側頭看著她，果然是李澶。

「是你……不是他……」魚藻喃喃道，「他不會這樣和我說話。他的肩膀高過承天門，只會笑著跟我說，魚在在藻，有頒其首。有女頒頰，豈樂飲酒。」

魚藻的淚水流了下來，這一瞬間，似乎有某個東西碎裂成灰。

魚藻慢慢抱住身邊這個人，李澶也擁著她，在這狹窄的車廂內，兩人彷彿互相取暖。

鼓樓上，呂晟扶著女牆，怔怔地看著下方的瓜州。

玄奘和李淳風沉默地站在旁邊，神色中有悲憫和傷感。鼓樓下，整個瓜州城彷彿一瞬間活了起來，無數的火把長龍從四面八方匯聚而來。各方勢力都被驚動，臨江王李琰、獨孤達和牛進達更是第一時間策馬趕來，命人將周圍街曲澈底封鎖。

李琰到達現場，頓時渾身冰涼，婚車四分五裂，扮演世子的那名親衛倒在地上死活不知，十幾名傷者坐在地上呻吟。

獨孤達不等李琰開口，便喝令手下的兵卒一火十人，衝進每一座坊，掘地三尺地進行搜查。但李琰絲毫不關心這個，他看了看旁邊的牛進達，心中一片冰涼，方才牛進達已經進了都督府，李琰和獨孤達親自陪他宴飲，計畫進展得十分順利，不料卻突然有人來報，奎木狼半路劫走了世子妃，世子重傷，生死不知。

賓客們一片譁然，尤其是經歷過此事的敦煌士族們，更是竊竊私語，群情湧動。這種情況下根本無法再讓牛進達喝酒，他只能帶著兵卒趕來。

翟昌、令狐德茂、張敞等家主也策馬而來。到了近前，眾人下馬，也顧不上與李琰見禮，便拽過一名僕役，詢問經過。

「翟述，」李琰問道，「聽說敦煌那場奎木狼劫親，你親身經歷過？」

「是的，大王。」翟述道。

「去看看，跟那次是不是一樣！」李琰咬著牙道。

翟述當即飛奔到婚車邊，一點點察看，又順著巨狼飛來的方向走了十幾步，眺望著不遠處的鼓樓：「那頭狼可是從鼓樓上跳下來的？」

「是，」王君盛當時在場，急忙道，「從隊伍中間一衝而過，撞翻了十幾人，最後撞進了婚車。」

「沒有停留？」翟述問道。

「沒有。」王君盛道。

翟述沉思片刻：「鼓樓上可曾察看過？」

「已經派了兵卒登樓察看。」獨孤達道。

翟述點點頭，來到李琰面前：「稟報大王，此次劫持事件與敦煌那次極為相似，但有兩點不同。」

「哦，你說！」李琰急忙道。

「首先，婚車炸裂產生的味道不一樣，」翟述道，「那次炸裂是一股令人眩暈的味道，並不刺鼻，但這次卻有濃濃的硫黃和硝石味道。」

李琰頻頻點頭：「確實如此！還有呢？」

「還有就是，這次奎木狼並沒有殺人。」翟述道，「敦煌那次奎木狼在迎親的馬背上奔躍如飛，一路殺戮殺到了婚車前，而這次卻是凌空飛翔，一衝而過。我察看了傷者的傷勢，都是肩膀和頭部受到撞擊，並沒有人死亡。」

「你是說……」李琰沉吟道，「這次並非奎木狼所為？」

「屬下就是如此判斷。」翟述斷然道。

李琰和獨孤達對視一眼，都在對方眼裡看到一股深深的悚惕。如果不是奎木狼所為，那事情就麻煩了，說明有一股不明的勢力在暗中破壞這次叛亂，而自己卻一無所知！

李琰勉強平復了一下心情，即將迎娶進門的世子妃被擄走，這可是朝臨江郡王的臉上狠狠打了一巴掌，一種難言的羞辱感油然而生，他這時才感受到當年令狐氏和翟氏的心情。

更糟糕的是，自己馬上就能抓住牛進達了，卻不得不半途放棄，倉促來到這裡。他看了一眼牛進達，此人還一無所知，正憤怒不已，拍著胸脯保證要幫自己抓捕賊人……

李琰簡直頭痛欲裂，低聲問王利涉：「王刺史知道了嗎？」

王利涉點頭：「事情剛發生，王君盛便派人出城報訊了。」

忽然有守城校尉策馬前來：「報大王，王刺史率領五百兵卒聚南門外，要求入城！」

李琰和獨孤達對視一眼，都感到深深的憂慮。

李琰疲憊地擺擺手：「讓他進來吧。」

獨孤達大吃一驚：「大王——」

「此一時彼一時，」李琰嘆道，「大事未成就想什麼制衡、駕馭，是蠢貨所為。君可的女兒被擄走，這一巴掌不只是打在我臉上，也是打在他臉上。讓他進來吧，只能帶五百人。」

獨孤達無奈地點頭，回身吩咐了校尉一聲；那校尉策馬而去。

牛進達也在現場四處察看著，親兵隊正牛喜悄悄過來，低聲道：「將軍，事情好像有些不對勁。」

牛進達淡淡道：「有什麼不對勁？」

「剛才王君可在城外叫城，要帶人進來。」牛喜道。

牛進達扔掉手裡的一塊木板：「女兒被擄走了，宣哥能不急嗎？就這個？」

「還有一點，」牛喜急忙道，左右看了看，「新郎是假的，不是世子！從剛才到現在，大王看都沒看那新郎一眼。」

牛進達面色不動，淡淡道：「自然是假的。我與世子打交道多年，怎會不認得？」

牛喜一怔：「將軍您——」

牛進達起身：「你看到的很重要，可不是最重要的。你看見周圍那些兵卒沒有？其中有玉門守捉的兵。」

牛喜一時沒有明白過來，牛進達低聲道：「眼下瓜州城盛傳突厥將來攻打，大王徵召了府兵，所以瓜州城內的兵並不缺。可我從下午進城就注意到了，城內有晉昌鎮的兵，常樂鎮的兵，這都不奇怪，但為什麼有玉門守捉的兵？玉門關守著莫賀延磧，是突厥南下的第一座要隘，連玉門的兵都調來……」

牛進達緩緩搖了搖頭。

牛喜吃驚：「將軍，咱們該怎麼辦？」

「打起精神吧，等宣哥來了，我探探他的口風。」牛進達道。

牛進達沒有再說什麼，轉身走回李琰等人所在之處。

「報！」忽然有一名校尉來報，「看守鼓樓的一伍兵卒盡數被殺，凶手逃逸。」

李琰等人大吃一驚，獨孤達當即道：「走，帶一火人，隨我上鼓樓察看！」

校尉當即召集了一火兵卒，隨著獨孤達急匆匆離開。

鼓樓上，呂晟凝望著玄奘嘆道：「原來，這就是你破壞這場叛亂的計畫。讓李澶劫走魚藻，保全二人性命，且劫親案一發，都督府內自然辦不成婚宴，各方勢力都會匯聚到這鼓樓之下。李琰為了擒拿牛進達，將都督府布置得密如鐵桶，卻被你輕輕鬆鬆就破解了。那麼，然後呢？」

「然後就該貧僧出場了。」玄奘笑道，「牛進達就在鼓樓下，五十名越騎就在他身邊，貧僧就這樣走下鼓樓，走到他身邊告訴他，李琰和王君可要謀反。」

「就這麼簡單？」呂晟難以置信。

「就這麼簡單，」玄奘道，「牛進達一入瓜州，便進了龍潭虎穴，我所能做的只是讓局勢沒那麼險惡而已。你看，這裡四通八達，要想殺出去，是不是比都督府容易得多？」

「可……你呢？」呂晟瞪著他。

玄奘笑道：「肯定會被李琰給亂刀分屍啊！」

李淳風此時才明白玄奘的真正計畫，深切感受到此人深沉如海的智慧，簡直將各方反應都謀算到了極致，他利用李澶的痴情做出一場天狼劫親，順利將李澶和魚藻送出了險境。而這場劫親餘波未散，還直接破了都督府密如鐵桶的陷阱，將李琰調到了這個毫無準備的新戰場，給了牛進達一線生機。

最重要的是，玄奘讓呂晟目睹了如何假造奎木狼的一幕，澈底戳破了他扮演奎木狼的隱密手段。

這個僧人，輕輕一推，便將四方勢力撥得暈頭轉向，方寸盡失。

「法師，」李淳風忍不住道，「你為何不考慮自己？」

「這瓜州城啊，就是一座地獄。」玄奘感慨，「佛祖指引我來到這裡，可不是要讓我坐在門口念佛的。」

呂晟怔怔地看著他。

那個武德七年與呂晟並肩的年輕僧人已經越行越遠，越來越璀璨輝煌，背影光芒萬丈，不可逼視。

他知道，這個僧人只要不死，終有一日，會成為大唐最輝煌的篇章。

而自己……

呂晟蒼涼地笑著：「我懂你的意思了，今夜讓我來看這一幕，就是想摧毀我，讓我罷手。」

「貧僧不是要摧毀你，」玄奘悲憫地看著呂晟，「而是要讓你找回真正的自己。今夜這一幕，是為了拯救李澶和魚藻，也是為了拯救你。」

「你拯救我？你如何拯救我？」呂晟眼裡流露出瘋狂，舉著手掌，「你以為這手上的血就能證明我偽造奎木狼了嗎？錯了！你錯了！這是奎木狼改造了我的身體，好承載他神靈的力量！」

玄奘盯著他：「呂兄，該清醒了。這一夜，將使整個河西陷入血火，貧僧不能見你犯下大錯。一會兒鼓樓下就要刀兵四起，我希望你能與貧僧一道，破了這場兵變。」

「法師，」李淳風道，「還想說什麼你盡快說吧！時間來不及了！」

玄奘盯著呂晟：「那貧僧就說說你在莫高窟和索易等四大術士比拚法術，那是正常的法術。術士們研究丹鼎，時常研製出一些奇奇怪怪的東西用來做符籙，有些易燃，有些含有劇毒，有些易爆。但索易寫符的顏料很讓你吃驚，你說，咒禁科果然能製出這種東西？還能長途販運？這說明你對咒禁科很熟悉，知道他們一直在研製白磷火。為什麼你知道他們在研製白磷火？貧僧也已查出真相。

「至於你平日出現的天狼形象，則是最簡單的法門，是彩法和搬運法並用。狼頭乃是以機關做成，可折疊藏於身上，只需短短一瞬便可戴上。而你在外袍下事先穿戴好狼皮，手臂和腳踝處內嵌狼爪，需要時外袍一脫，狼頭一罩，便可成為奎木狼。」

玄奘講述至此，呂晟的身體忽然顫抖起來。他抬起頭凝望著夜空，似乎想窺破天上的真相：「你繼續說。」

「貧僧的重點是青墩戍一戰，那一夜，你出現在青墩戍的烽燧上，掛上了燈籠，在沙磧中演繹出煙塵鬼影，一招手，便勾走了兩名戍卒的魂魄，重現了武德九年你在青墩戍所經歷之事。這種種手法其實很容易破解，沙磧中演繹煙塵鬼影，最慣常的手法便是揚起沙塵，沙粒會在空中形成一堵半透明的牆，只消用燈光照射人和馬匹，人和馬的影子便會投射在沙塵牆上，原理如同民間的皮影戲。

「至於對兩名戍卒勾魂，甚至更簡單，因為那兩人本來就是你安插在青墩戍的，他們其實是你的信徒。你在青墩戍被人誣陷，為了尋找證據，昭雪冤屈，在青墩戍安插了很多信徒，之後那所謂天罡三十六變的身外化身，也是信徒們假裝被附體，砍殺自己的袍澤。深夜之中，人群密集之地，恐懼會像瘟疫一般傳播，人人都覺得自己可能被身邊袍澤砍殺，於是率先砍殺他人，從而引發了慘烈的互殺。

「西窟事變之後，我一直有個疑問，為何拱橋一戰時你比在青墩戍衰弱了許多。這便是答案，青墩戍你籌謀多年，有人配合，而西窟之變事起倉促，不曾安排，兵卒中也沒有你的信徒。

「還有在青墩戍你與李淳風博士鬥法，極為精采。雙方你來我往，神通變化，然而什麼土遁、隱身，統統都是假的，因為這是你和李博士聯手表演的一場戲！」

此言一出，不但呂晟愕然，李淳風更是驚呆了，嚷嚷道：「法師，你怎麼又牽扯上了我？我……我何時跟他聯手了？這些日子我陪著你出生入死，沒有功勞也有苦勞吧？」

「抱歉了，李博士，」玄奘躬身賠罪，「不把你牽扯進來，我這個推論無法成立。因為你太關鍵了。」

「我……我怎麼就是關鍵了？」李淳風懵然不解。

「因為你和呂晟是師兄弟，你來敦煌，就是為了配合他。」玄奘含笑望著他。

呂晟臉上變了顏色，望著李淳風。李淳風張口結舌，不知如何回答。

便在這時，一陣雜沓的腳步聲登上鼓樓，只聽獨孤達喝道：「其他人在第二層仔細搜索，你們一火隨我登上頂樓，仔細搜查！」

第二十九章　有此狀者，名曰鬼邪

玄奘、李淳風和呂晟三人站在城樓上，聽著腳步聲越來越近，李淳風嘆了口氣：「我去處理吧。」

「不要傷了獨孤刺史的性命。」玄奘交代。

李淳風苦笑，走到樓梯口，小心翼翼地掏出一根竹管，拔掉兩端的塞子，放在嘴邊輕輕一吹，一股淡淡的煙霧飄向樓梯方向，接著李淳風立時閃身避開，看來他對這東西也極為忌憚。

過不多時，獨孤達帶著一火甲士持刀握弩登上樓梯，剛走進煙霧彌漫的範圍，眾人便感覺有些異樣，一個個腳步不穩，雖然掙扎著上了樓梯，可身子越發僵硬，目光也呆滯起來。

李淳風這才走過去，而獨孤達等人竟對他視而不見，似乎陷入迷幻之中。李淳風掏出火摺子吹亮，在眾人眼前虛畫出一個古怪的符號，甲士們怔怔地看著虛空中的火線，整個目光都被攝入其中。

「好了，你們且在這裡站立片刻，等我指令再下樓。」李淳風道。

獨孤達等人呆滯地站著。

李淳風走回女牆邊，朝玄奘攤了攤手。

「這就是攝魂術吧？」玄奘問道。

「小小法門而已。」李淳風板著臉道，「罪過，罪過，有些粗暴了。原本可以控制得更精準，但時間有些倉促，只好先用藥物麻痺了他們。現在沒人打攪了，法師要指控我，就儘管說吧。」

此時鼓樓上的情景極為詭異，月光映照，光影朦朧，不遠處站著十一個僵屍般的人影，而眼前三人是敵是友只在一念之間，其中一人的靈魂深處還藏著一頭即將爆發的凶狼。

玄奘知道自己是在行險，一個不慎今夜必將橫死鼓樓。

他深深吸了口氣，決然道：「武德七年，貧僧結識呂晟時，他已是修文館直學士，我並未詢問過他之前的任職經歷，但道岳法師告訴過我，呂晟最初學儒，後入終南山樓觀派修道，武德四年被傅奕舉薦，到太醫署做了個小官。而這個小官，便是咒禁科的咒禁博士！」

呂晟和李淳風互相看著對方，面色古怪。

「呂晟做咒禁博士的時日很短，因為咒禁科是武德四年太上皇命孫思邈籌建的，籌建完畢之後，傅奕便舉薦呂晟做第一任咒禁博士。只不過太上皇很快發現他醫術高超，便任命他去太醫署做了醫正，因此這段經歷不大為人所知。可貧僧恰好知道，因為當年道岳法師為了讓我在辯難中擊敗他，早已將他的來歷調查得清清楚楚。」

「可是，這也不能證明我來敦煌就是為了配合他啊！」李淳風困獸猶鬥。

玄奘道：「你們二人都出身終南山樓觀派，都受人舉薦做了咒禁科博士，師從的都是袁天罡大師，身為同門師兄弟，你說你來敦煌做什麼？別說是來給陰氏老婦人驅邪診病。」玄奘淡淡道，「所以，回答方才的疑問，呂晟對白磷火那般吃驚，便是因為他離開長安時，袁天罡和孫思邈還沒有研製成功。」

呂晟和李淳風都閉上了嘴。

好半晌，李淳風才苦笑：「法師，這中間的事情並沒有你想像的那麼簡單，我真是冤枉的！」

「是嗎？」玄奘淡淡一笑，「我後來一直問自己，為什麼呂晟要在青墩戍演繹自己被陷害的那一幕？見到你之後才想明白，其實我是做了你的替代品。呂兄，你這場戲本來是要給李淳風看的。因為李淳風是朝廷官員，你要藉由他的嘴，向朝廷講述你的冤屈。可貧僧出現之後，鍥而不捨地調查你當年的經歷，你發現我比李淳風更合適。其中緣由，或許是因為我和皇帝陛下的關係更直接吧，所以，你就把重心從李淳風身上，轉移到了我身上，你帶著我去玉門關，方便我近距離觀察奎木狼。你讓翟紋帶我去那個小院，且親自現身，展示出你一體雙魂、被奎木狼占據軀殼的假象。後又有意無意地引導我來到西窟，讓我發現士族祕密觀測天象，建造觀象臺……」

「法師何必咄咄逼人？」呂晟神情冷峻，「既然知道我是將死之人，我們保持今生的友誼不好嗎？何必在我死前互相戕害，讓彼此鮮血淋漓？」

「因為我看見了無辜者的鮮血。」玄奘沉聲道，「我因為當年的友誼來到敦煌尋你，因為你遭遇冤屈而為你求索真相，我一點點挖出了敦煌士族的惡行，可事實上，在你與士族的爭鬥中，你們都是作惡之人。你們高舉著大義的旗幟，拿著刀劍互相砍殺，絲毫不顧及周圍的無辜者。你說，失去了正義，你的復仇又有什麼意義？變成了惡人，你的理想又有什麼價值？」

呂晟勃然大怒，眥目瞪著他：「誰才是作惡之人？那些士族因為祖先的功績，數百上千年壓制寒門，壟斷仕途，這一代代一朝朝又有多少寒門士子鬱鬱而終，混同瓦礫？又有多少平民百姓被他們壓榨剝削，形同奴隸？而他們帶來了什麼？西晉亂國，五胡亂華，中原淪喪，億萬百姓淪為牲畜！在世家大族的控制下，改朝換代如同走馬，宰殺帝王如同殺雞屠狗，這其中又有多少無辜者的血？」

「他們邪惡，不在乎百姓。你為了替百姓討個公道，所以也可以不在乎百姓，是這個意思嗎？」玄奘道。

「你——」呂晟惱怒地盯著他，「法師，這世上究竟誰是無辜的？武德九年，我受到八大士族聯手打壓，全城百姓人人喊打，沒人來我家做傭，沒人給我家駕車趕馬，東西兩市沒有店鋪賣東西給我，大到鹽巴、綠豆，小到一針一線，甚至我父親病重都沒有醫師來診治，沒有藥鋪肯賣藥。坊里眾鄰，全城百姓都回應士族，要將我趕盡殺絕。我與他們有仇嗎？沒有。與他們有怨嗎？沒有。」

呂晟的眼睛漸漸發紅：「那一夜正如法師所調查，老父病危，我駕車帶他去就診，被武侯刁難，不開坊門。我跪在大雨中磕頭哀求……我，西沙州的錄事參軍，向守門之吏下跪！什麼大唐無雙士，兩科雙狀頭，那一刻，我沒有尊嚴了，我不要了，我沒有底線了，也不要了。為了救活父親，我願意妥協，願意認輸，願意像狗一樣活著，可他們不肯給我活路！你口中的無辜百姓呢？他們冒雨趴在院牆上看熱鬧！那一夜，我父親在雨中嚥下了最後一口氣，他告訴我說，高岸為谷，深谷為陵，混同士庶，眾生平等。可是，眾生平等並不意味著人格平等，有些人砥礪前行，有些人渾渾噩噩，有些人獨善其身，有些人為虎作倀。法師，你要我在芟夷士族之時一一分辨嗎？」

呂晟激昂、憤怒地訴說著，神情中卻藏著大悲涼。

玄奘沉默了很久，最終輕輕一嘆：「這就是人世間的怨憎會之苦吧。呂兄，其實我並不能以此指責你，因為換作是我，未必能比你做得更好。讀過的佛經裡也沒有教過我如何解決世間眾生的怨憎會之苦，所以我才想西遊，想要去天竺求解大道。我不知道我能不能走到天竺，不知道真正的大道在哪裡，可是我知道你所走的必定是邪路！」

「為何你確定我走的是邪路？」呂晟冷笑。

「因為你化身奎木狼，行陰謀詭譎之事，殘害清白無辜之人，不管人間朝廷還是陰司幽冥，都不會判你無罪。」玄奘道，「人類沒辦法藉由邪惡的手段，達到美好的目的。手段是必經之路，你的路是斜的，最終必將南轅北轍。」

呂晟啞然，好半晌才道：「法師，方才你指控我的很多事我都承認，不錯，挖人祖墳是我做的，引誘士族研究天象是我做的，掘開丁家壩水淹西窟也是我三年前就訂下的計策，甚至擄掠紋兒，殺害成化坊武侯、坊正也是我的意志。可是奎木狼確實不是我假扮的，他與我確實是兩個靈魂，這些年我很清楚自己經歷了什麼，我日夜被囚禁在一個無窮小的漆黑空間裡，孤獨寂寞，那一日日、一年年的煎熬絕對不是假象！」

玄奘吃驚地看著他，沒想到他到此時還在否認。

「包括李博士，他確實是我的同門師弟，可是他比我小了十歲，當年我在終南山樓觀派修道的時候，他還只是個少年。他父親子烈公與我是同門，他偶爾來探望父親時我們見過幾面，可並不相熟，我絕對沒有要他來敦煌幫我。」呂晟道。

李淳風也苦笑：「法師，我知道你不相信，但我來敦煌的原因跟你講得很清楚，是皇帝派遣我來調查真相的。我是朝廷官員，以我的職司，難道憑師兄一封書信，我就能帶著大半個咒禁科離開長安嗎？」

「法師，」呂晟誠懇地道，「我以我死去的老父之名發誓，我絕對沒有假扮奎木狼！」

呂晟居然以亡父之名發下毒誓，玄奘頓時有些吃驚。

說話間，鼓樓下又傳來腳步聲，有人在樓下喊道：「大王有請獨孤刺史！」

李淳風急忙走到獨孤達和一火甲士身邊，啪地彈了個響指，獨孤達和那些甲士的目光漸漸聚焦，恢復了神采。

「轉身。」李淳風道。

獨孤達等人呆滯地轉身。

「下樓之後，你們會忘掉剛才發生的事情。告訴大王，鼓樓上並無一人，一切如常。」李淳風道，「走吧。」

獨孤達帶著十名甲士呆滯地往樓下走去，走到樓梯口時，獨孤達一腳踩空，撲通摔倒。二樓有兵卒跑來喝問：「怎麼回事？」

甲士們這才完全清醒，晃晃腦袋，急忙把獨孤達扶了起來。

「獨孤刺史不慎摔著了。」火長道，「樓上並無一人，一切如常。」

「獨孤刺史！」那人大聲道，「西沙州王刺史到了，大王請您過去！」

獨孤達經這麼一摔，澈底清醒了，急忙起身：「走！」

兵卒們列隊下樓，腳步聲隆隆遠去。

李淳風鬆了口氣，返回城垛邊。

玄奘這才合十躬身，向呂晟致歉：「不敢，貧僧絕不敢驚擾呂公安寧。」

「法師，」李淳風忍不住道，「你是不是哪一點出錯了？」

「是，的確出錯了。」玄奘也點頭承認，「但貧僧堅信，這奎木狼絕不是天上星宿下凡。若不是呂兄假扮，那就只有一種解釋——失魂症。」

二人面面相覷，李淳風忍不住道：「你竟然認為他是失魂症？」

「是的，李博士自然知道，失魂症是一種頗為罕見的病症，又叫離魂症。醫家認為，肝藏魂，如因肝虛邪襲，便會感覺自己神魂離散，神魂離體，一身分為二人，別人不見，而自己能見。」玄奘皺著眉，「李博士學的是《禁經》，孫思邈大師是怎麼解釋的？」

李淳風無奈地道：「孫師在《禁經》中將之解釋為鬼邪：凡鬼邪著人，或啼或哭，或嗔或笑，或歌或詠，稱先亡姓字，令人癲狂，有此狀者，名曰鬼邪。不過法師若認為呂郎君是失魂症，其中還有頗多疑點。」

「請說說看。」玄奘道，「貧僧並不精通醫術，還請李博士明示。」

李淳風有些猶豫，呂晟卻說道：「李師弟，我已明白法師的苦心。他其實是在幫我找回自己，所以才辨析各種可能，你有什麼話便說吧。」

見呂晟並未否定自己與李淳風的關係，玄奘的心微微一鬆。

「如果撇開神異之舉，按照正常鬼邪……或者說失魂症來看，確實與師兄目前的情況有些相似。」李淳風道，「失魂症其實是一人分裂為二人，且二人間性格迥異，言談習性差別極大。去年我就碰上一起，長安敦義坊有名男子跌入枯井，救上來之後說自己是前隋開皇年間一姓周女子，被歹人謀害，拋屍枯井。男子嗓音丕變，尖細如女子，舉止動作也形同婦人。我當時做過查訪，前隋敦義坊中確實有一戶周姓人家，其女早夭，那男子說的詳情也大概對得上。」

「還有這種異事？」玄奘驚訝道，「那後來呢？」

「後來我以《禁經》的邪病之法為他驅邪，用鬼門十三針將他救了回來，最終他恢復常態。」李淳風道，「可後來我詢問才知道，此人從小就在性別認知方面有所偏差，一直長到九歲，都認為自己是女子。在他家不遠處的那口枯井，坊里鄰居在他小時候就傳言過，當年周家女子被歹人謀害，拋屍枯井。後來此人家中遭遇重大變故，他神魂恍惚，跌入井中，醒來後便認為自己是那周姓女。」

「確實和呂兄的情況有些像。」玄奘皺眉，「那你為什麼又認為呂晟是失魂症的疑點很多呢？」

「我見過許多失魂症之人，有些自稱被鬼魂附體，有些自稱是另外一個人，還有些自稱是東嶽大帝，」李淳風沉聲道，「可是就像我方才說的，患者無論分裂為何人，此人皆與自身有密切關係，譬如那長安男子幼年時的性別偏差，以及童年時聽說過周家女子的故事。可是奎木狼……我確實不知和呂師兄之間有什麼關聯。」

「不不不，這只是我們沒有查到而已，不是沒有。貧僧早年看過一本醫書，殘缺不全，可上面談及失魂症，讓貧僧印象頗深。」

玄奘念道：

凡人之七情生於好惡，好惡偏用則氣有偏並，有偏並則有勝負而神志易亂，神志既有所偏而邪復居之，則鬼生於心，故有素惡之者則惡者見，素慕之者則慕者見，素疑之者則疑者見，素畏忌之者則畏忌者見，不惟疾病，夢寐亦然，是所謂志有所惡，及有外慕，血氣內亂，故似鬼神也。

……正氣虛而邪勝之，故五鬼生焉……心蔽吉凶者，靈鬼攝之；心蔽男女者，淫鬼攝之；心蔽幽憂者，沉鬼攝之；心蔽放逸者，狂鬼攝之；心蔽盟詛者，奇鬼攝之；心蔽藥餌者，物鬼攝之……諸如此類，皆鬼從心生……則誠有難以藥石奏效，而非祝由不可者矣。[24]

「這幾句話是貧僧所見對失魂症最好的註解。」玄奘道，「凡一切邪犯者，皆是神失守位故也。正氣虛而邪勝之，故五鬼生焉。呂兄心中有恨，亦有愛。你愛這大唐，愛這人間，你統考六科，來驗證這科舉取士的利弊。你遍查史書，希望為大唐盛世開一劑藥方。你與我這辯難的對手惺惺相惜，只因我們胸中都有夢想。你為了老父安度晚年，拋棄長安的錦繡前程，來到敦煌與士族們和解。可是，愛得越深，往往便恨得越深。你在敦煌遭受士族打壓，老父囚困致死，你遭人陷害，被稱為叛國之臣，這就是志有所惡，及有外慕，血氣內亂，故似鬼神也。所以你分裂為二人，你心中的愛意留給了呂晟，三年來被幽禁於黑暗深處，而你心中的恨意則化作了奎木狼，狂暴凶邪，禍亂人間。」

李淳風和呂晟都默默聽著，李淳風無可辯駁，呂晟更是失神地看著夜幕下的瓜州城和城中越來越盛大的火光。

「原來，」李淳風道，「法師認為呂師兄是神魂分裂，但他自己真的不知？」

「不知。」玄奘搖頭，「一體雙魂便是如此，兩者都不會意識到自己其實是對方的影子。一個是善念，一個是惡念，一個是聖人，一個是惡魔。而惡念的存在，恰恰是善念為了欺騙自己。因為他心中的道德，不允許自己成為那樣的人。」

「那不是我！」呂晟忽然憤怒地道，「奎木狼是真的！你們若是不信，我便叫他出來！」

「師兄不可！」李淳風深知利害，急忙勸阻，心中卻暗暗埋怨，玄奘實在是太冒險了，一旦激出呂晟體內的奎木狼，破壞力之大誰都無法控制，且不說瓜州城會不會血流成河，起碼眼前自己二人是必死無疑。

「你錯了，法師。」呂晟卻沒有暴怒，森然盯著玄奘道，「無論蓄意假扮還是失魂症，你的兩種推測或許絲絲入扣，可是你卻錯了。因為我知道，我確實是被奎木狼占據了軀殼。」

他慢慢解開身上的長袍，又解開內裡的短襖，玄奘頓時如遭雷擊，澈底驚呆了。

——呂晟的身上竟然長滿了濃密的銀色狼毫！除了脖頸和手掌，整個身上都被狼毫覆蓋，完全是一隻蒼狼的模樣！

「你……你這是怎麼回事？」玄奘聲音顫抖，一時陷入迷茫。難道自己的推斷真的錯了？難道呂晟真的是被神靈下凡占據了軀殼？

「法師人稱天眼通，卻也有看不穿的虛妄！」呂晟大笑，笑聲中帶著一股悲涼，「法師若真能破解奎木狼附體之謎，我便任你處置！」

玄奘怔怔地看著他，呂晟冷笑一聲轉身就走：「今夜我原本是來殺你的，可法師苦心布置這場劫婚事件，就是想要讓我找回本心。既然你仍把我當作摯友，我便放過你一次，趕緊離開瓜州吧。」

玄奘大聲喊道：「你是不是要參與今夜的兵亂？」

呂晟回過頭：「當然，我苦心孤詣謀劃這麼多年，眼看成功在即，怎麼可能錯過？你看一眼樓下，李琰和王君可大軍合圍，你無論如何也改變不了大勢，所以我才會放過你。法師，不要再多管閒事。」

呂晟忽然一躍而起，跳下城垛，玄奘和李淳風急忙追了過去，只見一條黑影輕飄飄落在遠處一棵大樹上，再一個縱躍，消失在重重屋簷之外。

玄奘苦澀地望著他的背影，沉默了很久：「李博士，你也走吧！這些時日以來，多謝你一路陪伴，貧僧要在地獄門口念經了。」

李淳風神色複雜地望著眼前這個僧人，忽然想起一句話：地獄不空，誓不成佛。眾生渡盡，方證菩提。

鼓樓下馬蹄急促，王君可帶著五百名敦煌兵疾馳而來，到了近前跳下戰馬，徑直衝到婚車前，拽開破裂的門板，看著碎裂不堪的婚車，渾身顫抖起來。

李琰和獨孤達對視一眼，都不知道該說什麼好。

牛進達走過來，拍拍王君可的肩膀：「宣哥且放寬心，我們遲早會把姪女救回來的！」

王君可望著牛進達寬厚剛毅的面孔，略略有些失神。王君可，名宣，字君可，宣哥是當年瓦崗寨的老兄弟對他的稱呼，已經多年未曾聽聞了。

「老牛，我女兒……我女兒……」王君可聲音哽咽。他為了自己的野心不惜將女兒推進兵變漩渦，原以為自己可以面對任何犧牲，可是當魚藻真的出事，他才感受到徹心徹肺的痛。

「我知道，我知道。」牛進達安慰，「十二娘也是我看著長大的，老牛我必定全力以赴，幫你救她回來。無論誰敢傷害姪女，我們手中大軍定能將他連根拔起，血債血償！」

王君可神情複雜地看了牛進達一眼，猛然想起當初兩人在隋末亂世中並肩廝殺的光景。可如今造化弄人，兩人竟成了生死仇敵。

他默默嘆息一聲，看了看四周，又和李琰對視一眼，兩人走到偏遠的地方，其他人都知趣地遠離。

王君可額頭上滲出冷汗：「大王，事不宜遲，必須發動了！」

李琰理解他的擔憂，卻猶豫：「這裡四通八達，旁邊又有牛進達的五十名親信，一旦有閃失，怕是會被他逃走啊！」

「這個暗中的敵人我們毫無防範，根本不知道他想做什麼，要是拖下去，只怕會額外生出事端。」王君可面目猙獰，「若是他把消息洩露給牛進達呢？」

李琰也是一驚，這種可能性太大。對神祕人而言，簡直是易如反掌。

兩人對視著，深深吸了口氣，正要下令，忽然聽得鼓樓上響起宏大的鐘鳴——咚！

隨即又是咚咚兩聲，那鐘聲在寂靜的鎖陽大街上沉沉迴盪，震得眾人耳鼓發麻，彷彿整座瓜州城都在顫動，那明月似乎碎了，天上星辰也簌簌欲抖。

所有人都大吃一驚，一起抬頭，只見明月之下，夜色之上，高高的鼓樓邊站著一道人影，似乎是一名僧人，寬大的僧袍在夜風中飛舞。

那僧人雙手合十，朗聲道：「今身果是前身種，未來果是今身修。今身聞說不種果，園中果實定難求！臨江王，貧僧玄奘，敢請一見！」

此言一出，街上的人群像被定身了一般，鴉雀無聲。在場眾人大都參與過日間對玄奘的追捕，沒想到這僧人如此膽大包天，竟敢在此時出現在軍隊面前！

「給我射死他！」獨孤達氣急敗壞。玄奘是他尊崇，並推薦給李琰的人，但偏偏與自己作對，這讓他極為憤怒。

眾兵卒紛紛拉動弓箭，嘎吱嘎吱的拉弦之聲響起，玄奘沒有躲避，只是靜靜地站在女牆上。

獨孤達舉起手臂，正要下令，李琰按下他的胳膊：「去把他帶過來。」

獨孤達無奈，當即帶著一隊兵卒登上鼓樓。玄奘沒有反抗，跟著獨孤達下了鼓樓。長街上槍矛如林，弓箭環伺，玄奘面色從容地穿過重重軍陣，來到李琰和王君可面前。

李琰瞇著眼睛：「今夜奎木狼劫持事件，是你主使的？」

「是貧僧。」玄奘道。

「我女兒在哪裡？」王君可怒道。

「在地獄門外。」玄奘道，「這瓜州城眼看要陷入血火地獄，貧僧要渡人，自然是先渡伸手能及之人。」

「你這妖僧，莫要胡說八道！」王君可喝道，「來人，給我拿下！」

玄奘忽然瞋目大吼：「李琰、王君可意圖謀反，諸位身為大唐將士，切勿附逆！」

正要上前的兵卒頓時嚇得一哆嗦，都愣住了。

玄奘毫不躲閃，盯著牛進達大喝：「牛進達，今夜之局便是為你而來！還不快走！」

王君可從部曲手中抄過陌刀，一刀劈向玄奘。

「宣哥且慢！」牛進達一怔，從兵卒手中抽出一桿槍矛，閃電般挑向王君可的陌刀刀柄。卻不想王君可突然變招，陌刀掃向牛進達。牛進達大駭，再變招已來不及，一豎槍矛，噹的一聲響，陌刀劈在槍矛上，槍桿斷成兩截，刀勢卻不減。牛進達猛然仰身後退，噗的一聲，陌刀劃過他胸口的皮甲，像撕紙一般將皮甲撕開一道巨大的口子，胸口鮮血流淌，但牛進達好歹躲過了一刀破胸之劫。

「將軍！」牛喜等人這才反應過來，一擁而上，護住了牛進達。

「眾軍聽令，」李琰大吼，「牛進達勾結突厥，玄奘便是為他居中奔走的奸細。陛下密令，捉拿牛進達！」

李琰和王君可的上千名親信兵卒當即大踏步奔了過來，發出吼吼之聲，互相穿插列陣，將牛進達和玄奘等人團團圍困。

而旁邊的令狐德茂、翟昌、張敝等都傻了眼，翟述急忙抽出横刀，將家主護在身後。

牛進達臉色鐵青，喝道：「抬我的馬槊！」

牛喜等人急忙抬過來一桿丈八馬槊。這桿馬槊乃是隋末牛進達從一名隋朝將門世家中繳獲的，製作極為精良，是取上等柘木的主幹，剝成粗細均勻的篾，再用魚膠膠合而成。這些細篾在油中反覆浸泡了一年，不變形，不開裂，膠合之後，外層再纏繞麻繩。待麻繩乾透，再塗以生漆，裹以葛布。葛布上再上生漆，乾一層裹一層。如此一來，既有彈性，又有硬度，刀砍上去，槊桿發出金屬之聲，卻不斷不裂。

牛進達這桿槊還是雙刃槊，前端和尾端各裝有一截一尺六寸長的槊鋒。這種槊極難操作，稍不留神就會誤傷自己，然而騎陣之時可以左右擊刺，威力巨大。三國的公孫瓚、十六國的冉閔、南梁的羊侃等勇力絕倫的猛將，用的都是這種雙刃槊。

牛進達雙刃槊在手，輕輕拉過玄奘：「法師，且到我身後。」

牛喜等人急忙護住玄奘，牛進達長槊一揮，四周的兵卒紛紛後退，立時圈開一塊方圓兩三丈寬的空地，只有王君可持著陌刀，傲然站立在圈中。

「臨江王、王刺史，」牛進達冷冷地看著二人，「你們這般誣陷牛某，莫不是真的要謀反吧？」

「牛進達！」李琰怒斥，「謀反的人是你吧？本王早就收到密報，說你勾結突厥，企圖與突厥裡應外合，攻破瓜州！陛下有密令，命我將你捉拿，還不扔掉兵刃！」

「牛某有沒有謀反，自己清楚！」牛進達咬著牙，「我卻是不明白，你堂堂郡王，皇室貴胄，大唐和陛下待你何其之厚，你為何要謀反？還有你！王君可——」

王君可一言不發，冷冷地盯著他。

牛進達長槊一指，痛心疾首：「你我是瓦崗山上十餘年的袍澤，多少次同生死共患難，當年我們隨著秦叔寶在兩軍陣前投了陛下，隨著他打下這赫赫江山，本來能永享富貴，你為什麼要自取滅亡？」

「自取滅亡的人是你吧？」王君可眼眶通紅，幾乎淚水長流，嘆道，「大王給我看過陛下的密旨，你罪證確鑿，還有什麼可辯解的？老牛，想我瓦崗英雄，單雄信怙惡不悛，被陛下殺了。王伯當死忠李密，也被殺了。羅士信戰死洺州，裴行儼被斬洛陽，到如今還剩下幾人？你我兄弟，我實在不願殺你，只要你棄了兵刃投降，我力保你不死！」

「你……你無恥！」牛進達鬥嘴鬥不過王君可，氣得直哆嗦。

「既然如此，莫怪我刀下無情！」王君可大吼一聲，揮刀直進。牛進達長槊一抖，噹噹噹雙方兵刃相接聲密如暴雨，陌刀力大刀沉，長槊殺傷範圍廣，神出鬼沒，王君可一時拿不下牛進達，而牛進達也逼退不了王君可，雙方陷入僵局。

「眾將士，殺賊！」李琰一揮手，獨孤達和王利涉率領兵卒蜂擁而上。

牛進達長槊如暴雨梨花般抖刺，七八名兵卒隔著一丈多遠便被刺殺當場，而擁來的兵卒還擋住了王君可的刀勢，氣得王君可喝退他們。

整條長街北側無人插得上手，雙方都是長兵刃，一下子圈出半條街的範圍，牛進達一人獨擋長街北側，而南側的兵卒吶喊著衝上，牛喜率領五十名越騎組成人牆，將玄奘護在身後，槍矛如林，雙方遠距離捅刺，場面慘烈無比。

令狐德茂和翟昌等家主們遠遠站在軍陣後面，臉色鐵青，卻一言不發。

今夜他們的心情大起大落，被眼花繚亂的變局給弄懵了。原本跟隨王君可的大軍東進瓜州，沒想到剛離開敦煌沒多久，就被王君可軟禁了。令狐德茂等人心中已有預感，大事不好了。

果然，在這大街上，李琰和王君可擒拿牛進達，悍然造反。士族家主欲哭無淚，一個個惶惶不可終日。他們都很清楚，自己又給王君可捐助錢糧，又隨他出兵，這行為在朝廷看來擺明了就是附逆。

翟述跨前一步，低聲道：「各位家主，我們該怎麼辦？」

令狐德茂冷冷道：「今夜事態詭譎，我們兩不參與。」

「是啊，」翟昌也道，「不管誰勝誰敗，我們保持中立，是最好的選擇。」

「二老糊塗啊！」翟述也顧不上尊卑，急道，「以二老的智慧自然明察秋毫，這是臨江王和王君可謀反！我們身為大唐臣民，遇上邊將謀反，如何保持中立？」

「怎麼不是牛進達謀反？」陰世雄冷冷道，「事情還未搞清楚就貿然參與，不是智者所為。」

翟述冷笑：「牛進達要謀反？他會毫無防備讓人困在這裡？他會把自己的四百越騎放在羊馬城？諸位都是長輩，老成持重是對的，可是要分得清大是大非。」

「你說我分不清大是大非？」陰世雄大怒。

「我說的不只您一個！」翟述寸步不讓，「謀反的人是誰，我看各位長輩心知肚明，我們此前實際上是被王君可軟禁在軍中，他要幹什麼，難道各位家主心中沒個想法嗎？這會兒保持中立，我看是為了保全自身吧？」

眾家主面面相覷，默然不語。

「述兒，」翟昌溫和地道，「你說的或許沒錯，可眼下是在瓜州城中，城內城外有臨江王和王君可的上萬大軍，牛進達只是困獸之鬥罷了，我們哪怕參與也改變不了什麼，目前最佳的策略就是少安毋躁，擇機行事。」

「阿爺！」翟述仍然不肯妥協，「只要今夜他們謀反成功，我們就沒有機會了。王君可出兵的錢糧是我們資助的，他出兵瓜州是我們隨軍的，屆時在朝廷眼裡，我們最輕的罪名也是附從叛逆！」

「你說的雖然沒錯，但是——」張敞沉聲道，「我們如果此時動手，只會讓臨江王切菜削瓜一般把我們殺掉。我們實際上已經成了人質，只能虛與委蛇。至於朝廷那邊你不用擔心，不管我們張氏還是你們翟氏，以及令狐氏、陰氏，在朝廷裡又不是沒有人，到時候做一場功勞出來，給朝廷有個交代便是。」

翟述悲哀地看著眾人：「諸位是士族家主，我只問一句，若無朝廷，何來的士族？士族與誰共治天下？我們七百年扎根敦煌，吸食民脂民膏，到頭來難道連自己的百姓都守護不了嗎？我是朝廷邊將，吃的是朝廷俸祿，喝的是這方水土，決不能眼看謀反發生卻無動於衷！」

翟述大踏步走了出去，翟昌嚇得大叫：「述兒，你要幹什麼？」

「報君沙場上，提劍為君死！」翟述轉身。

「幼稚！」翟昌怒不可遏，「你是我最看重的兒子，怎地如此迂腐？身為士族，最重要的責任不是效忠朝廷，而是保全家族！你得罪了臨江王，我翟氏該如何自處？」

「阿爺，保全家族是您考慮的事情，而我——我是大唐邊將！」翟述一字一句道，「國難當頭，我要告訴朝廷，士族男兒並非都是孬種！」

「殺賊——」翟述大吼一聲，從一旁的兵卒手中搶過一把陌刀，揮刀從南街兵卒的背後殺了進去。

翟昌淚眼漣漣地看著兒子像飛蛾撲火一般衝了過去，忽然大吼道：「各位家主，敦煌覆滅，我等根基何存？」

令狐德茂陰沉著臉，看了看眾人：「諸位，關乎士族抉擇的生死關頭又一次到來。這次沒有時間考慮周全，我只告訴諸位，我三弟如今在朝廷為官，我令狐氏絕不背叛朝廷！」

陰世雄一跺腳：「媽的，不想了！老子和陰妃、陰侍郎認了本宗，賭一把了！」

張敞嘆了口氣：「六年前張護謀反，我張氏和朝廷已達成協議，不能再背信棄義了。」

索雍笑咪咪道：「既然諸位打算死在這裡，索某陪著便是。反正無論誰控制敦煌，都離不開我們士族。既然家族不會有事，索某何惜一死。」

氾人傑、宋承熹二人也決然點頭。翟昌大喜，流著淚向四周拱手。眾人叫過帶來的部曲，合計有四五十人，這些精銳部曲持刀彎弓，整齊列隊。

令狐德茂指著戰場，喝道：「今夜有死無生，用你們的命去告訴臨江王，士族並非都是孬種！」

四十餘人發出怒吼之聲，追隨翟述吶喊著衝殺過去。

不遠處的獨孤達大怒，卻知道這些家主還不能殺，於是命瓜州兵一擁而上，用槍桿劈頭蓋臉地亂打，把令狐德茂和翟昌等家主打得渾身是血，跌翻在地，盡數捆了起來。

此時翟述已和瓜州兵接觸，待精銳部曲一加入，頓時形成一把厚厚的尖錐，破入瓜州軍陣。瓜州兵沒想到有人從背後殺過來，翟述沉重的陌刀開路，擋者無不肢體斷裂，人頭滾滾，軍陣被翟述硬生生殺穿。

牛喜大叫：「來者何人？」

「西沙州子亭守捉使，翟述！」翟述叫道，吩咐士族部曲，「你們擋住這邊，我去助牛刺史！」

「好漢子！」牛喜等人放開一條通道，讓翟述過去。

路過玄奘身邊時，玄奘朝他合十，翟述抱拳回禮，一言不發，拎著陌刀殺向王君可。

牛進達便是與王君可激烈廝殺之際，也是眼觀六路，見翟述過來，哈哈大笑道：「好漢子，敦煌翟氏，名不虛傳！」

「我來纏住他的刀，你只管突進！」翟述簡單地說著，揮刀衝向王君可。

「狂妄之徒！」王君可冷笑，揮刀連劈，翟述舉刀招架，嚐嚐嚐三聲巨響，兩把陌刀交擊，震耳欲聾。

翟述只覺手臂發麻，胸口氣血翻滾，幾乎握不穩刀柄。王君可陌刀上下翻飛，刀勢猛烈，角度刁鑽，三四招後翟述便招架不住，連連後退，卻兀自咬牙死撐。

「好刀法！」牛進達大笑，雙刃槊一抖，一尺六寸長的槊刃從翟述上下左右刺出，每每在翟述無法抵擋之時閃電般刺出，攻擊王君可要害。王君可不禁手忙腳亂，他短時間內收拾不了翟述，每每翟述被自己打出破綻，牛進達的長槊便會刺到，讓他疲於應付，被兩人聯手殺得節節後退。

「弓弩手！」李琰大叫，「射——」

王君可被牛進達和翟述死死纏住，無法使用弓箭，獨孤達令旗一揮，南面的一旅弓弩手列隊上前，王利涉立刻率領槍矛兵遠離牛喜等人。弓弩手前排蹲下，後排站立，一百人幾乎擠滿了整條街。月光與火把映照，弩手的箭鏃閃耀著密密麻麻的光芒。

牛進達的越騎是來赴宴的，並沒有攜帶大盾等物，眼看就要陷入絕境。

牛喜大叫：「同袍們，大唐邊將，死國可乎？」

「可──」數十人異口同聲。

牛喜跨前一步，大聲唱道：「受律辭元首，相將討叛臣。咸歌〈破陣樂〉，共賞太平人。」

竟是大唐的軍中歌謠，當年呂晟所作的〈秦王破陣樂〉。

「四海皇風被，千年德水清；戎衣更不著，今日告功成。」眾越騎一起唱和，同時又有九人跨步上前，與牛喜並肩而站，挨擠得極為密集，堵住了半條鎖陽大街。眾人將手中槍矛橫放在胸口，十桿槍矛連成一排，每根槍矛都被三四個人抱住。

「射──」獨孤達下令。

嘣嘣嘣──上百枝弩箭密如蝗蟲般射在了前排的越騎身上。越騎們都穿著明光鎧，極為堅硬，但如此近的距離仍然防不住弩箭攢射，每一根弩箭都深深射透了鎧甲，扎入肌骨。

弩箭連發，嘣嘣嘣，瞬息間牛喜等十名越騎身上被射了上百枝弩箭，如同刺蝟一般，早已氣絕身亡，卻沒有一枝弩箭能突破他們身體的防禦，傷害到後面的袍澤！

身後的越騎們嘴裡唱著〈秦王破陣樂〉，眼睛裡淚水奔流，卻毫不遲疑地將一根根槍矛釘入戰死者的背甲，另一端扎在地上。如此一來，牛喜等人死而不倒，以屍體為同袍們築成了一座血肉長城！

第三十章　叛與叛，局中局，人狼變

反叛的瓜州兵都驚呆了，便是弓弩手也呆若木雞，玄奘怔怔地看著眼前的景象，淚水流淌。

「啊——」牛進達目眥欲裂，他轉身要回去，卻被翟述拽住。

「牛刺史，莫讓你的兄弟們白死！」翟述喝道，「我來纏住王君可，你帶著玄奘法師殺出去！」

牛進達擦了擦淚水，讓玄奘跟在自己身後，和翟述大踏步前行。王君可冷笑著擋在街上，翟述迎了上去，雙方剛拚了幾記，牛進達的雙刃槊忽然從詭異的角度直刺過來，趁著王君可挑開翟述的陌刀，噗的一聲刺在他腰肋上。王君可大叫一聲，倉皇後退，所幸身上披著明光鎧，這一槊刺得並不深。

「刀盾兵，上！」李琰見王君可擋不住二人聯手，喝道。

一旅刀盾兵密密麻麻地如牆前進，牛進達一邊幫助翟述激戰王君可，一邊長槊展開，閃電般捅刺，從盾牌間轉瞬即逝的縫隙中入刃，一刺即收，一擊便有一人慘叫倒地。可如此一來，翟述壓力陡增，招架王君可更為吃力，瞬息間，身上便連中數刀，雖然王君可顧忌牛進達的長槊，不敢把刀勢使老，無法重傷翟述，但翟述明顯支撐不了太久。

翟述就像逆著暴雨狂濤，渾身浴血，咬著牙一步步掙扎前行。他與牛進達兩人一刀一槊，竟將王君可和上百名刀盾兵殺得人仰馬翻，節節後退。忽然眼前一敞，兩人居然殺到了十字街，而剩下的越騎，仍據守著牛喜等人鑄就的血肉長城，殺得孤獨達等人寸步不得前行。

然而，李琰也發了狠，又調動一旅刀盾兵，將牛進達和翟述以半弧形包圍，絕不讓他們突破十字街。雙方就在這街口慘烈廝殺，地上屍體枕藉，血流成河。牛進達和翟述突破到此，也漸漸力竭，兩人都渾身是傷。

「耗死他們！」李琰兩眼通紅，瘋狂嘶吼。

忽然間，橫街上傳來轟隆隆響聲，李琰轉頭一看，只見一輛兩匹馬駕的馬車瘋狂地從橫街上疾馳而來。街上兵卒想要阻攔，可那馬車上的馬夫拚命抽打馬匹，馬匹長嘶著橫衝直撞，幾名兵卒迎面被撞得翻滾過去。

馬車衝到十字街上，轟隆隆一聲撞進刀盾兵的陣列中，把正在廝殺的刀盾兵撞得人仰馬翻，混亂不堪。接著馬車碾壓到屍體，一顛，斜著飛了起來，兩匹馬加上巨大的車輛整個橫掃而來，掃翻一大片兵卒，連王君可也不得不倉皇退避。

車輛上兩條人影飛身而下，在地上一個翻滾，便到了牛進達和玄奘的身邊。其中一名男子喝道：「師父，走！」

「你們怎麼又回來了？」玄奘這才看清，竟然是李澶和魚藻。

「我們此生無憾，」李澶笑道，「便來選一種最燦爛的死法。」

「別廢話，殺！」魚藻二話不說，腳尖挑起地上一根槍矛，指著王君可，「阿爺，我來領教領教您的刀法！」

「妳個孽子！」王君可的鼻子險些氣歪。

「不要傷了澶兒！」遠處的李琰雖然也是氣不打一處來，卻急忙叮囑。

王君可深吸一口氣，剛要提刀上前，卻見李澶、翟述、牛進達一起殺了過來。這可是萬萬抵擋不住的，王君可只好閃身退避。

牛進達轉過頭，忽然一聲呼哨，抵擋獨孤達的越騎和士族部曲們立刻捨棄同袍築成的防禦，快速撤回。獨孤達催促兵卒追趕，然而兵卒們來到牛喜等人屹立不倒的屍體邊，竟是一陣驚悚，半晌沒敢過去。

越騎們和牛進達等人會合一處，奮力往前殺，最終突破了王君可的防線，朝西城的北門奔去。王君可和獨孤達等人也合兵一處，在後面緊緊追趕。

李琰早在北門安排了人馬，整整一團兵卒在城門嚴陣以待。

玄奘大叫：「上城牆！」

魚藻和李澶作為前鋒，順著馬道登城，牛進達居中，一邊保護玄奘，一邊利用長槊的優勢，上挑馬道上的敵人，下阻王君可的攻勢。翟述則率領那群越騎和士族部曲，聚集在馬道下，死死擋住蜂擁而來的瓜州兵。

魚藻和李澶殺退城頭的兵卒，順利登上城頭，牛進達帶著玄奘也奔了上來。

「牛刺史，城牆太高，下不去！」李澶叫道。

牛進達往下看了看，西城的城牆高有三丈，城牆外便是瓜州的羊馬城，駐紮了兵營，即使跳下也只會陷入大軍包圍。

「沿著城牆往西走！」玄奘道，「一直走到外城的最西端，便可跳下城牆。」西邊的城牆與外城的城牆連接，外城的城牆相對要矮許多，與羊馬城一樣，只有兩丈高。

「殺賊——」城下響起翟述的嘶聲大吼。

眾人低頭往下一看，只見王君可率領無數的兵卒已經淹沒了翟述和越騎們，翟述的身影在無數的刀光劍影中忽隱忽現，甲冑崩裂，渾身是血，兀自揮刀廝殺。噗——蜂擁而上的瓜州兵紛紛舉刀，翟述奮戰的身影最終消失在刀光中。

而越騎們也徹底被淹沒，無一生還。

牛進達淚水長流，卻決然道：「走，終有一日，我要他們血債血償！」

魚藻和李澶在狹窄的城頭上奔跑，牛進達和玄奘緊跟其後。猛然間女牆外白光一閃，一匹巨大的蒼狼一躍而出，撲在牛進達身上。砰的一聲，那蒼狼的力量極為巨大，竟把牛進達撞得凌空跌出牆外，轟然一聲砸在城牆下的一處民房頂上！

牆上牆下所有人都驚呆了，那頭蒼狼蹲踞在女牆上，對著明月仰天長嚎。

「奎木狼——」玄奘驚怒交加，沒想到呂晟——或者說奎木狼最終還是參與了這場亂局，而且在最關鍵的時刻改變了整個局勢，直接將牛進達送入敵手！

「哈哈——」奎木狼發出人聲，大笑道，「人間亂局，不如隨我冷眼旁觀！」

奎木狼張口一噴，一股黑霧撲在玄奘臉上，玄奘頓時眼前一黑，一頭栽倒。奎木狼飛身過去，一口叼住玄奘的脖頸，兩隻前爪一抓，抓著玄奘如飛而去，瞬間便消失在東面的城牆深處。

「師父——」李澶呆若木雞，正要追過去，卻見王君可和李琰帶著兵卒們已登上了城牆，正冷冷地盯著他們。

「孽子！」李琰氣得直哆嗦，舉起手中的橫刀作勢要砍，最終還是沒捨得砍下去。

王君可臉色鐵青，提著陌刀走到兩人面前，魚藻和李澶互相拉起手，對視一眼，臉上帶著一絲笑容。

李澶大吼：「我夫妻誓不與逆臣為伍，此命系父親所贈，便請收回，再不相欠！」

王君可怒哼一聲，一刀便劈了下去。

「君可住手！」李琰大駭。

王君可刀到中途，忽然手腕一翻，刀刃後收，刀柄向前，砰砰兩記，閃電般敲在兩人的後頸。魚藻和李澶眼前一黑，身子軟軟地倒了下去。

李琰急忙跑上城牆，抱起了李澶，見他只是昏過去，這才鬆了口氣。他眼中露出難言的痛苦，輕輕捋好李澶散亂的頭髮，喃喃道：「再不相欠了嗎？不，澶兒，我欠了你啊！」

王利涉急忙喊來親衛，將二人抬回都督府看押。

「別綁，小心勒痛他們，關到房內即可。」李琰叮囑，「對了，傳最好的醫師！」

王君可搖頭不已，走到城牆邊緣朝下面喊：「牛進達抓到了嗎？」

獨孤達抬頭喊道：「王公，牛進達拿下了！人還活著，昏迷不醒！」

只見一群兵卒從民房的瓦礫中走了出來，四個人一起抬著牛進達高大的身軀；另有一人扛著他那桿雙刃槊。

王君可長長出了一口氣，喊道：「快搜！魚符在不在他身上？」

獨孤達如夢方醒，急忙衝過去，在牛進達身上摸索起來，好半晌，才慢慢抬起臉。借著明亮的月光，王君可看見他臉色一片煞白。

「魚符……不在……」獨孤達喃喃道。

李琰蹭地跳了起來，臉上汗如雨下，嘶聲大叫：「找！去廢墟裡找！」

獨孤達慌忙帶著兵卒衝進已成廢墟的民房。

「大王，最害怕的事情還是發生了。」王君可道。

「不不不，一定能找到的……就在廢墟裡，」李琰六神無主，「一定在廢墟裡……」

「大王！」王君可抓著他的胳膊，咬牙道，「鎮定！越是這種時候，越要鎮定！這情況我們不是早有預料嗎？牛進達是來赴宴喝酒的，帶魚符的可能性只有五五罷了！魚符若不在他身上，就在羊馬城的越騎營中！」

兩人站在城牆上往下面的羊馬城看去，瓜州的羊馬城面積極大，與西城相當，是東城的一倍多，東西狹長，實際上算是瓜州北部的外城。城中主要是駐紮軍隊以及儲存軍需和糧草等物，居民也是為軍隊提供服務的人員。

此時羊馬城內的軍隊也被西城內爆發的激戰所驚動，只是隔著一座城牆，誰也不知道發生了什麼事，各部營地都進入警戒狀態，舉著火把的兵卒四處調動，遠遠望去，就像無數條盤繞遊動的龍蛇。

「羊馬城中瓜州駐軍有三千人，我這就命人剿了他們，找到魚符！」李琰道。

「不妥！」王君可急忙阻攔，說道，「大王，牛進達的越騎營有三百五十人，剿滅雖然簡單，可羊馬城太大，只要走脫一人，咱們就功敗垂成了！」

「那你說怎麼辦？」李琰又沒了主意。

「率領越騎營的是牛進達的親信校尉，秦剛，是從瓦崗便跟隨他的老兄弟，與我熟識。」王君可沉吟道，「我帶著我的五百敦煌兵過去，與他搭話，藉機突入營中控制住秦剛和他的中軍，便能找到魚符。至於之後，這些肅州兵是殺掉還是收編，就看他們的選擇。」

「善！」李琰大喜。

王君可當即下了城牆，召集自己的兵馬，命人打開北門，轟隆隆地疾馳而出。

五百兵卒沿著羊馬城中橫貫東西的街道前行，不久便到了肅州兵駐紮的營地。瓜州是河西重鎮，這座羊馬城其實是專為屯兵而修建的，街道規劃得極為整齊，每一座坊就是一座兵營，其中建造著密密麻麻的夯土平房作為兵舍。

肅州的越騎們駐紮在丙六坊，圍牆只有八尺多高，雖然裡面還有一道四尺高的牆墩，但西城的喊殺聲早已驚動了他們，兵卒們站在牆墩上，上半身露在牆外，一個個神情凝重。

王君可率領兵卒徑直從丙六坊的大門口經過，看都沒看，隊伍滾滾而去。

肅州兵默默地看著，忽然有一人高聲喊道：「是王公嗎？在下秦剛！」

王君可已經走過門口，又勒馬回頭，往牆上看了看：「原來是秦校尉。」

「王公，這是要到哪兒去？」秦剛神情有些焦灼，卻笑著問道。

「哦，我帶進城的這五百人馬，大王安置在羊馬城了，我帶他們過去駐紮。」王君可道。

秦剛恍然，道：「王公，剛才聽到城內有喊殺聲，不知發生了什麼事？我家刺史去赴您家十二娘與世子的婚宴了，也在城中，我命人去打探，可守城的瓜州兵卻不讓進城。」

「確實是發生了些麻煩事，」王君可道，「臨江王破獲了突厥安插在城中的奸細，這些奸細為了活命，居然突襲迎親的隊伍。臨江王在城中圍剿，我憂心十二娘的安危，便率領五百兵卒入城協助。」

秦剛大驚：「十二娘怎麼樣了？沒事吧？」

「如果沒事，我何必憂慮。」

王君可嘆息了一聲，揮手命趙平道：「你帶著隊伍去丁九坊，我與秦校尉多年未見了，留在這兒聊聊天。」

「是！」趙平領命，帶著人馬繼續前行。

王君可帶著馬宏達等五六個人撥馬來到坊門前，看樣子是要進坊與秦剛聊天。秦剛被魚藻遇襲之事吊起了胃口，見他只帶了幾個人，便沒在意，吩咐兵卒打開坊門，自己來到坊門口迎接。

王君可等人面色從容地策馬進入坊門，剛一進門，馬宏達等人忽然揮起陌刀，劈嚓一聲劈斷門閂！秦剛大驚失色，只見王君可策馬疾馳，剎那間便來到面前，陌刀刀背狠狠地拍在他身上，秦剛陡然飛了出去。

「殺——」王君可陌刀一指，原本前行的敦煌兵迅速轉向，潮水般衝進坊門！

肅州越騎雖然訓練有素，但此時根本沒有排成陣列，哪怕各團各旅的校尉和火長組織人手抵擋，也根本無法與成形的軍陣抗衡，很快被切割分化，面臨逐一圍殲的命運。

王君可不管這些小事，下馬將秦剛提了起來，拖著他走進中軍大堂，將門關了起來。

馬宏達等人守在門口，片刻之後便聽到裡面傳來秦剛慘烈的叫聲，想來是在用刑。

整座丙六坊內喊殺震天，雙方接近千人在這狹窄的兵營內慘烈廝殺，殺到最後雙方都被逼仄的地勢給分割開來，幾乎成了大混戰，於是情勢更加慘烈，人頭滾滾，血流成河。

不到一刻鐘，中軍大堂的門一開，王君可一手拿著魚符，一手拖著秦剛走了出來。秦剛身上血跡斑斑，神情委頓。

「刺史，得手了？」馬宏達大喜。

王君可笑著揚了揚手裡的魚符，將秦剛拽了起來：「傳令吧，命他們投降！」

秦剛想來是被折磨得夠慘，抬起頭嘶聲大吼：「肅州兵聽令，放下武器，不得抵抗！」

馬宏達抓著秦剛在坊內一邊走，一邊命幾名通傳兵異口同聲大喊：「秦校尉有令，肅州兵放下武器，不得抵抗！」

聲音遠遠地傳了出去，正在殊死抵抗的肅州兵看見秦剛被擒，頓時沒了志氣，生死關頭，終於有人扔掉兵刃，隨即就像瘟疫傳染一樣，眾兵卒紛紛扔掉兵刃。

「收繳兵刃，剝掉甲冑，押著他們進城，向臨江王獻捷！」王君可道。

羊馬城最邊緣的城牆上，玄奘悲哀地看著丙六坊中血與火的碰撞，奎木狼仍是狼的形態，高高蹲踞在女牆上，口中發出人聲，對玄奘嘲諷地說道。

「看見了沒有？你們澈底敗了！」

「李琰捉了牛進達，滅掉兩個團的越騎，連魚符都拿到手了，瓜沙肅三州的兩萬兵力已全部被他掌控。」奎木狼笑道，「李琰和王君可肯定會突襲甘州，張弼只有區區五千人，必然抵擋不住，甘州失守，涼州危矣！」

「涼州是河西樞紐，駐紮了五萬兵力，李大亮能征慣戰，他們拿不下涼州的。」玄奘慢慢地說著，似乎在給自己一個微渺的安慰。

「哈哈哈——」奎木狼大笑，「莫忘了突厥！頡利可汗內外交困，瓜州兵變，是他翻盤的大好機會，他必定不會放過，只要率領大軍南下攻擊涼州。嘿嘿，李大亮遭到兩面夾擊，焉能不敗？大唐失去涼州，邊境線便到了蘭州。李琰和吐谷渾、突厥的領土便能連成一線，只要唐軍敢出蘭州一步，必定面臨三家合圍。這人間，當真好看！」

玄奘怒視著他：「奎木狼，你為什麼如此想見到人間禍亂？」

奎木狼露出「愕然」的表情，好半晌沒說話，似乎在思考著這個問題。

「你如果當真是天上神靈，這人間與你有什麼關係？你如果下凡是為了尋找披香殿侍女，既然已經找到翟紋，只需與她廝守便是，可你為何挑動邊疆叛亂，讓整個河西陷入血火地獄？」玄奘步步逼問，「這根本不是神靈關心的問題，因為在天上神靈看來，所謂人間爭鬥無非是螻蟻互咬，有趣味嗎？」

奎木狼「氣急敗壞」：「我就是覺得有趣，怎樣？」

「不，你不是因為趣味，而是因為仇恨。」玄奘盯著他，「因為你根本就不是什麼天上神靈，你只是呂晟心中的惡念所化。是呂晟將他的冤屈，將他的仇恨，將他一腔抱負無處施展的痛苦分裂出來，化作你這麼一頭妖物！」

「胡說八道！」奎木狼面目猙獰，狼爪猛地扣住玄奘的咽喉，森然道，「你以為我不敢殺你？」

玄奘漲紅了臉，拚命扳著奎木狼的前肢，卻根本推不動，奎木狼靜靜地看著他，等他快要窒息時才獰笑著鬆開爪。玄奘蹲下身咳嗽半晌，才直起腰：「貧僧……貧僧還是要說……呂晟，我不管你聽不聽得到，可我要告訴你，每個人活在這世上，都會被兩種人圍繞，朋友和敵人。你的敵人雖然多，朋友卻也不少，貧僧我算一個，還有翟紋、魚藻、李澶、李淳風，以及趙富、鄭別駕、呂師老，他們之中有人對你一往情深，有人為你上下奔走，有人為你不顧一切，更有人為你慷慨赴死。呂晟，這世上之人待你不薄，這大唐天下待你不薄。上天從不曾厚此薄彼，他給予每個人的得和失都是均等的，愛與恨也都是均等的，為什麼有些人覺得天下人皆負了他？因為他只看到仇恨和失去，而不曾看到情義和擁有。」

奎木狼「怔怔」地看著他，玄奘一字一句道：「呂晟，我知道你能聽到，我知道你就藏在這副軀殼之下，請你睜開眼睛看一看，大漠的夜晚並非都是冰冷的，你用手碰一下，沙子底下仍有溫度。」

喀嚓，奎木狼的利爪搭在城垛上，不知不覺微微用力，像是想把利爪伸進沙子下一樣，抓裂了青磚。

羊馬城通往西城的城門是一座甕城，外面聚集著無數的兵卒，正憤怒地吵嚷。

獨孤達登上城樓，往甕城下看去，頓時頭疼不已，只見甕城下王君可的五百敦煌兵押送著近三百名肅州越騎俘虜，還有一些維持秩序的羊馬城駐軍，正吵吵嚷嚷，大聲朝城上叫罵。

「怎麼回事？」獨孤達詢問守城校尉。

那校尉無奈：「刺史，您也看見了。王刺史擊敗了肅州越騎，抓了秦剛，拿到了魚符，押送俘虜要來向大王獻捷。可大王和您下過嚴令，今夜瓜州東西二城戒嚴，這麼多人亂糟糟的，我怎麼讓他們進城啊！」

「這個……」獨孤達也有些為難。眼下才剛剛控制住瓜州局勢，李琰半請半脅迫，把瓜州和敦煌的士家大族們請入都督府，正在對他們威逼利誘，到底誰擁護大王，誰暗藏禍心，實在是說不準，放這麼一大堆人進來，確實難以控制局面。然而王君可卻不同，他不但是此次謀反的核心人物，更拿到了肅州的魚符，不讓他進來萬萬說不過去。

「王公！」獨孤達喊道，「城內正在搜捕亂黨，局勢混亂，您不如命軍隊回營地駐紮，帶上二三十人來覲見大王，如何？」

王君可騎在馬上，沒有說話，但手下的兵卒們不答應，一名火長大叫道：「臨江王要舉大事，難道這時候便要卸磨殺驢了嗎？」

「對！」另一兵卒怒吼，「我們為了大王血戰，死傷了多少兄弟？一心歡喜來向大王獻捷，卻被拒於門外，這就是我們誓死效命的明主嗎？」

這話一出，不但敦煌兵，就連羊馬城內跟隨李琰謀反的瓜州兵也心有戚戚焉。願意在一開始便追隨李琰造反的，誰不是憋著一口氣，要趁著亂世謀取功名財帛呢？這八字還沒一撇呢，大王就如此薄待眾人，以後還有盼頭嗎？

獨孤達臉色有些難看，他其實心裡也有算盤，瓜州起事順利，臨江王正在和士族們談判，眼看天一亮就要宣布起事，按功封賞。雖說王君可是舉事的主要推手，可眼下東西二城內都是自己的瓜州兵馬，照理說自己可以占盡好處，可一旦放了王君可的軍隊進來，這封賞就必定會傾向王君可。

獨孤達心中實有不甘，但又該如何安撫王君可和城下兵卒的情緒呢？他一時心亂如麻。正思索間，王利涉急匆匆奔上城樓，叫道：「獨孤公，大王有令，請王公和有功將士進城！」

「可這麼多人……」獨孤達有些猶豫。

「獨孤公糊塗！」王利涉低聲道，「他們拿了魚符，就握有肅州的六千大軍啊！如此大功怎能不賞？大王馬上就要宣布舉事，這正是千金馬骨之意！」

獨孤達默默點頭，下令開城。

城外的兵卒一聲歡呼，亂糟糟地擁進城來，王君可也不勒令，只是慢悠悠地騎著馬，跟在兵卒和俘虜們的後面。獨孤達知道他是在向自己示威，既然已經妥協，他也不準備和王君可撕破臉，當即笑著走下城池，來到王君可面前。

「恭喜王公！」獨孤達笑道，「一舉拿下肅州魚符，大王這回是徹底放心了！」

王君可高坐馬上斜睨著他，忽然抽出陌刀一刀劈了過去，大吼道：「李琰、獨孤達聚眾謀反，殺無赦！」

獨孤達還沒反應過來，刀光一閃，一顆頭顱沖天而起。

「殺——」馬宏達一揮手中長槊，亂糟糟的敦煌兵迅速組成陣列，朝城門口的瓜州兵猛烈攻擊。

趙平割斷秦剛身上的綁繩，遞給他一把陌刀，秦剛身子一挺，哪有半分頹廢的模樣，揮刀大吼道：「肅州越騎，滅叛賊，救牛公！」

「滅叛賊，救牛公！」作為俘虜的肅州越騎紛紛從後面的大車上取出兵刃，加入敦煌兵。

「走，奪取東城！」王君可一抖轠繩，率領著騎兵毫不停留，風馳電掣般朝著東城的城門口衝去。

王利涉本來跟隨在獨孤達身後下城，結果還沒下馬道就看見眼前的一幕，嚇得魂飛魄散，一個趔趄跌坐在地。他如何還不知道，王君可竟然包藏禍心，與肅州越騎串通造反！

城下轉眼間已經殺得屍橫遍野，到處都在激烈廝殺，王利涉悄無聲息地跑上城牆，順著城牆往東城奔去。

這瓜州城所謂東西二城，只不過是在內城的中央砌了一道城牆，將一座城分為兩半，但外廓的城牆卻是相連的。王利涉連滾帶爬地在城上狂奔，到了東城的北牆處找了一條馬道下去，結果又跌了一跤，咕嚕嚕滾下馬道，摔得頭破血流。

王利涉不顧疼痛，順著街道奔向都督府。

路過東城的城門處，就見紛亂的火光中，王君可已經奪下城門，守門的兵卒正四散潰逃。王利涉不敢耽擱，狂奔到都督府門口，門口的校尉董江正驚疑不定地盯著城門方向，見王利涉如此狼狽，大吃一驚。

「王參軍，怎麼回事？」董江問道。

「反了……王君可殺了獨孤刺史，反了！」王利涉撕心裂肺地大吼，「快關上府門，報告大王！」

董江也嚇得魂飛魄散，只見街道盡頭，王君可騎著高頭大馬，揮著陌刀疾馳而來，遇見抵抗的兵卒便是一刀下去，所過之處人仰馬翻，屍橫遍野，宛如殺神一般。

董江和王利涉招呼兵卒退入都督府，轟隆隆地關閉了大門。

在河西之地，軍事重地基本上都是堡壘形制，都督府更不例外，厚厚的夯土圍牆高達兩丈，牆上還建有箭垛和敵樓，大門更是堅硬的胡楊木所造，厚達半尺。都督府原本為了對付牛進達，駐了五百人馬的重兵，董江和王利涉招呼兵卒們上牆據守，王君可一時半刻倒也拿不下來。

但王君可根本不在意，李琰如今不過是甕中之鱉而已。他指揮兵卒們清掃周邊，控制東城重地，又叫來了馬宏達：「你立刻帶領重兵去拿下都督府的大獄，把牛進達、崔敦禮，還有那些家主們救出來，萬萬不能讓他們有損傷！」

「是！」馬宏達帶著兩百人疾馳而去。

「趙平，」王君可道，「去打開武庫，把投石機、雲梯等攻城器械搬出來！」

「是！」趙平也帶了五十人急匆匆而去。

王君可不再說什麼，只是騎在馬上，拖著陌刀，駐守在都督府門前。四周兵卒舉著火把，照耀著他的面孔，臉上是抑制不住的亢奮和狠辣。

玄奘和奎木狼也來到了東城的城牆上，一人一獸站在城頭，怔怔地看著城中變故，心中驚濤駭浪。誰也沒想到，瓜州叛亂突然間逆轉——王君可，反水了！

「奎神！奎神——」李植驚慌失措地跑了過來，中途還跌了一跤，連滾帶爬，「王君可……王君可突然反了李琰，要平叛！」

「我正看著呢，」奎木狼仍然怔怔地看著城下，「然後呢？」

「這會兒王君可派了王君盛等人去各營勸說那些沒有參與謀反的瓜州兵，追隨他平叛。」李植哭喪著臉，「咱們……被王君可算計了！」

奎木狼沒有說話。

玄奘嘆道：「還認為自己是天上神靈嗎？恐怕你們由始至終都被王君可玩弄在股掌之中，從今夜的形勢來看，王君可根本就是假意追隨李琰謀反，而他最終的目的，就是平滅李琰。可笑，你們還自以為得計，把敦煌士族與王君可綁在一起，想借著謀反的罪名誅滅五大士族。」

李植跳腳大罵：「你這會兒說什麼風涼話？」

「貧僧不是說風涼話，而是提醒你們，你們已陷入絕境，生死一瞬。」玄奘淡淡道，「王君可突然反正，借著平滅李琰成功洗刷身上謀反的罪名，那麼敦煌士族自然也不是謀逆。如果他們應對得當，甚至在這場平叛中還能拿下功勛。」

「那又如何？」李植面目猙獰。

「那又如何？」玄奘冷冷地道，「五大士族既然是贏家，那唯一的輸家便是李琰與你們！」

李植身子一軟，跌坐在地。這個過去策劃張護、李通謀反，斬殺瓜州總管與朝廷開戰的士族大豪，此時竟像被抽去脊骨一般。

「奎木狼，你還不明悟嗎？」玄奘喝道，「天道無常，人力有窮，你睜開眼睛看一看這天上星辰和腳下大地，問一問自己，你到底是誰！」

「我是誰……我是誰……」奎木狼彷彿也被抽去了筋骨，巨大的狼身在女牆上慢慢地走著，幽幽的雙眼中露出無限迷茫。

走了十餘丈，他的身子半掩進城頭的黑暗中，卻再也無力行走，身子一軟，撲通一聲從女牆上跌了下去。

玄奘和李植大吃一驚，急忙奔了過去。跑到中途，李植突然扯住玄奘，兩人停下腳步，眼前的一幕讓玄奘渾身冰涼。

「菩提何來有證果，今日方知我是我。天上人間既相逢，我是你來你是我。」奎木狼喃喃說著，突然一張嘴，噴出一團黑色的血液，「三年謀劃，一夜之間付諸東流，而我壽命不再！這世間為何如此堅硬？」

奎木狼掙扎著從地上爬起，那噴出的血液順著臉頰的骨頭縫隙和下顎流出！

「這是——」玄奘喃喃說了兩個字，就見奎木狼人立而起，用狼爪在臉上和頭上一按，喀嗒一聲響，整個狼首四分五裂，掉在地上。狼首之內，是呂晟蒼白的面孔！

「法師，你猜對了。」呂晟悽涼地望著他，「我與奎木狼真是一體，這狼首只是機關面具。」

說完，呂晟一頭栽倒。玄奘急忙衝過去抱著他的身子，只覺入手毛茸茸的，他下意識地拽了拽，竟然拽不動，似乎長在身上一般。

李植也慌忙過來，摸了摸呂晟的額頭，觸手火一般滾燙：「糟糕！邪毒控制不住了！」

「怎麼回事？」玄奘感覺陣陣心慌，「李淳風懂醫術，我去找他！」

「毒已入骨，便是孫思邈來也沒有辦法了。」李植黯然道，「原本他還能多撐十幾天，但今夜事敗，他遭此打擊，只怕是沒了生存的意志。」

「這到底怎麼回事？」玄奘一字一句道。

「法師，你都猜著了何必再問？」呂晟喃喃說著，他抬起胳膊，撕掉手背上的一層薄皮，毛茸茸的胳膊上，竟然扣著功能複雜的鋼鐵機械，機械的前端是五根鋒利的精鋼狼爪，每一根狼爪都鎖扣在呂晟的指節上，隨著他指節活動，狼爪啰嚓啰嚓極為靈便，稱得上是匠心之作。

呂晟擰開胳膊上的幾個搭扣，狼爪整個脫落，露出呂晟完整的胳膊，可整個胳膊上都是狼毫。

「我的伎倆你都猜對了，但有一樣你卻猜錯了，你說我身上披著狼皮，我並沒有。」呂晟凝望著玄奘，臉上帶著笑容，神情中卻無限悲愴，「因為這狼皮是長在我身上的！」

「什麼？」玄奘驚呆了。

「呂郎君，不要說了！」李植哀求。

呂晟卻掙扎著從地上撿起狼爪，在自己毛茸茸的胳膊上一劃，鋒利的狼爪切下去，竟然直接切開了呂晟的皮膚，鮮血湧了出來。呂晟笑著，又在自己的胸膛上一劃，又湧出鮮血，霎時間身上的狼毛被血液沾得溼漉漉的。

「你看，我渾身上下都是狼皮，這不是披著的，而是長在我身上的。」呂晟道。

玄奘湧出一個讓自己都害怕的念頭：「難道是——」

「沒錯。」李植苦澀地道，「當年呂郎君被士族們關押在地牢中，受盡了折磨，要逼迫他交出墓誌碑的下落。為了羞辱他，士族們剝掉一整張的狼皮，覆蓋在他身上。」

「唔，狼皮如何長在人身上呢？其實很簡單，沒有人比我更有經驗了。」呂晟笑著，「首先呢，用滾燙的熱水擦拭全身，把皮膚燙得柔軟卻還沒潰爛，接著他們給我塗抹藥膏，好像是生肌活血之類的藥膏，我只辨認出丹皮、雞血藤和乳香，但是有強烈的黏性，隨後他們將一隻狼活生生地剝掉皮，趁熱貼在我身上。那狼皮便黏在我的皮膚上，像生根一樣結為一體。前胸，後背，胸腹，四肢……然後又灌了我幾個月的藥物，癒合之後，他們真的造出了一頭人狼。他們稱我為人犬，還起個綽號，叫犬郎君。」

呂晟呵呵笑著，他說得雲淡風輕，玄奘聽著，心中卻宛如凌遲一般，他哪怕經歷過泥犁獄的慘事，也從未想過人間竟然有如此惡毒之人，行此惡毒之事。這是大唐的狀頭啊！是曾譜寫〈秦王破陣樂〉的一代才子啊！竟硬生生被士族們囚禁虐待，改造成一頭狼犬！

呂晟的意識漸漸模糊，無力地靠著城牆癱坐。

玄奘的淚水滾滾流淌，嗓子哽咽。

「那些年我李氏與其他士族已貌合神離，當時呂家來到敦煌，向翟氏求婚，我還嫉妒過翟氏，竟然得此佳婿。真是沒想到，僅僅因為一場八十年前的舊怨，事情竟會演變到如此地步。先是呂公在翟府受到折辱，隨後爆發了呂郎君和翟氏、令狐氏的衝突。形勢像風暴一般越演越烈，再不可控，最終呂公被堵在坊內無法求醫而病故，呂郎君掘了八大士族的墓。」李植神情複雜，他其實對呂晟也頗有恨意，畢竟呂晟掘了他家的祖墳，「七大士族又聯手在青墩戍設下兵變，抓了呂晟。」

「他後來越獄，的確是你李氏在暗中幫助？」玄奘低聲問。

「沒錯。」李植道，「令狐氏利用墓誌碑一事，捏住了其他士族的軟肋，我李氏卻不甘任他欺辱，於是我父親便私下與呂郎君和解，贖回了墓誌碑。不料後來被他們發覺，於是逼死了我父親，連他的屍體都不准我運回安葬，在七層塔暴屍三年。我當時滿腔仇恨，決意尋找他們的破綻。我們士族之間的關係盤根錯節，竟讓我打聽到他們把呂郎君囚禁在地牢，改造成犬狼！我便命人打造了這副狼爪和狼首，祕密送入地牢，將呂郎君救了出來。之後我們謀劃三年，營造出奎木狼神靈下凡之事，就是要借神鬼之力摧毀士族。可惜，呂郎君的身體在地牢中備受摧殘，被改造成犬狼時又遭邪毒侵入體內，他原本早該死去，只是為了復仇大計，才研製令人戰力大增的藥物。然而在追隨他的信徒身上試驗後，卻造出了星將這種怪物。於是呂郎君斟酌藥量，減輕了劑量服用，力量和靈敏度大於常人，但身體卻已油盡燈枯，再也無法支撐了。」

玄奘扶著呂晟，摸到他後背居然縫著一只背袋。李植打開背袋，從裡面拿出一件衣袍，給呂晟穿在身上。玄奘苦笑，這才明白呂晟倏忽變形的手段。

李植又從袋子裡拿出一枚藥丸，竟是在玉門關時奎木狼給翟紋嗅過的內丹。李植把內丹放在呂晟鼻子下，呂晟深深吸了幾口，恢復些力氣，又張嘴把內丹吸進口中。

「這東西不能吃！」李植大駭。

呂晟咕嘟一聲將內丹吞了下去，喘息道：「我總不能今夜便死在這城頭上吧！上天要收我，能多活一天都是有用的。」

吃掉內丹，呂晟的精神好了許多，望著玄奘微笑道：「法師，你還有一樣猜錯了。」

「什麼？」玄奘問道。

「你說，我在青墩戍演的那一場戲是要給李淳風看的，想要藉由他的嘴，向朝廷講述我的冤屈。」呂晟道，「你錯了，我確實不知道李淳風來到敦煌，那場戲原本就是給你看的。」

「哦？」玄奘驚訝，「為何？」

「因為我想要你看到我的一生。」呂晟微笑，「我把你從青墩戍帶到玉門關，讓你發現如許真相，又故意讓你逃走，驅趕你去了西窟，就是想把我在敦煌經歷的人生原原本本地讓你看到。我要讓你知道，為什麼我沒能堅守當年的約定和理想，為什麼我會中道入魔，走入歧途。因為我愧對我年輕時的夢想，如果能取得你的諒解，就好似當初的我原諒了現在的我一樣。」

這一番話，說得玄奘潸然淚下。

在敦煌這些時日，他有時半夜夢迴，總是會想起武德七年大興善寺的那個年輕男子。他面目英俊，跪坐在蒲團上夢囈般地說道，有一種東西，佛家稱之為佛，道士稱之為道，帝王稱之為法，讀書人稱之為儒，黔首眾生稱之為夢想。它能使人與人有所敬畏，國與國永葆和平，黎民百姓安居樂業，世上不再有戰亂、饑荒和痛苦。這個東西觸之不見，摸之不著，口不能述，筆不能載……

他說，那是你我一生的賭局。既然其觸之不見，摸之不著，口不能述，筆不能載，那就傾盡我們一生來尋找吧！

當年的長安無雙士，武德第一人，最終竟然以這種方式半途而崩，人生落幕！

「好了，法師。」呂晟振作精神，站起身來，「我的前半生你已經原原本本地見到了，我時日無多，再請法師看看我最後的毀滅吧！」

呂晟把地上的狼爪和狼首一一撿起來，穿戴到身上，瞬間又化作猙獰的巨狼。他輕輕縱躍，落在女牆上，眺望著城下。

「你要做什麼？」玄奘驚道。

「我雖然敗了，卻不能讓王君可這無恥小人成為贏家。」奎木狼猛然一躍，越過了城垛，越過了明月，淹沒進無邊的黑暗中。

第三十一章　一將功成王侯枯

「噗——」

張燈結綵的都督府大堂之中，李琰也是一口鮮血噴了出來，當即翻倒在地。王利涉和董江等人驚呼著，七手八腳將他攙扶起來，坐在坐榻上。

「怎麼會這樣……怎麼會這樣……」李琰怔怔地坐在榻上，兩眼發直，「君可為什麼要叛我？為什麼？」

「王君可這人狼子野心，反覆無常，大王是過於信重他了呀！」王利涉痛心疾首。

李琰怔怔地念叨：「為什麼君可會叛我？為什麼？」他忽然起身，抽出兵器架上的長劍。王利涉大駭：「大王，您要幹什麼？萬萬不能死啊！」

「我不會自殺的。」李琰大步往堂外走去，悽然道，「我要問一問王君可，為什麼叛我？否則我死不瞑目！」

王利涉抱住他哀求：「大王，這當口就別意氣用事了，咱們得想辦法逃命啊！」

「報——」就在這時，一名通傳兵滿臉惶然地奔跑進來，「大王，敦煌兵攻破了大獄，把牛進達、崔敦禮等人救出去了！」

轟的一聲巨響，都督府大獄的大門被撞破，馬宏達帶著兵馬殺入院中。李琰並沒有在牢獄裡安排重兵，僅有的一隊甲十根本抵擋不住馬宏達的軍隊，剎那間就被殺散。

馬宏達親自打開牢門，將牛進達、崔敦禮、令狐德茂和翟昌等人放了出來。

牛進達只是摔暈了，傷得不重，幾乎是剛剛清醒不久就被放了出來，見來人居然是王君可的心腹校尉，禁不住一頭霧水。至於令狐德茂等人，也是心情忐忑，還以為要拿自己開刀問斬了。

馬宏達也不解釋，恭恭敬敬地請二人上馬，帶著他們到都督府門口來見王君可。

「崔舍人，受苦了！」王君可急忙上前，親自將崔敦禮從馬背上攙扶下來。

崔敦禮怔怔地看著他，又看看圍困都督府的敦煌兵，一時竟不知該說些什麼。

王君可又到牛進達面前，一撩袍子，單膝跪倒：「老牛，兄弟來賠罪了！」

「你——」牛進達看見王君可就怒不可遏，伸手一抄卻抄了個空，才發現馬背上並沒有兵刃。於是跳下馬來，揪著王君可的衣領將他提起來，揮拳就打。

馬宏達噌的一聲拔出橫刀就要上前，王君可大喝：「退下！為了替朝廷平叛，麻痺李琰，我殺了那麼多肅州將士，他殺了我也是應該的，誰都不准阻攔！」

此言一出，令狐德茂和翟昌都愣住了，什麼？王君可反水了？士族家主們又驚又喜，好似在瀕死之際被一口參湯吊了回來，一個個欣喜若狂，翟昌、張獮和陰世雄等人喜極而泣。

秦剛也跑過來抱住牛進達的胳膊：「您該聽聽王刺史解釋！」

「牛刺史，」崔敦禮也道，「還是先請王刺史說明吧！」

崔敦禮雖然官職比他們低，卻是欽差身分，牛進達只好鬆開手，狠狠地將王君可摜了出去：「你說！」

王君可向眾人道：「諸位還記得之前李琰到敦煌行縣嗎？」

「當然記得。」令狐德茂道。

眾家主們頻頻點頭，秋季行縣本來就是瓜州都督的職責，李琰先去肅州行縣，然後才去敦煌，家主們還曾去州城驛迎接。

「李琰在敦煌找我密談，言詞中流露出造反之意，對我多加拉攏。我試探他的口風，才知道他認為自己是隱太子建成的人，陛下賜死廬江王李瑗、長樂王李幼良之後，終有一日要對付他。他不知從哪裡聽說陛下命李大亮朝甘州增兵，認為那便是要對付自己的證據。恰好崔舍人又來徵召他回長安，他便認定陛下是要殺他。」王君可說道。

崔敦禮恍然大悟：「怪不得，他拿了我之後，嚴刑拷問我李大亮增兵甘州之事。這人疑神疑鬼竟到了這等地步！」

「那你為何又助他造反？」牛進達半信半疑。

王君可苦笑：「老牛，他是你我的上官，堂堂臨江郡王，他只是露了些口風你讓我怎麼辦？難道我要憑著一言半語的揣摩上報朝廷，說他要謀反？而且臨江王在瓜沙肅三州經營了三年，誰知道有多少耳目？恐怕我的密奏還沒發出去，就被他給暗害了。」

牛進達一時語塞。

翟昌急忙解釋：「王公，我敦煌士族絕沒有人夥同李琰，做這等大逆不道之事！」

「可那時我不敢確認啊！所以我便假意附和，他為了試探我，甚至要娶魚藻為世子妃，認為這樣一來我就與他綁為一體，無法再下賊船。為了打消他的疑忌，我只好忍辱負重，答應將女兒嫁給李澶，此後他才相信了我。」王君可侃侃而談，滿臉真誠與痛苦，「我雖然知道老牛忠義，可老牛人在肅州，我根本不知道那邊是否被李琰滲透，竟連個商量的人都沒有，我只好孤軍奮戰，在敦煌撐起這大唐的江山。」

崔敦禮肅然動容，抱拳鞠躬：「王公的忠烈之心，下官深感敬佩。此時想來，我仍能深切感受到當初王公的徬徨與無助。」

牛進達繃緊的神情也略略放鬆了一些。

王君可嘆了口氣：「當時我在敦煌真的是徬徨無助，根本不知道誰是李琰的心腹，誰又被他收買，所以只好一步步奪取所有鎮戍校尉的軍權，都掌握在自己手上。」

「王公疑我等之心太重！」令狐德茂嘆道，「若早一日開誠布公，今夜何至於如此凶險！」

「王公這是老成之舉。」崔敦禮淡淡道，「畢竟武德六年的事距今不過才六年。今夜諸位家主能夠秉持大義，我自然會稟告陛下，朝廷不吝嘉獎。」

家主們都有些尷尬，心知肚明他說的是武德六年的張護、李通之變，他們占據敦煌，斬殺總管賀若懷廣，是敦煌士族聯手給朝廷的一個下馬威。雖然當年敦煌士族與朝廷已達成了協定，大部分的軍權也都上交，但朝廷不會完全沒有戒心。

「幸好，我暗中查到最後，發現沒有敦煌士族附逆李琰，除了李氏上躥下跳，勾結奎木狼之外，其他家主都是一腔忠義。」王君可倒是回護了士族，又將李氏捅了一刀，「但當時情勢讓我不得不先後拿下了令狐瞻、翟述和宋楷，澈底掌握軍隊。」

令狐德茂等人頓時出了一身冷汗，陣陣後怕，誰也沒想到王君可竟是存了這種心思，若是當初與他對抗到底，今夜怕真不好收場了。

「後來，李琰命我帶兵來瓜州助他舉事，我原本想出其不意拿下他，他卻要我將大軍駐紮在城南，不讓進城。我萬般無奈，不料正巧碰上奎木狼劫走魚藻，我才總算帶了五百人進來。」王君可道。

「那是真的劫親？不是你的計畫？」牛進達問道，「玄奘法師怎麼又會參與其中？」

「絕對不是我的計畫。」王君可苦笑，「至於玄奘……這個人啊，到底想搞些什麼我是真看不懂。或許，他也是看出李琰要謀反，不想魚藻進入火坑，才設計救她吧。」

牛進達點點頭，這種解釋他倒是認可的，對玄奘不顧生死的救護之恩，他深懷感激。

「老牛，」王君可誠懇地望著牛進達，「今夜殺了你肅州兵卒，我真是無可奈何，我兵少，如果不把戲作足了，李琰根本不會信我，所以……」王君可眼眶通紅，「你這些死難的將士，我會親自為他們送葬，為他們向朝廷表功。若是你還不解恨——」

王君可從馬宏達手中奪過橫刀，攥著刀刃，將刀柄遞給他：「你可以一刀斬了我！」

牛進達握著刀柄，想起自己生死與共的越騎，忍不住淚流滿面。他最終長嘆一聲，將刀擲在地上：「你是朝廷平叛功臣，我如何能殺你。」

語氣之中卻沒有完全釋懷。

「牛公，這也是非常之時的無奈之舉，日後由陛下來為二位分說。」崔敦禮道，「王公，你接著說。」

「拿下老牛之後，李琰果然鬆懈。我便主動請纓，去了丙六坊，假意要找肅州的魚符，拿下了秦剛。」王君可瞥了一眼秦剛。

秦剛抱拳：「將軍，王刺史拿下末將之後，便將末將帶到中軍大堂，詳細說明了今夜叛亂的經過和他的計畫。當時末將聽說你被拿下，便毫不猶豫地與王刺史合作，交出魚符，作為俘虜隨他進城。」

「你的傷……」牛進達打量著他。

「末將自己拿刀割的，否則如何取信李琰？」秦剛毫不在意。

之後的事情就簡單了，王君可陣斬獨孤達，一舉奪下兩座城門，將李琰圍困在都督府。

牛進達神情複雜地望著王君可，猛地一拳打在他小腹上，把王君可打得悶哼一聲，蝦米似的弓起了身子。

眾人大吃一驚，王君可痛苦地直起腰，臉上卻帶著歡欣之意：「多……多謝老牛！」

「哈哈哈，」崔敦禮大笑起來，「二位都是平叛功臣，等天亮之後我便上奏朝廷，為二位請功。王公，下一步如何行事，就請你下令吧！記住，一定要拿下李琰這逆賊！」

「簡單！」王君可笑道，朝後面招了招手。

趙平帶著兵卒已經組裝好了投石機和雲梯，足有八架，奮力推到都督府外的廣場上，沿著都督府圍牆一字排開。

「裝袋！」趙平一聲令下，兵卒們紛紛在投石機的彈袋裡裝上石彈。

「發射！」趙平大吼，兵卒們用木槌砸掉砲索的木楔，上百斤重的石彈飛射而出，砸向都督府。

這是用於守城的大型拋石機，需要十多人才能操作，因為距離比較近，趙平命人填入最大的石彈，重達一百五十斤，八枚齊射，剎那間就將都督府砸得一片狼藉，半尺厚的大門和門樓在石彈的攻擊下就跟紙糊的一般，瞬間倒塌，支離破碎。

石彈砸在圍牆上，房頂上，院落中，每一枚落下都造成嚴重殺傷，房倒屋塌。有些石彈落在空地上，咕嚕嚕地滾動，甚至造成更大的殺傷，因為庭院裡都是密集的陣列，石彈碾壓而過，瞬間碾出一道血胡同，凡觸及者無不骨斷筋折。

「裝彈！」趙平再一次下令，工匠和兵卒們立刻裝填石彈。

忽然間，都督府內傳來眾人整齊的呼喊：「王君可聽著！我是李琰！」

王君可擺擺手，眾人一起傾聽。

「事已至此，你我何須再造殺孽？本王願意投降，只問你王君可敢不敢來見我一面！」都督府內傳來眾人的呼喊。

「告訴他，有何不敢！」王君可冷冷道。

馬宏達命人呼喊：「有何不敢！」

王君可拿起陌刀一揮，馬宏達和趙平率領大軍跨過廢墟，衝進都督府，只見都督府的中庭內整齊地站著數百人，一個個面色灰敗，狼狽不堪。

「棄刀，卸甲！」馬宏達大聲道。

幾百名瓜州叛軍目光呆滯地扔掉手中的刀槍，卸掉甲冑，當即有敦煌兵上前，將他們捆綁成一串，押出了府門。

王君可請家主們留在府門口，自己和牛進達、崔敦禮來到大堂之外，隱約可以看到李琰端坐在大殿深處。王利涉則跪坐在一旁侍酒。

「二位請留步，既然他要見我，我便去見一見。」王君可道。

「小心有詐。」崔敦禮遲疑。

「有詐又如何？」王君可大笑，「如今我的大軍已把大殿團團包圍，他又能藏得了幾人？誰又能敵過我手中陌刀！」

王君可提著陌刀，一步步跨過廢墟般的庭院，走進大堂。

大堂上仍然張燈結綵，鋪了紅毯，掛滿了絲綢，兩側擺滿了氈毯和食床，美酒佳餚仍在案上。不過短短幾個時辰，卻已繁華落盡，露出一片哀敗的景象。李琰身穿朝廷的郡王服飾，頭戴進賢冠，身穿紫色大科袞服，玉帶金鉤，端坐在虎皮氈毯上，一口一口地飲著酒。

王君可一步步走到大堂中央，將手中陌刀噗的一聲插入地面，傲然盯著李琰。

「我父，諱哲，大唐濟南郡王，前隋柱國；我祖，諱蔚，大唐蔡烈王，北周朔州總管；我曾祖，諱虎，大唐太祖景皇帝，西魏八柱國，隴西郡公。」李琰看也不看王君可，從王利涉手中接過酒，慢慢地喝著，「我是李氏子孫，皇室貴胄，曾任刑部侍郎、信州總管、山南東道行臺右僕射，進封臨江郡王。對民間而言，我便是那至高無上的龍種，世上最尊貴的血脈，可為何會被你算計了呢？王君可，我想不明白。」

「沒什麼想不明白的。」王君可淡淡道，「對我們這種從隋末廝殺出來的兵將而言，什麼天潢貴胄，什麼龍子龍孫，哪還有一絲一毫的敬畏之心？早就像殺雞屠狗般不知宰殺過多少！」

「所以，你從一開始蠱惑我造反，便是存了拿我這條命來攫取功勛的心思？」李琰苦澀道。

「自然。」王君可平靜地道。

「為何害我？」李琰嘶聲怒吼。

「因為天下太平，再無攫取功名的機會。」王君可坦然道，「洺州之戰，我被羅士信蓋過了鋒頭，從此不得重用。秦瓊封了翼國公、程知節封了盧國公、李勣封了萊國公、連魏徵都做了宰執，只有我如今還是區區彭澤縣公，四品的刺史，我不甘心。」

「不甘心……」李琰喃喃地重複著。

「沒錯，就是不甘心。」王君可道，「今年秋冬之際，攻滅突厥的大戰必然爆發，屆時山一樣的功勛，海一樣的封賞，將有多少人得以躋身國公，而我卻只能守在這西域大漠裡吃沙，我更不甘心！」

「所以你就蠱惑我造反，拿我做晉升之階？」李琰破口大罵，「王君可，你還是人嗎？你的良心呢？如此惡毒，你午夜夢迴，就不羞愧嗎？不怕從噩夢中驚醒嗎？」

「哈哈哈——」王君可大笑，「李琰，你一個皇室貴冑居然跟我談良心？你吃過樹皮嗎？我吃過！你吃過人肉嗎？我吃過！你在漫山遍野的屍體中爬過三天三夜嗎？我爬過！你喝過草葉上的露水嗎？我喝過！隋末十二年戰亂，生民百餘一，我就是從萬千死者中掙扎出來的那一個！你居然跟我談良心！好啊，等我當上國公，立下門閥，我自然會談仁義道德，不但如此，我還要談詩賦文章，養幾個文人捉刀，來跟你們詩詞酬唱。可是現在不行，我不能做夢，也沒工夫羞愧，我還要憑著手中刀、胯下馬攫取功名，登上大唐最榮耀之列。」

「原來……原來你是個利慾薰心之徒。」李琰笑得眼淚流淌，「既然如此，你為何不隨我造反？若真割據河西，這些我都可以給你！朝廷異姓功臣最高只能封國公，我可以封你做王啊！」

「造反？」王君可失笑，「你還在做夢呢？區區河西的三四個州便能割據嗎？歷朝歷代河西有多少個割據王朝，誰活下來了？河西四個州土地貧瘠，民戶幾十萬，養兵不過三兩萬，朝廷十萬大軍來伐，你拿什麼抵擋？」

「可你當初推演，突厥、吐谷渾不會坐視不管啊！」李琰實在想不明白，他至今仍覺得王君可的謀劃毫無破綻。

「突厥？」王君可像看白痴一樣看著他，「你以為如今的突厥還是隋末的突厥嗎？張公瑾的奏疏朝廷早傳給你了，也不知道你看出了什麼。突厥內外交困，國勢大衰，朝廷此次發兵，必定是摧枯拉朽，一舉擊破之。頡利可汗能支撐到開春就算他厲害。陛下對戰略的謀劃從未出錯，你既然不懂兵法，就信從他唄，可笑你還自以為聰明。你有今日之命運，實屬自找。」

李琰呆滯半晌，禁不住呵呵慘笑，一口飲盡了杯中的酒。

「你真是苦心孤詣啊！如此說來，什麼陛下要對付我的話也是你恐嚇我了？」李琰心喪若死。

「你這人哪，明明智計不足，偏還要自作聰明。沒錯，你是建成的餘黨，可貞觀元年陛下殺了李瑗和李幼良，既然把你放逐到了瓜州，又怎麼會再殺你？你只是做賊心虛，自己被嚇破膽而已！」王君可嘲笑道，「陛下派我來敦煌、牛進達到肅州、張弼到甘州，根本不是為了對付你，只是因為陛下知道你手腕軟弱，才派了悍將拱衛在你四周，助你震懾邊疆而已。」

「甘州……也沒有增兵？」李琰慘笑。

「沒有。」王君可乾脆地道，「我就是嚇唬你而已。反正你派人去查證往來也需要二十日，我早把你收拾了。還有就是……你的使者已經回來了，不過被我截殺了。」

「原來如此。」李琰笑得前仰後合，涕淚橫流，「你的女兒呢？你把她嫁給我兒子，就只是為了麻痺我，騙取我的信任？」

「你以為呢？」王君可冷冷道，「若不答應與你聯姻，你怎麼肯信我、聽我，決意造反？」

「你考慮過她的死活嗎？」李琰怒吼，「她嫁給澶兒，便是李氏婦，是我李家的人！我謀反，她會如何？」

「總不至於死了。」王君可語氣淡淡，「為了替朝廷誅除逆賊，我忍辱負重，不惜把女兒嫁給逆賊取得信任，我女兒更是含悲忍辱潛入李家，最終我們父女裡應外合，一舉平滅叛賊。朝廷怎麼可能加罪？必定會賜封表彰才是！」

「那麼她的幸福呢？」李琰流著淚。

「幸福？那是什麼東西？」王君可道，「人生在世，有權位才有幸福，若是做了他人刀俎上的魚肉，有什麼幸福可言？再說了，她是王氏女，為王氏門閥崛起做些犧牲又有什麼不可？」

「阿爺，您便是如此對待女兒的嗎？」魚藻的聲音忽然響起，王君可一怔，只見魚藻和李澶雙雙從紗幔後轉了出來，滿臉絕望地望著他。

李澶默默走到李琰身邊，從工利涉手中拿過酒壺，給父親倒酒，放在他手中。父子倆悲哀地凝望著，沉默無聲。

王君可望著魚藻，毫無羞愧之色，反而一臉坦然：「十二娘，阿爺答應過妳，絕不會斷送妳的幸福。妳看，今夜我們家才是最大的贏家。妳不是對朝廷忠義嗎？想要為國出力嗎？這便是妳最大的功勛，從此以後妳的忠義節烈為朝廷所見，為天下人傳頌。」

魚藻油然而生一股荒誕之意：「阿爺，這不是我想要的忠誠。」

「忠誠還分什麼三六九等。」王君可不以為然，「妳阿爺和秦瓊等人先投翟讓，後降李密，再投王世充，又投大唐，只要最終是贏家，沒有人在意你選擇過誰。妳最崇敬妳魏徵伯父，他是太子一黨力主斬殺秦王的人，隱太子死後他歸降秦王，世人卻以忠正耿直推許之。為什麼？因為亂世漂萍，每個人都沒得選擇。」

魚藻看著他不以為然的樣子，心中澈底絕望，看著從小把自己養大的阿爺，只覺面前站著一個魔鬼。

「王君可，」李琰道，「我把他們請來，不是為了指責你。人子指責其父之過，不是我願意做的事。我只想請你看一看這雙小兒女，他們是新婚夫婦，情投意合，我今夜必死，只希望你能放他們走，成全他們。」

王君可譏諷地望著他：「我殺了你，卻放了你兒子，你覺得朝廷會怎麼想？」

李琰最後一絲希望破滅，悽涼地哭道：「澶兒，阿爺對不住你！」

李瀆卻面色平靜地替他斟酒：「阿爺，您我父子，說什麼對不對得住。您是好人，好父親，好丈夫，祖父的好兒子，百姓的好官員，卻不是好的王者。願您來世不再生於帝王家，也願來世您我不要再做父子。」

李琰抱著李瀆，嗚咽痛哭。

王利涉整整衣衫，朝李琰磕了三個頭：「大王，臣下先走一步，替大王執鞭前驅。」

李琰抬起頭，滿臉淚痕地望著他：「子徒，子徒，我被鬼迷了心竅，可你為何也勸我造反？你身分是臣僚，我拿你當作兄弟，為何不在生死關頭拉我回來？」

王利涉慘然一笑：「大王，您拿我當兄弟，我卻是您的臣僚。我是家臣部曲出身，生死榮辱繫於主人的喜怒哀樂，上有所好，下必投焉，只有符合主人心思的功勞才能得到賞識。您想謀反，我自然會說好。」

李琰怔了半晌，也笑了起來。

「但是，這一世我遇到大王，仍然比絕大多數部曲要幸運得多。」王利涉從地上拿起一把長劍，「願來世再遇大王。」

王利涉把劍柄撐在地上，劍尖抵著胸腹，猛地一俯身，劍尖刺穿身軀，軟軟地伏倒在地。

「子徒……子徒……」李琰喃喃叫著，忽然一咳，口鼻之中冒出黑血。

「阿爺！」李瀆愣怔片刻，看著手中的酒壺，這才意識到酒中下了藥。

「哭什麼。」李琰撫摸著他的面孔，「王者之死不就是這樣嗎？或者白綾，或者鴆酒，難道我還能被押赴長安，斬首於市？王君可也不會給我這個機會的。」

「大王英明。」王君可淡淡道。

李琰身子一抽一抽地動著，似乎極為痛苦，他不捨地撫摸著李澶，嘴裡不停湧出血液，讓他說不出話來，可眼神卻是無限的慈愛和眷戀。

李澶流著淚：「阿爺說得是，我們是李氏子孫，不會留給小人羞辱。」

李澶舉起酒壺，就要往嘴裡灌，忽然眼前光芒一閃，一截刀尖擊碎了酒壺。李澶只覺身子一沉，竟被魚藻拽著胳膊提了起來。

「魚藻——」李澶似哭似笑地望著她，「今生咱們無緣了，來世再見。」

「呸！」魚藻冷笑，「來世我去哪裡找你？我們已經成婚，你既然是我的人，就給我老老實實地活著！」

她仗著手中橫刀，瞥了一眼王君可，「阿爺，既然您把我許給了他，今生我們生死便在一起！」

魚藻拎著李澶大踏步朝堂外走去，王君可木然不動，手指抖了抖，慢慢抓住刀柄，待到雙方錯身而過時，王君可突然擰身，陌刀朝著李澶疾劈而下，刀光如同匹練。然而魚藻轉身擋在李澶身前，硬接下這一刀，巨大的力量頓時劈斷橫刀，王君可隨即一翻刀身，寬闊的刀背拍在魚藻身上，將二人拍得淩空飛了出去，跌在堂外。

魚藻哇的一聲噴出一口鮮血，李澶大叫著抓起地上的槍矛，護持在魚藻身前，餓狼一般盯著一步步走出門的王君可。

在王君可身後，李琰端坐不動，口鼻一邊冒著鮮血，一邊瘋狂大笑道：「佳兒佳婦，無所憾矣！」接著撲倒在桌案上，再也不動。

王君可回過頭，譏諷地看了他一眼，朝著眾兵卒喝道：「兩人全給我殺了！」

兵卒們看著魚藻，面面相覷，中庭裡的崔敦禮和牛進達也驚住了，但他們知道必有緣故，不便插手。牛進達朝秦剛等人微不可察地搖了搖頭，示意自己的人不要動手。

敦煌兵卒們握著槍矛團團圍上，魚藻掙扎著起身，也從地上撿起一桿槍矛，兩人背靠背地站著，打算殊死一搏。

庭院裡一片寂靜，忽然間，一陣有節奏的啈嗒啈嗒聲從頭頂傳來，眾人抬頭一看，嚇了一大跳，只見都督府大堂的屋頂上，一隻巨大的銀色蒼狼正沿著屋簷行走，綠油油的眼睛裡彷彿燃燒著火焰，森然盯著下面的眾人。

「奎木狼！」眾兵卒譁然。他們早在敦煌便和奎木狼殊死搏殺過數次，每一次都極盡慘烈，深深明白他的可怕，不禁驚慌起來。

「你這妖物！」王君可大怒，「正要殺你，你卻送上門來！」

「王君可！」奎木狼發出人聲，轟隆隆的浩大無比，彷彿天神之怒，「抬頭三尺有神明乎？你陰謀詭詐，誘人造反，以堂堂郡王來攫取功勞，可懼雷殛乎？本尊自天庭而來，就是要誅滅你這等逆亂人間之徒！」

「胡說八道，李琰自取死路，我只是虛與委蛇博其信任，如何說是誘使？」王君可知道不能容奎木狼再說下去，喝道，「此妖物幫李琰勾結突厥，分裂河西，罪不容誅，給我射！」

一排弓箭手搶上前，彎弓搭箭就要發射，奎木狼冷笑著一動不動，忽然間，都督府的廢墟中響起幾聲怒吼，四名星將披著甲冑，舉著陌刀衝殺到弓箭手背後，削瓜切菜一般大肆砍殺。

「哪裡來的妖物！」牛進達大怒，提著雙刃槊閃電般朝一名星將刺了過去。

那名星將一刀劈在雙刃槊上，嘡的一聲大響，槊桿劇烈顫抖。牛進達咦了一聲，這妖物的力量竟然如此之大。

「老牛小心！」王君可提著刀也加入戰局，「這些是星將，不怕攢刺，力量極大，但武技粗疏。」

兩人對戰四名星將，奎木狼輕輕躍下房簷，來到李澶和魚藻身邊。

「你終於來了！」魚藻神情複雜地盯著他。

奎木狼口吐人言：「跟我走！」

奎木狼在前面奔行，魚藻和李澶緊跟其後。兵卒們蜂擁而至，奎木狼張口一噴，噴出一股黑色煙霧，不少兵卒一頭撞進煙霧裡，瞬間便栽倒在地。馬宏達和趙平等人都清楚，對付奎木狼只能靠人海戰術，於是嚴令眾人不得後退，兵卒們只好舉刀持矛，奮勇向前。

突然，奎木狼身上一聲霹靂，光芒一閃，消失在原地。兵卒們愕然間，聽聞背後的同袍一片譁然，轉頭一看，頓時嚇得魂不附體——奎木狼竟然出現在人群之中！

狼爪閃爍，狼影縱橫，奎木狼左衝右突，硬生生在兵卒之間殺出一條血路，帶著李澶和魚藻從都督府圍牆的缺口逃了出去，順著東城的馬道登上城牆。玄奘從城牆上奔過來，把兩人拉了上去。

與此同時，王君可和牛進達聯手，已誅殺了四名星將，帶著軍隊追殺過來。

奎木狼登上馬道，倏地回過頭，張口一噴，噴出點點螢火，宛如一片片落葉，又彷彿一隻隻螢火蟲。奎木狼伸出狼爪，舉在半空，突然爪上憑空出現一根毛筆。他用狼爪握著毛筆，小心翼翼地在螢火上蘸了一下，然後在虛空中書寫。

他畫出極為玄奧的符號，將那些螢火一個個地勾連起來，頓時在馬道的虛空中形成一座鎖閉四方的柵欄！

奎木狼扔掉毛筆，那毛筆與空氣摩擦，倏地燃燒起來，化為灰燼。

他又後退兩步，再一伸出狼爪，憑空又出現一根毛筆，並像上次一樣畫出一座螢火柵欄。如此一連畫了三座柵欄，他才鬆了口氣。

奎木狼看起來極為疲憊，走到城頭踉蹌一下居然摔倒在地上，玄奘急忙跑去扶起他。奎木狼撐起四肢，站起身，說道：「走吧！」

眾人沿著狹窄的城牆一路疾奔。

王君可有些警惕，命兩名兵卒上前探路。兩名兵卒舉著橫刀，小心翼翼地用刀尖捅了捅那螢光柵欄，刀尖上立時沾染了螢光，卻沒有發生任何事情。其中一名兵卒伸出手指捅了捅那柵欄，忽然慘叫一聲，那根手指竟燃燒起來！

「啊——」兵卒淒厲地叫著，用手掌握著手指，想把火撲滅，不料手掌也燃燒起來。另一名兵卒怔怔地舉起橫刀，才發現刀尖竟被燒出了一個洞！

這螢火看似溫和無害，可卻遇鐵熔鐵，遇骨蝕骨！

所有人都驚呆了。王君可命人潑水、覆土，想盡辦法，卻都無法熄滅那兵卒手上的火焰，眼看火焰順著胳膊燃燒，王君可只好刀光一閃，截斷了那兵卒的雙臂，好歹保住了性命。

「潑水！」王君可吩咐。立刻有兵卒提來一桶水潑了上去，不料原本溫和的螢火一遇到水居然轟地一下燃燒起來！

眾人面面相覷。牛進達提議拿盾牌掃過去，於是眾人將一面盾牌扔了過去，卻不禁目瞪口呆，那面盾牌竟然瞬間就被螢火切得粉碎，一片一片地燃燒起來！

馬道上，千軍萬馬竟然被這三座螢火柵欄給阻擋在城下！

第三十二章　不識玉門關外路，夢中昨夜到邊城

玄奘等人沿著城牆來到東北角，李植早已安排了李烈接應，城垛口上拴著繩索，眾人縋城而下，幾步路就來到羊馬城的馬道，再順著馬道上城牆，又縋繩下去。

城牆外，李植帶著精銳部曲和倖存的五名星將，牽著幾十匹馬等待著，眾人會合後，上馬疾馳而去。

跑了十多里路，發現王君可派出的大批騎兵已追趕上來，李烈等人立刻兜馬回去，在一座胡楊林中設伏，阻擊敵兵。

奎木狼又化作了呂晟的形象，他的身體更加衰弱，伏在馬背上幾乎直不起身子。魚藻擔憂地追上來：「呂郎，要不要歇歇？」

「不用，」呂晟咬著牙堅持，「我們要在王君可之前趕到敦煌，突襲令狐瞻，把紋兒救出來，返回玉門關。」

然而追兵很快擊破李烈的阻擋，追趕了上來。眾人一人三馬，到了黎明時分直奔出一百五十多里，深入祁連山的山麓，才總算澈底擺脫了追殺。

山谷四周積雪皚皚，天氣寒涼，呂晟的身體原本就支撐不住，奔跑了一夜之後受冷氣

一激，頓時病倒了，渾身火燙，口鼻流血。

魚藻想要照看他，卻被呂晟拒絕，他告訴玄奘：「我在地牢中的遭遇不必讓十二娘和李澶知道。他們的命運本就悽慘，何必讓她對人心徹底絕望？還是麻煩法師吧！」

玄奘點頭答應，親自照顧呂晟起居。呂晟精通醫藥，詳細描述之後讓人在山上採藥，一直熬了七八天，才撐過這場死劫。

李植總算鬆了口氣，這些天他命人在山間探路，但通往敦煌的道路都被王君可封鎖，眾人只好順著祁連山進入野馬山，借道吐谷渾人的地盤，又繞到陽關，兜了個大圈子。

經過多日的顛沛流離，呂晟日漸油盡燈枯，整個人都消瘦下來，薄如紙片，最後是躺在一輛商隊的大車中進入敦煌的。

到了敦煌便是李氏的天下，眾人先在一座隱密的貨棧中安頓好，接著各種藥物、信息源源不斷地送了過來，大夥兒聽得相顧無言。

原來，瓜州事變第二日，王君可、牛進達和崔敦禮便各自修書，以日行五百里的軍中羽檄急報長安。

驛使將自己綁在馬背上，換馬不換人，吃喝拉撒全在馬背上，晝夜不停，也不知累死了多少驛馬，三千里的距離，竟然六日便抵達長安。

據說驛使抵達金光門後，立時累斃在馬背上，馬馱著屍體在長安大街上行走，但依照朝廷軍制，無一人敢靠近，最後是兵部派了吏員，將人和馬牽到了兵部，這才敢卸下屍體，取走羽檄。

三人的密奏上報，朝廷盡皆譁然。臨江郡王謀反，莫說在河西，放眼整個大唐也是天大一樁事，要記入史書的。皇帝與宰相們連夜擬旨，日行五百里的皇帝敕書發往瓜州，命崔敦禮續兼欽差，宣讀旨意。

「旨意怎麼說？」李澶急忙問道。魚藻看了他一眼，默默握住他的手，感覺他身子在顫抖。

「陛下宣布李琰叛逆，從宗正寺削其屬籍，廢為庶人。」李植道。

李澶毫不關心這個：「我母親和弟弟們呢？」

「聖旨上沒提。聽說臨江王早已命人接走了他們，不知是否被朝廷捕獲。」李植道。

李澶怔怔地坐著，魚藻抱住他，低聲問道：「我阿爺呢？」

「妳阿爺是這場謀反最大的贏家，他從縣公跳了兩級，一舉跨過郡公，皇帝冊封他為彭國公、瓜州都督。」李植苦笑道，「以一個郡王的血，換來了國公，走到了人臣巔峰。皇帝感於翟述忠義，追封為延州刺史，壯武將軍。正四品下的官職，這下子翟氏就能蔭封兩代了。」

「翟述此人我確實是小看他了，」呂晟淡淡道，「沒想到士族竟然也有如此烈士。」

「另外，士族在這場事變中也是贏家，七個家主那一夜押對了寶，雖然挨了一頓打，手下那些部曲卻替他們殺出了滔天功勞。皇帝贈他們朝散大夫的散官[25]。」李植言語中不乏羨慕失落之意。

「放心，我們的戰爭並未結束。」呂晟淡淡地道。

玄奘愕然，忽然想起那些墓誌碑，確實，只要墓誌碑還沒被找到，呂晟和士族間的戰爭就未終結。

「打聽出紋兒的消息了嗎？」這才是呂晟最關心的。

李植沉默片刻，似乎在斟酌，呂晟的眼神凌厲起來。

李植急忙道：「呂郎君不要誤會，翟娘子並未出事。只是，令狐家的那座宅院雖然有重兵看守，翟娘子卻不在，只是給你設的一座陷阱。」

「紋兒人呢？」呂晟大吃一驚。

「三日前被王君可派人接走了，」李植黯然道，「朝廷命他剿滅玉門關盜匪，估計是拿來做人質要脅你的。」

呂晟的臉色猙獰起來，室內鴉雀無聲，都知道這件事觸及了呂晟的逆鱗。

呂晟的神色卻慢慢放鬆下來，他拿過桌上的紙筆，寫了一封書信，交給李植：「植公，你讓人把這封書信交給張敝的女兒，窕娘。」

李植納悶地接了過來：「然後呢？」

「她看到此信便會跟你走，你把她帶到玉門關。」呂晟一字一句道。

魚藻有些不忍：「呂郎，我阿爺雖然逼迫張氏定了婚契，但在阿爺心中，窕娘未必有如此分量。」

呂晟笑了笑：「我自有安排。」

翟紋既然不在，眾人就沒必要在敦煌停留了。李植自然不會跟他們去玉門關，只讓人妥善安排，幫他們潛出敦煌城。

往玉門關的官道盤查極為嚴密，於是眾人從城西穿越大沙磧，沿著一條季節性河流乾涸的河道往北行。大夥兒先是在河道邊住了一夜，第二日，李植果然遣人將窕娘送了過來。

窕娘一見呂晟，劈頭便問：「你說你能幫我擊敗王君可？」

「沒錯。」呂晟道。

「如何擊敗他？」窕娘問。

「聽我吩咐即可。」呂晟道。

窕娘咬著唇：「那擊敗他之後呢？我和王家的婚約能否解除？」

「能。」呂晟乾脆地道。

窕娘當即道：「我聽你的！」

魚藻聽著兩人的對話，只覺無比荒誕怪異，這未來的嫂子滿腔熱切地想要與兄長解除婚約，自己竟然沒有絲毫反感。她默默嘆著氣，若自己是兄長，得知父親的種種所為，只怕也羞於娶人為妻吧？

窕娘加入後，眾人繼續沿著乾涸的河道行了兩日，陸續發現大批人馬行走過的痕跡，到處都是牲口糞便和掩埋的廢棄物。

呂晟和李澶下馬清查了一番，兩人略略計算片刻，都有些沉重。

「是什麼人？」玄奘問。

「師父，是軍隊。」李澶道，「一支軍隊，在三日前從此處經過，有上千人。」

「是王君可派人搶占牛頭墩，」呂晟淡淡地道，「牛頭墩在玉門關西邊，有漢代殘留的烽燧，易守難攻，王君可要切斷我逃往西域的路線。」

「也就是說，」玄奘沉吟，「玉門關已經成為一座死地？」

「誰說不是呢，」呂晟嘆道，「可惜，明知死地也得去，因為王君可要帶著紋兒去。」

眾人不再說話，加快速度前行，又走了一日，慢慢看見了疏勒河邊的綠色，宏偉的玉門關宛如盤伏的巨龍出現在眼前。上次玄奘來玉門關走的是疏勒河沿岸，因為有河岸遮擋，感受尚且不大，這次從沙漠中遠望玉門關，才真正驚嘆於漢代的強大與偉力，這簡直是從沙磧中平地而起的一座綿延數百里的城池！

只是如今荒涼殘破，彷彿被天神拿著刀斧砍斫，傷痕累累。

普密提是玉門關司馬，當即帶著一些狼兵疾馳入城，宣告狼神歸來。霎那間，死寂的玉門關彷彿活了過來，無數的信徒扶老攜幼出城迎接。眾人一路敬獻美酒，載歌載舞，歡欣喜悅地把他們的神祇送入障城。

呂晟登上障城的房頂，望著城下黑壓壓的人群，手一擺，人群停止歡呼，默默地望著他。

「我們有些來自大唐，有些來自吐谷渾，有些來自突厥，有些來自高昌，有些來自伊吾，也有些來自焉耆，甚至有些來自吐蕃和龜茲。這玉門關是西域各國的夾縫，你們都是生存在夾縫中的人。你們為何願意生存於夾縫中？因為有我在，夾縫便是桃源！」呂晟大吼道，「因為有我在，我們可以笑傲諸國，我們可以縱橫大漠，我們能讓世上最高貴的王俯首納貢，我們能活出今生來世獨一無二的精采輝煌！」

「吼！吼！吼——」城下的眾人歡聲雷動。

「可惜，這一切行將落幕！」呂晟悵然道，「我自天庭而來，塵世如刀，日日斬殺著我的軀體。我當初便預言我只能留在人間三年，如今三年將滿，不日我便要回歸天庭，化作一顆永恆的星辰。」

城下的人們都驚呆了，便是一旁的魚藻和李澶也滿臉失色。他們並不知道呂晟壽命將盡的事，一心以為呂晟要與王君可決戰，卻不想竟是要交代後事。

「諸位，你我在人間的緣分已盡，大唐朝廷派了兵馬來圍剿，玉門關再也無法庇護你們了。走吧！」呂晟神色傷感，「往西邊去白龍堆沙漠的路已被封鎖，東邊也有大軍，你們收拾牲口，馬上動身，往北過疏勒河，進入魔鬼城。只要能穿過魔鬼城到焉耆，你們就自由了。」

「尊神，」有人哭著問道，「哪怕我們到了焉耆，又有誰來庇護我們？」

呂晟默默站在城頭半晌，竟不能回答，嘆息著走進障城。

城外響起一片哀哭之聲。

酉時已至，大漠落日斜照在障城上，有一種蒼涼毀滅般的美麗。

呂晟坐在洞府門口的臺階上，默默感受著這種毀滅，忽然起身道：「法師，不如陪我走走？」

玄奘點點頭，兩人順著障城厚厚的城門走了出去，玉門關的民眾正忙亂地收拾東西，普密提和狼兵們則按人頭分配關裡上千頭的牛羊駱駝等牲口。

兩人走過一間間房舍，一棵棵歪斜的胡楊，來到兵城邊上那座塌了半截的烽燧外。這裡，是呂晟和翟紋生活三年的小院。

「法師，你知道為何世上總是有人要造反嗎？」呂晟問道。

「野心，不公，活不下去。」玄奘簡潔地道。

「法師看得果然通透，」呂晟笑道，「可是在我看來，真正醉人的是一種創造的魅力。造反成功便擁有一個國家，可以隨心所欲創造一個嶄新的國度。大到天下，小到這座玉門關，都是如此。我和翟紋初來乍到時，便在這荒僻粗糙的殘破關隘，看到了我們未來的夢想。這些年我們修建房舍，招募流民，劃分組織，把玉門關打造成一座我們心中的完美國度。」

呂晟推開小院的門，帶著玄奘走了進去。離開多日，院子裡仍頗為整潔，看得出來有人經常打掃，甚至雞舍裡的那群雞都還咯咯地叫著啄食地面。

呂晟滿臉惆悵，一點一點撫摸著院中的東西，彷彿在撫摸著翟紋存在過的痕跡：「自從在瓜州受法師醍醐灌頂，猛然頓悟之後，我和奎木狼的記憶雖然合二為一，但不知為何，關於奎木狼的記憶卻有些模糊了。」

「鬼邪之症就是如此，人就像一副皮囊，皮囊只能盛一袋水，你往水中滴入墨汁，水變黑了，可仍是那一袋水。如今水又變清了，黑色的記憶自然便會模糊。」玄奘道。

「是啊，我如今記憶中都是與紋兒在這小院中的日子。」呂晟笑道，「法師，我最感激你的就是這點，你幫我遮蔽了那些黑暗的記憶。化作奎木狼的時候，我心中全是暴虐，只想痛痛快快地發洩出來，真不知道這些年紋兒是如何熬過來的。我想，她心中最美好的記憶，也是這座小院吧！」

呂晟沒有進門，僅是靠著門坐了下來，怔怔地看著大漠落日。

「法師，王君可的大軍明日就要到了。今夜我想留在這兒，就像紋兒仍在那樣。」呂晟說。

子回家。

玄奘深深施禮，轉身默默離開。

呂晟就這樣默默地坐著，等到落日沉入大漠，他閉上眼睛沉入夢中，就像在等待著妻子回家。

「嗚嗚——」

這一夜，玄奘睡得極沉，直到嗚嗚的號角聲將他驚醒。推門走出去，玉門關內靜悄悄的，昨日的牲口、大車、百姓都消失得乾乾淨淨。他順著馬道走上城牆，城外沙磧上，無邊無際的大軍慢慢鋪展開來！

大軍的前方，擺著十架重型投石機，高聳的砲梢比玉門關還要高，正緩緩往下壓，準備裝填石彈。

呂晟獨自站在到處都是缺口的城垛邊，見玄奘到了，當即笑道：「法師睡醒了？正要邀你來看呢！」

「世子和魚藻呢？」玄奘問。

「昨夜隨著普密提護送百姓去魔鬼城了。」呂晟道。

話音剛落，就聽見嗚嗚的號角聲，兵卒們砸下木楔，砲梢猛然揚起，將彈袋拋了起來，上百斤重的石彈在朝陽下劃出一道清晰的軌跡，砸向玉門關。

呂晟談笑自若，動也不動，繼續說著：「投石機攻城，如今可不多見了。真虧得王君可不遠幾百里大沙磧給運送了過來。」

轟轟轟——接連十聲巨響，石彈砸在關牆上、房舍頂、障城內，整個地面都在搖晃。

兩三顆石彈砸在城牆周圍，年久失修的城牆應聲而塌，灰塵漫天，崩裂的土石到處飛濺。

玄奘立足不穩，幾乎摔倒，而呂晟仍穩穩地站著，在震天價響中大聲說道：「其實不必怕，我研究過，投石機若想直接砸到人，只能靠運氣。」

「這可不是拿來砸人的！」玄奘大聲道，「是要摧毀城牆防禦的！」

「哈哈，」呂晟大笑，「我玉門關根本就不用防禦，我在哪裡，哪裡便是堅不可摧的要塞長城！」

轟隆，呂晟正豪氣干雲地說著，腳下的城牆卻坍塌了一大片，他一個踉蹌跌倒在地。

「換石脂罐！」中軍位置，王君可看著城頭上的人影，冷冷地說道。

「宣哥，」一旁的牛進達皺眉，「城中似乎沒什麼人，不如派兵進攻。」

「是啊，」崔敦禮也道，「這玉門關破爛成這樣，到處都是豁口，犯不著再用投石機砸。」

王君可搖了搖頭：「我之所以不遠幾百里地運來投石機，便是不想與奎木狼和星將們短兵相接。此前幾次交鋒，我深知奎木狼手段詭異，生怕他使了什麼手段逃走。乾脆遠距離把玉門關砸成火海廢墟，只要他逃出來，便可在大沙磧上圍困誅殺，讓此妖逃無可逃。」

「王公所慮極是。」令狐德茂插嘴道，「聽瞻兒說，在青墩戍時，這奎木狼就曾控制過那些戍卒的神志，讓他們互相攻擊。只要有人就有破綻，這般遠距離砸，看他如何抵擋。」

令狐德茂、翟昌等眾位家主策馬簇擁在王君可周圍，心潮澎湃地看著玉門關陷入毀滅，臉上都充滿了期待。三年的噩夢終於要結束了，只要奎木狼或者說呂晟死掉，雖然墓誌碑未能找回來，也算是可以接受的結局。

轟轟轟——十只裝滿石脂的陶罐被點燃後投進玉門關，頓時整座城池都燃燒了起來，城上城下漫天的大火。

不過在火勢沒有蔓延的地方，玄奘、呂晟仍然站在那裡，動也不動。

「伏遠弩！」王君可被激怒了，「給我射！只要射得他們逃竄，重賞！」

兵卒們急忙推過來幾架弩車，熟練地裝填弩箭，搖動絞盤，開始嘎吱嘎吱地上弦。

就在這時，從後面的軍陣中，慢悠悠地來了一名騎驢的老道士。那道士挽著道髻，插著一根木簪，穿著一身道袍，悠悠晃晃地穿過大軍陣列，卻無一人敢阻攔。

「侯真人！」王君可見那道士，急忙在馬上抱拳，神態極為恭敬。

令狐德茂等人卻皺了皺眉，這道士名叫侯離，數日前王君可在瓜州榮任國公和都督，此人便騎著驢前來祝賀。王君可簡直把他尊崇到了天上，幾乎是言聽計從，甚至是來圍剿玉門關，也把他帶在軍中。這老道士只要掐指一算，說時辰不吉，王君可就斷然命令大軍停止前進。

不過如今朝廷裡崇道之風甚盛，朝廷重臣都愛結交道士，打醮談經，吟遊終南，這事連崔敦禮也不好說什麼。

「時辰差不多了。辰時屬土，用石彈砸，這是予。奎木狼屬木，土生木，木生火。這會兒已進入巳時，屬火，用石脂罐燒，這是取。陰陽周而復始，予之，取之，此妖必敗。」侯離老神在在地說道。

牛進達、崔敦禮和眾家主們目瞪口呆，剛才王君可大言不慚地講述自己的非接觸戰略，原來，用投石機砸九成九是這老道士的主意。

王君可卻信賴無比：「嗯，此戰若能擒殺奎木狼，全賴老神仙指點。」

牛進達有些忍無可忍了，正要說話，崔敦禮苦笑著拽了他一下，低聲道：「牛公，彭國公興致好，就隨便玩玩吧，反正此戰又輸不掉。」

王君可興致盎然地說道：「老神仙，您不如算算，這次奎木狼是什麼死法？哎，老牛、崔舍人和各位家主不妨下注，輸贏些彩頭。」

眾人苦笑不已。

侯離大笑：「好，老道便算算。」

侯離閉著眼睛掐指計算，忽然詫異地睜開眼，皺眉琢磨片刻，又閉上眼睛掐指算起來。這一次算得很久，神情也越來越凝重。

王君可有些詫異：「老神仙？」

「彭國公，那奎木狼的命格怎地與張氏小娘子糾纏在一起？」侯離睜開眼，一臉納悶，又轉頭看看張敝。

王君可與張敝臉色大變，侯離也有些不確定：「我再算算。」

侯離從驢背的兜囊中取出五十根蓍草，取大衍數為五十，然後抽掉一根，這一為太極虛數，設而不用，總數四十九。四十九根蓍草在左右手隨意分開，左手右手便是分開了天地陰陽，右手任意取出一根掛在左手小指與無名指間，掛一，為人。這便是分開了三才，然後又組四象。

眾人緊張地看著，侯離手中的蓍草計算組合，算出初爻。一個卦有六爻，需要經過十八次運算，然而就在第三次運算時，一根蓍草突然折斷。侯離臉皮一抖，好半晌沒說話。

「老神仙，怎麼樣了？」王君可顫聲道。

「若我算得沒錯，張氏小娘子此刻就在玉門關中！」侯離沉聲道，「今日是她的生死大劫，老道心急了些，想算出她的生門，卻不想被天機阻了！」

王君可頓時急了：「張公，窕娘不是在敦煌城中嗎？」

「我……我也不知道啊！」張敞也慌了。

「拿刀來！」王君可大吼，親衛部曲立刻抬上他的陌刀。

王君可綽刀在手，策馬朝玉門關疾馳而去。眾人頓時大譁，牛進達急忙大吼：「停止攻擊！」

「這……成何體統？」崔敦禮惱道，「堂堂國公，怎地棄大軍於不顧，自己上前砍殺。這有個閃失怎生是好？」

「我去。」馬宏達抄起一根長槊，帶著親衛便追趕過去。

張敞也愣怔地看著，沒想到王君可對自己的女兒竟如此上心，連性命都不顧了。他隱隱覺得似乎哪裡不對。

王君可衝到玉門關下，此時關牆早已被石彈轟得支離破碎，到處是豁口，王君可策馬從豁口越過，順著一條坍塌的斜坡縱馬而上，來到玉門關的城牆上。城牆上盡是一簇簇火焰燃燒，他左衝右繞，從火焰中穿過，忽然便看見一頭巨大的天狼靜靜地蹲在火焰中。

「奎木狼！」王君可陌刀一指，大吼，「窕娘在何處？」

奎木狼慢悠悠地從火焰中走了出來，濃烈的火焰竟無法傷他分毫。綠幽幽的眼睛盯著王君可，忽然一聲嚎叫，玄奘陪同窕娘出現在障城頂上。

「無恥！」王君可大吼。

「彼此彼此。」奎木狼道，「翟紋呢？」

王君可雙目噴火，卻毫不猶豫：「好，我們來交換！」

這時，馬宏達帶著親衛也追了上來，王君可轉頭道：「宏達，你下去一趟，讓令狐瞻把翟紋送上來！」

馬宏達看了看玄奘身邊的那名女子，想來就是窕娘，立刻便明白了現在的局勢，遲疑道：「國公，翟昌和士族家主也在城下呢——」

「我管他！」王君可冷冷道，「宏達，這對我很重要！」

馬宏達猶豫片刻，帶著人下了城牆，奔回軍陣。

眼見周圍都是火焰和廢墟，並無他人，王君可臉色難看：「你怎麼知道窕娘對我很重要？」

奎木狼譏諷：「我是天上正神，人間事怎能瞞過我的耳目？」

「天上正神？」王君可冷笑，「我殺人無數，至今還未誅殺過神靈，今日便讓我的刀嘗一嘗神靈的鮮血！」

「無知。」奎木狼淡淡道。

王君可不想再跟他說話了，兩人沉默地等待著。這一等就是半個多時辰，從城上望去，隱約可見軍陣中似乎正在爭執。王君可斜眼看著，他心裡清楚，拿翟紋來威脅奎木狼倒沒什麼，可是要拿她交給奎木狼，可就觸到了士族們的逆鱗。畢竟奎木狼擄走翟紋是他們最大的屈辱，如今人救回來了，卻要再送回去，這算什麼？

兩人都關切地望著城下的動靜，頗有默契地罷手休戰。

一陣騷動過後，馬宏達調來兵卒似乎強行把士族家主們趕回了後方的營地，只留下張敝尷尬地站在原處。隨即軍陣中跑出兩匹戰馬，朝著玉門關疾馳而來。

奎木狼明顯鬆了口氣，來的正是翟紋與令狐瞻。

到了城牆廢墟下，翟紋與令狐瞻下馬，攀爬著廢墟走到城牆上。翟紋望著奎木狼，眼中露出柔情：「奎郎！」

「且住！」王君可用陌刀擋在翟紋身前，盯著奎木狼，「窕娘呢？」

玄奘陪著窕娘從關牆下走了上來，王君可看著窕娘無恙，鬆了口氣，冷笑道：「原來玄奘法師也成了挾持人質的盜匪！」

「若是能盜回人間正義，貧僧樂意為之。」玄奘道。

王君可哼了一聲，不理他：「交換人質吧！」

奎木狼和王君可相距三丈對峙，中間有幾簇燃燒的烈火，翟紋和窕娘繞過火焰，分別走向不同的方向。兩人走得很慢，卻像上弦一樣把氣氛慢慢繃緊，王君可瞇著眼睛盯著窕娘一步步走來，兩條大腿夾緊了馬腹，手中攥緊了陌刀。令狐瞻手中則握著一把弓，右手微微顫動，似乎在緩緩拉動弓弦。

奎木狼身子慢慢收縮，後腿弓起，彷彿要撲躍而出。

翟紋和窕娘隔著火焰錯身而過，玄奘的心不禁狂跳。

軍陣前，牛進達和崔敦禮盯著張敝，看得他渾身不自在。

「敝公，」崔敦禮淡淡道，「方才的事情你也看到了，不怪那六位家主疑慮你。從常理而言，任何人都不會冒著得罪六大士族的風險，強行把別人的女兒拿去交換你的女兒。」

「莫說永安和你女兒還未成婚，」牛進達也道，「哪怕成婚了，這種事情恐怕也沒人敢做。」

「崔舍人、牛公，你二人說的我何嘗不知啊！」張敝苦笑，「坦白講，就是我自己也沒有這麼大的決心，用別家的女兒來換自己的女兒。張氏和翟氏在敦煌共存七百年，以後還要共存千百年，我絕不想跟他們結成死仇。」

牛進達和崔敦禮對視一眼，看來張敝真的是不明白王君可為什麼要這樣做了。

「侯道士呢？」崔敦禮看看左右，卻不見那老道士的身影，「或許這老道士知道內情。」

「方才家主們爭吵之時，那老道士覺得無趣，便自己返回營帳了。」牛進達道，「他定然知道，只怕是不肯說。」

眾人都有些煩惱，忽然，一名營中的火長奔了過來：「報告崔舍人，後營有人請舍人前去一見。」

崔敦禮愣了片刻：「誰？」

「不知道，只說請崔舍人務必前來，」火長看看左右，低聲道，「那人拿著聖旨。」

崔敦禮和牛進達臉色變了，拿著聖旨，卻未擺起儀仗，反而祕密約見……

「是密旨。」牛進達沉聲道。

「我這就過去，」崔敦禮斷然道，「今日只怕要有大事發生。牛公，一旦有事，你控制全軍！」

牛進達面色沉凝地點頭。

崔敦禮當即撥轉馬頭，跟著火長穿過軍陣，馳入營中。

火長帶著他徑直來到自己的營帳，崔敦禮挑開簾子進入營帳，發現一名男子正背負雙手，欣賞著掛在木架上的一幅畫，這是昨夜崔敦禮睡不著才畫的。

聽見有人進來，那人轉過身，笑吟吟地看著崔敦禮。

崔敦禮頓時怔住了：「李博士！」

此人竟然是多日不見的李淳風！李淳風在瓜州事變那夜，據說與玄奘、奎木狼等人攪和在一起，後來不見了蹤影，王君可還想緝拿他，不想竟自己來到了軍營中！

「崔舍人安好。」李淳風笑著拱手。

崔敦禮狐疑道：「你是持有密旨的欽差？」

李淳風從袖中取出一只錦袋，上面用赭黃絲線繡著一條龍：「是有密旨，卻不是頒給崔舍人的，不需要打開來驗證吧？」

「自然不用。」崔敦禮再無懷疑，他時常奉旨出使，自然認得這是宮廷御用裝聖旨的袋子，「卻不知李博士是來給誰頒旨的？」

「現在還不能說，」李淳風道，「但此人與今日軍前交換人質的事大有關聯，若不搞清楚，我這聖旨沒法頒下去。崔舍人，這密旨是陛下親筆。」

崔敦禮悚然動容，聖旨大多都是由中書省起草，門下省審核，再派欽差頒行。皇帝繞過中書省親自寫旨，可說是極為私密又極為重要的大事。這份聖旨別說是崔敦禮這通事舍人，就是拿到各州郡的都督郡王那裡，也得遵照聽命。

崔敦禮毫不遲疑：「李博士需要我如何做？」

「我想知道窕娘為何對彭國公如此重要。」李淳風沉聲道。

「這……」崔敦禮愕然片刻，苦笑道，「我著實不知。」

「這件事必須盡快查明。」李淳風道，「聽說那老道士侯離回了帳中休息，崔舍人把他請過來，我當面問清楚。」

「這……」崔敦禮有些為難，他也判斷侯離知道內情，卻有些猶豫，「李博士，侯道士地位超然，彭國公極為尊崇，他若不願意說呢？」

李淳風兩眼閃耀寒芒：「那就拿下他拷問。」

就在翟紋和窕娘錯身而過的瞬間，王君可大腿一夾馬腹，戰馬猛然衝出，同時大吼一聲，手中陌刀朝翟紋斬了過去。

奎木狼也一聲長嘯，身子閃雷般凌空撲起，抱著翟紋閃避開來。王君可早已計算到他的反應，冷笑一聲，陌刀斬向奎木狼的腰桿。奎木狼抱著翟紋身在半空，避無可避，眼見這一刀就要將兩人斬成四截，猛然間空中一聲厲嘯，令狐瞻手中的弓箭朝著王君可的脖頸激射而來！

王君可沒想到令狐瞻突然反水，大駭之下俯身低頭，陌刀向後一撩，叮的一聲，箭矢射在陌刀寬大的刀背上，彈了開去。

奎木狼抱著翟紋堪堪從刀下避過，王君可怒氣勃發，順手一翻陌刀，一刀撩在奎木狼後背，噗的一聲豁出一道血口，黑色的血液迸射而出。

撲通，奎木狼抱著翟紋在地上一個翻滾，輕輕把翟紋放在地上。

一瞬間三方在半空中幾次交手，電閃雷鳴，兔起鶻落，不過眨眼間的工夫。

王君可勒馬回身，怒喝道：「令狐瞻，你想謀反嗎？」

令狐瞻牽起窕娘的手，將她帶到遠處。窕娘臉上露出驚喜的神色，痴痴地望著他。

令狐瞻搭上箭，走了回來，淡淡道：「從婚契上而言，翟紋仍是我的妻子。你在我面前傷她，是視我如無物嗎？」

「還認她是你的妻子嗎？」王君可怒極，「這女人跟奎木狼相愛三年，你怎地如此迂腐？我殺奎木狼，是幫你報仇！」

「奎木狼我自己會殺，翟紋我也決不允許有人傷她。」令狐瞻緩緩張弓，神情苦澀，「我就是這麼一個矛盾的人。雖說人生在世本就兩難，可我拚盡熱血，就是要讓這天地完美無缺，如我所願！」

奎木狼把翟紋交給了玄奘，邁動四肢來到城牆中間，三人鼎足而立：「令狐瞻，你要報仇，今日便是最後的機會。」

令狐瞻大笑：「上天如人意，男兒征戰死。今日我們三人就把諸般恩怨盡數了結，不死不休！」

話音剛落，突然間弓弦接連震響，連珠兩箭分別射向王君可和奎木狼！

奎木狼閃身避開，但王君可就沒這分好運了，他揮刀格擋，卻不想這一箭射的是他胯下戰馬。箭矢直入馬腹，戰馬長嘶一聲栽倒。

王君可急忙翻身下馬，揮刀撲向令狐瞻，怒不可遏：「我先殺了你！」

令狐瞻在火焰間遊走，嗖嗖嗖彎弓疾射，王君可揮刀格擋，可胸腹上還是中了一箭，所幸穿著甲冑，入肉不深。王君可拚著中箭的風險，拉近距離，閃電般揮刀劈砍。令狐瞻扔掉弓箭，用腳尖挑起地上的長槊疾刺過去。噹噹噹，雙方甫一交鋒便慘烈無比，令狐瞻身上接連中刀，被劈得甲葉紛飛，身上出現兩道血口，踉蹌著後退。

但王君可也不好受，被令狐瞻一槊挑中，血流如注。

剛剛交手，兩人一獸全都負傷。奎木狼也極為傲氣，不願與令狐瞻聯手攻王君可，見二人分開，才欺身直撲。王君可倉促間調轉刀勢，與奎木狼拚了幾招，接連倒退。

猛然間奎木狼眼前槊刃一閃，令狐瞻長槊挑了過來。奎木狼身子一閃，竟然原地消失，令狐瞻愕然間，身邊一簇火焰猛然一旺，奎木狼竟從火焰中衝出，狼爪撕在令狐瞻肩上。哧嚓一聲，抓裂了吞肩獸[26]，更抓下一塊血肉。

令狐瞻一聲慘叫，眼前刀光旺盛，卻是王君可趁機偷襲，令狐瞻倉促間握著槊刃一擋，卻擋不住巨大的力量，哧的一聲連著槊刃被陌刀劈中胸膛，明光甲上的護心鏡碎裂，整個人跌出去一丈多遠，噴出一口鮮血。

王君可一襲得手，不料後背劇痛，卻是被奎木狼趁機偷襲。他怒喝一聲，拖刀回斬，奎木狼身子一閃而逝。王君可將刀橫在胸前，左右提防。

令狐瞻掙扎著起身，挺槊刺向一簇火焰，轟的一聲奎木狼翻滾而出。三方在這城頭廢墟激戰，殺得火焰翻滾，塵土漫天，身形交錯的速度極快，玄奘、翟紋和窕娘遠遠地看著，幾乎辨不清人影，只聽得火影塵霧中傳來一聲聲悶哼，不時有鮮血飆飛，有紅色，有黑色。打得難分難捨之際，馬宏達忽然策馬奔上廢墟，吼道：「國公，崔敦禮抓了侯神仙！」

只聽一聲怒吼，王君可狼狽不堪地從火焰中退了出來，奎木狼和令狐瞻也紛紛現身，三人渾身是血，奎木狼狼皮翻捲，撕裂了無數口子，令狐瞻更是甲冑碎裂，血流如注。

「怎麼回事？」王君可大喊道，「他為什麼抓侯神仙？」

「屬下不知！」馬宏達大聲道。

「走！」王君可轉身就走。

窕娘和翟紋心切地跑了過來，就在這時，王君可猛然拖刀擰身，一刀斬向翟紋。翟紋尖叫一聲，奎木狼距離遠，縱身而來卻為時已晚。令狐瞻驚駭之下飛撲過去，擋在翟紋身前，橫起長槊抵擋，哢嚓一聲，三十斤重的陌刀劈斷槊桿，斬在令狐瞻身上，令狐瞻一聲大叫跌翻在地。

「九郎——」窕娘哭喊著奔跑過去，卻被王君可一把攥住，轉身帶走。

窕娘掙扎著被他拖下了斜坡，扔在馬背上。王君可和馬宏達也跳上馬背，挾著窕娘策馬離去。

玄奘衝了過去，試圖摀住令狐瞻的傷口，卻發現他半個身子幾乎被剖開，已經奄奄一息。翟紋呆滯了好半晌，才慢慢地走過來，身子一軟，跌坐在他身邊：「令狐郎君——」

令狐瞻躺在廢墟中，眼神渙散，苦笑道：「三年前我就知道……我這輩子遲早得為妳而死，上天啊，果然如人所願……」

「對不起！」翟紋哭道，「你不該救我的，為何不讓我死掉？」

「妳呀……也是個苦命人。我痛苦，難道妳便幸福嗎？」令狐瞻喃喃道，「我們這場孽緣，總歸是有一個人死了，另一個人才會解脫。不是我，便是妳。方才那瞬間，我想過就那樣讓妳死掉算了，因為旁邊還有窕娘等著我，她等著我牽她的手，與子偕老。可是我忽然想起這三年來，妳日日夜夜出現在我夢中的樣子，孤單，柔弱，無助，害怕，我聽見妳無數次喊著我的名字，求我救妳。我曾在夜深人靜的時候，無數次向妳承諾，我會救妳，拿生命保護妳。如今妳已經變了，難道到頭來，我也要背叛曾經的自己，狼狽地逃跑嗎？」

翟紋放聲痛哭，這時奎木狼變回呂晟的模樣，衣袍上也滿是鮮血，踉蹌地走了過來，撲通跪坐在地上。

「令狐兄……」呂晟神色複雜地望著他。

「你很開心吧？」令狐瞻平靜地看著他，「可以永遠擁有她了。」

「不，」呂晟悽涼地搖頭，「我壽命將盡，我們都不是贏家。」

令狐瞻一愕，忽然大笑起來，口中和傷口鮮血迸流：「這天上造物果然有趣，我們每個人都做了負心人！」

令狐瞻掙扎著抬起手，撫摸著翟紋的面孔，在她光潔的臉上留下一道血色。

「朔方烽火照甘泉，長安飛將出祁連。犀渠玉劍良家子，白馬金羈俠少年……」令狐瞻兩眼失神地凝望著大漠蒼天，喃喃誦念著，彷彿在他眼前流過自己一生的樣子，「我六歲練劍，七歲讀兵法，十九歲斬將奪旗，今生卻要為一個女人而死，這人生啊……」

令狐瞻臉上流著淚，笑著，慢慢閉上眼睛。

第三十三章　吾，奎木狼，應卯來也！

王君可渾身是血，提著陌刀闖進了崔敦禮的大帳，卻見侯離髮髻散亂，道袍髒亂地委頓在地上，崔敦禮和李淳風站在大帳中央，靜靜地等著自己。

「侯神仙！」王君可大驚失色，急忙扶起侯離，見他身上並無傷痕，才鬆了口氣，怒視著二人，「你們什麼意思？」

「沒什麼意思。」崔敦禮淡淡道，「這老道士行事詭祕，請他來詢問一番。」

「詢問？」王君可冷笑，「這是詢問？還有李淳風！早在瓜州時他便與逆賊李琰、李澶、玄奘三人勾結在一起，後來逃之夭夭不知所蹤。崔舍人堂而皇之地請他入帳，難道不該給我一個解釋嗎？」

「彭國公，」崔敦禮正色道，「李淳風和玄奘可不是逆賊，我被李琰擒拿那天，是他們誤以為你要謀反，來給李琰報信，反被李琰捉拿。這兩人是忠義之士。」

王君可凶狠地瞪著二人，一言不發，攙扶起侯離就要離開。

「不能走！」侯離忽然道，「剛才我被迫說出了替窕娘占卜之事。」

王君可手一抖，險些把侯離扔在地上。他怔怔地看了侯離一眼，忽然黯然嘆息，緩緩轉回身，盯著崔敦禮和李淳風。

「原來你們動侯神仙，目標在我。」王君可森然道。

李淳風笑道：「彭國公野心勃勃，實在令人敬佩，竟想做大唐的異姓王！」

此言一出，大帳內一片靜寂，彷彿有雷電無聲無息地聚集。

早前崔敦禮請來侯離之後，二人對他進行逼問。侯離原本死不承認，最後李淳風使了手段，他從侯離身上搜出一只瓷盒，裡面養了蟲蟲，李淳風挑出幾隻作勢要塞進他的鼻孔，侯離頓時嚇得魂飛魄散。這蟲蟲的威力他太清楚了，食人腦髓，在人腦中產卵，宿主為了供養蟲蟲，會吞吃一切血肉，活生生變成僵屍。

侯離只好招認。

他原是終南道上，三年前雲遊敦煌，恰好遇到王君可打醮祭祖。侯離掐指計算，竟能把王君可的祖上三代算得分毫不差，王君可驚為天人。後來侯離離開敦煌繼續雲遊天下，半年前再次來到敦煌，王君可如獲至寶，將侯離迎入敦煌城唯一的道觀——玄通觀供養。

王君可每每遇到疑難，都來找侯離占算，侯離擅長用蓍草測算天機，為王君可破解了種種困境。認識久了，王君可便向侯離傾吐心扉，他此生最大的心願便是在自己這一代立下士族門閥，讓王氏子孫代代輝煌。

於是侯離起了大卦為王君可占算，共占卜九卦，用去四百五十根蓍草，一卦六爻十八變，他耗費三日三夜，窮盡一百六十二變，最終竊取天機，占算出王氏後三代的命格。

李淳風說到這裡，笑道：「這老道士果真有些手段，蓍草占算過於艱難，早在兩漢時期便少有人用，此人居然能以蓍草同時勘演九個大卦，偷天竊命，倒也難得。」

「不過，」崔敦禮冷冷道，「彭國公，命格既然被破，此生就該謹守人臣之禮，像你這般偷天竊命，強補命格，實在是心有不臣！」

王君可森然冷笑，卻一言不發。

原來根據占算結果，王君可這一世本有封王之命，只是年少時命格被破，這輩子已無法補全，卻可以想辦法在子嗣身上補全。王君可因而狂熱起來，自己此生竟然有望封王！

王，通常是指九等封爵中的親王和郡王。皇帝的兄弟、皇子皆封親王，皇帝之親族兄弟以及皇太子的兒子，封郡王。譬如李琰乃是李世民的堂兄，封爵便是郡王。

這是同姓王，另外還有異姓王。

簡單來說，非皇族而得以封王，便是異姓王。

大唐封異姓王極為慎重，武德開國時封過幾名隋末群雄為異姓王，譬如當年幽州羅藝被封為燕郡王，江淮杜伏威被封為楚王，河西李軌被封為涼王，竇建德的尚書令胡大恩被封為定襄郡王，但這只是唐初為了收復群雄採取的懷柔政策，之後這些異姓王或者戰死，或者處死，至今朝廷尚未有異姓封王的例子。貞觀朝功勞最著的尉遲敬德和長孫無忌已是人臣巔峰，也不過封了吳國公和趙國公。

基本上，國公已是朝廷封賞的盡頭，王君可的志向卻是要封王！

「這侯離也是異想天開，居然打算在你兒子身上增加氣運，來補你的命格。」李淳風出身樓觀派，對這些手段自然瞭若指掌，「這種逆向補命的手段我是第一次聽說，不過還真有道理。你兒子王永安才二十一歲，尚未入仕，運勢多變。按照侯道士的想法，若是能將王永安的命格補為承襲而來的嗣王，他的父親，也就是你王刺史，自然會是郡王。」

「這哪是異想天開？分明是可以實現之事！」侯離有些惱怒，似乎李淳風羞辱了他的智慧，「天地人是陰陽分離而來，欲補人的命格，自然要先補陰陽。我拿王郎君的生辰八字，走遍整個河西，到處尋找測算能補他八字的女子。只要能找到這女子，王郎君夫妻陰陽互補，自然能成事。」

「所以你便找到了張敝的女兒窕娘？」崔敦禮厲聲道。

「嘿，我找了整整半年方才找到她，命格奇佳，恰與王郎君互補，這一世當有王妃之命！」侯離冷笑，「而且這對張氏來說也是一樁好事，他雖是敦煌士族，可放在河東五姓裡卻不算個什麼，若能與郡王聯姻，自然也能提升張氏的門閥。」

王君可強求張氏女，不惜與整個敦煌士族開戰，崔敦禮和李淳風早就對他這種瘋狂的行為感到不解，今日才知道是受了老道士的蠱惑。

「這可不是蠱惑。」侯離還是有些本事的，居然看出二人心中的想法，「你看，王公原本只是個縣公，一與張氏女結了親，尚未過門，便立刻升為國公。待到他日婚娶之後，焉知不能封王？」

崔敦禮倒吸了口冷氣，這件事的確詭異，事實結果也正如侯離所占算，怪不得王君可對窕娘如此上心，甚至不惜性命也要救她。

王君可盯著二人，淡淡道：「既然事情的緣由二位都知道了，我也不隱瞞，王某今生必定要封王，立下石艾王氏的門閥！況且，不管我今日封了國公，還是將來封王，都是沙場上一刀一槍搏來的，沒有絲毫對朝廷不忠，二位何必苦苦相逼？」

崔敦禮皺了皺眉，正要說話，卻聽李淳風冷笑：「這國公是靠你一刀一槍搏來的，還是靠你誘騙李琰造反詐來的？」

崔敦禮一聽便知不好，果然王君可沉默片刻，最終長嘆一聲，提起了陌刀：「這只是逆賊李琰臨死前的汙衊之詞，想不到你們竟然信以為真。你們都是陛下身邊的近臣，既然疑我在先，今日就不要離開這大帳了。一個從六品的通事舍人和一個從八品的咒禁博士死在軍中，我還能罩得住！」

王君可做事極為果決凌厲，話音一落，一刀劈下。李淳風屈指一彈，彈出一團粉末，王君可知道此人詭異，急忙提著侯離倒退幾步，到了帳門口，將侯離推到帳外。忽然間，王君可怔住了，帳篷外，牛進達、令狐德茂、翟昌、張敞等人靜靜圍成一圈，目光複雜地望著他。令狐德茂更是兩眼通紅，咬牙切齒。

王君可渾身冰涼，他知道，自己掉進了一個巨大的陰謀中！

「老牛……老牛……」王君可惶然地望著牛進達，大叫道，「是誰害我？」

「宣哥，」牛進達慨然長嘆，「你自小就聰明，比我和叔寶、咬金都聰明，可是……怎能靠小聰明來博得王侯將相？靠蠱惑誘騙一位郡王謀反來攫取功勞，更是不仁不義！」

「胡說八道！」王君可瘋狂地嘶吼，「我的國公是一刀一槍打拚出來的！大業年間，我舉義反隋，投奔瓦崗東征西討，歸順大唐之後我十三人擊破王世充一萬兵馬，虎牢關一千奇兵擊破竇建德麾下大將張青特，我守洺州城五日五夜，擋下劉黑闥四萬大軍，我在敦煌大破突厥，斬敵兩千，我的功勞如山之高！」

「宣哥，你錯了！」牛進達兩眼含淚，「你一直認為朝廷薄待你，可過往的功勞朝廷一樣都不缺地封賞，你一直認為自己屈於人下，可你同樣也高居無數人之上。你武德四年已是縣公，我的爵位至今仍是魏城男，那又如何？各人有各人的機遇，不用強求，我們踏踏實實、一刀一槍地掙來便是。」

「那是你傻！」王君可大叫，「你就是那種勤勤懇懇只知套轅犁地的蠻牛！我不是！更不甘！你知道我少年時最羨慕的是誰嗎？便是那太原王氏。我亂世吃不飽飯，可他們卻能鮮衣怒馬，詩詞文章。我從隋末殺出個四品刺史，等我死後，我兒子只能蔭封正八品？到我孫子，只能得從九品？不，我要我的子孫永遠不再重蹈我少年時的命運，我要我的子孫世代富貴，與國同休！我要立下王氏門閥，百世不朽！我管他是一刀一槍還是陰謀詭詐，我今生就要做貞觀朝以來獨一無二的異姓王！」

「瘋了！這人真是瘋了！」此時令狐德茂已知道兒子死在他手中，對他恨之入骨。

「老牛！」王君可提著手中陌刀一指，面目猙獰，「今日我敢在玉門關上誅神，便敢在這軍營之中殺人。你是我的好兄弟，但千萬莫要阻我。」

「慫恿郡王造反，謀害欽差，殺我兒子，豢養妖道謀奪王位，有不臣之心。天不罰你，朝廷律令也饒不了你！」令狐德茂大聲怒吼。

王君可兩眼血紅地盯著眾人，看著周圍的兵卒越來越多，個個面露鄙夷之色，甚至馬宏達和趙平等親信屬下也看他如陌生人一般。他慢慢清醒過來，當即大叫一聲，一刀將兩名兵卒斬下馬，跳上馬背，一把抓起侯離的後背扔到馬背上，一催馬匹，疾馳而去。

王君可積威甚重，又勇冠三軍，牛進達等人不發話，無一人敢攔阻，竟還讓開一條通道，讓他往大營深處跑去。

「牛公！」令狐德茂目眥欲裂，「這等敗類，難道要放他離開嗎？」

牛進達和崔敦禮對視了一眼，忽然張敝大叫一聲：「糟也！」

眾人望去，只見王君可跑到一頂帳篷邊，揮刀將帳篷撕裂，闖了進去。隨後從裡面揪出一名五花大綁的女子，扔在帳篷外的一匹馬背上，牽著馬匹和侯離絕塵而去。

那名女子正是剛救回來的窕娘！

張敝撒腿追了過去。

牛進達勃然大怒：「王君可，你太過了！」當即一聲令下，率領著越騎疾馳而去。

令狐德茂大喜，喊道：「各位家主，且把部曲借我，若是誅了王君可，我令狐氏必定重重報答！」

翟昌慨然應允，眾家主也被王君可詭譎狠辣的手段嚇怕了，知道今日必得斬了此人，否則後患無窮，當即命令家族部曲集合，隨著牛進達等人追了過去。

崔敦禮這會兒才回過神來，見李淳風臉上露出微笑，頓時氣不打一處來：「李博士，這都是你的計謀吧？」

李淳風苦笑：「我豈有這個本事，瞬間摧毀一個國公？自然另有其人。」

「誰？」崔敦禮問道。

李淳風笑而不答，牽過一匹馬，追著去了。

王君可和侯離挾持著窕娘落荒而逃，三人從水淺處渡過疏勒河，再沿著疏勒河谷折向西行。狂奔出一百餘里之後，眼前出現一座綿延的山影，湖泊和草甸漸漸稀疏，河谷越來越窄，漸漸被戈壁沙漠所侵蝕，天地間荒涼粗礪，一片蒼黃。

又奔行些許路，一座浩大的城池出現在眼前。

侯離又驚又喜，加速奔過去，到了近前不禁目瞪口呆，這竟是一座荒廢的城市！

密密麻麻的殘敗城堡聳立眼前，有烽火臺，有城牆，有樓閣，有房舍，有街道，有廟宇，甚至有各種造型奇異的宏大雕像，只是空蕩蕩的並無一人！這座城池彷彿被風沙侵蝕了成千上萬年，一切人工的痕跡都剝落殆盡，還原出土坯的模樣。

三人都被眼前的景象震住了，沉默無聲地策馬行走，這城池大得彷彿無窮無盡，各種建築有如大海中的波浪，翻捲凝固。沙磧上的旋風捲起細長的龍捲，直聳天際，在城中遊走，彷彿幽冥地獄裡吞噬鬼魂的觸手。城中不時響起各種嘶吼之聲，似狼嚎，似鬼哭，似經聲禪唱，似鬼魂細語。

「這是什麼地方？」侯離喃喃道。

「敦煌人傳言，在玉門關西北邊有一座魔鬼城，又叫龍堆。據說當年有十萬妖魔占據其中，將方圓數百里化作妖界魔域。後來天庭派神靈下凡剿滅，將十萬妖魔化作凝固的石像。」王君可沉聲道，「還說至今城中仍有殘留的妖魔魂魄遊走，吸人精氣，以圖重生。」

「若是妖魔鬼魂老道還不怕，我怕的是人。」侯離勉強笑道，「咱們難道要從這城中穿過嗎？」

「聽一些走私商隊說，穿過城中便可抵達高昌和焉耆。」王君可沉吟，「但我在敦煌三年，從未來過這裡。」

眾人走在寬闊的街道上，兩側都是高聳的奇異建築，熾熱的太陽將猙獰的暗影投在腳下，連馬匹都有些畏葸不前。忽然間，王君可一勒馬匹，凝望著前方。

只見前方緩緩馳來一匹戰馬，魚藻騎在馬上，堵在街道中央。

「魚藻——」王君可驚喜交加。自十餘日前魚藻帶著李澶殺出瓜州城後，他便再也沒有見過女兒，沒想到今日喪國失位，狼狽逃亡之際竟能在這裡相遇。

魚藻悲傷地望著父親，半晌沒有說話。此時的王君可極為狼狽，盔甲也破了，從一品的紫色官袍也髒了，披頭散髮，渾身都是乾涸的血跡，在魚藻的記憶中，阿爺從來都是舉止從容，勝券在握，彷彿天底下沒有難得倒他的事。

然而一日之間，他卻從大唐的人臣巔峰跌落到國之叛逆，倉皇逃亡。

這時又聽見馬蹄聲響，李澶握著長槊，從一座凝固的祭壇下繞了出來，兩人呈夾角，堵住王君可的去路。

王君可臉色變了：「魚藻，妳是來阻我的？」

「阿爺！」魚藻哭道，「您還不悔悟嗎？」

「我有什麼可悔悟的？」王君可怒吼，「妳若是我的女兒，就跟我走！我們父女一身本事，不管到高昌還是焉耆，甚至西突厥，到哪裡都能殺出一片天下！」

「阿爺，這就是您想要的天下？」魚藻瘋狂地叫道，「為了當上國公，不惜陷害一個郡王，踩著他的屍體上位！為了自己的野心，不惜掀起叛亂，一夜之間瓜州城死了上千人！」

「有什麼不可以？」王君可大叫，「一個王算什麼，皇帝都死了多少？自隋末以來，誰不是踩著別人的屍骨上位！隋末十二年死了幾千萬人，妳以為都是誰殺的？還不是現在那些地位最榮耀、功勳最彪炳的人？這是天地間競爭的法則！」

「你還沉浸在亂世嗎？」李澶怒吼道，「這是大唐！不再有亂世了！國泰民安，國勢日上，上一代人犧牲了那麼多，才有人痛定思痛，砥礪前行，才注定要營造千百年的盛世！」

「哈哈哈！」王君可長笑一聲，「呸！什麼盛世亂世，規則是一樣的！我就不信，這盛世中就沒有爾虞我詐，權謀爭奪。像我這種出身，上位的唯一規則就是踩著更上位者的屍體！」

李澶不想再跟他說話了。

魚藻也澈底絕望，哭道：「阿爺，您就是一個徹頭徹尾的亂世餘孽！」

忽又一陣馬蹄聲傳來，王君可轉頭望去，心中一沉，只見呂晟、玄奘和翟紋帶著五名星將從自己的側後方驅馬馳來，三方呈品字形將自己牢牢困在其中。

王君可舉目望著這座陰森凶險的魔鬼城，不禁苦澀長嘆，他知道，單單是魚藻和李澶，根本擋不住自己的去路，可再加上呂晟和五名星將，自己是萬萬走不脫了。

王君可盯著呂晟咬牙切齒，「原來是你算計我！」

「沒錯，」呂晟坦然承認，「是我讓李淳風說服崔敦禮，抓了侯離。」

「你怎麼知道侯神仙和我的關係？」王君可問道。

王君可百思不得其解，他和侯離的往來極為隱密，僅僅是幾日前自己在瓜州當上彭國公之後，侯離才走到人前。他看了一眼侯離，忽然一怔，只見一旁的侯離不知何時輕輕策動馬匹，朝呂晟跑了過去。

「侯神仙！」王君可大叫，「您也要棄我而去嗎？」

侯離大笑：「好教彭國公得知，老朽不姓侯，姓呂。也不是終南道士，而是遊方郎中！」

王君可整個懵了。

呂晟淡淡地點頭：「早在三年前你初到敦煌，我就打算借你的力量來對付士族，所以才讓同族的呂離冒充道士，博得你的信任。」

王君可目瞪口呆：「那為何直到半年前侯離才來找我？」

他仍有些不敢相信，如果說是陰謀，這局布得也未免太長了，三年前侯離確實接觸過自己，可隨後就離開敦煌，直到半年前才回來。兩年半的時間，他都在幹什麼？

呂晟沉默了很久，和翟紋對視一眼，兩人神情中都有些悲涼。玄奘心中忽然一動，卻沉默不言。

「中間自然有一些意外。」呂晟嘆了口氣，「不過天從人願，雖然沒能借你的手滅了士族，卻好歹毀了你這個餘孽。」

「這麼說……」王君可失魂落魄地看著窕娘，「所謂窕娘能補全我兒子的命格也是假的？」

「假的。」呂晟道，「只有你的陰謀詭詐才是真的。是你憑詐術誘騙李琰造反，踩著他的屍體登上了國公之位。」

「原來是這樣……原來是這樣……」王君可心中猶如天崩地裂，所有支撐他的力量都徹底坍塌，他露出比哭還難看的笑容，「不可能！我今生能封異姓王……我能建立王氏門閥……」

「阿爺！」魚藻哭著道，「王氏已經不存在了。您誘人造反，形同謀逆，您害了阿娘，害了兄長，整個王氏因您而蒙羞。」

撲通！王君可跌下馬背，渾身都是灰土，他掙扎著想站起身，卻一跤坐倒，形容呆滯，整個人似痴傻了一般。

眾人默默地看著，目光中卻沒有憐憫。這是一個梟雄的末路，一匹豺狼的絕境。

窕娘跳下馬，默默地走向他。王君可抬起頭，咧嘴笑著：「窕娘，他們說的都是假的！不要相信他們！妳跟著我，嫁給我兒子，我定會廝殺出一個異姓王，讓妳當上王妃——」

忽然噗的一聲輕響。

王君可低頭，愕然地看著自己的胸口，又抬頭看著窕娘，只見窕娘面無表情，將一把短劍刺入他的胸膛。

窕娘流著淚：「這一刀，為了令狐九郎！」

窕娘拔刀，噗地又捅了一刀：「這一刀，為了我的人生！」

王君可苦笑著，仰面栽倒。

「阿爺——」魚藻雖然知道今日便是父親的絕路，但見到他以這樣的方式死去，仍是痛徹心扉。她跳下馬奔了過來，推開窕娘，將王君可抱在懷中。

王君可呆滯地看著頭頂的天空，天空下是連綿的魔鬼城堡，他彷彿看到了無數年前千軍萬馬陣前衝殺，旌旗蔽日，鐵騎縱橫。無數將星璀璨升起，又有無數將星輝煌隕落。

「這裡是瓦崗寨嗎？」王君可喃喃問女兒，「怪不得這些年我一直夢回瓦崗，原來我從不曾離開，真好……」

王君可頭一歪，氣絕而亡。魚藻號啕大哭。

李澶走過來，看著這個仇人死去，卻沒有絲毫復仇的快感，只有無限的惆悵悲涼。

大漠落日下，忽然響起無邊的軍中號角，蒼涼宏大，似在為這個曾經的不敗軍神送葬。

魔鬼城中揚起遮天蔽日的塵土，有如一道巨大的沙塵之牆橫推而來。

直到近了才隱約見到出沒在沙塵中的鐵騎和人影，卻是牛進達、李淳風、崔敦禮等人率領大軍而來。

呂晟和玄奘等人一動不動，沉默地看著。大軍推進到一里外停下，李淳風跳下馬，孤身一人走出軍陣，來到中間地帶，朝魚藻懷抱中的王君可屍體看了一眼，喊道：「逆賊王君可已經伏誅了嗎？」

呂晟淡淡道：「多謝相助，王君可已經死了。」

「瞻兒，你英靈莫走，害你的逆賊伏誅了！」軍陣中忽然響起號啕大哭之聲，李淳風回頭望去，卻見令狐德茂抱著令狐瞻沾滿血跡的頭盔，撕心裂肺地哭著。

「窕娘，快過來！」張敝見女兒無恙，大喜過望，喊道。

窕娘看了看呂晟，呂晟溫和地道：「去吧。」

「多謝呂郎君讓我大仇得報。」窕娘朝他屈身施禮，擦著眼淚朝張敝奔了過去。

父女倆抱在一起，都是百感交集，失聲痛哭。一旁的牛進達、馬宏達和趙平等人卻心中傷感，長久嘆息。

「呂師兄，」李淳風道，「此事既然落幕，你和陛下的交易該履行了吧！」

玄奘一怔，詫異地看著呂晟。呂晟卻神色如常，似乎早知道李淳風會來找自己，他看了一眼翟紋，露出眷戀和期待，彷彿想等翟紋說些什麼。

翟紋卻神色呆滯，一言不發。

呂晟沒說什麼，慢慢地走了過去。

「法師，」李淳風遙遙地喊道，「請你也過來如何？上次在瓜州鼓樓你冤枉了我，今日便讓你知道我真正的使命。」

玄奘苦笑一聲，跟著呂晟走到李淳風面前。

「大軍退後一里！」李淳風回頭喝道。

牛進達和崔敦禮都知道他是懷有密旨的欽差，當即約束大軍後退。

魔鬼城寬敞的道路上，三人沉默地對視片刻，呂晟道：「念吧。」

李淳風沒想到他居然這樣對待皇帝的聖旨，苦笑一聲，從袖中掏出聖旨，展開念道：「門下，敦煌翟氏女紋，附逆妖物，禍亂州郡，今宜明正典刑，絞！」

玄奘大吃一驚，看看呂晟，卻見他神色平靜，絲毫沒有動怒。又回過頭看了看遠處的翟紋，她正愣愣地看著遠處的城堡，不知在想些什麼，似乎對這一切漠不關心。

「這是其中一份，」李淳風又從錦袋裡拿出另一份聖旨，展開念道，「門下，敦煌翟氏女紋，陷身妖窟，得神仙授衣，神人相護，貞潔不失，敕封為敦煌縣君。」

玄奘張口結舌，居然有兩份聖旨，一個生，一個死。

縣君乃是女子封號，正五品的品秩。皇帝之女為公主，親王之女為郡主，郡王之女或三品官員之母或妻為縣君，四品官員之母或妻為鄉君。

呂晟沉默很久，李淳風嘆道：「陛下擔心你不肯履約，便命我帶了兩份聖旨，你選一個吧。」

「這到底怎麼回事？」玄奘問道。

李淳風道：「法師，你曾說我是師兄的內應，配合他行事，還說呂晟要藉由我的嘴，向朝廷講述他的冤屈。這話沒錯，但也不對。因為早在兩年前，呂師兄……哦不，奎木狼便藉由祕密管道聯絡上陛下。當時陛下也耳聞敦煌有二十八宿下凡之事，奎木狼便向陛下提出一個無法抗拒的建議，兩年之後他會回歸天庭，只是翟紋留在人間，他放心不下。他說，只要陛下肯保護翟紋，讓她在人間好好活著，他願意以自己的死亡換來一場神蹟。」

玄奘知道呂晟將死，自然知道他對翟紋的牽絆，問道：「什麼神蹟？」

「他說，李氏的始祖李耳乃是天庭的玄天教主太上大道君，居兜率天宮，統御天庭，便是玉皇天帝也要受其節制。可是太上老君的道身難得顯現人間，他願意借崩滅之際，請太上老君現身天地，以彰顯李氏皇室之尊貴。」李淳風道。

玄奘恍然大悟，這是李唐皇室絕對不可能拒絕的一樁交易。

老子又名老聃，姓李名耳，原本只是道家始祖，然而西漢崇尚黃老，便逐漸神化，至東漢道教崛起，老子本人就被視為「道」的化身。漢明帝年間有〈老子聖母碑〉云：老子者，道也。乃生於無形之先，起於太初之前，行於太素之元，浮游六虛，出入幽冥，觀混合之未判，窺濁清之未分。

至張道陵開創正一道，始上尊號為「太上老君」，認為「一散形為氣，聚形為太上老君」。一，便是道。

事實上，李氏起兵時便曾借助老子後裔的說法聚攬人心。樓觀派道士岐平定在大業七年便曾宣稱，當有老子子孫治世，此後吾教大興。

武德三年，絳州道士吉善行上奏，說在羊角山見到一白衣老人，告訴他：為吾語唐天子，吾是老君，即汝祖也。李淵大喜，派遣使者祭祀，立廟於羊角山。

武德七年，李淵又親自去終南山樓觀拜謁老子，稱老子為遠祖，正式確立李氏為老子後裔。

但是正如奎木狼所說，太上老君的道身難得顯現人間，至今這世上除了吉善行，還從未有人見過。吉善行用這句話換來了朝散大夫的爵祿，世人也多有懷疑他是以詐術求官。如果奎木狼真能請來太上老君現身，莫說保護翟紋，恐怕朝廷願意付出任何代價。

「正是要執行這麼一樁交易，陛下才把我從終南山召了出來，任咒禁科博士，同門情誼，同樣官職，就是向師兄表達，朝廷是誠心誠意要與師兄合作。」李淳風道。

「呂兄原來下了這麼大的一局棋。」玄奘默默望著呂晟，伸出了左臂，「既然如此，不如把我胳膊上這半件天衣給解了吧。」

「你看出來了？」呂晟微笑著。

玄奘點點頭：「到敦煌以來，貧僧解開了大部分謎團，只有一樁百思不得其解，就是聖教寺的寺卿丁守中為何盯上貧僧，要把這件天衣種到我身上？我一個個猜測，一個個推翻，卻從未懷疑到你，因為你一門心思就是要劫奪這半件天衣，替翟紋破掉天衣魔咒。」

「那你為何又懷疑到我了呢？」呂晟問。

「因為各方勢力都對這天衣無動於衷，全然陌生。」玄奘道，「後來我聽說講述天衣故事的趙會首醉酒墜馬身亡，我便明白了，天衣的故事全是編造出來的。所謂米來亨售賣天衣，白龍堆沙漠遭人截殺，都是假的，甚至那個自稱是米來亨兒子的米康利，也是假的，這整件事就是一個陰謀。而將天衣種在貧僧身上，無非是貧僧受到敦煌士族矚目，想讓他們親眼見證天衣的效果罷了。」

「果然什麼事都瞞不過法師天眼。」呂晟苦笑著，忽然袖子一捽，拍打在玄奘的胳膊上。玄奘只覺一股冷森森的東西侵入肌膚，他急忙擼起袖子觀看，卻見肌膚上冒出密密麻麻的黑點，竟是一隻隻髮絲大小的蟲子！這些蟲子彷彿遇到了天敵，紛紛鑽出皮膚，見光即死。

「這是——」李淳風驚道。

呂晟看了他一眼：「這是師尊沒有培育成功的附冥蟲。法師當初見到玉盒中的那層膠狀物天衣，其實就是這蟲的蟲卵，遇到溫熱的生物肌膚，便會自動鑽進去孵化成蟲。不過這蟲的生長期足有半年，長成之前對人體無害。可一旦受到外界刺激，就會分泌一種毒素，螫傷敵人。」

玄奘聽得毛骨悚然，他無數次試驗這天衣，全沒想到竟然是一群蟲子在自己的體內！

呂晟看出他的不安，笑道：「法師不用擔憂，我用藥物將牠們引了出來。這東西沒長成，一遇空氣即死，你體內並沒有殘留半隻。」

「阿彌陀佛，」玄奘喃喃道，「若你中途出意外死了，貧僧豈不是要被這些蟲子給吃了？」

呂晟大笑：「沒錯，法師和我運氣都很好，卻不知法師是什麼時候發現是我的？」

「其實也是最近才覺察的。」玄奘有些慚愧，「前幾日我們逃回敦煌後，你們派人打探翟紋的消息。我聽街坊傳言，翟紋陷入妖窟後，紫陽真人周義山掐算到令狐瞻和翟紋有拆鳳之劫，故此下凡贈送翟紋天衣，來保其貞潔。我便知道這背後其實是你了。」

呂晟沉默半晌，點點頭：「沒錯，這件事是我安排人引導令狐氏這麼說的，令狐氏為了保全面子，自然會大肆宣揚。」

「你既然已經與朝廷達成交易，有朝廷來保護翟紋，且封她為縣君，自然不敢有人欺辱，為何要多此一舉？」玄奘問。

呂晟嘆息一聲：「法師也有不明白的人情世故啊！自從知道自己壽命將盡，我便煞費苦心，想給紋兒安排一個完美無缺的未來。首先，她不能為我殉情，她必須活著。其次，她不能繼續活在玉門關這個匪窟。最後，她必須活得開心，而不是終日憂傷，鬱鬱寡歡。所以，我決定把她送回家族之中。」

「送回家族？」玄奘吃了一驚。

「是的，」呂晟道，「法師，人活在世上，並不只是穿衣吃飯，還有很多必需的東西，譬如安全、名譽、親情、交際，能給予這些的唯有讓她回歸正常的社會。朝廷能給她的只有充足的衣食和人身安全，可她曾被我擄走三年，在世人眼裡她失去了貞潔，法師也知道這些士族傳承千年，禮法門風之嚴更甚普通人家，一個失去貞潔的女子哪怕回到家族中又會面臨什麼樣的命運？」

玄奘自然知道失去貞潔的女子對士族而言意味著什麼，看看令狐瞻這三年的屈辱和復仇，看看翟氏和令狐氏不惜代價瘋狂獵殺奎木狼，就知道翟紋一旦回歸，將要面臨什麼悽慘命運。

「可是我絕不會讓她面臨這一切。」呂晟轉過頭，溫柔地看著遠處的翟紋，「我要讓紋兒回歸到家族之中並且仍然受到家族敬仰，仍然受到民眾尊崇，所有人心中都不會有半分不敬的念頭；我要她在我死之後，仍然過得幸福，快樂，直到老死。」

玄奘和李淳風瞠目結舌，他們望著呂晟，這個人算盡天下，破八大士族，滅王君可，縱橫大漠，將大唐、突厥、吐谷渾等世上最強大的帝王玩弄於股掌之間，最終要做的，卻只是在將死之際，送心愛的女人回歸家族？

玄奘深入一想，更明白其中的難度。因為呂晟挑戰的不是成千上萬的軍隊，也不是堅不可摧的城池，更不是權力無邊的帝王，而是千百年來全天下人共同維護的倫理道德！

這是哪怕強大如帝王也無法改變的人心！

「所以，我讓朝廷給她安全、衣食和榮譽，我用天衣證明她的貞潔，我用仙人授衣營造她的神聖，最後我還會用一場神蹟讓她成為所有士族的恩人。三年前我帶她走，今日我送她回，只希望一切都不曾改變。」呂晟喟然嘆道，「一切都安排好了，每一步都沒有出差錯，但我唯一難以確保的是，我死之後，她何時能從傷痛中解脫。」

玄奘和李淳風深深震撼。

「法師，今日我對你和盤托出，一絲一毫都不隱瞞，就是希望我死之後如果紋兒不快樂，你能以佛法多開導開導她。生老病死，愛別離，怨憎會，求不得，五取蘊，人世八苦我都曾一一品嘗，而到最後才發現，愛了，別了，正是這世上最難割捨的痛。」呂晟的眼眶慢慢紅了。

玄奘喉頭哽咽，說出自己今生唯一一句謊言：「會的，我會讓她開悟，活得自由自在，無拘無束，比你活著的時候還要快樂！」

「謝法師，多希望今生能有你這樣的朋友！」呂晟抱拳長揖，淚水終於奔流而出，「今生拜別法師！」

呂晟手指一彈，李淳風手中的第一份聖旨忽然燃燒起來。

呂晟慢慢朝著魔鬼城深處走去，翟紋站在路上淚眼相望，兩人相距不過兩丈，卻彷彿隔著無窮歲月，觸不可及。

忽然間無數人的驚呼響起，玄奘抬頭，赫然一驚。此時是下午最熾熱的時分，沙磧中無風無聲，一片寧靜，然而在魔鬼城深處的天空之上，竟出現了無數座雄偉高大的宮殿！

那些宮殿高低錯落，連綿起伏，不知有幾千萬里，鳳閣龍樓接連霄漢，玉樹瓊枝掩映蒼穹，彷彿有鸞鳳駕著車盤旋飛舞，又有魚龍環繞，忽散忽聚。日月星辰出沒於其間，仙人輜輳御空而行。

整個宮殿群下無根基，似乎生於混沌，被虛空托著漂浮於天地之間。

「這是——」莫說玄奘，便連李淳風也驚住了，嘶聲大叫，「是太上老君！畫直何在？」

遠處的大軍紛紛跪倒，叩首跪拜。李淳風帶到敦煌的十餘名咒禁師、咒禁工和咒禁生抱著畫架狂奔出來，一些僕役手忙腳亂地擺好畫架，掛上畫紙，調好墨，畫直們急忙揮毫潑墨，描繪起這場勝景。

原來這些哪裡是什麼咒禁科的人，李淳風帶來的赫然是皇帝親自委派的集賢殿書院畫工，為的就是要描摹下這場舉世罕見的天庭勝景和老君真身！

就在此時，那天庭之上響起數十名仙人合力呼喊：「奎木狼，奎木狼！你誤卯三日，天帝命你返回天庭，罰去兜率宮老君處燒火看爐！」

天庭之上緩緩出現一尊仙人，面目虛淡，似是一名道人，坐在蓮花臺上，無聲地望著腳下的天地萬物！

天上的仙人之聲仍在呼喊：「奎木狼，奎木狼！你誤卯三日，天帝命你返回天庭，罰去兜率宮老君處燒火看爐！」

聲音宏大嘹亮，傳入人間化作眾生的呼喚，有老人的沙啞，有男子的渾厚，有女子的清婉，有孩童的清脆，竟似有成百上千人同時呼喚一般，在整座魔鬼城中迴盪！

所有人都跪倒在地，淚流滿面地祝禱，痴痴看著天庭與眾神。

呂晟卻渾不在意，依舊一步一步向前走著。魚藻和李澶迎了上來，魚藻淚眼相望：「呂郎，你真的要走嗎？」

呂晟微笑望著她：「魚在在藻，有頒其首。有女頒頰，豈樂飲酒。大頭魚，我們喝酒吧！」

呂晟手在虛空中一抓，便抓出三只酒杯，分別遞給魚藻和李澶。兩人顫抖著手接了過來，發現杯中盛滿了美酒。

呂晟道：「我這一世雖然八苦嘗遍，卻不後悔來這一遭，因為你們，我見識了人間精采。來，滿飲！」

三人一飲而盡，那酒杯隨即在手心化作粉末，宛如沙粒般從指縫落下。若非口中酒香殘留，還以為是一場夢幻。

「魚藻、李澶，你們如今已是夫婦，這人間無論再艱難，都要攜手闖過去。」呂晟轉身而去。

魚藻和李澶痴痴地望著他的背影，淚水迷濛了視線。

翟紋一直默默站在路邊，早已哭得淚人一般：「四郎，我捨不得你！」

「我們不是說好了嗎？」呂晟將她擁入懷中，擦著她臉上的淚水，「三年來我們享盡歡樂，我們遊遍大漠、雪山、草原、西域諸國，見識人間精采，萬物蓬勃，不就是為了這一天嗎？」

「那不夠……不夠！」翟紋哭著，「三年太短，我想要永恆！」

「這一切，已經是永恆。」呂晟也慢慢淌出淚水，「妳看，玉門關的小院在我們的記憶中永恆，我為妳召喚的天庭勝景在人間永恆，而妳我的故事也會代代流傳，直至千萬年後傳唱不衰。」

「可那不是我們！」翟紋仰著頭，悽苦地望著他，「那不是我們！我的餘生再也觸摸不到你，我半夜驚醒再無人安慰我，我孤單寂寞時再也無人相伴，我哪怕窮盡人間，也找不到你的痕跡。」

「紋兒！」呂晟的從容完全崩塌，嗓子哽咽難言，「我做不到！妳不要再這樣了，讓我安安靜靜地死去，可好？注定要發生的事，妳又何必將我斬得遍體鱗傷？回去吧，紋兒，一切按照三年前的計畫，回去吧，回到家族中，努力活著。要比我在的時候活得更精采，更開心，更快樂！我們付出如此慘烈的代價，不就是為了妳的餘生嗎？」

他嘶聲大哭，推著翟紋往軍陣的方向走：「走！走！不要再回頭……走啊！」

翟紋一步一步挪著，悲傷哭泣。呂晟似乎害怕自己後悔，手一揮，虛空中突然出現一道璀璨的螢火，好似一條五光十色的游龍。呂晟張口一吸，將那游龍吸入口中，頓時發出一聲慘絕人寰的痛苦嘶吼，臉上、身上彷彿是火山噴發前的山體，片片龜裂，冒出斑斑點點的火光。

「四郎——」翟紋大哭，悲哀地伸出手，卻不敢碰觸他。

呂晟也伸出手臂，兩個人隔著半寸的距離，卻再也無法碰觸。

「走啊！」呂晟掙扎著道，「我死之後，會在天上化作一顆星辰，妳想我的時候就往天上看一眼。記住，我在西方白虎第一宿。我鎮守在紫微的西邊，我的東邊有一顆星叫軍南門，我北邊是婁宿，南面是壁宿，西邊是最亮的土司空。」

他掙扎著轉身，身上滲出一團團的火焰，踉踉蹌蹌往魔鬼城的一座高臺奔去，同時回頭蒼涼地笑著：「……等妳壽終，我會在天上等妳。我們一起走到閣道，看王良駕車經過，他每甩一鞭，就會閃耀起一顆璀璨的星光，長久不熄。我們一起看那滿天的星辰死亡，墜落進漆黑的深海。我們一起走過太陽運行的軌道，走過月亮運行的軌道，妳能看見太陰星主永恆地守護著他那爐不死藥，妳能看見羲和揮舞鞭子，驅趕著太陽遠去。我帶妳去看天上糧倉，那裡囤積著天上之黍，每一顆黍米都被星光浸透，閃耀著光澤……」

翟紋嗚咽地看著他渾身龜裂、奮力奔跑的身影，撕心裂肺地大聲喊道：「我後悔了！我後悔了——」

呂晟身子猛然一顫，頓了頓，欣慰地回頭：「我不悔！至死不悔！」

他哈哈大笑著奔跑，似乎極為暢快。跑到高臺盡頭，在大漠落日的映照下，身體化作斑斑龜裂的剪影，他張開雙臂縱身一躍，口中大吼：

腰細頭尖似破鞋，

一十六星繞鞋生。

外屏七烏奎下橫，

屏下七星天混明。

吾，奎木狼，應卯來也！

嘭——他整個人忽然崩散，化作一朵朵火焰，彷彿蝴蝶飛舞，煙花盛開。

天地間一片靜謐，所有人鴉雀無聲。也不知過了多久，魔鬼城上方的天上宮闕漸漸消散，空無一物。

第三十四章　西遊路上，他將歸來

敦煌城南門外，大軍環伺，軍容整齊，敦煌城中的百姓一個個扶老攜幼，抱著香爐，舉著線香，仰首眺望。八大士族組織僧人做起盛大的法事，禪音佛唱，響遍半個城池。

「來了！來了！」百姓呼喊起來。只見無數兵馬的簇擁下，翟紋乘坐著一駕馬車緩緩而來，百姓們大聲歡呼：「敦煌縣君！敦煌縣君！」

翟昌滿臉含笑地騎馬跟著，十幾日前的這場兵變，若不論翟述壯烈戰死，翟氏實在算得上是最大贏家。

「紋兒，要不要和百姓們說幾句話？」翟昌低頭問道。

「遮上車簾。」翟紋淡淡道。

翟昌愕然，卻見翟紋欠身起來，拽下車簾，將自己和歡呼的百姓隔開。

翟昌苦笑不已：「也好，也好。」

呂晟升天後，大軍便從魔鬼城返回敦煌，李淳風既然受了皇帝的旨意，便提前派人返回敦煌，把旨意傳給地方官員，命他們在城中修築二十八宿臺，翟紋會替朝廷祭祀太上老君、玉皇天帝和二十八宿。

王君可早在封了彭國公時便交卸了西沙州刺史，朝廷委派的新刺史還沒到，崔敦禮命西沙州的長史孫查烈暫時主理州事，同時也拿下了王君可的心腹，錄事參軍曹誠。

孫查烈不知道這場席捲瓜沙肅三州的大風暴會不會連累自己，急忙兢兢業業、盡心盡職地處理好一切事務，不但在大軍返回敦煌的兩日間建好了二十八宿臺，還在城中大力宣傳翟紋受到仙人庇佑的故事，動員了幾乎半城的百姓來迎接。

一場盛大的儀式將翟紋迎入城中。

玄奘和李淳風停留在城外，看著這番熱鬧的景象，嘆道：「呂晟可以瞑目了。」

兩人相顧無言，就在這時，卻聽到旁邊有人低聲道：「師父！」

玄奘和李淳風轉頭一看，只見李澶和魚藻騎著馬來到自己身邊，玄奘大吃一驚：「你們怎地來這裡？不是讓你們穿過魔鬼城，往高昌和焉耆去嗎？」

「師父，」李澶微笑著，「我要回大唐。」

玄奘愣了，李琰已被朝廷宣布為叛逆，革除宗籍，廢為庶人，子嗣必定要連坐。這時候回去生死難料，所以當日在魔鬼城，玄奘才建議他們離開大唐境內。

「師父，我其實想過要離開大唐，可是看到王君可棄國逃亡，死於魔鬼城，我才發現我離不開大唐。因為我的母親還在這裡，我的弟弟們也還在這裡，我的根就還在這裡。」

李澶笑著拉起魚藻的手，「我和魚藻商量好了，我會帶著我的新娘回到長安，讓母親看一眼她的兒媳。哪怕一家人死在一起，她也會很開心的。」

李澶朝著遠處的城門口喊道：「牛刺史！」

正準備入城的軍隊中有一匹馬兜轉回來，疾馳而出，來到眾人面前，赫然是牛進達。

牛進達陰沉著臉，只看著魚藻：「姪女，什麼事？」

「是我喊你，」李澶笑道，「不知軍中可有囚車？請牛公把我解送京師。」

「沒有！」牛進達終於看了他一眼，惱道，「大家都不搭理你，你以為是忘了這事兒嗎？自己還不趕緊悄聲走掉算了，添什麼亂！」

魚藻沉靜地道：「那就請牛叔叔打造一輛，我陪著郎君一起解送京師。」

「妳——」牛進達惱怒，卻無可奈何，「十二娘，陛下又沒宣布妳阿爺的罪狀，妳如今仍是彭國公的女兒，誰敢解送妳？」

「可是，我是李家婦。」魚藻道，「臨江王府連坐，自然也連坐到我身上。」

牛進達無言以對，看了看李淳風：「你是陛下的密使，你拿主意。」

李淳風也有些棘手：「牛公，我拿什麼主意？你旁邊有人嗎？我怎麼沒看見？」

他左右張望著，偏偏不往李澶方向看。牛進達被他無賴的舉動給驚得目瞪口呆。

「足感二位盛情，我也不讓二位為難了。」李澶心中湧出一股溫暖，「師父，我和魚藻這就自行返回長安自首。您不日就要西遊，萬里路程，一定要多多保重，千萬要回來！」

玄奘望著自己這個弟子，悲傷難抑，卻又有些欣慰：「世子，你也好好保重自己。就像呂晟說的，這人間無論再艱難，你們都要攜手闖過去。」

「我會的，師父。」李澶道。

「一定要活著，等我西遊歸來，我去看你。」玄奘笑著道。

「我等著你，師父。」李澶說完，和魚藻跳下馬，朝玄奘恭恭敬敬地磕頭，然後再度上馬，縱馬東去。

玄奘站在城門口眺望許久，熙攘的人群中早看不見二人的背影，可他知道，自己終有一日還能見到他們。因為他們會活下去，今生今世都不會分離。

「法師，你若是想要出關，不如趕緊走，瓜沙二州的各位主官都來敦煌祭祀二十八宿，你偷偷出關，大家正好假裝不知道。」李淳風道。

牛進達瞥了他一眼，沒說話。

玄奘笑了：「貧僧還要到城中找一個人，問一樁事。問完之後在這敦煌便再無牽掛，西遊的路上是生是死，也就不在意了。」

李淳風沒再說什麼，邀請他一起進城。

玄奘進入子城修文坊，直覺有些怪異，也不知是誰選的址，二十八宿臺建在泮宮，也就是州學對面一座寬闊的廣場上。也許敦煌重視文教，文風甚盛，修在此處想來是為了聚集天地靈秀之氣。

二十八宿臺高達七尺，左側和右側各有十四級石階，合二十八數，夯土築成，外層砌著青石。臺下還從河渠裡引來一條水渠，環繞高臺，不過此時水渠卻是空的。

高臺周圍擠滿了敦煌百姓，在三州官員和八大士族眾人的陪同下，翟紋來到二十八宿臺下的香爐處，點燃線香。她舉著香，看著這座高臺，淚水不禁盈盈而落，喃喃祝禱道：「人之為何多狹路，只因要將天地渡。陰陽必定皆設伏，天地必藏大殺戮。奎郎，你的心願即將完成，可開心嗎？」

陪同在一邊的崔敦禮沒聽清楚，低聲問：「縣君，妳方才念的是什麼？可不是之前準備好的祭詞。」

「沒什麼，開龍頭閘吧。」翟紋道。

一旁的孫查烈大聲喊道：「開龍頭閘，引水！」

咚咚咚鼓聲大作，守著河渠閘口的役丁們攪動閘盤，開閘放水，河渠中的流水滾滾湧來，瞬間湧滿高臺下的水渠。翟紋祝禱完畢，將線香插入香爐。百姓們一起歡呼，四周鼓樂齊鳴，僧人們圍繞高臺唱經作法。

玄奘心中的不安越來越重，就在這時，忽然有人發出驚呼，玄奘急忙看去，只見整個高臺似乎晃了一晃。玄奘揉揉眼睛，更多人驚呼起來，而高臺下的地面緩慢向上隆起，彷彿有巨型怪獸要穿地而出。

眾人驚叫著紛紛後退，有些虔誠的百姓則大聲歡呼，跪在地上流淚：「神仙要顯靈啦！」

「不對，有危險！」這時一名士族家的僕役臉色煞白，「西窟的丁家壩就是這樣坍塌的！」

玄奘頓時想起那一夜西窟事變，堅固的丁家壩毫無徵兆地就隆起坍塌，引甘泉河水沖垮七層塔，將士族們私自研究天象的星圖暴露於光天化日之下。

士族家主們霎時間臉色蒼白，都想起一個可能。

地下的躁動更加劇烈，地面翻滾、隆起，整個二十八宿臺轟然坍塌，廢墟滾滾而落。而就在這廢墟中，突然有六座石碑穿透而出，聳立在廢墟之上！

「是墓誌碑！」張敝斷聲大叫。

這些石碑斑駁陳舊，一看就是在地底埋了不知多少年，玄奘愣愣地看著，心中已然明瞭。

家主們還沒從震驚中回過神來，膽大的百姓們紛紛上前觀看，有人叫道：「這是陰氏的墓誌碑！」

「這是我們氾氏的！」

「祖先的石碑啊！竟然被神靈從地下送了上來！」

「吉兆！天大的吉兆！」

在場姓翟、陰、張、氾的民眾甚多，聞言都喜出望外，紛紛擁過來觀看。家主們如夢方醒，大叫著撲過去抱住石碑，用身體擋住。

陰世雄大吼：「滾！誰敢看挖掉他的眼睛！」

家主們看著祖先的石碑就這麼被展露在千人萬人面前，忍不住號啕大哭，無窮無盡的屈辱、惶恐和羞恥湧上心頭。

人群紛亂不堪，便是崔敦禮、牛進達、孫查烈等官員也驚詫不已，互相打聽。李淳風自然知道其中真相，他明白，這是呂晟對士族最後的報復！

李淳風忍不住看了一眼玄奘，卻發現玄奘已不見蹤影，旁邊主祭的翟紋也身影全無。

敦煌西門外，玄奘靜靜地站在羊馬城邊，幾條漢子牽著馬匹從羊馬市走出來，一名身材纖細，穿著男子胡服，頭戴冪籬的人跟在他們身後。看見玄奘，微微一側頭，便要繞過去。

「翟娘子，貧僧有禮了。」玄奘微微合十道。

那人靜默片刻，摘掉羃籬，果然便是翟紋。她神情詫異地看著玄奘：「你如何知道我在這裡？」

「妳從二十八宿臺擠進人群時，我便跟著妳了。」玄奘道。

前面牽馬的幾名漢子也停下腳步，不遠不近地站著，眼神幽冷地打量玄奘。

翟紋道：「原來法師早就盯上我了，不知道有何貴幹？」

「我想知道，那個人是誰？」玄奘盯著她，一字一句道。

「哪個人？」翟紋詫異。

「那個在魔鬼城中升天而去，身軀化作蝴蝶煙花的人。」玄奘神情中露出悲傷。

翟紋大吃一驚：「法師，你說什麼呢？那人是呂郎啊！」

「他真的是呂晟嗎？」玄奘傷感地道，「不，他不是呂晟。」

「你瘋了嗎？」翟紋怒道，「知不知道你在說什麼？不是呂晟他又是誰？」

「我不知道……我不知道他是誰……」玄奘道，「他扮演得很像，幾乎毫無破綻，神情，嗓音，動作，甚至感情，統統毫無破綻，哪怕近在咫尺我也看不出來，可是我知道那不是他。」

「為什麼你會這麼想？」翟紋驚訝。

「在魔鬼城中我就有一股揮之不去的怪異感，尤其是那天上宮闕顯現人間，那是你們故意營造出來的海市蜃樓吧？」玄奘道，「其實你們到魔鬼城就是為了演這一場戲。」

翟紋冷笑：「海市蜃樓乃天地所顯化，人力如何能營造？」

「人力自然難以營造，否則怎能讓朝廷信服？」玄奘淡淡道，「但並不是全無可能。都說海市蜃樓是蜃吐氣所化，海上、雪原、大漠中最容易出現蜃景，此前貧僧也以為如此。不過，我聽說蜃景時常在同一地點出現，而且出現的時間也有規律可循，於是貧僧便向城中的商旅打聽，一些胡人商旅告訴貧僧，他們曾在魔鬼城中見過幾次蜃景，都是在下午未時和申時，這時往往太陽最烈、最熾熱。所以貧僧便想，魔鬼城中的蜃景或許有規律可循，而魔鬼城距離玉門關最近，恐怕妳和呂晟早就摸清楚蜃景出現的時間了。」

「法師，」翟紋搖頭不已，「月有陰晴圓缺，哪怕真有規律，也非每日都會出現蜃景，我和四郎怎麼可能營造出這一幕？」

「妳跟隨大軍撤走後，我進入了魔鬼城深處。」玄奘微笑著，「在一片空曠的沙磧中，我發現了掩埋在沙子下面的石炭，還有幾十座燒炭的炭爐。」

翟紋愕然，對於石炭她自然不陌生，西域盛產石炭，因為木柴珍貴，從漢代就有人燒石炭取暖，其火力和耐力更勝木柴。

「而且不只一堆，而是幾百上千堆，方圓幾十畝的石炭鋪在地面上燃燒之後又用沙子掩埋。」玄奘道，「我想起那日呂晟遣走玉門關的百姓，讓普密提保護他們穿過魔鬼城前去焉耆和高昌，但其實他們是留在魔鬼城中鋪石炭吧？」

翟紋面色凝重起來，卻沒有說話。

「那日我們聽到天上宮殿傳來仙人的呼喊，化為眾生之音，也是潛藏在魔鬼城中的百姓在呼喊吧，所以聲音才有老人，有男子，有女子，有孩童。」玄奘道，「貧僧一開始不解，鋪上這些燃燒的石炭有什麼用，後來偶然蹲在地上，看見貼近地面的空氣蒸騰扭曲，遠處的景象似乎也跟著扭曲，才終於明白。原來蜃景是空中之氣上下受熱不均，將遠處的景象投射而來。地表沙粒受到太陽灼晒，而上層空氣偏冷，空氣就會扭曲。妳和呂晟觀察到這個現象，便可在最頻繁出現蜃景的地方，控制蜃景出現。因為蜃景不出現，無非是地面受到的炙烤不夠，所以才會鋪設燃燒的石炭，將地表的沙子加熱。」

說到這裡，玄奘微微苦笑：「那一天李澶和魚藻也護送百姓去了魔鬼城，想來他們也參與了吧？可惜貧僧這個徒弟長大了，懂得瞞著師父了，竟然守口如瓶。」

「你說的這些我並不清楚，當時我在王君可的軍中。」翟紋道，「再說，那個人是誰，和這個蜃景又有什麼關係？」

「之所以分析這個蜃景，是因為貧僧對妳和呂晟的目的實在想不通。」玄奘皺眉道。確實，按照呂晟的心願，營造天上宮闕是因為自己將死，要給翟紋增添神聖的色彩，讓她回歸家族。可是，如果魔鬼城中死的不是呂晟，而是假冒的，這道理就說不通了。

翟紋嘆息：「法師為何認定死的不是四郎呢？」

「因為……他說：『多希望今生能有你這樣的朋友！』」玄奘眼眶通紅，喃喃道，「我們都知道，在彼此心裡早已把對方認作生死之交了，可是在將死之前他卻說出了這句話。」

翟紋愣住了。

「那是人死前的遺憾吧！他表演得再好，也會對生命留下眷戀，也會對人生留下感慨，這也許是他內心最深的遺憾，就是他不能像呂晟一樣，擁有我這樣的朋友，擁有妳這樣的愛人。」玄奘道。

翟紋終於忍不住，哽咽失聲。

「後來他和妳訣別時，你們一開始還按照原定的劇本演戲，可是到了後來，妳感情流露，把這個人當作了真正的呂晟，訴說他離去後妳的悽苦。妳說，那不是我們！對，那人講述的故事確實不是妳和他，而是妳和呂晟。」

翟紋默默回想著，直到此時，心中難言的疼痛仍在，若是他在面前，她仍然想對他說，我的餘生再也觸摸不到你，我半夜驚醒再也無人安慰我，我孤單寂寞時再也無人相伴，我哪怕窮盡人間，也找不到你的痕跡……

「這一句話，讓那人心中的城防徹底坍塌，他說，他做不到！」玄奘終於流下淚水，「他做不到什麼？他做不到冒充呂晟，讓自己活活燒死！他懇求妳不要再這樣挑動他的感情，他願意死，但他不想在臨死前如此痛苦。他懇求妳不要再把他斬得遍體鱗傷。翟娘子，因為他愛妳。可是他從未說出口，他把這愛意藏在心底，哪怕到死也不曾說出來，因為他知道，他愛妳的唯一方式就是作為呂晟死去。」

翟紋放聲痛哭：「法師，我告訴他，我後悔了！」

「可是他不後悔。」玄奘道，「妳這句話帶給他莫大的欣慰，所以他告訴妳，他至死不悔，因為妳捨不得他。」

翟紋嗚嗚地哭著，眼前似乎那個人仍在向前奮力奔跑，他身上的肌膚一片片龜裂，冒出火焰，他化作煙花，化作蝴蝶。一瞬間翟紋有些迷茫，自己是在那蝴蝶的夢中，還是自己在夢中見到那隻蝴蝶？

「翟娘子，」玄奘深深吸了口氣，問道，「呂晟在哪兒？他為什麼要讓人冒充他？妳是不是要去與他相會？」

翟紋低頭看了一眼身上的裝束，似哭似笑：「法師，呂晟死了。」

玄奘呆若木雞，他一直以為翟紋這身胡服打扮，是要去與他相會，卻渾然沒想到，呂晟竟然死了！

「他死了……」玄奘喃喃道，「什麼時候？」

「三年前。」翟紋道。

玄奘徹底驚呆了：「這……這不可能……難道這些時日我見到的呂晟——」

「是的，一直都是那個人。」翟紋悽涼地說道，「這三年來，我日日見到的呂晟，也是那個人。」

「這到底怎麼回事？呂晟怎麼死的？」玄奘淚如泉湧。

翟紋怔怔地走到護城河邊，寬闊水渠裡，波光豔影照耀在她臉上，彷彿整個人都有些朦朧。

「那是武德九年的八月十九日，戌時日暮，我一生中最重要的時刻即將到來，我坐在婚車裡，被敦煌城最英俊、最年少有為的校尉令狐瞻迎娶過門。我沒有見過令狐瞻幾面，但我仍然覺得這是自己最好的歸宿。因為翟氏和令狐氏是六百多年的世交，都是河西士族，郎才女貌，這是整個西沙州都羨慕的婚姻。別人都羨慕，這不就是最好的嗎？」

翟紋低聲訴說著，像是在講給玄奘聽，更像是沉浸在無邊的回憶裡。

「我的人生的確在那一夜改變了，但不是作為新嫁娘，而是被一頭天狼給擄走，登天而去。我醒來的時候，已在沙磧中，眼前是個毛茸茸的大狼，又像個毛茸茸的人。他披著人的衣衫，身上都是狼毛。我害怕，哭叫，拚命逃跑，可是在無邊的沙磧中很快就被他抓了回來。

「後來我才知道，這個稱自己是奎木狼的怪物，居然就是西沙州錄事參軍，呂晟。呂家曾經上門提親，可是被阿爺拒絕了。我曾遠遠地去見過他，丰神絕世，才華橫溢，據說太上皇稱他是『大唐無雙士，武德第一人』，可怎麼就成了一頭半人半狼的怪物？

「四郎冷笑著向我講述自己被士族們改造成人狼的經過，我深深被震撼了，原來阿爺和令狐家的翁親竟然做出這等慘絕人寰之事！我對這個男子忽然生出一絲憐憫，但更多的是深深的恐懼，我家與他有如此深仇，他會怎麼對待我？

「隨後的日子裡，四郎遭到士族和軍隊追殺圍剿，他挾持著我逃亡，有時會暴起殺人，有時會落荒而逃，在一次圍剿中，士族部曲亂箭齊發，有一枝箭朝著我射來。我失聲驚叫，四郎撲在我身上，擋住了那枝箭。

「四郎殺光了那群部曲，命我幫他拔掉箭頭包紮，然後帶著我踉踉蹌蹌地逃走。路上我問，為什麼不讓我死？他惡狠狠地說，他要拿我來報復翟氏。

「他傷得很重，在一片沙磧中，他終於支撐不住，倒在了地上。沙磧中的夜晚很冷，他發起了高燒，時而甦醒時而昏迷，整整一夜都在說著胡話。他在夢中哭泣，哭自己的父親，哭自己的兄長們，還哭自己當年的理想。他與他們對話，想要跟他們走，說這人間了無生趣。

「他的腦子似乎燒糊塗了，發瘋一般要撕掉身上的狼皮，卻痛得撕心裂肺地哭叫，最終昏了過去。我覺得這是逃跑的機會，於是我在沙磧中拚命奔跑，直到天亮時，終於在沙磧中發現一支商隊。我想要去呼救，卻終究不忍把他拋棄在沙漠中等死。我用一枝金釵從商隊那裡換來了草藥和飲水，又跑回去救活了他。」

「妳為什麼要救他？」玄奘忍不住問。

「是啊，我為何要救他？」翟紋喃喃地說，「甦醒以後，四郎也這樣問我，為什麼要救他？我說我信佛，我相信人間所做的一切事情，都有神佛在天上看著。

「四郎沒有再說什麼，帶著我繼續走，來到了玉門關。那時的玉門關盤踞著十幾名突厥馬匪，四郎將一種不知名的植物碾成粉末，含在口中，便可噴出火焰。他說自己是天上的奎木狼下凡，而他們就是追隨自己下凡的隨從，叫作星將。那群馬匪被他懾服，從此對他言聽計從。

「玉門關盤踞著神靈的消息慢慢傳開，四方各國無數的逃民紛紛來追隨他，他的法術越來越完備，施展的神通越來越厲害，可他越來越痛苦。他有時候穿上華貴的衣衫，溫文爾雅，有時候又脫掉所有的衣服，露出毛茸茸的狼軀。他有兩隻鋒利的精鋼狼爪，後來又畫了圖紙，設計出更複雜的東西，像是狼的後爪、用白骨拼成的狼頭，他都讓人拿到敦煌城去找工匠打造。他還縫製了狼皮背包藏在兩肋和胸腹，改變了身體的形狀，讓自己看起來更像一隻大狼。

「他有時候恢復成呂晟，安靜地修訂自己的《三敘書》，有時候又在深夜咒罵，化成一頭狼，在玉門關的關牆上奔行，在大漠的明月下嚎叫。那時候我害怕極了，不知道他會怎樣對待我，可是他從不曾侵犯我，當他是呂晟的時候對我自然冷言冷語，卻彬彬有禮，當他變成惡狼的時候便把我驅趕到烽燧下的那間小屋，離我遠遠的。」翟紋悽涼地說著，「可是我知道他對我還是有恨，許多個夜晚，我發現他化作狼的模樣，悄悄潛入我的屋子，蹲在我的身邊磨牙吮血，嘴裡還念叨著，想生撕我的血肉。我不敢說話，拚命假裝睡著，連顫抖都不敢。」

「確實是失魂症，」玄奘嘆道，「他實在受不了自己遭遇的痛苦，但他心中的道德和自律讓他無法藉由傷害一個弱女子來獲得滿足。於是他把自己分裂成奎木狼和呂晟，一個凶殘狠辣，妖魔降世，一個溫文儒雅，如長安市的佳公子。他把惡念和苦難完全轉嫁給凶殘的奎木狼，而自己保留了人世間最大的善意。」

「是啊，」翟紋的淚水簌簌而落，哽咽道，「他也知道無法控制自己了，於是決定送我回家。」

「他送妳回家了？」玄奘深感震撼，知道了呂晟遭受的苦難，才知道他做出這等決定的艱難。這個以天下福祉為己任的長安無雙士，居然在分裂的狀態下依然能守住自己的底線，不願把過錯加之於一個弱女子身上！

「他送我回家了，可是我又回來了。」翟紋臉上流著淚，卻笑著說道。

「為何？」玄奘奇怪。

「他趁著恢復成呂晟的時候，親自把我送到敦煌城，可是我到了敦煌才知道，我阿爺和令狐氏已經宣布我死了。」翟紋悽涼地笑道，「當我日日夜夜恐懼害怕的時候，我最親的家人想的不是如何拯救我，而是掩蓋這件事，挽回家族的尊嚴。」

玄奘頓時明白了。事實上也的確如此，他初到敦煌時，無論是翟法讓還是翟昌、令狐德茂，都告訴自己翟紋被奎木狼殺了。只有令狐瞻深深懷疑，不惜代價決戰奎木狼，要找到她的屍體來證實。

玄奘默然長嘆。

「我對家族澈底絕望，於是主動跟著四郎回到玉門關。」翟紋道，「四郎還是不願意要我，可那時候我能去哪裡？天下之大，我已是一個死人。我說我能做飯，能劈柴，能牧馬，能縫製衣服，四郎後來說，是最後這個技能打動了他。」

翟紋溫馨地笑了起來：「在玉門關中，四郎的病情時時發作，因為他被披上狼皮的時候邪毒入體，身上經常潰爛，發燒。我便陪著他，幫他熬藥，擦汗，看著他痛苦的樣子，我真的好愧疚，好心痛。後來我便跟了他，我說我要陪伴他一生。他說自己活不了多久，我說能多久就是多久吧。」

「原來如此，」玄奘嘆息著，「這真是一場冤孽。」

「冤孽嗎？我認為是緣分，他是上天賜給我最好的愛人。」翟紋道，「那時候他仍然深受分裂之苦，白天是奎木狼，晚上會變成呂晟，或者相反，毫無規律。他化身奎木狼的時候，我便幫關裡的百姓幹活，他變回呂晟的時候，我們便騎著馬看天上的星辰，踏遍大漠雪山。我們住在烽燧下的那個小院，我收拾屋子，烹飪飯食，他劈柴挑水，其樂融融。每當他感覺自己要變身了，就會急匆匆跑回障城的洞府，而我就在門口送別他，像是送丈夫離開的小妻子。」

玄奘忽然想起最初到玉門關的光景，看來那並不是呂晟和翟紋演戲給自己看，而是他們的生活日常。玄奘心中猛然一陣疼痛。

「但是四郎心中越來越痛苦，他一直和李植暗中謀劃，要滅盡士族。他們制訂了周密的計畫，安排了呂師老做俗講師來到敦煌，還安排了呂離假扮雲遊道士接近王君可，以及在西窟丁家壩下埋了膨石，要掘開甘泉河沖垮七層塔，又將墓誌碑埋在泮宮的廣場下……」

「膨石是什麼？」玄奘問。

「是一種……」翟紋想了想，「是一種似水晶般的不透明石頭，微微有些發黃，這種石頭磨成粉末後，一遇水就會劇烈膨脹，開山採石的人常會把這種東西灌進石縫裡崩裂石頭。四郎和李植運了幾大車埋在丁家壩和泮宮的地下。」

玄奘恍然大悟，怪不得剛才，引入水渠，地面就開始翻滾，崩塌了二十八宿臺，將墓誌碑拱出了地面。

「這些計畫都是呂晟安排的？」玄奘覺得匪夷所思。

「對，包括利用老道士侯離這個角色，勾起王君可的野心，讓他聯姻張氏，最後一步步引誘他謀反，把士族牽扯進去。這些計畫全是他三年前就規劃好的，他的夢想就是給士族最殘酷的報復，讓他們身敗名裂，家破人亡。」翟紋道。

玄奘嘆了口氣，呂晟雖然不願傷害翟紋，但那只是他不想把仇恨發洩在女子身上罷了，並不代表他饒過了士族：「但貧僧一直有個疑問，這些計畫都是三年前就擬定好的，為何發動得這麼晚？貧僧來敦煌前也剛開始沒多久吧？」

「因為計畫還沒發動，四郎就死了。」翟紋哽咽失聲。

玄奘張張嘴，不知道該說什麼，心中被巨大的悲傷所籠罩。

「在玉門關，他日日夜夜受體內的邪毒折磨，身體日漸衰弱，為了報仇，他研製藥物，提升自己的體能，結果造出了星將那種怪物。他減輕了劑量，讓自己變得力大無窮，各項能力都超越人類，可那些藥物也摧殘著他的身體，僅僅幾個月就油盡燈枯。」翟紋道，「他知道自己壽命將盡，復仇的心思便慢慢淡了，他拋開一切，每日每夜陪著我，似乎想在短短的時間內陪著我過完一生的歲月。可是他更害怕的是，他死了，我怎麼辦？他想過無數方法，他不想讓我留在玉門關，因為他死了之後，玉門關注定會被人剿滅。他也不想把我送到西域和中原，因為在那裡我無親無故，無依無靠。他時常半夜驚醒，流著淚對我說，紋兒，我該拿妳怎麼辦？」

玄奘嘆息著，眼前似乎能看到呂晟病重彌留之際痛苦焦慮的模樣。他就像烏江邊上的楚霸王，窮途末路，拋棄生死，卻對自己的虞姬悲傷長嘆，奈之若何？

「就像那個人在魔鬼城告訴你的，四郎要為我安排一個絕對自由、絕對幸福的未來人生，衣食，安全，名譽，親情，交際，一個都不能少。最後，他說，唯一的選擇就是把我送回家族。」翟紋哭著說道。

玄奘知道，魔鬼城那個人演的就是呂晟，他說的一切都是真的，感情也是真摯的，只不過真實的故事發生在兩年半之前，呂晟病入膏肓，油盡燈枯之際。

翟紋擦了擦眼淚，繼續道：「他放棄了報復士族的計畫，又向皇帝上了一封密函，告訴皇帝自己能在回歸天庭時讓天庭和太上老君重現人間，條件就是朝廷提供我一生的衣食和安全。」

玄奘低聲：「那時他就打算製造蜃景，吞入螢火，讓自己在烈火中解體？」

「是啊，」翟紋喃喃道，「他想要以這樣的死亡換來我一生的平安，得朝廷的封贈。然後又收買趙會首，編造出紫陽真人贈送天衣的故事來證明我的貞潔，安排呂師老俗講奎木狼和披香殿侍女的故事，讓世人認為我們的孽緣是天上神靈的一場淒美愛情。他說，他最害怕的就是親人和百姓鄙視我，疏遠我，瞧不起我。他說他最愛的女人，不能遭受別人丁點的異樣眼光，他要我坦坦蕩蕩、堂堂正正地活在世間。」

說到這裡，翟紋號啕大哭。玄奘沒有勸她，事實上他心中也難過無比，無法排遣。

「然後呢？」玄奘等她哭罷，才慢慢問道。

「然後，他還沒有等來皇帝的回覆，剛發走密函不久，便在一個夜晚油盡燈枯。」翟紋目光呆滯，「臨死前，他握著我的手說，要活著，要活得精采。妳的人生越快樂，我死後越安心。我答應了他，我要讓他安安心心地回到天上去，不要再牽絆這個令人痛恨的人間。」

「所以——」玄奘喃喃道。

「所以，我把他生前未了的心願一一執行了！」翟紋忽然神情一變，眼神犀利，鋒芒逼人，一字一句道。

「我重新拾起他的每一個計畫，西窟決堤，蠱惑王君可，與皇帝談判，培育天衣冥蟲，青墩戍安插內應……只有報復翟氏時，我心有不忍，僅以佛舍利誘騙翟法讓破產，逼他自殺。因為當年給我阿爺施壓，逼死呂晟父親的，便是翟法讓；他是始作俑者。」翟紋的神情很平靜，似乎在說著與己無關的事，「可惜蠱惑王君可謀反的時候沒控制好，他竟然暗藏心思，蠱惑李琰謀反，自己攫取功勞。唉，若是四郎還在，定然會比我做得更好。」

玄奘無言地望了她半天，他沒想到這一樁樁、一件件，真正的幕後實行者竟是這個女子。這還不夠好？那些栽在她計謀下的人恐怕得羞愧而死了。

「那個人呢？」玄奘低聲問。

翟紋道：「他是我從呂氏遺族的近親中找到的一名與他長相相似的堂兄弟，再進行化妝，冒充成他的樣子。」

「原來如此，」玄奘不解地看著翟紋，「妳為什麼要這樣做？」

「因為我要讓四郎重新活過來，親手完成他的所有心願！」翟紋沉聲道，「呂氏遺族原本就充滿仇恨，對我的計畫全力支持，他們找出來的那個人與四郎同一血脈，長得極為相似，我將他化妝之後，宛如呂晟復活。而且為了逼真，我還依照當年四郎被黏上狼皮的過程，在那個人身上也黏了狼皮！」

「妳瘋了嗎？」玄奘徹底驚呆了，眼前這個女人竟然瘋狂到這種地步！這是對愛情的執念還是對仇恨的執著？

「我沒有瘋，這是呂氏遺族的共同要求，也是那個人主動請求的，因為他要在真相大白之日，讓天下人看到士族們如何陷害、摧殘一位大唐狀頭！」翟紋道，「也正因為這樣，我才會把天衣種入你的體內，因為我想，如果他今生最好的朋友也像世人一樣誤解他叛國被殺，他一定會很難過。他臨終前孜孜不忘的就是當年無法實現的理想，我想，請你來見證他的一生，他或許會欣慰吧！」

玄奘不知道該說什麼，復仇者內心潛藏的仇恨讓他渾身冰涼，而呂晟悽涼的一生，又讓他不知如何評判那些毀掉他的人。

「那個人……叫什麼名字？」玄奘最後問道。

「他沒說，只說自己就是呂晟的影子，讓我叫他無名。」翟紋道。

玄奘喟然長嘆，他當然知道那個人的意思。

無，名天地之始；有，名萬物之母。這是世間大道。

為人子者，患不從，不患無名。這是為尊長復仇。

寄命於他人之門，埋屍於無名之塚。這是做他人之影。

「好了，法師。」翟紋淡淡地道，「緣由因果都說完了，四郎要做的事我一一替他做了。他報復了士族，洗脫了冤屈，又讓我得到朝廷封贈，回歸家族，他在這世間再無遺憾。」

翟紋轉身就要離去。

玄奘急忙問道：「妳要去哪兒？」

「自然是去過我最自由、最快樂的一生。你不是答應過他嗎？要讓我開悟，活得自由自在，無拘無束，比他活著的時候還要快樂！」翟紋微笑道。

玄奘頓時赧然，這句謊言一直讓他耿耿於懷。即使他想做，可如今的翟紋翻手為雲，覆手為雨，代替呂晟把三座州郡、八大士族、無數的帝王名將都玩弄於股掌之間，又哪裡需要他去開悟？

「可是，有一點四郎不懂我，我最快樂的不是回歸家族，做一個養在深閨空度餘生的怨婦。他早已給了我最好的人生。」翟紋忽然嘬脣一聲呼哨，護城河邊無聲無息馳出十幾匹駿馬，普密提和五名星將便在其中，其他則是玉門關的狼兵。

普密提牽來一匹空馬，恭恭敬敬地遞過呂晟的白骨狼首，翟紋熟練地拆解，套在頭上，赫然化作一頭猙獰的巨狼！

翟紋飛身上馬，呵呵笑著，卻在巨狼口中化作轟隆隆的迴響：「法師，若你在西遊路上聽說有一隻天狼縱橫大漠，呼嘯百國，那就是奎木狼又回來了！」

她雙腿一夾馬腹，戰馬疾馳而出。星將和狼兵緊隨其後，十幾騎戰馬蹄聲滾滾，呼嘯而去。

玄奘看了一眼古樸雄渾的敦煌城，又望著滾滾而去的沙塵，恰如那翻滾不息，洶湧前行的青史。青史如筆，紅塵如刀，斬盡了英雄豪傑，消磨了帝王天驕。

他耳邊彷彿又聽見煙娘彈著琵琶，宛轉悠揚地唱著：

人之為何多狹路，只因要將天地渡。乾坤終將入遲暮，世間無一永定篤。
陰陽必定皆設伏，天地必藏大殺戮。上天下地只一命，命之一字壓千古。
知己者也不怨人，知命者也不怨天。福禍存亡俱已定，都是己身將命行……

——西遊八十一案（四）大唐敦煌變　完

註釋

1 石漆，即石油。
2 由旬，古印度計算路程的量詞。
3 拉縴，意指用牛馬在岸上，拉著船隻前進。
4 斗門，即閘門。
5 人魚膏，人魚油製成，人魚所指為何未有定論，一說為鯨魚，一說為大鯢（娃娃魚）。
6 黃道，從地球觀察太陽移動的軌跡。
7 白道，從地球觀察月亮移動的軌跡。
8 兵解仙，意指死於兵刃之災而得道成仙者。
9 婁敬，即劉敬。
10 呂雉，即呂后。
11 當代學者研究敦煌姓氏的書目多是貞觀甚至唐代以後成書，為了引用時不出現後世書目，對有些書目名稱做了修改，比如《元和姓纂》為唐憲宗時修撰，《古今姓氏書辨證》為南宋初編撰成書。至於敦煌文書《新集天下姓郡望氏族譜》具體成書年代難以確證，故不加修改。
12 翟氏及其他士族的世系考證詳見陳菊霞《敦煌翟氏研究》、馬德《敦煌李氏世系訂誤》，以及日本學者池田溫的《八世紀的敦煌士族》等多種研究著作，不過這些著作往往以整本書來考證，小說中無法展開，故此簡化。此後提及的其他士族研究亦同。
13《敦煌氾氏家傳》為敦煌藏經洞發掘，現代學者對此多有研究，成書年代大致為前涼或隋唐初期。
14 氾氏和張氏的世系考證參看日本學者池田溫《唐朝氏族志小考：圍繞所謂〈敦煌名族志〉殘卷》。
15 張護、李通叛亂史書記載粗略，但從過程來看，實際上應該是士族與朝廷間的談判與妥協。
16《西遊記》七十一回出現的紫陽真人張伯端其實是北宋道士，與歷史難以契合，故改為西漢紫陽真人周義山。
17 甲仗，泛指武器。

18 純衣纁袡，自周朝以降，到隋唐的新娘服飾，是為黑色衣裳，滾紅邊。

19 纁裳緇袘，新郎的服飾，是為黑色上衣、深黃色下裳。

20 撒帳儀式，將金錢綵菓撒向新人新床以求吉利的習俗。

21 行障，類似屏風。

22 初唐的象棋（象戲）只有天馬、上將（相）、輜車和六甲四種棋子，中晚唐以後才出現王、軍師（士）、砲。

23 伏火，即中國古代火藥。

24 出自《類經．祝由》，為明代醫家張景岳所作，隋唐以前對精神分裂的闡述極少，因此書中引用後世著述。另，祝由術與咒禁術只是稱謂不同。

25 散官，官員等級的稱號，無職事官的實權。朝散大夫為從五品下。

26 吞肩獸，肩部護甲。做成獸形，同時具有裝飾作用。

高寶書版集團
gobooks.com.tw

DN 237
西遊八十一案（四）：大唐敦煌變（下）

作　　者　陳漸
特約編輯　余純菁
助理編輯　陳柔含
封面設計　張閔涵
內頁排版　賴姵均
企　　劃　何嘉雯

發 行 人　朱凱蕾
出　　版　英屬維京群島商高寶國際有限公司台灣分公司
　　　　　Global Group Holdings, Ltd.
地　　址　台北市內湖區洲子街88號3樓
網　　址　gobooks.com.tw
電　　話　(02) 27992788
電　　郵　readers@gobooks.com.tw（讀者服務部）
　　　　　pr@gobooks.com.tw（公關諮詢部）
傳　　真　出版部　(02) 27990909　行銷部 (02) 27993088
郵政劃撥　19394552
戶　　名　英屬維京群島商高寶國際有限公司台灣分公司
發　　行　英屬維京群島商高寶國際有限公司台灣分公司
初版日期　2020年 8 月

本書繁體中文版通過重慶出版社&上海紫焰文化傳媒有限公司授權出版

國家圖書館出版品預行編目(CIP)資料

西遊八十一案. 四, 大唐敦煌變（下）／陳漸作 -- 初版. -- 臺北市：
高寶國際出版：高寶國際發行, 2020.08
面；　公分. --（戲非戲；DN237）

ISBN 978-986-361-886-7（下冊：平裝）

857.7　　109009288